Heat Seeker
by Lora Leigh

復讐はかぎりなく甘く

ローラ・リー
多田桃子=訳

HEAT SEEKER
by Lora Leigh

シャロン、あなたのおかげで人生がおもしろくなるの。
あなたに強く生きていくすべを教えてもらったわ。
想像もしなかったくらい、わたしにとって大切な存在になってくれたわね。
かけがえのない親友のなかの親友です。
この本をあなたに。

主な登場人物

ベイリー・セルボーン――――――――元CIAエージェント。
ジョン・ヴィンセント――――――――コードネーム〈ヒートシーカー〉。
　　エリート作戦部隊所属。オーストラリアの元情報部員。
ジョーダン・マローン――――――――エリート作戦部隊の司令官。
ミカ・スローン――――――――〈マーヴェリック〉。エリート作戦部隊所属。
ノア・ブレイク――――――――〈ワイルドカード〉。エリート作戦部隊所属。
ニコライ・スティール――――――――〈ヘルレイザー〉。エリート作戦部隊所属。
トラヴィス・ケイン――――――――〈ブラックジャック〉。エリート作戦部隊所属。
レイモンド・グリア――――――――元CIAエージェント。
フォード・グレース――――――――ベイリーの亡き父の親友。
メアリー・グリア――――――――レイモンドの妻。フォードの妹。
ワグナー・グレース――――――――フォードの息子。
ウォーバックス――――――――正体不明の人物、もしくは集団の名称。
マイロン・ファルクス――――――――ウォーバックスの右腕。

復讐はかぎりなく甘く

プロローグ

オーストラリア、ブリスベン

閃光が走り、雷鳴が響いた。ブリスベンはここ数年でもっとも激しい嵐に見舞われ、土砂降りの雨に打たれていた。大きな雨粒が落ちて地に染みこみ、幾筋にも分かれて歩道や車道に沿って流れた。強風が音をたてて吹き荒れる町はずれの小さなバンガローのなかに、女はいた。雷の音も閃光も大の苦手で、雨と見れば顔をしかめていた彼女が、この嵐にはほとんど目もくれていない。

閉じかけたまぶたの隙間から彼女が見ているのは、トレント・デイレンだ。よく日焼けした、笑顔を絶やさない、オーストラリア保安情報庁のタフなエージェント。ふたりは組んで行った任務を終えたばかりだ。そのトレントが、あふれんばかりの欲望をあらわにして彼女の土踏まずに口づけている。

ベイリーは目の前の光景に悦びの声をあげそうになった。これまで一度だって、誰かから足にキスされたことなどなかった。もう一度ヴァージンに戻ってしまったみたいだ。この男に呼び覚まされた感覚に襲われて、自分にはまだ知らないことがたくさんあると思わずにはいられなかった。

「絹みたいだな」トレントがささやき、低い声のゆったりとした抑揚でベイリーの背筋に震えを走らせ、唇を彼女の足首に滑らせた。

ベイリーは息をするのすらやっとだった。こんなふうになるとは思ってもみなかった。こうしたいとは思っていた。たまらなくトレントに惹かれ、トレントを手に入れる夢を見ていた。それでも、実際に任務が終わったらトレントの腕に抱かれることになるなんて、思ってもみなかった。

「ほら、ラブ、そのジーンズを脱がしちまおう。とんでもなくきれいな脚を見せてくれ」

ここ数カ月、ずっとトレントに見つめられていた脚。そのせいで興奮してしまったベイリーは、何度も下着を替えるはめになりかけた。彼女はミニスカートと肌もあらわなトップスを着て、ブリスベンの安酒場でウエイトレスになりすましていた。トレントとベイリーの国が作戦の拠点としている極秘軍事基地の機密を売り流していた、オーストラリア海軍の将校を捜すためだ。

その将校はとらえた。ふたりは祝杯を交わし、いま互いに愛を交わしているというわけだ。

ベイリーは相手の指を見つめた。長くて力強い指が、彼女のジーンズのジッパーの留め金に向かう。ジッパーはいとも簡単に開き、その音は外で荒れ狂う嵐の音にもかき消されず耳に響いた。

体の奥が締めつけられ、両脚のつけ根が熱くなった。ジーンズの前が開き、トレントがそのウエストをつかんで太腿から足先へと引きおろした。

トレントはまだ服を着ている。ベイリーは、相手の服もすべて脱がせたくなった。が、唇を両脚のつけ根の丘に押しあてられて、彼のブッシュシャツのボタンを目指して動いていた両手が止まった。相手のたくましい肩の筋肉につめを食いこませ、無意識に腰を浮きあがらせてしまったことに自分でも驚く。

太腿のあいだに潤いが満ちていった。感じやすくなったひだを濡らし、つややかな液体が腿を伝っている。こんなに濡れたのは生まれて初めてだった。ここまで男性にふれられるのを待ち望んで、口づけてほしいと思うのも。

「トレント」悩ましげに呼んだ。そうせずにはいられなかった。もっとほしい。もっとずっと多くを、と求めてしまう。この欲求が満足することなどないのではないか、と思えるほどだった。

「我慢だ、ラブ」トレントが優しくなだめてベイリーの体の上へと移動し、片方の手で彼女のシャツをそっとあげて腹から胸をあらわにした。「この服をゴージャスな体から脱がすのが先だ。本当に、この完璧な絹みたいな肌のすみずみまでキスする夢を見てたんだ」

自分の体に完璧なところなどないと、ベイリーにはわかっていた。それでも、トレントは本気でそう思ってくれているようだ。本当に、彼女のどこかに完璧さを見いだしているかのようだ。

さらにシャツを押しあげる彼の手のひらが硬くすぼまった乳首をかすめ、ベイリーの肌の下を熱が駆け巡った。するとトレントはシャツの裾をつかみ、一気に彼女の頭までめくりあげた。シャツが頭から抜けきるより早く、ふたたびトレントが彼女の唇にキスをした。ベイリーは豊かな官能のとろみに沈みこみ、揺さぶられるほどの快感に浸って懸命に彼に身を寄せた。

相手の首に両腕をまわすと唇を奪われた。トレントの舌が突き入り、彼女の舌とこすれ合って、また引いた。彼はベイリーの唇をついばみ、愛撫したかと思うと、ふたたび熱情に駆られて激しく奪い、口づけをしたまま彼女を叫ばせた。

ベイリーは必死に彼のシャツを握りしめ、じかに彼にふれるため、それをまくりあげようとした。張りつめた熱い肌が彼女の手を誘っている。彼女に覆いかぶさっている引きしまった肉体が。

トレントの下で身をよじり、両手をシャツのなかに差し入れ、つめが食いこむほど強く彼の背をつかんだ。そうしながら太腿をきつく閉じ合わせ、そこで増していくうずきをやわらげるため、小さな芯を締めつけようとした。

「やめないで」身を引くトレントに向かって叫んだ。

「やめる？　そんなことするもんか、スイートハート」彼はそう答えて頭からシャツを脱いだ。ダークブロンドの毛にうっすらと覆われたたくましい胸板と、その毛が矢のかたちになって続く濃く日焼けした硬い腹筋をさらして、いつもは穏やかなグレーの瞳を嵐の色に陰らせている。

ジーンズを腰で浅くはき、隠したふくらみを見せつけて彼女をじらしている。そこは、とんでもなく大きく見えた。

ベイリーは震える腕を伸ばし、胸板の中心に手のひらをあて、そこを覆うやわらかい毛を撫でた。手のひらを通して彼の体がこわばるのがわかった。硬い筋肉と丈夫な皮膚で愛撫に反応し、欲望で表情を張りつめさせている。ベイリーがジーンズの留め金に指をそっと滑らせていくと、彼の目の色が濃くなり、グレーの濃淡と強力な欲情がまなざしの奥で渦巻いた。

ベイリーは我慢できずに彼を求め、ほしがっていた。何カ月も彼とともに任務にあたり、考えられることといえば、鍛えあげられた彼のたくましい体と、自信に満ちたセクシーな身のこなしだけだった。トレントはどんなふうにキスをして、味わい、ふれるのだろう。逆にトレントにキスをして、味わい、ふれたらどんな心地がするだろう。もうすでに、体の内側で花火がはじけるような心地だった。

懸命に息を継ごうとした。持ちこたえようとしていた。この感覚をすべて、燃えあがるふれ合いをすべて楽しむために。

ベイリーに覆いかぶさったまま膝をつくトレントのジーンズの留め金を彼女が引っ張ると、トレントが目を細めて見おろした。ジッパーがたやすく開き、ベイリーは一瞬口の乾きを覚えたが、その一秒後には欲望で口のなかは潤った。

長く、太く、激しく怒張した男性は脈打ち、色濃くなった頂はふくらみを帯び、濡れてつややかだった。

「きみは男に理性を失わせるんだ」トレントの声は高ぶる感情がこもって、かすれていた。

その声の響きは、締めつけるような強烈な感覚を子宮にまっすぐ送りこんだ。トレントが欲望に駆られ、彼女を必死に求める声を発した。この信じられないくらい大胆で、強くたくましい男性に求められている。そう考えると全身に勢いよく血が巡り、熱せられた欲望が弧を描いて体のすみずみの性感帯を刺激した。

「わたしの理性はとっくになくなってるわ」トレントに指で片方の乳房を包まれ、あえいだ。胸の頂はぴんととがり、ふれてほしがって張りつめ、熱を帯びている。そこを親指でこすられたときは、心臓が胸から飛び出してしまうのではないかと思った。

トレントの前で座った格好になるまで上半身を起こし、彼のジーンズのはしをつかんで腿まで引きおろし、自分の唇を硬い腹筋に押しあてた。口を開いて引きしまった肌をなめ、ちょっとかじって、相手の胸の奥から絞り出される低いかすれ声に気をよくした。

彼のこんな声が聞きたかった。このセクシーな男性のかすれ声を聞けば、トレントが心地いいと感じている、自分が彼に快感を与えていると確かめられて安心できる。トレントから求められている。もしかしたら、彼女がトレントを求めているのと同じくらい強く、求めてくれているのかもしれない。

ベイリーは絹に包まれた鉄のさわり心地がする彼のものに指を巻きつけ、優しくゆっくりと手を動かして、先端にまた潤いが玉になるのを見守った。

ふくらんだ先端はベイリーの唇のすぐ下にあり、誘いかけ、彼女の欲求を引き出した。

「こいつ、からかってるんだな」トレントが頭上でうめき、ベイリーの髪に手を差し入れて長い房を引っ張った。その毛先が彼女のむき出しの背をかすめ、またしても全身に快感を駆け巡らせる。

「からかってる？」ベイリーはささやいた。「からかってなんていないわ、トレント。どこまでも本気よ」

ペニスの先で玉になった液体を舌でさっとなめ取り、彼の胸の奥から低く響く声を引き出した。

トレントはこれが気に入っている。腰をもっと近くに突き出し、屈強な腿を激しくこわばらせ、彼女に握られた場所をいっそう強く脈打たせた。

ほかのどんな男もしたことがないやりかたで、トレントは彼女を惹きつける。トレントといると、いままで願いもしなかったことを願い、思いもよらなかったことをしたくなる。彼に対する欲求が、孤独感も、窓の外の嵐の音もかき消してしまった。

ベイリーはもっと彼がほしくて、これまでどんなものにも抱いたことのない切望に駆られて唇を開いた。熱い彼の先端を唇で包み、奥へ吸いこみ、息を詰めた彼のうめき声を聞きながら、感じやすい頂を舌でこすった。

興奮を呼び覚ます、男性そのものの味がした。外で吹き荒れる嵐のように荒々しく、抑えることのできない男性の味だ。

トレント・デイレンはサーファーと殺し屋が混ざったような存在だ。肩肘張らない魅力と、抵抗しがたい危険な雰囲気が絶妙なバランスで両立している。そして今夜、この男はベイリーだけのものなのだ。

「ああ、ベイリー、きみの口はすごいな」彼の声に包まれて、さらに勇気づけられた。自由なほうの手をトレントの腿のあいだに差し入れ、張りつめてペニスの根元に引き寄せられている袋につめの先を滑らせた。

彼女の髪にもぐりこんでいたトレントの手に力がこもった。ベイリーは彼をさらに口のなかに引きこみ、硬い柱に舌を走らせた。みずからの快感も高まっていく。トレントが髪をつかむ手に力をこめ、かすれる声で懸命に彼女の名を呼び、唇から快感のため息をもらしている。

「くそ、正気を失わせようってのか」トレントは責めたけれど、少しもいやそうではなかった。セクシーで濃い欲情をたたえている、危険でありつつも陽気な口調だ。「吸ってくれ、スイートハート。盗んでくれ、おれの正気を」

正気が残っているならね。トレントは肩肘張らない陽気なアドレナリン・ジャンキーで、信念を持っている。そんな彼の人となりを、すべてひっくるめて愛していた。

トレントを愛している。

ベイリーは、はたと動きを止めそうになった。トレントを愛しているかもしれないと気づいて、彼を悦ばせながらたじろぎそうになった。

トレントを愛している。数カ月間ともに任務を遂行するうちに、いつしか彼に心を奪われてしまっていた。

「ちくしょう、ベイリー。ベイビー」トレントが腰を揺り動かし、硬くそそり立ったもので彼女の口を貫きつつ、指で彼女の乳首を探り、つんと立った両方の頂をつまんで、彼女の脚のつけ根にまっすぐ響く快感を送りこんだ。

ベイリーは彼を口に含んだまま声にならない声をあげ、吸いつき、脈動する先端をなめた。トレントを味わって、よりいっそう欲求をあおられ、いまでは両手で彼の太腿を撫でさすっていた。

「すごいぞ」じっと見つめてくるトレントの視線を感じた。目をあげて、彼のまなざしの奥で吹き荒れる嵐から視線をそらせなくなった。

「そこをなめるところを見せろ、ベイリー」トレントが指示した。強い命令口調になっている。「舌を使えよ、ベイビー」

ベイリーは顔を引き、舌を出し、なめて愛撫した。すごくいい舌ざわりで、男らしい味がする。ずっと彼にふれたくてたまらなかった。ついにこうして彼を手に入れられて、天にも昇る心地で震えだしそうだ。

「ファックしてくれ、そうだ」トレントが低い声を発する。「おれもそうしてやる、スイートハート。甘いプッシーをなめてやる。きみが叫びだすまで。もっとなめてくれってお願いするまでだ」

ベイリーはすぐにもお願いしそうだった。太腿のあいだをトレントの舌で愛撫されると考えるなり、潤いがほとばしってさらにやわひだを濡らした。

「今度は吸え」髪のなかにもぐりこんだ手に押され、ベイリーは唇を開いて温かく潤っている口のなかに彼を受け入れた。ペニスが動いて脈打ち、先走りの貴重なしずくをこぼす。ベイリーはそのしずくをみずから貪欲になめ取った。この瞬間の悦びと、目の前の男性のことしか頭になかった。バンガローの壁の外のことなんてどうでもいい。大事なのはこれだけだ。トレントにふれ、トレントにふれられて感じること。

勃起した彼のものを口いっぱいに迎え入れては、少しだけくわえて先を吸い、舌を使い、相手の胸からくぐもった荒々しいうめき声を引き出して、報われた気がした。

すばやく見あげると、トレントが激しい快感に表情をゆがめ、高ぶりから血管をどくどくと脈打たせていた。ベイリーもアドレナリン・ジャンキーだと自分で認めていたけれど、これに並ぶ高揚感は経験したためしがなかった。

トレントを口のなかに迎え入れていとおしみ、自分のなかで彼の悦びを感じる。そうすることで、ベイリーは美しくなれた気がして、求められている気がした。

「くそ。もうだめだ」トレントが彼女の頭を引き離そうとする。

ベイリーは不満の声をあげた。もっと続けたい。口のなかで彼がすべてを解き放つのを感じたい。トレントのものにして、印をつけてほしい。

「ここまでだ」彼が上質なビロードを思わせる声をざらつかせて命じ、ベイリーはふたたび仰向けに横たわらされていた。

トレントがベイリーの両手首を片方の手でとらえて頭上に引きあげ、じっと見おろした。

砂色のブロンドの濃いまつげが、陰りを帯びたグレーの目にかぶさっている。

彼の唇はいつもより豊かになっていた。両頬には濃い赤みが差し、深みのあるブロンドの長い毛筋が額に降りかかっている。

「キャンディーみたいになめ尽くしてやるつもりだからな」約束して唇をなめるトレントを前に、ベイリーは悩ましげな泣き声をこらえた。

「おしゃべりだけで殺そうとしてるんじゃないの？」ぞんざいに責めた。

低く響く笑い声が返ってくる。その声は企みに満ちていて、優しい夏の雨のようにベイリーの五感を洗った。トレントが頭をさげ、唇をふくらんだ乳首にあてた。

熱い口に敏感な胸の頂を閉じこめられて、ベイリーは彼の下で背をそらした。つめが食いこむくらい両手を握りしめ、彼の顔に胸を押しあげた。

「ああ、トレント」彼の名前を叫びたかったのに、ささやき程度の泣き声をどうにか押し出すだけの息しか残っていなかった。

トレントに胸のとがりを吸われて、彼の髪を握りしめた。舌がそこをなぶり、歯がかすめる。トレントにそこをなぶられ、いじめられて、ベイリーは彼に身を寄せようと体を浮かせ、すがりつこうとしながら喉の奥からもれる高い声を発していた。

全身をうっすらと汗に覆われ、内腿は欲望に濡れていた。体の中心に脈打って押し寄せる血の流れを感じ、花芯がうずくほど張りつめた。

体が燃え立っていた。肌の上を炎に似た熱が走り、腿のつけ根に刺激を送りこむ。トレントがそこに脚を割りこませ、ほてるひだに屈強な腿を押しあててきたときには、それだけですぐさま達しそうになった。

その圧迫感をさらに求めてヒップをよじり、ふくらんだクリトリスを彼の熱を持った脚にこすりつけた。トレントの唇がとがった乳首のいっぽうからもういっぽうへと移ると、わきあがる感覚が子宮でばねのようにきつく巻かれていき、オーガズムへの欲求が苦しいほどになった。

トレントが顔を引いて、今度は口づけながら彼女の体をたどりおり始める。ベイリーは激しい欲望の勢いに翻弄されてなすすべがなかった。両脚を開いてトレントの肩を迎え入れ、中心のひだをとろりと覆っていた愛液を舌でなめ取られた瞬間、快感のあまりの強さにベッドから体が浮きあがりそうになった。

まるで官能をかき立てる危険な炎に、肌をじかにあぶられたかのようだった。トレントの舌がゆったりとけだるげに細い割れ目をなぞる、と同時に唇がひだをつかまえ、吸いこむようなキスをしたあと、もう片方の感じやすいひだに移った。

歯が盛りあがった丘を優しくこすり、舌がクリトリスを取り巻くようになめた。そのあいだずっと彼の指は天にも昇るようなこたえられないほどの巧みな手つきで、彼女の入り口を円を描いてなぞり、探っていた。

「からかってじらしてるのはそっちよ」ベイリーは大きな声をあげてトレントの髪をつかむ指に力をこめ、花芯に口先で吸いつくすばらしいキスをしている彼を、どこにも行かせまいとした。「まいらせようとしてるのね、トレント」

「愛そうとしてるんだ」トレントが口づけたままささやいた。「ああ、ベイリー、桃とクリームの味がする」

「ソープの香りね」なんとか答える。

トレントが響かせた笑い声が、快感になって彼女を突き抜けた。

「ソープじゃない」彼がまたキスをした。プッシーの真ん中に深く舌をうずめるキス。「おれのベイビーの味だ。すごく甘くてそそるから、そのなかに溶けていっちまいそうになる」

もうだめ。ベイリーのほうが、この場で溶けかねない。ふたたび舌を突き入れられたとたん、溶けるどころではなくなると思った。爆発しそうだ。トレントの腕のなかで、ばらばらになってしまう。

「きみに殺されそうだ」トレントが彼女の太腿のあいだから体を起こした。サイドテーブルに手を伸ばして、すでに包装を開けてあったコンドームを取り、すばやくかぶせている。

「来てくれ、ベイリー。頼むよ、ラブ。いま、おれをきみのものにしてくれ」

いま、あなたをわたしのものに？　ずっと、あなたを自分のものにしたかった。

ベイリーは腰をあげ、ペニスのふくらんだ頂が彼女の中心の唇をそっと開き、秘所へ続く入り口を突くのを見つめた。トレントがゆっくり身を沈めていくのを、息を詰めて目を大きく見開いて見守った。

先ほどから燃え立っていると感じていたけれど、いまはもっと熱かった。トレントが腰を動かすたびに、彼の大きさを受け入れようと体の内側が引き伸ばされ、激しい感覚が走る。色濃く太い柱に分け開かれるたびに、花びらが濡れてつやめいた。

この光景に高ぶった。トレントに貫かれるところを見て快感がいや増し、これ以上は持ちこたえられないと思った。ベイリーは嵐の中心で燃えていた。彼女の内側で稲光がはじけ、雷鳴が体のすみずみまで響き渡った。激しい感覚の嵐に巻きこまれ、どうやったら吹き飛ばされずにいられるかわからない。

「おれにつかまってるんだ、ベイビー」ベイリーが快感にさらわれそうになっているのを見抜いたように、トレントが言った。

彼女の手を片方ずつ取って、自分の手首をつかませる。ベイリーはたくましい手首に指を巻きつけ、ヒップを浮かせ、もっと奥まで彼を迎え入れて叫び声をほとばしらせた。

「すごくいい」トレントがささやく。「いいぞ、ラブ。おれがきみを抱くところを見てろ。いままで生きててこんなセクシーなものは見たことない。おれがきみにのみこまれてる」

トレントの腰に力が入って上下し、ペニスがさらに深くベイリーを貫き、神経に荒れ狂う感覚を送りこんで思考をかき乱した。

体のなかで動くトレント以外はなにも感じなくなった。彼に抱かれ、押し広げられ、彼の名を叫び、さらに求めて懇願していた。もっと深く。もっと強く。浅くつつかれるだけでは足りない。トレントのすべてがほしい。トレントに満たされ、押し伸ばされ、彼のものになって激しく燃えあがる感覚がほしかった。

「ちくしょう、ベイリー。もう少し待てよ」トレントが両手で彼女の腰をつかみ、じっとさせようとする。

ベイリーは枕に頭を打ちあてた。「だめ。お願い、トレント。待たせないで。頼むから待たないで」トレントを抱きしめる場所が引きしまり、抑えようのない欲求で脈打ち、彼ががくりとのけぞって腰を前に突き出した。

ときが消え去った。時間の感覚が現実とともに遠ざかっていき、トレントに満たされる快感と痛みの混ざり合った深い感覚が心からそれ以外のすべてを押し流した。

力強い一突きでトレントが身を沈めた。締めつけるプッシーに抱かれてペニスは脈打っている。ふたりの荒い呼吸に合わせてどくどくと脈動している。ベイリーはその感触でほとんど達しかけた。ほとんど。でも、いききれない。達したくて必死だった。あと少しで届くところにオーガズムが待っているのは感じ取れる。トレントの手首につめを立て、組み敷かれたまま腰を揺すった。

「くそ、もう限界だ」トレントがあえいだ。「どうしようもないぞ、ベイリー」

ベイリーはまつげをあげて相手の目を見つめた。深みのあるグレーの瞳が、ほとんど黒く見える。トレントの顔は紅潮し、唇は腫れて湿っていた。ベイリーの魂を手にしようと、彼女の脚のあいだに降臨したセックスの神のようだ。

見ていると、彼が頭を振った。ベイリーが失わせようとしている自制心を取り戻そうとしている。ベイリーはペニスを抱きしめている場所にぎゅっと力を入れた。ヒップをまわしている。

揺らし、心地よさにまつげをはためかす。

「ファックして」ささやきかけた。

トレントが目を見張って、唇にセクシーな笑みを浮かべた。

「もう一回言え」命令する。

「ファックして、トレント。あなたをほしがって悲鳴をあげるまで、ファックしてちょうだい」

トレントが彼女に悲鳴をあげさせるまで長くはかからなかった。ベイリーはすでにそうし始める寸前だったからだ。とっくに、そうしたがっていた。トレントに打ちこまれ、動かれて、彼の手首につめを食いこませた。両脚をあげて、前後する彼の腰に巻きつけた。体を彼に寄せて浮きあがらせ、あの最後の感覚をもぎ取ろうとした。彼女を絶頂に押しあげるあの強烈な最後の瞬間に訪れる、信じられないくらいすばらしい感覚を。

貫かれるごとに叫び声を発し、さらに高みへ押しあげられた。プッシーと小さな芯に熱が集中する。熱が体を駆け巡り、肌の上を走り、ついに子宮で爆発した衝撃はあまりにも強烈で、魂を揺さぶられるほどで、ベイリーは彼の名を叫ぶことしかできなかった。

オーガズムが細胞という細胞を満たし、全身にエクスタシーの波を走らせた。息を奪われ、理性も吹き飛ばされ、ただ激情にたゆたう存在になって、力強く、深く貫くトレントだけを感じた。そして、彼もまた身をこわばらせて解放に襲われた。

時間から抜け出した一瞬。そんなふうに感じた。その瞬間は二度と戻ってはこないのに、それにしがみついていたくてたまらない。彼にしがみついていたくてたまらなかった。

トレントが隣に寝転がり、まだ息を切らしているベイリーを抱き寄せた。ほんのいっとき、彼女は固まってしまった。誰かに抱きしめてもらうなんてめったになかったから、ほんの一瞬まったく不慣れな出来事にとまどってしまった。

それからトレントの胸に身を寄せ、相手の荒い息遣いと力強い鼓動に耳を澄まして、懸命にささやかな祈りが聞き届けられないかと願っていた。この瞬間に、あともう少しだけしがみついていられますように。

「きみにまともな頭をぶっ飛ばされるってわかってたよ」しばらくして、トレントがため息交じりに言った。

「そもそも、あなたにまともな頭があったんならね」いきなり落ち着かない気分になって、ベイリーは茶化した。

こういう場合、相手にどう対応したらいいの？　彼をつなぎとめようとすればいい？　黙って行かせる？　どうするのよ？　ああ、仕事をする上でのほかの駆け引きならうまくできるのに、人生でいちばん大切な駆け引きとなると、どうしたらいいかわからない。

「まともな頭くらいあったさ」トレントが彼女を仰向けに押し倒して覆いかぶさり、いつものどこまでも能天気で気軽な笑顔で見おろした。「ハートだってあったんだ。そっちもきみに盗まれたみたいだけどな」そう言って不意にまじめな顔になる。

思いもよらない驚きに唇を開いて、ベイリーは相手を見あげた。

「ハートを？」ささやき声で聞き返す。

「どうやらそうらしい」トレントはウインクをしてみせてからベッドから飛びおり、部屋の向こうへ歩きだした。「一緒にシャワーはどう？」引きしまったキュートな尻に見とれていたベイリーを振り返って尋ねる。

「あとでね」ベイリーは誘いをことわった。落ち着いて自分を見つめ直さないといけない。そうして、これからどうするべきか決めないといけない。

「じゃあ、あとでな」うなずくトレント。「シャワーのあと、ちょっと外に出てディナーを調達してくる。二、三用があって連絡員と会わないといけないから、それが終わったら戻る」

ベイリーはうなずき返し、バスルームに入っていくトレントをものうげに見送った。数秒後シャワーの音が聞こえてくると大きなため息をつき、シーツをかぶった。少し眠れば平常心が戻るだろう。疲れてもいるし。ここ何年も経験したことがないくらい、くたくただった。

そう考えて自然に笑みが浮かんだ。トレントにくたくたにさせられた。充分満足させられた。大切にされていると、感じさせてもらった。やはり、トレントを自分のそばに引きとめておきたい。

ずいぶん長いことたった気がしてから、ベイリーは頬にキスをされた。そして、トレントは静かに「すぐ戻るよ、ラブ」と言い置くと、ドアを閉めて出ていった。

ベイリーがまどろみに戻ったとき、外で大混乱が巻き起こった。爆風が窓をたたき割ってガラスの破片をベッドに降らせ、閃光が嵐の夜を照らし、ベイリーは恐怖の悲鳴をあげた。ベッドから飛びおりて体にシーツを巻きつけ、玄関に走った。炎がなめているバンガローのわきには、トレントがジープを停めていた。車は、ねじれた金属の塊と化していた。火が貪欲に車体をのみ尽くし、彼女が抱き始めていたささやかな夢を砕いた。

周囲のバンガローから住人たちが出てきて、私道を駆けてきた。助けを呼ぶために叫ぶ人もいる。恐れおののいて、車のなかに人がいると叫ぶ人もいた。ベイリーはそこに立っていることしかできなかった。両手でシーツを握りしめ、心を打ち砕かれて。

これが、彼女の願いと希望に対する答えだった。ベイリー・セルボーンが夢を見たら、こうなった。

トレント・デイレンは小さく口笛を吹きつつ、バンガローから外に出た。ここ何年かで初めて、心がいくぶん軽くなったように思える。オーストラリアの夜に五感を包まれ、涼しい風に髪をもてあそばれて、一瞬かすかな笑みを浮かべた。

玄関から離れるなり、その笑みは消えた。木立から人影が現れて狭い芝生を横切り、あせったようすで近づいてきた。

街で会うことになっていた連絡員が、私道に停めてあるトレントのランドローバーのかたわらに立った。動揺し、見るからに怯えている。

「やっと出てきてくれたか!」ティモンズ・ローウェンは完全に平静を失っていた。腰のない茶色の髪を濡らして頭皮にぺったりと張りつかせ、普段はぼんやりとしているはしばみ色の目を見開き、恐怖にぎらつかせている。「相棒《メイト》、ウォーバックスにこっちの手のうちを読まれた。やつらが追ってくる」

トレントは顔をしかめ、相手を日よけの下に乱暴に引きずり寄せて軽く揺さぶった。

「いったい、なんの話だ？」

ウォーバックスは、アメリカ政府の機密情報や極秘兵器を不法に入手してテロリストに売る正体不明の個人――または集団――だ。その情報には国外で活動を行う中央情報局《CIA》に協力する、オーストラリア保安情報庁のエージェントのリストも含まれていた。そのエージェントたちが死体で発見されている。

トレントはオーストラリア国内におけるウォーバックスのつながりについて調べを進め、いくつかの驚くべき事実を突き止めた。そうして知るに至った情報は、危険以外のなにものでもなかった。

「なぜかウォーバックスにおれの正体がばれたんだ」ティモンズがあえぎながら答えた。「男につけられた。あと少しで、街でやつに追いつめられるところだった。わかったか、トレント、おれたちはやばいことになってる」

「やつらになにを知られたっていうんだ？」トレントは目の前の小男を乱暴に揺さぶりたくなった。ティモンズは恐怖にのまれて完全に見境がなくなっている。くそ、この男をホテルに張りこませたのが間違いだった。今月、そのホテルでウォーバックスが新たな情報を売るためブローカーに会うとみられていた。しかし、すでに手配はすんでいたし、手配できる最善の目がティモンズだったのだ。

「この件について知られたんだよ」ティモンズが大声を出した。「おれがおまえの目として働いてるってことも。おまえの身元も。この件について全部だ、トレント。ウォーバックスになにもかも知られてる」

トレントは言葉を失った。「どうして知られた?」

ティモンズが必死の形相で首を横に振る。「わからないんだよ、メイト。わかってるのは内部から情報がもれたってことだけだ。つけてきた男がおれを捜してバーに入ってるあいだに、そいつの車を調べた。諜報部の身分証に、おれたちの写真と情報もあった。もう身元がばれてるんだ」

ベイリーを逃がさなければ。トレントはあたりを見まわし、雷の閃光が走る空を見あげ、嵐の激しさを感じた。この危険から、ベイリーをできるだけ遠くへ逃がさなければならない。

「ローバーを使え」ポケットからキーを取り出した。「三日以内にパディントンの隠れ家で合流する。そこを出るなよ、ティモンズ。ドアから鼻も出すな。ガレージにローバーを隠して死んだふりをしてろ」キーをティモンズの手に押しつけ、彼をランドローバーに押しやった。

「隠れ家だな。よかった、トレント、おまえは頼りになるってわかってたよ」

トレントは運転席のドアを開けてやり、車内にティモンズを押しこんだ。

「電話はするな、おれにも誰にもするんじゃないぞ」ティモンズに指示した。「ひたすら身を潜めて、おれ以外の誰が来てもドアを開けるな」

トレントが調べていた情報の詳細についても、ティモンズが調査にかかわっていることも、知っているのはたったひとりだけだ。トレントのパートナーである、ガイ・ワーナーだけ。ベイリーでさえ、トレントの連絡員が誰であるかも、トレントがオーストラリア国内でウォーバックスとかかわりのある人間を追っていることも知らなかった。

ティモンズがイグニッションにキーをさしこみ、トレントは車から離れた。点火装置が作動し、トレントが背を向けてバンガローへ駆けこもうとした瞬間、まわりで闇が炸裂した。すさまじい勢いで宙に吹き飛ばされ、肺から空気が押し出されるほど強く地面にたたきつけられ、バンガローのそばを通る運河の沼地のような泥の上に転がった。

二度目の爆発が起こって衝撃とともに夜を炎で照らし、車体の破片をさらに飛び散らせた。トレントは苦痛をこらえて息をしようとあえぎ、視力を奪う閃光と、目の前で踊る花火に似た色とりどりの残像を通して状況を理解しようとした。

悲鳴が聞こえた。女性の悲鳴。ベイリーの悲鳴だ。夜気をつんざくベイリーの叫び声を聞いて、彼は無理やり目を開き、横向きになろうとした。

体を回転させようともがき、降りしきる雨を顔に浴びつつ、泥に覆われた目をしばたたいた。ようやく目が見えるようになり、元は私道だった場所の惨状が視界に入った。そこに、パートナーのガイ・ワーナーがいた。

ガイは自分の車からランドローバーへ駆け寄った。その顔には、妙に満足げな表情が浮かんでいた。そこにベイリーもいた。体にシーツを巻きつけた姿で、トレントの名を叫んでいる。

間に合わない。ここにいることをすでにガイに知られている。トレントは胸を締めつける痛みをこらえ、考えようとした。どうやったら、もっとも早くベイリーのところまで行けるだろう。そのとき、ガイがベイリーに近づいた。ベイリーが、みずからガイの腕に身を任せた。

視界がぼやけだし、トレントはまばたきした。目の焦点をふたたび合わせようとするなか、情報部の車がもう一台やってきて停まり、トレントやベイリーとともにこの直近の作戦にあたっていた米国海軍特殊部隊《SEAL》の男が視界に入ってきた。

ジョーダン・マローン。

懸命なまばたきにもかかわらず、また視界がぼやけだす。

トレントのまわりに夜が迫ってきて、闇で押し包み始めた。

「じっとしていろ、トレント」地面に倒れこむ寸前につかまれ、トレントは自由になろうともがいた。

「しっかりしろ」低く響く男の声がささやいた。「この場はわれわれに任せるんだ」

トレントは頭を揺すり、なにが起こっているのか理解しようとした。話しかけてくる声に聞き覚えはあるものの、誰の声か思い出せない。

「ベイリー」うめき声をあげた。

「ベイリーは保護された。ここを離れよう」

目が見えなくなった。さまざまな色が混ざり合って視界がよじれ、なにがなんだかわからなくなった。皮膚が火で、酸で焼かれているように熱い。丸焼けにされたような痛みを感じていた。

「ベイリー」またうめいて彼女の名前を呼び、自分を引きずっていこうとする手に抗おうとした。

ベイリー。彼女をあそこに残してきてしまった。戻ると約束したのに。彼が戻ると約束した女性は、ベイリーが初めてだった。

「ベイリーは安全だ」レノ。この男の名前はレノだ。レノ・チャベス。SEAL隊員。トレントたちが行っていたアメリカ・オーストラリア合同作戦に参加していた、SEAL隊員のひとり。

ふたたびめまいに襲われた。闇が氷の層さながらにトレントを包んだ。今度は抵抗できなかった。襲ってくる無感覚の波を押し戻せず、のみこまれた。

あがきもむなしく、迫りくる死を感じた。胸で息が詰まり、激しい怒りに震えた。ウォーバックス。あの悪党に、戦いを挑むより先に負かされてしまった。

32

ジョージア州、アトランタ
五年後

ベイリー・セルボーンは息が切れるまで、息をするのが本当に重労働でおぼつかなく感じられるまで抵抗した。ロープをほどこうと暴れ、さるぐつわを通して叫び、決して泣くまいとした。

彼女はオリオンという名で知られる国際テロリストを追っていてとらえられたが、オリオンにとらえられたのではなかった。いや、オリオンだってここまで手際はよくない。ベイリーは、オリオンの標的リサ・クレイを守る正体不明の部隊にとらえられていた。このリサという若い女性は、八年前に彼女を強姦した悪党によって殺しの標的にされた。リサは自分をレイプした男について思い出しつつあるらしい。白人奴隷の人身売買を行い、上院議員の娘を誘拐したリサの父親ヤンセン・クレイに、その悪党は協力していた。

ベイリーはオリオンをアトランタまで追いつめていた。オリオンを追ってアメリカでもっとも富裕な男たちの小集団にたどりつき、オリオンと、その雇い主と、彼女の家族の死をつなぐ線を暴こうと執念深く調査を続けてきた。

あと少し、あとほんの一歩というところまできて、現在リサを護衛中の謎に包まれた諜報員と思われる男たちに捕まったのだ。情報を共有することも、ベイリーが貢献できる作戦に彼女を引き入れることも拒む諜報員たち。

この男たちは、闇社会ではまさにゴーストとして知られていた。ベイリーが彼らに関してどうにか調査を進めて手にした結果は、筋の通らないものだった。彼らのなかには元SEAL隊員もいれば、麻薬密売組織のボスをしていた男も、武器商人も、テロリストの疑いがある者もいた。ベイリーが身元を突き止めるのに成功した五人の男たちの誰ひとりとして、善人といわれる人物はいなかった。ところが、そんな男たちが全員リサ・クレイのまわりを固めている。そのせいで、ベイリーは彼らの身元は偽造身元《カバー》ではないかと怪しんでいた。

それなのに、答えを得るどころか縛られ、さるぐつわをかまされ、目隠しをされ、連れこまれていたアパートメントから、彼女が〝尋問される〟予定の謎の場所に移送された。

所属するCIAに、両親の友人でもあった自分のボスに裏切られた。ベイリーが提供するのを拒んだ情報を盗むために彼女の意志をくじく方法を、ボスはあの男たちに明かした。

自分が調べを進めていた男たちと、自分を拘束した男たちが同じ人物だと、ベイリーが気づかないとでも思っているのだろうか。彼女は男たちそれぞれの声が聞けるほど近づいていた。声を聞き分けるのは得意だ。諜報員のカバーや変装を見抜いて正体を突き止めるのも。

ベイリーはロープをほどこうと手首を動かし、すりむけた肌に生温かい血が伝うのを感じた。薬を投与され、自白を強要されると考えて心底怯えた。恐ろしくて震えだしそうだった。しかも、信用ならない男たちに薬を投与されるとは。流血と死を意味する名前を持つ男たちに。

彼らの話し声が聞こえた。声が響いているから、ここは天井が高く広い場所なのだろう。

おそらく倉庫だ。ベイリーは折りたたみ式ベッドに寝かされていた。薬物は静脈注射によって投与されるに違いない。彼女にはそうされた記憶があった。何年も前にモサドの訓練に参加したとき、薬物耐性の試験も経験したのだ。ベイリーがもっとも早く口を割ると判明したのが、その薬物だった。

ちくしょう！　ベイリーは涙と激しい怒りをのみこんだ。怒りにのみこまれてしまったら、あの男たちに針を挿入される前に意志がくじけてしまう。

「薬剤は一時間以内に到着する」男のひとりが声を発した。

「こんなのは気に入らない」もうひとりの男、ジョンと呼ばれていた男が返した。怒っている声に聞こえた。この場所に着いてからというもの、この男はずっと憤りを募らせている。

「落ち着け」別の男が静かになだめた。「痛みはまったくない。人道的かつ効果的な薬だ」

どうして殺し屋どもが人道や効果を気にするのだろう？

「人道的で効果的かどうかなんてどうでもいいんだよ」ジョンが声は低くしたまま険悪な口調で返した。「彼女を解放しろ」

「この女性の所属する組織の人間がこちらに向かっている」言い聞かされている。「われわれは外で彼らを出迎えて、なかに通し、それから尋問を始める。おまえは彼女を見張っていろ」

このベイリーのナイト気取りの男と、数時間前に彼女を尋問して〝安っちい肉〟と呼んだ男は同一人物だ。ベイリーを近くのドッグフード会社に売るとも脅していた。しかし、彼の口調からはずっと陽気さがうかがえ、からかっているように聞こえた。

そんな口調を耳にして、ベイリーは懐かしい気持ちに駆られそうになった。彼にオーストラリアの訛りがあったなら。彼のグレーの瞳の色合いがもっと明るかったら。ブロンドの色合いがもっと明るかったら。この男が別のときの別の男だったら、ベイリーはこの男のそばにいれば安心だと確信できただろう。この男が、彼女が失った恋人トレント・デイレンで、武器商人および殺し屋であると疑われるジョン・ヴィンセントでなかったなら、ベイリーはここでなにをされるかと怯えたりはしなかっただろう。

だが、トレントは死んでしまった。ベイリーは自分の心に強いて思い出させ、ふたたびわきあがる悲しみに身を任せた。トレントは、オーストラリアで殺された。

トレントは、もういない。

人が出ていく音がしたが、まだひとりだけ自分を見つめている男がいるとベイリーは気づいていた。ジョン。武器の売人。

この男は諜報員だ。ベイリーは確信していた。この男たち全員がそうだ。そうでなければ筋が通らない。薬物を投与されたら、ベイリーはこのことをすべて忘れるだろう。この男たちの名前も、身元も、ここで行われている作戦についても忘れてしまう。すべて記憶から消える。

近くで人が動く気配を感じた。頬を軽い風に撫でられたかと思うと、さるぐつわがあごまでさげられた。

彼女は黙ったままでいた。このときは、沈黙が勇気を示す最善の策だと思ったからだ。こうするのが、いちばん賢い手のはずだ。

「わざわざ自分からとんでもない厄介事に飛びこんだんだな?」ジョンの声は低く、怒りに満ちていた。

「あなたになんの関係があるの?」ベイリーも声を低く保った。

ジョンが乱暴に息を吐き出す。彼に首のうしろをつかまれて、ベイリーはささやかに燃える電気のような火花が走るのを感じた。

おかしい。こんな反応はめったにしないはずだ。トレントといるときだけ感じた反応だ。ベイリーはふたたび目を閉じ、自分は本当にひとりなのだという事実を見据えて息を継ごうとした。自分にはパートナーも、CIAからの後押しもない。それどころか、味方であるはずのCIAが彼女を裏切ってこの男たちに協力した。

いったい、ここでなにが起こっているのだろう?

「関係ないはずだな」ジョンが答えた。「そっちが自分からこんなはめになったんだから。おれたちが必要としてる情報を素直に教えて、何事もなく帰ることもできたんだ」

「ふざけないで」ベイリーは辛らつな笑い声を出した。「何事もなく帰ったってどうにもならないわ。オリオンはわたしのものよ」険悪な口調でささやく。「あの男の息の根を止めるのは、わたし」

「思いどおりにはならないよ、ベイビー」ジョンが言い切った。「あのろくでなしにはロシ

ア で殺されかけただろう。あきらめるんだ」

あきらめられるわけがなかった。

〝きみは幸運だ〟オリオンの声が頭のなかで響き渡った。〝それなりの力のある人々が、きみに生きていてほしがっている。いまのところはね。家族と同じ間違いは犯さないほうがいい、お嬢さん。おうちに帰るんだ。また会うことがあれば、朝食にきみの血を飲んでやるからな〟

それなりの力のある人々が、彼女に生きていてほしがっている。ベイリーが十八になって以来、つき合いを避けてきた人々。余りある富と、余りある力を持っている人々。オリオンを雇い、指示を出している人々。

「あきらめられないわ」

うそをつくべきだった。できもしないことを約束してやればよかった。長い目で見て、そうしていったいなにが変わるというのだろう？　この男に彼らがほしがっている情報を与えて、解放してくれるよう取引をして、さっさと逃げ出せばいいのだ。

もう数える気もしないくらい何年も逃げ続けてきた。それが数年増えたからといって、なにも変わらない。

「薬を投与されたら、きみはどうなる？」尋ねるジョンの声がして、ベイリーは腕を指先で撫でられた。

彼女は微笑みそうになった。トレントもよくこうした。ベイリーから話を聞き出したいとき。注意を引きたいとき。それに、ただ彼女にふれたいときに、彼女の腕に指の背をそっと滑らせた。

同じ感覚を引き起こしたとしても、これはトレントの指ではない。ジョンの皮膚には細かい網目状のあとがある。まるで指に火傷か、ほかの外傷を負ったかのように。しかし、ジョンはトレントがかつてしたようにベイリーにふれ、彼女の胸を悲しみで締めつけた。

ハンサムで、勇敢だった彼女のトレント。

目隠しがそっとはずされ、ベイリーはジョン・ヴィンセントの嵐を閉じこめたグレーの瞳を見返していた。怒りと欲望と熱情が渦巻き乱れる、空の目だった。

いかつい、粗削りな顔。赤銅色に日焼けした顔の目のまわりには、かつてはよく笑っていたけれど、いまはめったにそうしないかのように見えるしわがある。上唇は少し薄くて、下唇は少し豊かだ。キスしたくなる唇。女性の体をよく知っていそうな唇。キスの仕方も、愛撫の仕方も心得ていそうな唇。

「わたしを解放してくれるの？」目の前に屈みこまれて、ベイリーの胸のなかで鼓動が高鳴った。心を読もうとでもするように、彼から目をのぞきこまれている。

「こんなことするべきじゃない」ジョンがささやいた。「こんなかわいい罠に足を踏み入れたりするべきじゃなかった」その言葉の最後に〝でも〟を感じ取り、ベイリーは相手の考えがわかったらと願った。

「なんの罠ですって？」ジョンの目で渦巻く感情を読み解こうとしながら尋ねた。

「ベイリー・セルボーンの罠だ」ため息をついている。「広い海みたいな緑色をした大きな目に、天使みたいな顔。男の心をがっちり罠にはめて、絶対に放さない顔だ」

本気で言っている口調だった。ベイリーはばかにしてやりたかったのに、そうするのに必要なあざけりも皮肉も呼び起こせなかった。胸に引っかかり、消えないうずきを残している悲しみにふさがれて出てこなかった。

「あなたの正体はわかってるわ」ベイリーはささやいた。「あなたはわたしと同じく武器のブローカーなんかじゃない」

ジョンが彼女の唇に指を押しあてた。「そんなことは二度と口にしないほうがいい。考えるのもだめだ。危険な存在にならないでくれ、ベイリー。さもないと、きみを守れなくなる」

ベイリーは横に首をかしげた。「いったい、いつからあなたに守られなきゃならなくなったの?」

相手の目によぎった親しみに、彼女はとまどった。ジョンのまなざしは、まるで彼女をよく知っているようだ。彼女にふれたことがあるかのようだ。一瞬、ベイリーは彼の愛撫を感じられそうな気がした。

ジョンが言いたいことを押しこめるように唇を引き結び、立ちあがってぴったりしたジーンズのポケットに手を入れた。小型の折りたたみナイフを取り出して開き、ベイリーのうしろにまわる。

わずかののち、ベイリーはナイフを握らされていた。

「五分やれる」ジョンが言った。「裏口に車が停めてある。キーはイグニッションにさしてある。ゆっくり静かに発進して、そのまま走らせ続けろ、ベイビー。もしまた捕まったら、二度目は助けられない。これと同じことが起こっても、今度は止められない」

また前にまわってきたジョンを、ベイリーはじっと見つめた。ナイフを握りしめ、想像もしていなかった決定を下した。

「あなたたちがほしがってた情報だけど」低い声で話しだした。

ジョンが目を細めた。

ベイリーは相手が必要としている情報の詳細を手短に話した。なかでもいちばん重要なのはオリオンの連絡係《ハンドラー》の居場所だ。この情報を突き止めるのに数年を費やした。その男の声なら心臓が一打ちする間に聞き分けられるだろうが、もうその声を聞くこともないだろう。ハンドラーとオリオンの声の特徴を早口に説明しつつ、ロープの上でナイフを動かした。持っている情報をひとつひとつ話し、最後のひとつを説明し終えたところで、手首からロープがほどけた。

ナイフを放って動きだした。折りたたみ式ベッドから体を起こすやいなやジョンの脚を払って転ばせ、裏口に走る。

ドアのすぐ前まで行った。両手を掛け金に伸ばした瞬間、いきなりうしろからつかまれて振り向かされた。セメントの壁にたたきつけられる。彼女の頭を激突から守ったのは、そこを包んだ頑丈な男の手だった。たたきつけられた衝撃をやわらげたのは、突然重ねられた彼の唇だった。

空いていたほうの彼の手はベイリーのあごをつかみ、彼女の舌を撫でる舌を、かみ切れないようにしている。ベイリーにかむつもりはなかった。かむこともできなかった。ショックを受けてぼうぜんとし、突然巻き起こった感覚に包まれてどうすることもできなかった。こんな感覚は、これまで生きてきてたった一度だけ、たったひとりの男とだけ経験したものだった。死んでしまった男と。

「もう一度やってみろ」ジョンがすばやく身を引き、彼女を放した。「好きなだけずるい手を使えよ、ベイビー。ただ覚えとけ、きみの個人情報は押さえてる。それをどう使ったらいいか、しっかり心得てるからな」

ベイリーも挑発する笑みを作ってみせた。「じゃあ、近いうちに連絡してくれるのを待ってるわ」

取っ手をまわし、両開きのドアの隙間から夜の外へ抜け出した。キーをイグニッションにさした車が停まっていた。数秒後には静かに路地を走りだし、バックミラーに目をやった。ジョンが見送っていた。月の下に立ち、空から降り注ぐほの白い光と、路地の暗闇をかろうじてやわらげる街灯の明かりに照らされている。

そしていっとき、ほんの一瞬だけ、ベイリーの目に映るのは、武器のブローカーであり、謎の諜報員であるジョン・ヴィンセントではなくなった。ほんのわずかな一瞬だけ、そこにいるのはトレントだった。心臓が一度だけ打つあいだ、トレントがいた。トレントを感じた。

「トレント」ベイリーがささやくと、彼が背を向けて倉庫のなかへ消え、幻想をそれきり断ち切った。

トレントはいってしまった。トレントは死んだ。一瞬たりとも、それを忘れることはできなかった。

でも、本当にそうだったのだろうか？

アトランタの通りに車を走らせ、目を細めた。ベイリーは親戚のダヴィド・アバイジャに関しては疑いを抱いていた。なぜなら、ミカ・スローンは絶対に、彼女が永遠に失ったと思っていた親戚のイスラエル人以外の何者でもないからだ。ベイリーはダヴィドの声も、身のこなしも知っている。先ほど彼女を尋問した男は、ダヴィドとしか考えられなかった。

ミカ・スローンは、決して元ＳＥＡＬ隊員などではありえない。あの男は本物の過去を持たない男だ。ベイリーの親戚のように動き、ベイリーが家族と呼べる唯一の人物のように振る舞う男だ。

人の声も、顔も、特徴も、動きも、ベイリーは見分ける方法を知っている。これが諜報員としての彼女の強みだった。そして、彼女は親戚のダヴィドを知っているように、恋人のトレントのことも知っていた。ふたりの男は同じ特質、同じ〝雰囲気〟を持っている。このうちのひとりは危険な犯罪者と思われている。そのふたりがいま、ともに働いているなんてありうるのだろうか？

ベイリーは偶然を信じないし、過剰な想像の産物を信じるなんてもっとごめんだと思っていた。過剰な想像を働かせてなどいない。事実にもとづいて判断している。自分のことはわかっている。愛する人たちのこともわかっている。

ベイリーは裏切られた。これは心の底まで傷つける裏切りであり、怒りのあまり震えを抑えられなかった。一生許せるかどうかわからない裏切りだ。ジョン・ヴィンセントがトレント・デイレンであるはずがない。けれども、ミカ・スローンとダヴィド・アバイジャは確実に同一人物だ。

ベイリーはこの裏切りから、車で走って逃げていた。親戚のダヴィドが彼女に背を向けて歩き去ったように。トレントが彼女から奪い去られてしまったように。

夜が深まり、車がワシントンＤＣへ向けて進むにつれて、ベイリーはこれからどこへ向かうか心を決めていた。あまりにも多くの年月を、他人が仕掛けた戦いに費やしてきた。今度は自分から戦いを仕掛ける番だ。

1

一年後

ここは、ベイリーが二度と戻るまいと思っていた世界だった。十五年前に両親の家をあとにし、二度と戻らないと誓った。七年前に両親がこの世を去ってからは、戻る理由もなくなっていた。

ベイリーは高価なクリスタルのシャンデリアの下に立ち、鮮やかなエメラルド色のデザイナーズドレスを着てハイヒールをはき、エメラルドとダイヤモンドで首元と耳を飾っている。髪はダイヤモンドをあしらったピンで結い、手には輝くエメラルドの指輪をひとつ。その手でシャンパンのフルートグラスを持ちあげ、口をつけた。

ここで供されるシャンパンは安いものではない。これまで味わったことのあるもののなかでも、極上の部類だった。彼女が十六歳のときに開かれた、社交界への披露パーティーで出されたシャンパンより質がいいかもしれない。あのパーティーで、父はかなり散財したのだが。

ベイリーは舞踏室を見渡してオーケストラの音楽に身を任せ、これもまた慣れた任務のひとつにすぎないと思いこもうとした。まだ自分はＣＩＡの一員で、この作戦を取り仕切るディレクターがいてくれて、面倒なことになったときは援護も期待できる、と。

そんなことはないとわかっていた。この世界に援護などない。ここにいるのはベイリー・セルボーン、セルボーン家の女後継者だけだ。帰郷を温かく迎えてくれる家族を失った放蕩娘。ここで彼女を取り巻いているのは敵だけだった。

「ベイリー、またあなたに会えて、なんてうれしいのかしら」ベイリーはまたしてもうつろな笑みを唇に浮かべて頬をあげ、そこをかすめるキスを受けた。

ジャニス・ウォーターストーン。六十代なのに、四十代に見える女性だ。美容整形手術と化粧は奇跡を成し遂げる。

ベイリーが一年前からふたたび住み始めたセルボーン邸に招かれた、ずらりと並ぶ選り抜きの招待客のひとりだ。

ベイリーは帰郷した。表向きは尻尾を巻き、CIAから解雇されてプライドをひどく傷つけられたふりをして。とはいえ、解雇は正真正銘の事実だ。ディレクターが当人のオフィスで怒鳴り散らす声がいまだに耳に響く。ミルバーン・ラシュモアは顔を真っ赤に紅潮させて汗をかき、ベイリーに対して完全に頭にきていた。

「わたしも、お会いできてうれしいですわ、ジャニス」相手と同じくらい見え見えの作り笑いを浮かべて答えた。

ベイリーがここにいて少しもうれしくないように、ジャニスもベイリーとの再会をうれしく思ってなどいない。しかし、大切なのは社交上のうそをつくことだ。世間向けの仮面、見せかけ。

世界でもっとも多くの富を持つ十二の一族。セルボーン家はそのひとつだ。三百年以上、富は減ることなく増え続けた。そうして、ベイリーの一族はつねに上流階級の最上の位置にあり続けた。いわば一流の家柄。アメリカの名門。

舞踏室を見渡し、母がここで開いた舞踏会を思い出した。プランを立てるのに何カ月も費やされた、きらびやかなパーティー。アンジェリーナ・セルボーンは完璧を求める主催者だった。母のパーティーは必ず出席者を楽しませ、招待状を受け取る人々はつねに羨望の的だった。

「かなりのお客様をお招きしたのね」ジャニスがお高くとまった笑みを浮かべたまま室内を見まわした。「ボディーガードを連れたシーク・アブドゥル・ラマディンのお姿もお見かけしたわ。もちろん、今年いちばん話題になった俳優のかたたちも何人か」

「招待状をお送りしたかたは、みなさん出席してくださいました」ベイリーはむき出しの肩をすくめてみせた。

「当然だわ」ジャニスが驚いたようにまばたきして見返す。「セルボーン家からのご招待は七年もなかったのですもの。このパーティーへの出席を見送る人はいないわ。たとえ、これほど急なお誘いだったとしてもね」

つまり、一年以上前もって開催が決まっていなかった、ということだ。

「せっかく家に帰ってきたので、幸せなころを思い出したかったんです」短く答えた。「母はパーティーが大好きでしたから」

アンジェリーナの話題にジャニスは一瞬沈黙し、それからうなずいた。彼女の話題なら、これまでと打って変わって喜ばしいとでも言いたげに。

「アンジェリーナとは、よく一緒にこのお屋敷のパーティーの計画を立てたものですよ」ため息をついている。「アンジェリーナが亡くなって寂しくなったわ」

ベイリーはシャンパンを飲み終えた。空いたグラスを、ウエイターがすばやく新しいものと交換する。過去の思い出にふけることは、今夜のベイリーの優先リストに含まれていなかった。

「失礼します、ジャニス、お話ししなければいけないかたがいらしたので」ベイリーはその場をあとにし、部屋を横切って宿敵のほうへ向かった。

権力欲が強く、求める地位を手に入れるためならなんでもする人間がいる。そうした男のひとり、CIAの元対外諜報員レイモンド・グリアがいた。

レイモンドはメアリー・グレース・アルトマンという未亡人と結婚することで、上流社会への仲間入りを果たした。メアリーとは、諜報活動中にヨーロッパを巡る船の上で出会ったらしい。メアリーは、かつて自分があの元エージェントのターゲットにされていたと知っているのだろうか。

レイモンドは優に一九〇センチを超える長身だが、その長身を魅力的にするたくましさと筋肉には恵まれていない。顔のかたちはイタチに似ている。あの男の口元に本物の笑みが浮かんだところは見たことがないと、ベイリーは誓って言い切れた。

「ごきげんよう、レイモンド、なんとか出席にこぎつけてくれてうれしいわ」相手の元エージェントに近づき、声を落として続けた。「ずいぶん成功したようね」

「誰もが生まれつき恵まれているわけではないからね」同じように低い声で返すレイモンドの微笑みはこわばり、怒りの表情になりかけていた。「退職後の生活のために、しっかり仕事に励まなければならない人間もいるんだよ」

ベイリーは弧を描く眉をあげ、ふたりから数メートル離れたところに立つレイモンドの華奢な妻に目をやった。

メアリーはベイリーが知る人々のなかでもっとも人柄がよく、〝真心〟という言葉を理解する数少ない人物だった。彼女はまた、ベイリーがこの世でもっとも憎んでいる男の妹であり、かつてベイリーのいちばんの親友であった少女の叔母だった。

「仕事扱いしてはいけないこともあるんじゃない？」レイモンドを振り返って静かに告げた。

相手が険しい目で見返した。

「まったく、レイモンド、わたしはこのパーティーの主催者なのよ。あなたは媚びなきゃいけないところでしょう」グラスを口元に運び、ベイリーは自分の冷笑を隠した。「育ちが知れるわよ。無作法なまねはよして」

「どうしてほしいんだ？」薄くなりかけた茶色の髪を手でかきあげ、レイモンドが疑わしげな視線を向けた。

ベイリーは問いかけに肩をすくめた。「友人どうしのように振る舞うべきでしょう。ある意味では、同じバックグラウンドを持っているんだから。同じ危険をくぐり抜けて。現役時代の思い出話でもするべきじゃないかしら」

そんなことは一生無理だとわかっている。レイモンドは家柄を理由にベイリーを目の敵にしており、ベイリーも傲慢さを理由に彼を嫌っていた。そうはいっても、レイモンドの傲慢さは生まれつきらしい。この男は生まれて以来ずっと自分が属すべきだと考えていた社会に、ようやく入りこんだ。ここまでくるためにうそをつき、人をだまし、おそらく人の命さえ奪ってきたのだろう。彼にとって手段はどうでもいいのだ。

ベイリーの言葉を聞いて、レイモンドは疑わしげに目を細めた。「おかしいな、これまでわたしと話を交わそうなんて気は少しもなさそうだったのに」

ベイリーは笑顔で答えた。「これまでは共通の話題なんてなにもなかったでしょう。いまは、ふたりともこの社交界の一員だわ。ちょくちょく顔を合わせるのだから、なんとかうまくやっていくべきよ」

「それなら、エージェントに戻りたいわけではないんだな？」尋ねる彼の口調と目つきからは、なにかしらの意図が伝わってきた。「一年もたてば、そろそろあの仕事が恋しくなってきたんじゃないか？」

帰郷してから数カ月、ベイリーは何度も同じ質問をされてきた。

「わざわざ侮辱するようなまねをしないでちょうだい」冷たく言った。「あなたもわたしも、そんなことが起こるわけがないとわかっていると思うけど」

言わせてやればいい。どんな口をたたかれても、以前のベイリーとは違い、いまは対処できた。

「きみは首になったんだものな」レイモンドが満足げに底意地の悪い笑みを浮かべた。

ベイリーはそっけなく低い笑い声を発した。「自分から辞めたの。ラシュモアは仕返しに首にしてやろうとしただけ。聞いてないの？　あの男は彼を神の直系と信じない人間を、自分のチームに置いておきたくなかったのよ」

レイモンドが妙な顔で片方の眉をあげた。ベイリーはレイモンド自身がラシュモアをけなした言葉を、そのまま使ってやったのだ。

「やっとわかったのか？」ひとりよがりに聞き返すレイモンド。「警告してやったとおりだったろう、ベイリー。ラシュモアは自分が誰よりも優れていると思いこんでいる。そのうち、誰かからふさわしい身の置きどころを思い知らされるといいんだが」

「墓の下がぴったりよ」悪態をつき、またこわばった笑みをレイモンドに向けた。「ではレイモンド、わたしは失礼して、ほかのいろんなかたたちにごあいさつしなくちゃ。だけど、わたしたちはまたあとでお話ししたほうがいいわね」

レイモンドから離れつつもちらりと振り返り、彼の頭に銃弾をぶちこむ案とは別のことを考えている印象を持たせた。ベイリーは確かに、ずっと重要なことを考えていた。

彼女は自分が何年も前に逃げ出した社会にふたたび受け入れられるため、一年を費やした。

十二カ月かけてうそをつき、策を巡らし、オリオンの雇い主であるウォーバックスが間もなく接触してくるだろうと確信できるところまでこぎつけた。接触してくるしかないはずだ。あの男がいま必要としている情報を教えられるのは、ベイリーしかいない。彼が売りたくてうずうずしているに違いない獲物。その売買を可能にするための情報だ。

招待客にあいさつをしてまわり、シャンパンに口をつけるベイリーの頭に、父と母の姿が一瞬浮かんだ。ベンとアンジェリーナのセルボーン夫妻は優しく、辛抱強い人たちだった。母は心から楽しいとき、優しい気持ちになったときに微笑んだ。父はよく響く大きな声で笑い、決まってまわりの人まで笑わせていた。

父は国を愛していた。自分の国と、国の自由のために身を捧げていた。その献身が父と母の死というかたちで終わりを迎えたことを、ベイリーは知っている。

もっと早く戻ってくるべきだった。舞踏室を見渡し、明るい色とりどりのイブニングドレスに黒いタキシード姿の人々を眺めて、ベイリーは思った。この人々が、冬のアスペンに集まった上流階級の人たちだ。このなかに、選り抜きの権力者の集団に属する六つの一族の人間もいる。最上の富を持つ者たち。最強の権力を持つ者たち。もっとも腐敗した者たち。何年も前に戻ってきて、いまようやくつかみ始めた秘密を知っておくべきだった。亡き者にされた両親の復讐を果たすための秘密を。

ベイリーが十八のときに家を出て、減らすだけで四世代ほどかかりそうな財産に背を向けたのには理由があった。両親と、生まれてからずっと慣れ親しんできたものすべてを残して出ていったのは、ここで目にした腐敗と欺瞞が原因だった。

ふたたび戻ってきたのにも理由がある。ひとつには、両親の死に責任のある男を見つけ出すため。その男が、オリオンと呼ばれ国際手配されていた殺し屋を雇い、両親を殺した。オリオンに復讐することはできない。あの男は死んだ。謎の兵士または諜報員の集団に追いつめられ、ベッドの上で殺された。名前すら持たない、謎に包まれた部隊に。アトランタでベイリーを拉致したのも、その部隊だ。

ここには幾重にもなった先の見えない層があり、ベイリーはそれを一枚ずつ暴いていくつもりでいた。あの部隊の正体を暴き、ウォーバックスが誰なのか突き止める。そうして初めて復讐を果たせるだろう。オリオンには、この手で復讐を果たせなかった。

そう考えたとたん背筋に冷たい感覚が走り、無理やりそんな考えを振り払った。自分の意思でオリオンから手を引き、立ち去ったのだ。認めるのは悔しかったけれども、ひとりでオリオンをとらえられる見こみはないとわかっていた。ここに戻ってこなければ、必要としていた情報を得ることもできなかっただろう。ただ、帰郷してどんな情報を得ることになるかは、予想もしていなかった。

「ジョン・ヴィンセントじゃないか。いったいどうしてまた、きみがこのアスペンに？」

ベイリーは男性の驚いた声に振り向いた。イアン・リチャーズとその妻のカイラは、休暇を過ごすためにコロラドに来ていた。この元ＳＥＡＬ隊員はアメリカでもっとも引く手あまただった女相続人カイラ・ポーターと結婚し、選び抜かれた特権階級の人々しか招かれないパーティーに足を踏み入れることができるようになった。

そして、そのたくましい元SEAL隊員と握手しているのはジョン・ヴィンセントだ。ベイリーがジョンについて行った身元調査からわかったのは、ジョンが彼の取引相手やビジネスと同じように、いかがわしい人間であるという事実だった。彼は機械設備、情報、兵器をテロリストや麻薬カルテルに売るブローカーであると疑われていた。犯罪者間のスムーズでごまかしのない取引を実現する仲介者。そんな人間になりすましているなら、リチャーズと顔見知りであるというのもまったく不自然ではない。イアン・リチャーズの父親は何年か前に殺された、最悪の呼び声高い麻薬カルテルの支配者だった。

イアンがこの社交界で受け入れられているのは、SEAL隊員だったからだ。それに、際限なく振る舞われるシャンパンと同様ドラッグの使用も広まっているし、イアンの妻は途方もなく裕福な女相続人だからだ。

「本当に久しぶり、ジョン」カイラが頬にキスを受けている。ここのところ、ベイリーがあまりにも夢に見すぎている唇から。「どこに隠れていたの?」

見つめていたベイリーは、顔をあげたジョンの楽しげに輝くグレーの瞳をちらりと見ることができ、彼の顔立ちをすみずみまで五感に刻みこんだ。力強い顎の線。鼻筋。あのキスしたくなる唇。広い頬骨。粗削りな顔の面と線を赤銅色に日焼けした張りのある肌が覆い、夜が深まってあごに伸びたひげが影を落としている。

略奪者のようだ。望むものを奪い、敵を笑い飛ばす男。まさに狙いどおりの人間になりきっている。危険なまでに魅力的な男だ。

「ベイリー、ちょうどよかった」イアンがベイリーに顔を向け、三人に近づいていく彼女を見て微笑みを浮かべ、ハンサムな顔を明るくした。「友人を紹介させてくれないか」

友人を紹介。イアンも、あのアトランタの作戦に参加していた。作戦が実行されているあいだ、ベイリーが彼の姿を見かけたのは一度か二度だけだったが。カイラもアトランタにいた。とはいえベイリーは以前からずっと、この女性は見せかけとはまったく違った存在ではないかと疑っていた。あまりにもたくさんの層が重なっている。それらがすべて、ここに集まっていた。

「イアン」ベイリーは三人のそばまで行き、差し出されたイアンの手を取った。「今夜、あなたとカイラが出席してくださってうれしいわ」

「ぜひ出席したかったんだ」イアンがにっこり笑って、ジョンを振り返る。「友人を紹介したくてね」自然でさりげない紹介だったが、ベイリーのうなじの毛は逆立ち、警戒心を呼び起こした。

誰かに、じっと見られている。何者かが、この顔合わせに並々ならぬ関心を抱いていた。

「ミスター・ヴィンセント」相手はベイリーの視線をとらえて彼女の手を取り、その手をすっと自分の唇に近づけた。

ぞくぞくする感覚がベイリーの背筋を駆け上り、うなじで爆発して全身に電気を帯びさせるかに思えた。ジョンの唇が彼女の指の背の敏感な肌にふれ、そこを優しく撫でると、乳房がふくらむのを感じた。胸の先端は硬くすぼまって感じやすくなり、両脚のつけ根はかっとほてって濡れた。この男に対する反応は一瞬で引き出され、燃えあがり、彼女をとまどわせた。

「ミス・セルボーン」ジョンがささやいて彼女の手をおろした。「お会いできて本当に喜ばしい」

そのとおりだと、ベイリーは思った。

ここ何カ月もずっと閉じこめてきた感情のない暗いもやを貫いてアドレナリンがわきあがってくるのを感じ、唇に微笑みを浮かべた。いきなり生き返ったかのように危険を実感し、抑えられない興奮が全身を駆け巡るのを感じた。

「こちらこそ」答えは本心だった。この男は理由があって、作戦のためにここに来ている。賭けてもいい。彼はアトランタで彼と彼の部隊がそうしたように、ベイリーが始めた企てを妨害しようとしている。ベイリーは自分の計画に絶えず首を突っこまれるのに、うんざりし始めていた。

ただ今回は自分の縄張りで勝負している。誰にもこの計画を台なしにさせはしない。すでに彼女からオリオンの命を奪うという喜びを奪った男に、そうさせるなんてもってのほかだ。

「イアン、ここの眺めがこんなに格別だなんて教えてくれなかったじゃないか」ジョンがベイリーと視線をぶつからせたまま、わきに立つ友人に低い声で言った。「知ってたら、もっと早く来てたのに」

「ここの眺めが格別になったのはつい最近のことだよ」と、イアン。

ベイリーは感じのよい微笑を浮かべつつ、イアンとその妻を見やった。「イアンったら本当にお上手ね」軽口めかして言い、尋ねる。「それで、ミスター・ヴィンセント、ここにいらしたのはビジネス、それともお楽しみのため?」

「そうだな、ビジネスはしてる」ジョンがにやりとした。「できるだけこのふたつを一緒にするのが好きなんだ。だがいまは、確実に楽しんでる」

確実に作戦に参加しているんでしょう。一瞬、落胆がこみあげ、ベイリーはそれを押しこめて無視した。明らかに、彼女はジョンにとってなんでもない存在で、ジョンは彼女にとってなんでもない存在だ。それをしっかり覚えておかなければならない。そうしなければ自制心が脅かされてしまうと、肝に銘じておかなければ。

抱いている疑いを証明するすべはなかった。調査にいくら時間と努力を傾けようと無理だった。あんなのは甘い願望だ。自分に言い聞かせ続けていた。愛する人を失ったから、もっとも彼を必要としているいま、なんとか彼を取り戻せないかと願っているにすぎない。死んでしまった人を取り戻す方法などないのに。

「ダンスをしてくれないか?」まだベイリーの手を握ったまま、ジョンがイアンとカイラの隣から一歩身を引いた。

ベイリーはおとなしくダンスフロアに導かれ、黙りこくって彼の腕のなかに引き寄せられた。オーケストラのゆったりとした心落ち着かせる旋律に乗って、ふたりは踊った。

「ここでなにをしているの？」ジョンの肩に顔を寄せて唇の動きを隠し、彼だけにしか聞こえないよう声を落とした。

「話がある」ジョンは質問に答えなかった。が、ベイリーも答えが返ってくるとは期待していなかった。

「おあいにくさま」気取ってゆっくり返してやった。ベイリーは、たとえあいだにある服に阻まれているにしても、彼の体に身を寄せる感覚に浸っていた。ベイリーが無視したり忘れたりできないなにかが、彼にはあった。火に引き寄せられる蛾のように、ベイリーを惹きつけるなにかが。こんな状況に身を置くのは、とんでもなく危険だ。

「頼むよ、ベイリー」ジョンの唇が耳をかすめた。「数分だけ時間をくれ。そうしたことを後悔はさせない。約束する」彼の手がベイリーの腰から背を撫で、また撫でおりた。

「そもそもあなたに会ったことを後悔してるわ」ジョンにささやき返し、彼の体がこわばるのを感じる。「今夜もそうならないと、どうして言い切れるの？」

腰にあてられた彼の手に力が入った。「わかってないな、驚かせてやれる」

この発言には笑わされそうになった。ベイリーが驚くことはない。ジョンにできるのは、せいぜい彼女になにを望んでいるか明かして、あきれさせるぐらいだ。ジョンがここにいる理由を、ベイリーは確信していた。

「今回あなたは、わたしの縄張りにいるのよ」と、警告する。「あなたがここでなにをしようが、わたしを驚かせるのは無理だと思うわ、ジョン」

ところが、ベイリーはときおり自分を驚かせてしまうことがあった。たとえばいまも、この男に対する自分の反応に驚いていた。全身にわきあがる興奮に。前回、彼はベイリーの手から獲物を横取りした。今回も同じまねをしようと狙っているに違いない。ベイリーは興奮するかわりに怒り狂ってしかるべきだ。

「重要な話なんだ、ベイリー」ジョンが説得を試みた。「ふたりで話をする必要がある。パーティーが終わったら」

「パーティーが終わったら、きっともうくたくただわ」曲が終わりに近づき、ベイリーは相手の腕のなかから身を引いた。「ひょっとしたら、また今度ね。ドアマンに電話番号を伝えておいて。彼が言告いでくれるだろうから」

ジョンは彼女を放さなかった。ベイリーの腕をつかんで驚かせ、そのままダンスフロアを引っ張って舞踏室の外に通ずる大きな両開きのドアに向かいだした。

どうやら、それほど簡単にあきらめる気はなさそうだ。

「自分が開いたパーティーを放ってはいけないの」気軽な口調を装って文句を言いつつも、内心では激しい怒りが燃え始めた。

「すぐすむよ、ミス・セルボーン」ジョンは約束し、ベイリーを連れて広いドアから出て、迷うことなく屋敷の奥を目指した。

ふたりで出ていくところを見られていた。ベイリーの背筋のつけ根がぞくぞくする感覚が増していく。今夜じゅう彼女を見張っていたのが誰であれ、目を離してはいなかったようだ。

夜のあいだずっとこの感覚の元を突き止めようとしていたが、まだ特定の招待客を名指しすることはできなかった。しかし、疑いは抱いていた。

監視しているのが何者であれ、抜け目がない相手だ。彼女が相手にしている人々について考えれば、予想以上に抜け目がない。もちろん、彼らはもう何年もたやすく追跡をかわしてきたのだ。身を隠すのが巧みになっていて当然だ。そう胸に言い聞かせるベイリーを連れ、ジョンはまっすぐ彼女が自分専用の書斎として使っている部屋に向かった。

その部屋のドアには鍵をかけて出たはずなのに、いまはかかっていなかった。眉をあげるベイリーの前でジョンがドアを開けて彼女をなかに引っ張りこみ、ドアを閉めて鍵をかけた。

「よくも招待客の前でこんな恥をかかせてくれたわね」ベイリーはかっとなって勢いよく相手を振り返った。「自分のパーティーで、言うことを聞かないペットみたいに、あなたに引きずっていかれるなんて」

「おまけに引きずっていかれるあいだじゅう、おれに向かってうなってた」ジョンがにらみ返した。「〝ふたりで話をする必要がある〟っていう言葉のどの部分を理解したくないんだ？」

「〝話をする必要がある〟っていう部分じゃない？」ベイリーは驚いたふりで目を見開いてみせた。「そっちはどうにかして、わたしの答えを誤解してしまったの？」

胸の前で腕を組み、不思議そうな顔で眉をあげた。「〝だめ〟って言われるのがかなり苦手みたいね、ミスター・ヴィンセント？」

彼の唇が笑いだしそうにひくついた。まあ、些細なことにおもしろがってくれただけで、なんてうれしいのかしら?

「正直、その言葉は苦手だね」ようやくジョンが答えた。「子どものときから、おふくろにそうやって言われすぎたからかもな」

この答えに、ベイリーはふんと鼻を鳴らした。この男に〝だめ〟と言えた女性がいるとは思えない。

「それで、パーティーの主催者のわたしに恥をかかせてまで、しなきゃいけないと思った重要な話ってなんなの?」冷ややかに尋ねた。「生死にかかわるくらい大切な話なんでしょうね。そうでなかったら絶対に許せないわよ」

ジョンが片方の眉をあげた。赤銅色に日焼けした肌に映えるダークブロンドの色合いは、信じられないくらい魅惑的だ。まるで堕天使みたいに見える。粗削りな顔は言葉にできないくらいハンサムで、本人のためにならないくらい愛嬌がある。

「社交界のお嬢様の役になりきってるんだな」彼がひとりごとのようにささやいた。「意外だよ」

ベイリーはむき出しの肩をちょっとすくめた。「血は争えないっていうでしょ」ばかにしたように言い返す。

少なくとも、母にはいつもそう言い聞かされていた。あなたはアメリカの名門の血を引いている。決してそのことを忘れてはいけない。母の家族も、父の家族も、ひとり残らずよい家柄の相手と結婚した。貴族の血とまではいかなくても、純粋な血を引く相手と。

「縛りあげられて、目隠しをされて、さるぐつわをかまされたときは、お嬢様だってことなんてすっかり忘れるんだろ」やけに楽しそうな声になって、ジョンは続けた。「そうなったら社交界のお嬢様なんか押しのけられて、ちんぴらファイターが出てくるってわけだ」一年ほど前にアトランタでベイリーが頭突きを食らわせてやったあごをさすっている。

「どんな動物でも追いつめられれば牙をむくのよ」ベイリーは言ってやった。「さあ、いったいなにが望みなのか言う気はないの？　こっちに推理させるつもり？　言っておくけど、わたしには推理してる時間なんてないのよ、ジョン」

ジョンが考えこむように唇を引き結んだ。「まだアトランタの件で腹を立ててるんだな？」

「アトランタの件で、どうしてわたしが腹を立ててるのかしら？」聞き返した。「あなたたちに誘拐されて、薬物を注射されそうになった。わたしがＣＩＡを首になった直接の原因を作ったのは、あなたたち。それにわたしを拘束していたあいだ、あなたたちはどんなかたちであれ、わたしに協力するのを拒んだ。どう、これでわたしが腹を立てなきゃいけない理由がわかるかしら？」

ジョンがうなずいた。「やっぱり、思ったとおり、きみにはおれに協力しない理由なんてないんだ」彼の笑顔は自信満々で、うぬぼれすぎていた。

「あなたはうらやましいくらい夢の世界に浸って生きているみたいね、たいしたものだわ。親切な誰かに目を覚まさせてもらったほうがいいんじゃない？」

彼が警告するように目を細めてみせた。「緊急事態なんだ、ベイリー、一歩間違えれば大変なことになる」

まあ、そう聞いても驚かないのはなぜかしら？

「お気の毒ね」相手の〝緊急事態〟がなんなのか知りたくてたまらないと認めるつもりはなかった。この男と、この男が一緒に働いている男たちと、ミルバーン・ラシュモアについて知っていることを考えれば、彼らはベイリーを利用しようとしているだけに違いなかった。彼らに協力してもらう、あるいは彼らに協力するなんて考えないほうがいい。そんなふうになるわけがないのだから。

「人を試すのが好きなんだな？」ジョンが静かな、危険を感じさせる声を発した。

「自分の時間を無駄にされるのも好きよ」ベイリーは高飛車に言い返した。「さっさとわたしの前から消えて、パーティーに戻らせてくれないかしら？　あなたが邪魔しに現れるまで、楽しく過ごしていたのよ」

彼女がドアノブをつかんで鍵を開けようとした瞬間、ジョンがすぐさま振り向き――ベイリーはまたたく間に羽目板に背を押しつけられていた。たくましい体が覆いかぶさってきて、彼女の体をさらに熱くする。

いきなり彼と密着し、ほとんど彼に包みこまれて、ベイリーの肺から吐息が鋭く出ていった。どうやら、あまりにも長く男性とふれ合わずにいすぎたようだ。あまりにも長く、押しつけられる大きな男性の熱と硬さを感じずに過ごしすぎた。だから、この感覚のせいですっかり五感が混乱をきたしてしまっているのだ。

膝が折れそうで、鼓動が高鳴り、息遣いが荒く速くなった。

ああ、彼がほしい。まるで、彼を知っているかのように。まるで、あの疑いが願望などではなく、確かな真実であるかのように。おそらく、自分は言い訳を必要としていただけだ。体が求めているものを得るために、脳が理由を必要としていた。

「こんなことはやめて」ベイリーはささやいた。頭をさげた彼に唇を間近に寄せられて、両手で胸板を押す。

「キスするのを?」彼の唇がカーブを描き、官能をたたえたユーモアと、危険な意図と、不思議なほどなじみのある陽気さを宿した。「心変わりしてしまいそうで怖いのか、ベイリー?」

「頭を混乱させてまいらせようとしてるのね」鋭い声を出した。「わたしの体を利用して操れると思ってるなら、考え直したほうがいいわよ、ジョン。そんなことできないから」

「どうかな」

ジョンの口から発せられた荒々しいうなり声が唯一の警告だった。次の瞬間、彼に唇を奪われ、現実が頭から離れていった。激しい猛烈な欲求が他の感覚を圧倒した。抗うことなどできず、体が決して拒もうとしない、わきあがる欲望だった。

欲望と知識がベイリーの心のなかで闘っていた。いくらしてもし足りない、このキスを求める欲望と、決してこんなまねはさせないと誓ったとおりのことを、まさにされようとしているという知識。彼は、ベイリーの体を利用して操ろうとしている。彼女がもっと欲望に駆られるようにして、彼のことしか考えられないようにして、抗う力を徐々に奪おうとしている。

一年前あの倉庫で、自分にとってこの男が危険であるとわかっていたはずだ。正気と心を守るためには、可能なかぎりこの男から離れているのがいちばんだとわかっていた。可能なかぎり遠くに逃げたつもりだったのに、いま彼はここにいる。いるべきでないこの場所に。

ベイリーは相手の首に両腕を巻きつけていた。ジョンは彼女のヒップをつかんで膝で太腿を分け開き、その手をゆっくり彼女の腿の上に滑らせた。硬い筋肉に覆われた脚を太腿のつけ根の丘に押しあてられ、ふくらんだ花芯をもまれて、ベイリーは息をしようとあえいだ。両手を伸びすぎのダークブロンドに差し入れて必死でしがみつき、彼の脚の上でヒップをよじった。

体のなかでもっとも敏感な場所を刺激され、われを忘れそうになる。頭のなかでは欲望が暴れ、解き放たれようとする欲求が鋭い感覚になって全身を駆け巡り、まっすぐ中心を目指した。

舌を彼の舌にこすりつけてキスの主導権を握ろうとし、片方の胸のふくらみをわしづかみにされて、ついに負けを認めた。

親指で乳首を撫でられ、動けなくなり、喉で息を詰まらせた。体の内側からわきあがり、ざわめく愉悦を感じる。邪魔なドレスを引き裂き、じかに肌と肌をふれ合わせ、うねって押し寄せる熱情の波に乗ってしまいたくなった。

よく知りもしない相手の腕のなかで。

ああ、自分は正気を失ってしまった。残りわずかだった自制心を失って、またそれを取り戻せる見こみはなさそうだ。

ジョンはとんでもない極秘諜報員なのかもしれない。これはすべて策略だということもありうる。ジョンは、ベイリーが行った身元調査が示すとおりの人物である可能性だってある。殺し屋。テロリスト。非道な人間。それなのに、ベイリーはどちらにしろわずかなりとも確信を持てないまま、彼に身を任せている。

過去を取り戻したいと必死で願うあまり、幻想を創り出し、それがどんなに危険なことか自覚していた。

「だめ」

無理やりジョンの腕のなかから身を引き、よろめいて離れた。手の甲で唇を覆い、おののいて相手を見つめた。

キスの仕方までトレントに似ていた。トレントにそっくりだった。トレントと同じように尽きない欲情と、官能をかき立てる熱心さで唇を奪った。

「出ていって！」ベイリーは息を切らしながら懸命に叫んだ。「放り出される前に、わたしの屋敷から出ていって」

ジョンも同じくらい衝撃を受けているように見えた。ベイリーを見返すグレーの瞳は嵐を感じさせ、唇はキスで腫れている。彼女と同じくらい、いまの口づけの愉悦に打ちのめされているように見えた。

「これで終わりじゃない」ジョンが告げた。「必ず話を聞いてもらうからな、ベイリー」

「地獄が凍りでもしなきゃ無理ね」自分自身だけでなく相手にも猛烈に腹が立って、きつい口調になった。

ジョンの唇が引き結ばれて薄くなる。「それなら、地獄をたっぷり暖めとけよ」警告するように言う。「必ず話をする。それも、すぐにするからな、ベイビー」

彼は乱暴にドアを開けて出ていった。張りつめ、こわばった全身からすさまじい渇望を目に見える湯気さながらに発散しつつ、廊下を突き進んで屋敷の玄関へ向かっていく。

ベイリーもヒールで大理石の床を打って、あとを追った。無言でジョンと、自分自身をののしっていた。

あの男からいいように操られたり、ここで進めている計画を台なしにされたりするつもりはない。ああいうタイプの男のことも、あの男のこともよくわかっている。彼は計画を乗っ取り、支配権を奪おうとするだろう。ベイリーは、ここまできて誰かの言いなりになるつもりはなかった。

あの男はトレントに似すぎている。ベイリーはトレントを愛していた。彼がこの世を去ってからも、彼が恋しくて仕方なかった。それでも、トレントが生きていたとしたら、彼とはそのうちぶつかっていただろうと初めから思っていた。トレントとだったら、そうなったとしても折り合いをつけていただろう。だが、あの男とは無理だ。彼女はトレントを愛していた。ジョン・ヴィンセントは愛していない。

玄関広間に出て、ドアマンが開いたドアからジョンが大股で出ていくのを見守った。片方の手を腹にあて、もう片方は体のわきに垂らしたまま、ベイリーは平静を取り戻そうと闘った。

深く息を吸って唇を湿らせ、まわりを見た。とたんに、レイモンド・グリアと目が合って見返された。ベイリーはあごをあげて唇を結んだ。よりによってこんなときに、あの悪党に弱いところを見られるとは。

ぎらつく小さな目で襲いかかる機会を狙うコブラさながらの目つきで、レイモンドに凝視されていた。悪賢く、計算高い。この形容詞は、まさにレイモンドをぴったり言い表している。

ベイリーは彼にそっけなくうなずきかけ、すばやく舞踏室に戻った。慎重に苦心して開いた自分のパーティーだ。彼女にはもうあとがなかった。ジョン・ヴィンセントの策略に引きこまれている時間はない。ふたたび恋に落ちて心を打ち砕かれている時間はない。過去は葬り去らなければいけない。愛する人の面影を別の男のなかに見いだそうとするなんて、計画のなかに含まれてはいなかった。

2

部隊がアスペンに滞在するあいだジョーダンが借りているバンガローの窓から、ジョンはコロラドの山々を見つめた。背後の部屋に部隊の隊員たちが集まり始め、彼は眉を曇らせた。窓ガラスに映る男たちの姿が揺らいだ。

ジョーダンは先んじて到着し、指揮センターめいたものを設けていた。大量のホットコーヒー。いっぽうの壁には多数の映像を映し出しているコンピューター。複数の通信基地。通信基地の前には、エリート作戦部隊発足の直後にジョーダンが参入させた、赤毛の気の強い女が配置されている。

テイヤ・タラモーシ・フィッツフューは、白人奴隷の人身売買を行っていた商人の娘だった。その奴隷商人は、イアン・リチャーズと当時イアンが所属していたSEALの隊員たちによって倒された。テイヤは生まれて以来ずっとフィッツフューの手から逃げ続けてきたので、逃亡の日々が終わっても、自分が慣れ親しんだ世界、危険な世界以外での暮らしを始めようとはしなかった。

「昨日の夜は、おまえが予想していたようにうまくいったんだろうな」隊員たちが部屋に置かれた広いテーブルのまわりに集まったところで、ジョーダンが口を開いた。

ジョンはバンガローの外に広がる景観に背を向け、死んだ男たちが勢ぞろいした室内に向き直った。ノア・ブレイクは、かつて海軍特殊部隊SEALに所属するネイサン・マローンという名の男だった。それから、英国軍事情報部六課《MI6》の諜報員だったトラヴィス・ケイン。ロシアの元情報部員ニック・スティール。ベイリーの親戚で、イスラエルのモサド諜報員だったミカ・スローン。そして、ジョーダン・マローン。ノアの叔父であり、五人の死んだ男たちがふたたび生き返ることのないよう、日々奮闘している司令官だ。彼はこの仕事にずいぶん向いているらしい。すでに五人のうちふたりは、人生の一部を取り戻してしまったのだから。

「彼女は確信を持てずに腹を立ててる」ジョンは肩をすくめて問いかけに答えた。「おれたちの予想どおりに」

「ならば、それをなんとかする方法を見つけろ」ジョーダンが命じた。「昨夜、ウォーバックスが次の取引に向けて動きだしているとの情報を得た。この取引を見過ごすわけにはいかない」

「ウォーバックスがここにいるのは確かですか？」ニックが身を乗り出し、ジョーダンを鋭く見据えた。「確信がなければ、この作戦にあの女性を引き入れ、さらに彼女の身を危険にさらす意味はない」

　身長一九五センチを超えるロシア人を、ジョーダンは冷ややかに見返した。

「確信がなかったら、われわれがここにいると思うか？」問い返す。

　ニックは肩をすくめた。「あんたのことだ、司令官、確信なんて持てませんね」

ほかの隊員たちから、ちらほらと低い笑い声があがった。とりわけノア・ブレイクから。みなジョーダンをよく知っている。この男はとんでもない切れ者で、ジョンがこれまで指揮下に入ったなかでも最高の司令官だが、確証よりも自分の直感を信じる傾向があった。いままでにジョーダンの直感が誤っていたためしはないが、何事にも最初というものがある。

「おまえたちもわたしの手元にある報告書を読んだはずだ」ようやく、ジョーダンが不機嫌な声を発した。「暗号名《コードネーム》ウォーバックス。この個人または複数の個人は、機密情報や兵器を不法に入手し、闇取引で莫大な金を得ている。今回、ウォーバックスがこれを手に入れたとの情報が流れた」ジョーダンは壁にかけられた大型モニターを振り返った。

黒い画面に光が明滅し、ミサイル発射装置を肩にのせた兵士の映像が映し出された。兵士が発射し、砲身からミサイルが打ち出された。数秒後、ミサイルは民間航空機の許容高度より上空を飛ぶ軍用無人機を撃ち落とした。

「コードネーム〈クロスファイアー〉。この軍が開発した新しいおもちゃは、けたはずれの速度と発射距離を有している」ジョーダンが説明を続けた。「それだけではない。このミサイルは特定の航空機に着弾するようプログラム可能だ。誘導には、航空機の機体に取りつけられるステルス送信機や、航空機の電子機器自体も使用できる。〈クロスファイアー〉は送信機を目標に設定することが可能だから、コロラド州でミサイルを発射し、飛行中またはワシントンＤＣに着陸した航空機を破壊できるのだ。従来のレーダーでは追跡不能で、ステルス機能は非常に優れている。目につかぬよう容易に輸送でき、まったく探知されない。先週、ワシントンDCの軍事倉庫から、この発射装置一台とミサイル六発が盗み出された。その二日後、ジョン・ヴィンセントのハンドラーが」――ジョーダンがテイヤに目をやる――「ミスター・ヴィンセントにまたとない取引の仲介を任せることを検討している、との連絡を受け取った。その取引で売られようとしている品こそ〈クロスファイアー〉ではないかと、われわれは疑っている」

「ほかにもリビア、シリア、イラン、中国、アフリカに、〈クロスファイアー〉が入手され、競売にかけられるとの知らせが送られた」ジョンがさらに報告した。「アルカイダの指導者と疑われる人物もこの知らせを受け取り、アルカイダと関連のある複数の口座を通して金が動き始めている」

三週間後、大統領はサウジアラビアを訪問し、複数の高官、王族、中東の党派の代表者と会い、武装地帯の停戦に関する新たな提案への支持を取りつけるため、機密会談を行う予定だ。この新たなプランは、いくつかの意外な党派から支持を得ている。このプランは、中東におけるテロリズムの流れを実際に大きく変える一歩となりうるんだ」

ここで、元モサド諜報員であるミカ・スローンが立ちあがった。「この新たな和平プランは現時点でヨルダン、イスラエル、イランの検討を得られている。こうした話し合いについては、中東の全指導者が集まるサウジの会談が行われるまで極秘とされている。しかし複数のテロ組織がすでにこの会談が開かれることをかぎつけ、これを妨害できる方策を立て始めた。この兵器さえあれば、彼らはそれができる」

「離陸前に、航空機に送信機が取りつけられていないかは調べられるはずだ」トラヴィス・ケインが疑問を口にした。「そんな企てに、どれだけの成功の見こみがある？」

「このミサイルは、各航空機固有の信号を目標に着弾するようプログラムできる」ジョーダンが答えた。「会談が開かれる地域と、そこにいる人間を破壊し尽くす威力を持つ核弾頭を搭載することも可能だ」緊張感で重々しくなった室内を見まわす。「ウォーバックスの正体、およびミサイルと発射装置のありかを、われわれは三週間で突き止める」彼は隊員たちに言い渡した。「ジョン・ヴィンセントは、この取引のブローカー候補に指名されている」彼がジョンに目をやった。「労力を注いで作りあげてきたおまえたち全員のカバーと、行ってきた作戦の数々がようやく実を結ぶときが来た。ヴィンセントはブローカー。ケインはそのボディーガード。われらがロシア人テロリストのニックは、入札のためスキーリゾートに入る。ミカはパレスチナ人テロリスト、ジェリック・アバスだ。ノアはわたしとともにこのバンガローに逗留し、補助および後方支援を行う」

ジョンは顔をあげて資料映像が流れている大型画面にふたたび目をやり、ミサイルが無人機を撃ち落とす場面をもう一度見た。このミサイルに搭載できる弾頭のサイズは大きくはないが、その威力は充分に大きい。中東諸国の指導者の半数以上をたやすく亡き者にできるほど大きい。それを食い止めるのに、彼らには三週間しかないのだ。

「ベイリーがこの作戦で重要視されているのは、なぜです？」ケインが尋ねた。「夢破れたＣＩＡエージェントがなぜ？」

「実際はそれどころではない存在だったんだ」と、ジョーダン。「ウォーバックスは、ベイリー・セルボーンが認めた男をブローカーにするつもりでいる。われわれの意図にかかわらず、彼女は巻きこまれている」

「どうやってその情報をつかんだんです？」ジョンは凶暴なほどの保護欲がわきあがってくるのを感じた。これは初めて聞く情報だった。気に入らない情報。

「ウォーバックスの連絡員から知らされた情報よ」テイヤが答えた。「電話でかなり明確な内容を伝えられたわ。ミス・セルボーンがブローカーを選ぶ。連絡を受けたブローカーは全員が同じメッセージを受け取った。目下、これがウォーバックスの正体を突き止める絶好の機会でしょうね」

ウォーバックスの人脈、彼が奪った情報や兵器は、アメリカだけでなく同盟国にとっても懸念事項となり始めていた。ウォーバックスの背後にある力は、これまでの取引ですでに片鱗を示している。長年にわたる窃盗、輸送、その後の売却をたどると、それらは六つの一族につながっていた。それらの一族は世界じゅうに権力を張り巡らしており、どんな法執行機関から追及の手を伸ばされても、それをひねりつぶす力を持っている。それどころか、ウォーバックスの活動に対する捜査はひとつ残らず情報がもれるか、途中で打ち切られるか、またはその両方の事態に陥るほどだった。

対策を講じようとした高級官僚が、その過程で命を落とした。世界じゅうのあらゆる法執行機関の諜報員も、捜査官も、局長もだ。

こうした権力が野放しのままになれば、いつかは全面的な世界戦争や金融危機を引き起こしかねない。

「ベイリーは六家族のそれぞれとつながりを持っている」ジョンは続けた。「彼女がウォーバックスに対して独自の作戦を進めていることも事実としてつかんでいる。ベイリーはCIAで働いているあいだに、ウォーバックスが行った取引それぞれについて、何度もあらゆる調査をしているんだ。おれたちの手元には、オリオンを処刑した夜に手に入れたファイルもある。そのファイルにはベイリーの写真と、あの殺し屋に送られたEメールのコピーも含まれていた。オリオンがベイリーと接触しそうになるたびに、必ずメールが送られていたんだ。ベイリーを殺害するのではなく、接触を避けるよう依頼され、オリオンは大金を受け取っていた。ベイリーの名前は殺害禁止の札をつけられて、オリオンだけでなく複数のテロ組織に通告されていた。ウォーバックスはベイリーを引き入れようとしている。彼女もそれを知っていて、おれたちも今回そのことを知ったというわけだ」

「ベイリーは、すでに関与しているのかもしれない」ニックが口を挟んだ。

ジョーダンが首を横に振る。「ベイリーとつながりのある一族が関与しているんだ。ベイリー・セルボーンが後継者を持たずに死亡すれば、セルボーン家の莫大な財産は慈善団体に贈与される。これまで彼女の健康と暮らしが守られてきたのは、それゆえだ。彼女に後継者はない。財産も、それを支える権力も宙に浮いた状態だ。それらを獲得する手段を得るまで、ウォーバックスはベイリーを死なせないだろう。かわりにベイリーと手を組むか、関係を持とうとしていることは間違いない」

モニターの映像がミサイル発射の場面から、ベイリーとつながりのある一族おのおのを支配する家長を写した十二枚の写真に変わった。

「全員に各家族のファイルを渡す」ジョーダンが伝えた。「だが、この十二人のうち、われわれはすでに疑わしい者を四人に絞っている。おそらくベイリーがもっと絞りこんでくれるだろう。ファイルに目を通し、各家族の情報に精通しておけ。これから行われる中東協定へのそれぞれの一族の関連、それに対立点も把握しろ」

「それで、おまえがミス・セルボーンを誘惑して協力させるのに失敗したらどうするんだ？」トラヴィス・ケインがブロンドの眉を片方あげ、ジョンを見つめた。「六年前、彼女がトレント・デイレンに夢中になったからといって、いまの彼女がジョン・ヴィンセントの腕のなかに飛びこむとはかぎらないぞ」

ジョンは顔をしかめて相手を見返した。「ベイリーは自分の役目を果たすさ。彼女はおれたちと同じくらい、この作戦の遂行を望んでる。そのリストに入ってる男のひとりはフォード・グレースだ。ベイリーは、この男が両親の死だけでなく、その数年前の幼なじみの死にもかかわっていると疑ってる。復讐を望んでるんだ。オリオンを自分の手で殺せなかったから、いまはその黒幕を追ってる」

ベイリーはエリート作戦部隊にオリオンを譲り渡した。過去の暮らしに戻り、ふたたび社交界に溶けこむ際に、誰からも違和感を抱かれないように。ベイリー自身のやりかたで復讐を果たすために。このチャンスを手に入れるために、ずっとウォーバックスを引き寄せようとしていたのだ。

そうして得られる達成感は、ベイリーにとってより意味深いものなのだろう。しかし、ウォーバックスが犯罪や権力の範囲をどれだけ広げているか、ベイリーが把握できているはずはない。ベイリーは殺し屋を雇った男を追っていたのであって、国際テロリストを追っていたのではなかった。

「ベイリーにはどこまで事情を話すんだ？」ノアが尋ねた。青い目に懸念の色を浮かべてジョンを見ている。

「全部だ」ジョンはジョーダンをにらみつけた。司令官がこの件で反対するのはわかりきっている。「彼女には、おれとトラヴィスがかかわってることしか悟らせない。だが、これが作戦で、失敗したらどんなことになるかは知らせる」

ほかの隊員たちはうなずいたが、ジョーダンは彼を冷ややかに見据え続けていた。ジョンは、つねにこの司令官の作戦に従うわけではない。ジョーダンはことを極秘にしておくのが好きで、この部隊を完全に闇に包まれた存在にしておきたがっている。

この司令官は、ノアとミカの妻が部隊についてだけでなく、隊員たちについても知っていることで、いまだ大いに腹を立てていた。彼女たちのどちらも弱みだと思っているのだ。おそらく、そのとおりなのかもしれない。しかし、彼女たちがいるからこそ、ノアもミカもあれほど有能なのではないかと、ジョンはよく考えていた。ふたりには任務から戻る理由がある。ほかの隊員たちにはない、ほかの隊員たちが失ってしまった理由が。

「援護としてイアンとカイラのほかに、ケル・クリーガーとメーシー・マーチも加わる」ジョーダンが隊員たちに告げた。「イアンとカイラは金持ちと有名人が集まる上流社会に交じって動き、ケルとメーシーは例の一族のうち二家族の警護特務部隊に潜入する。情報が入ってきたら、おまえたちにも報告しよう」

「トラヴィスとおれはアスペンのホテルにチェックインしてる」ジョンは言った。「今週中にはベイリーの屋敷に移る予定だ」

「ずいぶん自信たっぷりじゃないか、なあ？」ニックが低い声で皮肉り、ほかの隊員たちもいっせいに押し殺した笑い声をたてた。

「確信があるんだ」ジョンは全員に冷ややかに言った。

ベイリーのことはよくわかっている。かつてと変わらず強く熱く燃える欲望が、いまだにそこにあることも。彼がベイリーを求める気持ちが消えなかったのと同じく、それも消えていなかった。

始まりは六年前だった。彼の〝死〟のほんの数カ月前、アメリカ・オーストラリア合同作戦でベイリーと出会った。彼は情報を盗んだ者を捜す小規模なチームを指揮していて、ベイリーはＣＩＡ側の責任者だった。初めて会った瞬間、ふたりのあいだで火花が散り、数日のうちにその火花は完全な熱情にまで燃えあがっていた。

一晩だけ一緒に過ごした。忘れられない、記憶から追い出そうとしても追い出せない一晩。

しまいには正気を失ってしまうのではないかと思うほど、彼をその記憶で苦しめる一夜だ。
アトランタでベイリーと会ったときは、自分がだめになるのではないかと思った。彼女を行かせたときは胸が引き裂かれそうだった。オーストラリアで、彼はベイリーに言えなかった。自分にとって彼女がどれだけの意味を持つか——彼女の目のなかに、独身時代の終わりを見ていたことも。そして、運命に選択肢を奪われた。トレント・デイレンは死に、灰のなかからジョン・ヴィンセントが創り出された。ジョン・ヴィンセントには、ベイリー・セルボーンを手に入れる権利はなかった。

くそ。

ジョンはこぶしを握りしめ、ふたたびテーブルから離れた。ほかの隊員たちはファイルに目を通し、作戦の現状をあらゆる面から話し合っている。

すべてはベイリーと、彼女がジョンを恋人として受け入れるかどうかにかかっている。彼女は任務のために誰とでも寝るようなエージェントではない。寝ているふりはするかもしれないし、とんでもなく演技はうまい。しかし、ジョンは演技などしてほしくなかった。ベイリー本人がほしかった。あと一度だけでもいい。ほんの数晩だけでもベイリーとともに過ごして心の奥に思い出をしまっておけば、わびしい孤独な日々を続けていける気がした。

ベイリーは太陽の日差しのようだった。ジョンは自分がそれを恋しがっていることに、アトランタで顔をあげて彼女の姿を見るまで気づかなかった。アパートメントから出ていくミカとリサを、ベイリーは緑の瞳に悲しみをたたえ、うつろな表情で見ていた。

ベイリーがあそこにいた理由はわかっていた。殺し屋オリオンがリサを殺害するため雇われていたからだ。その殺し屋はベイリーの両親の死にかかわっている疑いがあり、イスラエルでは彼女の親戚の殺害にかかわっていたことが証明されていた。ベイリーは親しい人たちをみな失い、復讐を、亡くなった者たちへの誓いを懸命に果たそうとしていた。その願いを、ジョンはベイリーから取りあげねばならなかった。

くそ、すっかり頭がだめになっている。ジョンは自覚していた。この任務は、全員を巻き添えに突然つぶれてもおかしくない。かかわっている黒幕は世界でもっとも資金力を持っているだけでなく、もっとも権力を持っている男たちだ。政治家を操り、国家指導者や国王たちとじかに口を利く。どんな政府機関も、この男たちには容易に手出しできないだろう。だからジョーダンがこの作戦を引き受けたのだ。エリート作戦部隊は何年もかけてこの作戦に取り組んできた。あらゆる機関から情報を集め、人の動き、物資の輸送、武器の流れを追った。

ウォーバックスはなんらかの方法で情報や兵器を盗み出し、その後はそれらを競売にかけ、輸送を行うブローカーを雇う。ジョンは複数の小規模な取引を、細心の注意を払ってこなしてきた。ウォーバックスが誰であれ、その人物または人物たちにとって、ジョンは信頼できる存在になっていた。彼はまた、闇市場においてとりわけ信頼できるブローカーとみなされている。人の言葉など足元の地面に吐いたつばくらいの価値しかない、闇市場で。

ジョンは慎重に立ちまわり、殺し屋や裏切り者を避け、取引で最大の利益を得るのに必要な人脈を手に入れた。そして今回の取引には、けたはずれの金が注ぎこまれるだろう。この取引は、単純に売って渡すだけでは終わらない。ウォーバックスも、それはわかっているに違いなかった。この取引にかかわる危険、機密、それに売り物の兵器自体を考えれば、関係者には通常の取引よりもいっそうの信頼性が求められた。

ジョンには声がかかった。第一段階は成功だ。

「この作戦をやり遂げられるのか、赤外線探知装置《ヒートシーカー》？」横からノアの低い声がした。

ジョンは顔を振り向け、この六年のあいだに友人となった相手を見た。

「ベイリーにはおれが対処する」肩を張り、戦いに備えた。

対するノアは乱暴に息を吐き出す。「ベイリーに対処できるかどうか訊いてるんじゃない。また彼女のもとから立ち去るってことに対処できるのか？」

ジョンは長々と相手を見つめた。質問が頭に染み渡っていくにつれて、慎重に覆い隠していた怒りが燃えあがって表に出た。

「どこのどいつが、また立ち去らなきゃいけないなんて言った？　今回それを決められるのはおれだけだ」

「おまえたち全員、この部隊をなんだと思っている？」怒りに燃えるジョーダンが、ノアのうしろから割って入った。「どうしようもないお見合い会員にでもなったつもりか？　だらしなく女にほれて、いまさら必要ないリスクを増やすために、任務に送りこんでいるわけじゃないぞ。するべき仕事があるだろう、ヒートシーカー、しっかり覚えておけ」

「黙れ！」ジョンは大声を出した。「おれの心はあんたのものじゃない。あんたはしばらくそれを買い取っただけだ」

「その買い取られた時間はまだ終わっていないということを、頭にたたきこんでおいたほうがいいぞ」ジョーダンはテーブルに両手をつき、ジョンをにらみ据えた。「残り七年。それだけの期間、おまえはこの部隊と、おまえにいまいましい人生をもう一度やり直させてくれた男たちのために働く義務がある。結婚して、くそ末永く暮らしますなんて条項は契約書になかったはずだ」

「いばり散らすあんたにつき合うなんて条項もなかったね」ジョンはばかにして言い返した。三度までもベイリーのもとから立ち去ると考えて胸がかきむしられるようで、ジョーダンに向かって指を突きつけた。「誰それから立ち去れなんて指図はさせないからな、メイト。あんたにも、ほかのどいつにも。覚えとけ」

背を向けて部屋から出て、バンガローからも出ていった。もうたくさんだった。命令に、任務に、決定。つねに部隊を、任務を第一に考える。今回この任務では、そんなものとは比べものにならないものがかかっている。今回かかっているのは彼の命ではなく、心だった。

ヒートシーカーが部屋から出て乱暴にドアをたたきつけていくのを、ノアは見送った。数分後、ジョンのハマーのエンジンがかかる音がして、車は私道から走り去っていった。かっとなったオーストラリア人を、ノアは責められなかった。なんといっても、あの男はすでに一度ベイリーを失っているのだ。どんな男にも生涯にひとりだけの女性が、一度だけのチャンスがある。それにしくじったら、もう一度やり直す機会はなきに等しい。

ノアは妻のサベラともう一度やり直す機会を与えられ、そこでもまたしくじりかけた。今度はジョンがベイリーとやり直す機会を得た。あのオーストラリア人なら、どんなことでもしでかしそうだ。

「あいつには手を焼きそうだな」ノアのかたわらに来て、ジョーダンが言った。「トラヴィスによく目を光らせておいてもらわんと」

手を焼きそうということは、そもそもこの任務にジョンを参加させたのが間違いだったと気づき始めているらしい。とはいえ、ヒートシーカーのここでの活動をジョーダンが阻止できるはずがない。ベイリー・セルボーンがかかわっていたら無理だ。それなのに、ジョーダンはなぜか状況をコントロールできると考え続けている。人間の心に関して、叔父は遅ればせながら悟り始めるのではないかと、ノアは思っていた。男がいったん女に心を奪われたら、ずっとそのままだ。彼女がいなければ、生きていてもあまり意味はない。

「そっとしておいてやったほうがいい、ジョーダン」ノアはそれとなく忠告した。「無理に追いつめたら後悔しますよ」

「配下の隊員が次から次へと結婚指輪を買いだして、わたしには役立たずの集団と潰瘍しか残らなそうだ」ジョーダンがぶつぶつとぼやく。「おまえたちときたら、温かい家庭から引き離されるたびにぐずりだす」

ノアはにやりとした。確かにぐずりたくもなる。彼は温かい家庭に居着いて、ふたたび人間らしく生きるのが好きなのだ。あまりにも長いあいだ、サベラなしで〝死んで〟いた。もう一度サベラと一緒になれて、自分自身として、夫として、恋人として、父親として生きられるのは、ノアにとって奇跡だった。

うしろポケットから財布を取り出し、それを開いて妻と息子の最近の写真を見せた。「おれはこのふたりから引き離されてるんだ。ぐずるのもしょうがない」

一瞬、幼い子どもを見おろすジョーダンの表情がやわらいだ。その子は父親や大叔父と同じく、豊かな黒髪に鮮やかな青の瞳、アイルランド人特有の浅黒い肌をしていた。

ジョーダンは甥の幼い息子をかなり誇りにしている。この子が生まれたときもその場にいて、看護師がノアの腕に赤ん坊を抱かせたときなど、確かに涙の一粒や二粒こぼして隠すようなそぶりをしていた。

「これがネイサン・マローンの息子じゃないとは、とても言えないじゃないか」ため息をつき、心配そうに首を振っている。「おまえはとんでもない危険を冒してるんだぞ。ネイサン・マローンは完全には死んでいなかった、などと疑われるわけにはいかんのに」

「こいつはネイサン・マローンの息子だ」ノアは歯を見せて笑った。「お互いに、ときどきおれが昔は誰だったか忘れちまうようですね？」

ノアは決して忘れなかった。名前は変わったかもしれない。ある程度は、彼自身も変わったのだろう。だが、ネイサン・マローンは彼のなかで生きている。

ジョーダンはこれに対して頭を振り、一気にやつれた表情になった。「忘れはしないさ、忘れやしない。一生、後悔がやみもしない」

ノアに声をかける間も与えず、叔父はすばやく背を向けて部屋を出ていった。

ノアはあきらめてうしろポケットに財布をしまった。大きく息をついたところで、ミカ・スローンと目が合った。数カ月前から、この元モサド諜報員と、かつてはなかった共通点を見いだしていた。妻と子どもたち。ミカの妻は最近、ふたりの初めての子どもを出産したばかりだ。だからノアもミカも家族と離れるときは、ひっきりなしに心配している。彼らはふたりとも、本人は認めようとしないジョーダンの状況を見抜いていた。彼は決して離れてはいられない女性を相手に、勝ち目のない戦いをしている。負けるとわかっていて戦い続ける兵士のようなものだ。

配下の隊員と、彼らが請け負う任務に対する責任が、しばしばジョーダンの肩に重くのしかかっていた。隊員たちが任務に失敗すれば、ジョーダンが責めを負う。任務が成功すれば、ジョーダンは隊員たちに栄誉を与える。彼自身はなにも受け取ろうとはしない。慰めも求めない。ノアもミカも、その理由はわからなかった。

以前の叔父は、こんなふうではなかった。ノアが危うく命を落としかけた任務に送り出されるまでは。当時、白人奴隷の人身売買を行っていたテロリストが、麻薬ルートを使ってアメリカ国内にテロリストを密入国させる計画を立てていた。それに協力しようとしていたスパイの正体を暴くのが、任務の目的だった。

その間に、ジョーダンは変わってしまった。そのあいだになにかが起こり、かつてジョーダンだった男の心を深く傷つけた。それが実際にどんな出来事だったのか、ノアはいまだに突き止められずにいる。あの叔父のことだから、これからも突き止められはしないだろう。ノアにできるのは、叔父が傷を癒やす方法を見つけられるよう祈ることだけだった。この調子だと、ジョーダンは最後には心を残らず失ってしまいそうだからだ。

ウォーバックス。

ジョンはハマーのハンドルを握る手に力をこめた。アメリカの機密を盗み出して莫大な金と引き換えにそれを売る、とらえどころのない卑怯な裏切り者に対する怒りがこみあげ、歯を食いしばった。

ウォーバックスが誰だろうと、なんだろうと、やつは現時点で国家の安全とベイリーに対する最大の脅威だ。現在ウォーバックスの手中にあるミサイルと、その発射装置。それらを喜び勇んで手に入れようと金をかき集めている買い手たち。世界に大惨事がもたらされかねない。彼らは国ごと人質に取ることができるのだ。

いったいどうやってあの兵器が盗み出されたのか、まだ突き止められずにいた。ウォーバックスは正体がなんであれ、個人や一集団が有するべきではない力と人脈を持っている。

そして、良心を持たない。

ジョンは手で顔をぬぐい、抑制を脅かしてわきあがろうとする怒りを押しとどめようとした。トレント・デイレンの人生を絶ち、ジョン・ヴィンセントを生まれさせた襲撃以前に、ウォーバックスはオーストラリア保安情報庁の情報部員たち何人もの命を奪った。そのなかには友人が何人もいた。ティモンズもそうだった。

くそったれども。脈打って流れる激しい怒りに襲われて、荒々しく息を吐いた。ウォーバックスに人生を奪われた。トレント・デイレンとしての命を奪われたときに、愛する女性と生きるチャンスも奪われた。ウォーバックスが、彼からベイリーを奪った。

バックミラーに映る自分の顔に目をやり、爆発のあと見せられた手術直後の顔写真を思い出した。目もあてられないありさまだった。深い裂傷、火傷、粉砕した骨のせいで、顔を最初から作り直す必要があった。耐えがたい苦痛が何カ月も続き、憎しみが積もりに積もり、それは心のなかから消えることはないのではないかと恐れていた。

復讐を追い求めるうちに、一周して戻ってきたかのようだった。ベイリーの人生に。ベイリーがここアスペンで仕掛けようとしている策略のなかに。ウォーバックスが、ベイリーを利用して張り巡らしている策略のなかに。

ジョンは自分の恋人のことをわかっていた。仕事モードのときのベイリーは見ればわかる。昨夜のベイリーは、まさに仕事モードだった。ベイリーはどうやってか、彼女は協力者になりうると正体不明のウォーバックスに思わせたのだ。偶然にしてはできすぎている。アトランタで情報を明かしたときも、ベイリーは気前がよすぎた。ジョンを煙に巻こうとしていたのだ。わざとジョンたちにオリオンを追わせようとした。リサ・クレイを犯し、彼女の命を狙っていた男を除くオリオンの過去の雇い主から、ジョンたちの目をそらすために。ベイリーのことは確かによくわかっている。確実に、ベイリーはこうした展開を狙っていたのだ。

つまり、ベイリーは現在さらに情報を握っているに違いない。オリオンに関する情報以上に、ジョンたちにとって不可欠な情報を。

ベイリーは如才ない人間だと、認めないわけにはいかなかった。とてつもなく冷静で、仕事となると脅威を感じさせるほど抜け目ない。ベイリーには気の毒だが、今回は協力してもらうほかなかった。ジョンはジョンで、ウォーバックスに関心がある。あの裏切り者の力がどれだけ広く及んでいるかも、よくわかっている。だからこそ、エリート作戦部隊がこの作戦を任されたのだ。ウォーバックスが地下組織やブラックマーケットの情報筋だけでなく、あまりにも多くの法執行機関とあまりにも多くのつながりを持っているからだ。

うなじをこすり、ジョンは乱暴に大きく息を吐いた。この作戦は簡単にはいかないだろう。ベイリーに正体を知られないようにするのはもっと難しい。ベイリーはとんでもなく直感が鋭い。彼がベイリーのことをよくわかっているなら、ベイリーもかつての彼をよくわかっているはずだ。そして、かつての彼は、いまのジョンからさほど離れた男ではなかった。

ジョンはいまでもベイリーを愛した男であり、夜の闇がもっとも深まるときには胸が苦しいほど彼女を求め、彼女がいない腕のなかをからっぽに感じていた。ベイリーのキスも、ふれかたも覚えていた。彼女のみずみずしい唇から引き出せる、さまざまな声を思い返して喜びをかみしめていた。彼はまだ、ベイリーを失って途方に暮れる男だった。どうしてこんなことになってしまったのか、いまだに理解できていなかった。

どれだけのあいだ、過去の自分の正体をベイリーに明かさずにいられるだろうか？

どこまでも慎重に行動しないと、ベイリーが彼の命取りになりかねない。彼はほかのどの女性にも与えたことのない自分の一部を、ベイリーに捧げた。それはまだベイリーとともにあった。彼の心は。

3

翌朝、ベイリーは日が出る前に目を覚ました。寝室に曙光が射し始めるころには、窓から外を見つめ、待ち構えていた。

彼が来るのを。彼の気配を感じた。肌をじかに愛撫されるように、ジョン・ヴィンセントがもうすぐ現れると感じられた。

肌のすぐ下で予感がじりじりと熱を帯びた。普段より鼓動が速く激しくなり、落ち着かないほど気持ちが高ぶって、あちこちの神経を刺激した。

体が熱くなって、ほてっている。いまいましいことに興奮している。太腿のあいだがしっとりとしたぬくもりに覆われ、胸の先がぴんと立っているのに気づいた。相手の男性のことをほとんどなにも知らないという事実がなければ、おもしろがっていられただろう。彼について知っていることといえば、好意を持てそうにないものばかりだった。

どうして、あの男にこんな反応を示してしまうのだろう？　会ったのは一度きりだ。一度だけ。アトランタで、ベイリーが長い時間をかけて捜し求めていた獲物、オリオンの首を横取りする作戦に、あの男が協力していたときに会った。

あのとき彼は、彼女にキスをした。ベイリーを知り尽くしているかのようにふれ、ベイリーの体も、まるでそうするのが当然のごとく反応を返した。まったく道理に合わない。

窓に背を向け、記憶を振り払った。ベッドの横の椅子にかけてあった厚手のローブを手に取り、寝間着のシルク製ナイトシャツの上にはおる。

現れるかどうかも定かでない男を待って、ここでじっとしている時間はない。二度と現れませんように、と祈るべき相手だ。あの男がここに来る理由はひとつしかなかった。彼女に会うためではない。また獲物を奪うために来るのだ。

そう考えて笑みを浮かべ、寝室を出てらせん階段をおりた。三十年以上前に両親が建てた、バンガロー風の大邸宅だ。

ベイリーは一年前ここに戻ってきて、ささやかな罠にウォーバックスを誘いこむための巧妙な作戦を実行に移し始めた。彼女の命が何度となくウォーバックスによって守られてきた理由は、ひとつしか考えられなかった。セルボーン家の富だ。これまでに、ベイリーは国家への幻滅をあからさまに示してきた。セルボーンの研究施設からいくつかの軍用品の情報がもれたときも見て見ぬふりをし、その姿勢を証明してみせたこともあった。相手が罠にかかるのはもうすぐのはずだ。

玄関広間におり、ローブのポケットに両手を入れて小さなため息をついた。それから向きを変え、屋敷の奥にあるキッチンへ向かう。

キッチンに入っていれたてのコーヒーの香りをかぎ取り、コーヒーポットの前に行って食器棚からカップを取り出した。香り高いコーヒーを注ぎ、朝食コーナーにあるふかふかの椅子に腰かけて、大きな見晴らし窓から外の景色を見渡した。

今朝、あの男がここに来るのは間違いない。腕時計にすばやく目をやり、カップを口元に運んでコーヒーを味わいつつ、ふたたび外に目を向けた。

動く影があった。

ベイリーは影を見なかったふりをし、カップで笑みを隠した。ジョン・ヴィンセントではないかもしれない。自分に言って聞かせたが、そんな可能性は信じていなかった。こんな予測不能な興奮を一瞬で彼女の全身に駆け巡らせるのは、ジョンだけだ。

見つめていると、また戸外で影が動いた。屋敷に近づいている。ベイリーは立ちあがってコーヒーをもうひとつのカップに注ぎ、テーブルに置いた。一日の始まりを告げるほのかな日の光が、庭のところどころに生えている雪をかぶった木々や、葉を落とさない低木に届いた。

冬の山は美しかった。純白の雪は屋敷を取り巻く松の木のまわりに降り積もり、汚れなく見えた。

木々の真下には雪のない場所があった。ベイリーの目に間違いがなければ、影の訪問者はそうした雪のない場所を踏んで足跡を残さず、音もなく屋敷に近づいている。

ベイリーも同じ手を使っただろう。それどころか、ティーンエイジャーのころ、母が裏庭にあの木々を植えるのを手伝ったのは彼女だ。あのころのベイリーは、どうやったら発見されずにこっそり動きまわれるか、というテーマに夢中になっていた。実際、あそこの木々の何本かは、人目につかない進路を取りやすいよう考えて植えてあった。

その進路を自分で試せるようになる前に、ベイリーは家を出た。そしていま目の前で、ジョンがかわりにそうしている。着実に近づいてきてテラスにたどりつき、彼を招き入れるために鍵を開けてあったフレンチドアの前まで来た。

ベイリーが見守るなか、ドアノブがゆっくりとまわってドアが開き、ジョンが室内に姿を現した。

彼を見て、あらためて体の奥から強烈な意識がわきあがった。顔のまわりに無頓着に降りかかっているダークブロンド。鋭く削り出されたかのような高い頬骨。表情豊かな濃いグレーの瞳。力強い鼻筋。

「コーヒーはいかが?」ベイリーが片方の眉をあげて尋ねると、ジョンは恐ろしく魅力的な笑みを投げ、革のグローブと極薄の防護ジャケットを脱いだ。

「外はちょっと冷えてるな」ドアを閉めてきちんと鍵をかけながら、朝食コーナーとキッチンを見まわしている。

「わたしたち以外、誰もいないわ」ベイリーは請け合ってコーヒーを指した。「座って、ミスター・ヴィンセント、それからあなたを不法侵入で撃ってはいけない理由を教えてちょうだい」

ロープのポケットからグロックを取り出し、ガラスでできた朝食用テーブルのコーヒーの隣に、なにげなくそれを置いた。

ジョンは銃を見ておもしろそうに眉をあげ、テーブルに歩み寄った。

ベイリーは足で向かいの椅子を押しやり、手を振って座るよう合図した。

「なにはともあれ、撃つ前にコーヒーは飲ませてくれるってわけだ」くっくと笑っている。「警察になんて説明するつもりなんだ？」

「説明することなんてある？」ベイリーは肩をすくめて答えた。「単に死体を隠せばすむでしょ。説明することなんてなにもないわ」

彼の喉から響く深みのある低い笑い声を聞いて、背筋に興奮が走った。この男のせいだ。この点だけを考えても、撃ち殺したほうがいい。

「アトランタで初めて会ったときから、きみはトラブルのもとだってわかってたよ」コーヒーのカップをつかんで口元に持っていきながら、ジョンが言った。「おれが目にしたなかで、いちばんのセクシーボディーな、火そのものだ」

ベイリーは相手の言葉に鼻を鳴らして椅子に寄りかかり、皮肉っぽく見返した。この男に魅力があるのは間違いない。この笑顔や身のこなしにはどこか、彼を信頼したい、頼りたいと女性に思わせるものがある。だがベイリーは誰かを信頼したり、頼ったりするほどばかではない。

「ほめても感じよくしてくれないのか？」テーブルにカップを置いて、ジョンが訊く。「ひどいな、ベイリー。ちょっと、お高くとまりすぎじゃないか？」

「ちょっと疑ってるのかもね」彼に愉快な気分にさせられて、その気にさせられていた。「それで、なにをしにきたの？　今日はいろいろ用事があって、あなたのゲームにつき合ってるひまはないんだけど」

「おれはゲームで遊んだりしない」ジョンの鋭い目に警告の光が浮かんだ。

「わたしは遊ぶこと自体しないの」言い返す。「だから、さっさと言いたいことを言って」

彼にこの屋敷から出ていってほしかった。目の前から、人生からいなくなってほしい。手遅れになる前に。このあまりにも人を惹きつける男と自分のホルモンに負けて、いま以上に理性を失ってしまう前に。

「しかも、いらいらしやすいんだな」かわいそうにと言いたげに首を振っている。「かなり辛抱強いって聞いてたんだが」

「そんな話、どこから仕入れたのかしら」驚いたふりをして目を見開いてやった。

「オリオンからだ」

一瞬、驚いて動けなくなったが、訓練の経験が功を奏してベイリーは表情をコントロールできた。あたり障りのない楽しげな表情。驚きなど表さない。純粋に興味を抱いているだけの顔で相手を見返した。オリオンが彼女について知っていることなどあるはずがない、という顔で。

あの殺し屋は本当にファイルを保管していたのだろうか。暗殺者にしては常軌を逸した行動ではないか――記録を残しておくなんて？　そうだ、オリオンが記録を残していたのなら、そこにはウォーバックスの正体についての手がかりがあるのかもしれない。

「オリオンがわたしについて言えることが、それほどあったとは思えないわね」ようやく静かに口を開いた。「殺さない程度にわたしの手首をどこまで深く切り裂くかということ以外に、あの男がなにを知っていたの？」

声に響く怒りと、苦々しい思いは自分の耳でも聞き取れた。確かに怒りも苦々しさも感じていた。オリオンを殺す権利を奪われた。この手で銃の引き金を引き、あの男の忌まわしい頭を吹き飛ばすのを長いあいだ夢見てきたのに。そうするチャンスを得る資格はあったはずだ。あの男の命をこの手で奪う権利があった。

「オリオンの居場所を突き止めるのは簡単じゃなかった」おもむろに、ジョンが真剣な顔で答えた。グレーの瞳に深刻な表情を浮かべ、両手でコーヒーのカップをつかんでいる。「きみひとりではやり遂げられなかったはずだ。きみが殺されないよう金を送っていた人物が誰であれ、オリオンはその支払いを受け取り続けはしなかっただろう。きみはオリオンにとってリスクになりつつあったんだ、ベイビー」

あのころベイリーはリスクになろうとしていた。オリオンが殺しにくればいいと思っていた。オリオンに先手を取らせることで、あの男の正体をつかみ、自分であの男を殺したかった。「どういうこと？」ジョンの言葉に驚いたふりをした。

ジョンはいけないなというそぶりで舌を鳴らしている。微笑んでいるせいで男らしく美しい唇が傾き、ベイリーはひととき彼にキスをすることしか考えられなくなった。彼をほしがる気持ちが満たされるまで、あの唇を味わい尽くしたくなった。

「きみを生かしておくようオリオンが金を握らされていたって、知ってたんだろ？」

ジョンになにを言い、なにを隠すべきだろう？

ベイリーは微笑み返した。「どこから情報を手に入れたの？」

「どうしてアトランタで知っていることをすべて話さなかった？」ジョンが答えるかわりに尋ねた。「きみを助けてやったのに。ベイリー、おれはきみをあそこから逃がしてやっただろう。それなのに、隠し立てをしてた」

「情報を渡さなきゃいけないなんて条件はなかったはずよ」ベイリーは冷ややかに言い返し、身を乗り出してテーブルに両腕をついた。「あなたは無条件でわたしを解放した。思い出して、ジョン。それで、オリオンが金を握らされていたってどうやって突き止めたの？」

ベイリーを殺さないよう、あの殺し屋に金を払っていた者の正体をジョンが知っているはずがない——知っていたら、こんなところでベイリーから情報を聞き出そうとしているわけがないのだから。そんな手間はかけないで、オリオンのもうひとりの雇い主を追っていただろう。

「オリオンは非常に高額の報酬を要求する殺し屋だった」ジョンが言った。「ものすごい金持ちの男あるいは女でなければ、仕事を依頼できなかったはずだ。やつは用心深かった。腕は一流だった。気前よく金を払われていなければ、きみを生かしておいたりはしなかっただろう」

ベイリーは首をかしげ、長いあいだしげしげと相手を見つめた。昨夜の考えは正しかった。この男は、ふたたび彼女の作戦に鼻を突っこむためにここにいる。

「誰がオリオンに金を払っていたかは知らない」彼女はついに認めた。

「だが、オリオンに金が支払われていたことは知ってたんだな？」

ベイリーは一瞬だけ唇を引き結び、うなずいた。「知ってたわ。オリオンがロシアでわたしにそう言ったの。わたしの手首に切りつけながらね。自分の邪魔をするなとも言っていたわ。次のときは生かしておかないって」

ジョンの目が危険な光を帯びて細められた。一瞬、ほんの短いあいだだけ、同じ表情を浮かべたトレントの記憶が頭をよぎった。ベイリーの身が危なくなったとき、トレントはこんな顔をして、彼女を守ろうと全身に力をみなぎらせていた。

「それなのに、オリオンを追い続けてたのか？」ジョンの声が低くなり、怒ったうなり声に近くなった。

そんな声にベイリーは微笑んだ。「もちろん。脅されるたびに引きさがっていたら、キャリアを長く続けられたわけがないでしょ？」

「そんなふうだから、危うくキャリア自体を失いかけたんだ」またうなった。「オリオンはきみの手に負えないやつだったんだよ、ベイリー。どんなに優秀なエージェントでも、ひとりであの殺し屋を仕留められたはずがない。きみにやつを殺せる見こみはなかった」

「だから、あなたたちに譲ったじゃない」ベイリーは椅子から立ちあがってコーヒーメーカーの前に行き、ポットを手にテーブルへ戻ってふたりのカップにコーヒーを注いだ。「なんの文句があるの？」

ジョンのあごがこわばり、額に緊張が走った。あの顔。ベイリーは歯を食いしばりそうになるのをこらえた。願望のなせるわざだろうか？

「きみがまったく懲りてないってことに、文句を言いたいんだ」彼が威圧感たっぷりに言った。「まだ自分の手に余るようなまねをしようとしてる」

単なる推測でものを言っているのね。ベイリーは心のなかでおもしろがった。どう思いがっていようと、彼女が家に戻った正確な理由をジョンが知っているはずがない。

「わたしはＣＩＡから解雇されたのよ、ジョン、そのちょっとした情報は忘れちゃったの？」ポットをコーヒーメーカーに戻し、彼を振り返った。「ここで任務に就いているわけじゃないわ」

「アトランタでも、任務に就いていたわけじゃなかったんだろ？」椅子に寄りかかり、胸の前で腕を組んで不満げに言う。「はぐらかすのはやめろよ、ベイリー。お互いに、きみがここに戻ってきた理由はわかってるんだから」

ベイリーは深く息を吸って歯を食いしばり、相手の偉ぶった態度に対してこみあげてきた怒りを押しこめた。

「ここはわたしの家なのよ、ジョン。ここ以外に帰るところなんてないでしょう？」

「ここは十五年前に自分から縁を切った家だろう？」ジョンが椅子から立ちあがり、挑みかかるように正面から問いつめてきた。「きみの父親の親友が妻と娘を殺したって話を父親に信じてもらえなかったときに、二度と戻らないと誓った家じゃないのか？　その家のことを言ってるんだろう?」

コントロール、コントロールよ。ベイリーは息を吸った。一回、二回。自分のまわりに張り巡らしておくと誓った壁に、ひびを入れさせるわけにはいかなかった。

「そんなのずいぶん昔の……」

「ばか言うな!」ジョンが怒鳴った。「きみは一度だけここに戻った。両親が殺されたときに。その直後からオリオンを追い始めた。両親の死にオリオンがかかわっていると疑っていたんだな?」

「かかわっていたの?」部隊の仲間とともにあの殺し屋を暗殺したとき、ジョンはほかにどんな事実をつかんだのだろう? オリオンは、ほかにどんなファイルを保管していたの?

ベイリーはゆっくり首を横に振った。「両親が殺された夜、オリオンもここアスペンにいた。わたしが知っているのはそれだけよ。あなたはなにを知ってるの?」

オリオンが彼女を生かしておくかわりに金を受け取っていた情報を保管していたのなら、ほかの情報も手元に残していたのかもしれない。

「おれたちはオリオンの標的リストを発見した」ジョンが明かした。「きみの父親の名前も、そこにあった」

ベイリーは相手に背を向け、もれそうになった泣き声を押しこめるため手で口元を覆った。やはり、そうだったのだ。もういっぽうの手でカウンターをつかんで体を支え、全身を揺さぶろうとする震えをこらえた。やはり、両親はオリオンに殺されたのだ。

「どうして?」なんとか質問を押し出した。「なぜ殺されたの?」

目にこみあげる涙と胸をかきむしる悲しみを抑えこもうとしていると、背後にジョンが歩み寄る気配を感じた。

「ベイリー」両手で肩を握られ、ゆっくりと振り向かされた。

ジョンを見あげることができなかった。涙は弱さの表れだ。〝泣いている姿を見せてはだめ〟いつも母に言い聞かされていた。〝誰にも弱みを見せてはだめよ〟

「どうして両親は殺されたの?」ジョンから身を引き離そうとしながら、懸命に問いを発した。「両親がなにを知っていたというの?」

「わかるだろ、そうした情報はオリオンには知らされなかったんだ」大きく息を吐いている。「ウォーバックスがきみを生かしておきたがった理由を、知らされていなかったのと同じように」

ベイリーは凍りついた。今度ばかりは反応を隠しきれなかった。抑える間もなく体をこわばらせ、ジョンに視線を向けていた。

「だから、おれたちにオリオンの情報をくれたんだろう」目には怒りを宿らせているのに、穏やかな口調でジョンが続けた。「そうじゃないのか、ベイリー? アトランタで、きみは損の少ないところで手を引いたんだ。おれたちにオリオンを任せたのは、ウォーバックスを追うためだ」

ベイリーが身を引くと、ジョンは手を離した。彼女は悲嘆に暮れてローブのポケットに両手を入れ、重いため息をついた。

「ウォーバックスがかかわっていたとは知らなかった」ついにジョンに打ち明けた。本当に知らなかったから、自分に腹が立った。「去年ここに戻ってくるまで知らなかったの。戻ってきたのはオリオンを雇った人間を突き止めるため。それで、父の日記の一冊にウォーバックスという名が書きこまれているのを見つけたの。父が日記をつけていたことや、日記をどこに隠していたかを知っていた者はいないわ。父は日記のいくつかの箇所で、友人のうちの誰かが裏切り者ではないかと書いていた。最後の一冊にはウォーバックスと書いて、下線を引いてクエスチョンマークをつけていたわ」

もっと早く家に帰るべきだった。ベイリーはふたたび、そう思った。帰郷して以来、絶えず頭に浮かぶ後悔だった。屋敷に戻って初めて、誰がオリオンを雇っていたかを知った。それがウォーバックスだと気づいているべきだった。疑うべきだった。

ジョンを振り返り、この男を信頼したい、信頼するべきだと訴える自分の心を理解できたらいいのにと願った。彼女は誰も信頼しない。明日になっても誰かが自分のそばにいてくれるなんて信頼してはいけない、と学んでいた。誰かに心を寄せても奪われる。彼女がそうした人は、必ず取りあげられてしまう。あるいは、彼女に背を向けて去っていってしまう。

「ウォーバックスはわたしのものよ」ベイリーは決意のにじむ静かな声で告げた。「あなたたちはわたしからオリオンを奪った。今回はそうさせはしないわ、ジョン。そんなこと許さない」

「きみからこの件を横取りしようなんて思ってないんだ、ベイリー。共同で働きたい」

ベイリーはもう少しで笑いそうになった。「共同で働きたい？　アトランタで、共同で働いてくれたときみたいに？」ばかにして訊いた。「冗談はやめて、ジョン、共同でなにかしたいですって？　そんな言い草をわたしが信じるなんて考えが、どこからわいて出たの？　あなたにそんな考えがあったとしても、あなたが一緒に動いてるあのすてきな部隊の人たちはどうかしら？　見たところ、隊員は四人か五人？　そういえば、あのイスラエル人はどうしてる？」

あのイスラエル人。彼女の親戚。あのろくでなし。ダヴィド・アバイジャはベイリーの親戚であると同時に、親友だった。ダヴィドが死ぬまで。彼が死んで、生まれ変わって、家族の最後の生き残りに自分が生きていることを知らせる思いやりすら持たなくなるまで。

ジョンはまったく表情を変えなかった。上手。本当に上手だ。瞳孔を広げすらしなかった。

「かかわってるのは、おれだけだ」ジョンがようやく口を開いた。「おれと、ジョン・ヴィンセントのボディーガード。おれはブローカーだ。慎重に扱うべき情報や珍しい品物の売買で交渉を行う。部隊など存在しない。イスラエル人も」

「なら、信頼も存在しない。したがって共同で働くのもなし。以上よ」ベイリーは愛想よく微笑んでみせてから背を向け、テーブルに戻って銃を回収した。「出口はわかるわよね。帰りにドアに鍵をかけるのを忘れないでちょうだい」

ベイリーはキッチンの出口に向かった。自分の部屋に戻って今日の準備をするためだ。女相続人の日常はボンボンを食べながらソープオペラを見るようなものではなく、高級なドレスを着て退屈なパーティーを巡るようなものでもなかった。実際は買い物に行って、子どものころから嫌悪感を抱いている人々とつき合わなければならない。スパイを追いかけたり、殺し屋から逃げまわったりするより、よほど気がめいる暮らしだった。

「見返りは提供できる」

その言葉を聞いて、ベイリーは出口で立ち止まった。振り返ってジョンを見つめ、相手の意図を測って目を細めた。「どうやって？」

「ジョン・ヴィンセントは数日前に、ある取引の仲介をしないかと持ちかけられた。ウォーバックスが熱心に売り払おうとしている獲物の取引だ。この件にきみも参加させてやれる」

「それで、どうしてわざわざそんなことをしてくれるの？」ベイリーはあざけってわざとゆっくり訊いた。ジョン・ヴィンセントが、あっさり彼女をこの件に引き入れるですって？なにか裏があるに決まっている。

「はったりをかけてるんでしょ」違うの？

「はったりだったら、ここにいるわけがないだろ？」ジョンは胸の前で腕を組んで背後のカウンターに寄りかかり、余裕の顔でベイリーを見返した。「おれは話を持ちかけられた。だが、契約はまだ結ばれていない。複数のブローカーが同時に話を持ちかけられている。条件があるんだ」

「で、どうしてわたしが必要なの？」

この理由がわからなくて引っかかっていた。ジョンがすでに話を持ちかけられ、そこまでウォーバックスに近づいているのなら、なぜそもそもベイリーに知らせるのだろう。

「契約がまだ結ばれていないからだ」ジョンが繰り返した。「ウォーバックスはこの取引と、この件のブローカーを選ぶにあたって慎重にことを運ぶつもりなんだろう。これまでとは違うレベルの信用を求めてる。しかも、きみを必要条件に指定した。この取引を仲介したいなら、この必要条件を満たせと持ちかけてきた。きみがブローカーを選ぶんだ」驚いた。ショックとまではいかないけれど、驚くべきことだ。ベイリーはこれを実現させるためにずっと力を注いできたが、達成にこんなに近づいていたとは思ってもみなかった。

ウォーバックスは、ここアスペンにいる――ベイリーにはわかっている。父もそれを知っていた。ウォーバックスは選り抜きの力を持つ男たちのうちのひとりだ。捕まることなど心配する必要がないほどの力を持っている。ほかの人間たちが従っている法の手などかわせるほどの富を持っている。

「つてが必要なのね」やっとベイリーは静かに口を開いた。「ほかのブローカーたちが持っていないレベルの信用が。わたしがあなたの愛人になれば、その〝つて〟を手に入れられるというわけ」

ジョンが首を傾けて認めた。「ウォーバックスが信頼を置いている愛人が必要だ。決して裏切らない、とやつが考えている人物。自分たちを何度も裏切った政府に対して復讐したがっていると、やつが信じている人物。きみはおれの最高の一手なんだ、ベイリー。だが訊いておきたいことがある。どうしてウォーバックスは、目下きみを信頼してる？」

ベイリーは唇をなめ、穏やかに冷静に息を吸おうとした。願ってもみないほどうまくいった。断然、予想よりうまくいっていた。

このために一年を費やしてきた。日夜ふさわしい情報を追い求め、ウォーバックスまで届くに違いないと判断した耳にそれを吹きこんできた。

ウォーバックスの正体は依然としてまったくつかめていない。しかし、その正体に近づいているのは確かだ。この成りゆきがその証拠だ。

「ウォーバックスは誰も信頼しないわ」とうとうベイリーは答えた。「そんなまねをしてたら、とっくに正体が割れていたはずよ。あの男はわたしを信頼していない。試しているのよ」

「なぜだ？」ジョンが身を乗り出し、食い入るように、探るように見つめてきた。「なぜほかの誰でもなく、きみを試す？　どうして、きみに執着するんだ？」

唇をきつく閉じて椅子に背を預け、ベイリーは深く息を吸った。

「あの男の必要としているものと、ほしがっているものを、わたしが持っているからよ。ジョン、釣りをするならふさわしい餌を用意しなければだめ。目下のところ、わたしが完璧な餌なの」

運命。あまり信じるもののないベイリーが信じているのが運命だった。世のなかには間違いなく運命づけられている事柄がある。ベイリーは生まれた瞬間から、ウォーバックスと対峙するよう運命づけられていた。

あの裏切り者は、彼女を生かしておくために何年も金を払い続けていた。最初から理由を確信していたわけではないが、ベイリーは疑いを抱いていた。理由の一部は彼女の財産だ。ベイリーが相続人を持たずにこの世を去れば、セルボーン家の財産は永久に失われる。相続人は夫か子ども。つまり、ウォーバックスはセルボーン家の所有事業に一枚かんでいる六人の男たちと、なんらかのかかわりがあるということだ。六人の男たちは、娘が所有する事業を立ちゆかせていけるようベイリーの父親が設立した委員会のメンバーだ。そのうちのひとりがフォード・グレース。しかし、ほかにも理由があるはずだった。金だけが問題とは思えない。重要なのは、ここ数年ベイリーが差し出してきた情報と保護。彼女が仕掛けてきたゲームだ。あの裏切り者、人殺しとの。

ジョンがゆっくりと首を振った。「これを一年かけて目指してきたんだな、ベイリー？　この件を企ててたんだ」

ベイリーは口元にほんの少し笑みを浮かべた。「そうね、言わせてもらえば、こんなくだらないテストよりもっと程度の高いものを期待してたわ。ウォーバックスはゲームが好きらしいけど、この件はちょっと行き過ぎね」

だが、ウォーバックスは自分がなにをしているか正確にはわかっていない。ベイリーは確信していた。

ジョンがいら立った顔で唇を引きしめた。彼のなかで怒りがこみあげ、目のなかで渦巻いているのが見える。爆発寸前の状態に見えた。いっとき、ベイリーはなじみの興奮がわきあがってくるのを感じた。性と官能と危険にまつわる興奮だ。なぜか無意識に見極めていた限界を、彼女は超えていた。自分をターゲットにしてしまった。

時間をかけて深呼吸をし、ベイリーは相手を見守った。ジョンは椅子から立ちあがり、表情を険しくしている。

「言うんだ、ベイリー。いったいどうやって、ウォーバックスのような男がきみを試すよう仕向けたんだ？　どうやって、きみを信頼できると思いこませた？」彼が両手をテーブルにつき、ベイリーをにらみつけた。「きみはなにをしたんだ、ベイリー？」

彼の声の響きが、ベイリーの背筋に強烈な感覚を走らせた。目に見えない快感の指のようだ。それはうなじに広がり、悦楽と興奮をはじけんばかりにした。

「〝なにをした〟ですって？」食いしばった歯のあいだから言葉を押し出し、ベイリーはふたたび微笑んだ。引きつった、怒りに燃える笑顔だ。「相手の弱いところを突いたのよ、ジョン。情報に、人脈。ウォーバックスがそれまで手に入れてきたものよりはるかに貴重な獲物につながる部類のね。わたしを通してでしか手に入れられない獲物よ」

「たとえば〈クロスファイアー〉のようなか？」ジョンが鋭く返した。

ベイリーは驚き、相手に向かって目をしばたたいた。「〈クロスファイアー〉ですって？　ミサイルの？」

「ミサイルだ」ジョンが険悪な声になる。「あれをウォーバックスにやったのか、ベイリー？」

ようやく話がのみこめ、ベイリーはかぶりを振った。「ウォーバックスは〈クロスファイアー〉を手に入れたの？」

「そうだ」

ベイリーはじっくりとうなずいた。「ウォーバックスはミサイルを手に入れた。でも、このことは知ってる？」

ジョンが背筋を伸ばした。「なんだ？」

「いままさに、ウォーバックスはわたしを必要としているのよ、ジョン。あの男はミサイルを持ってる。だけど、わたしだけがそれを売却するための信頼性を提供できるのよ、ラブ」

笑みが純粋な喜びからくるものに変わった。ついに、あの男を罠にはめた。ウォーバックスをこの手でとらえられる。「あのね、ウォーバックスはミサイルと、たぶん発射装置を手に入れたわ。ただ、買い手が当然要求するものは持っていないの」

「なんなんだ、それは？」

「発射装置のロックを解除する暗号キーよ。それを手に入れてウォーバックスに教えてやれるのは、わたししかいないの」

ベイリーは立ちあがった。すでに勝利感を味わっていた。何年ものあいだウォーバックスが流させてきた血、命じてきた死。あの男がようやく報いを受けるときが来た。

「いい？」彼女は続けた。「あのミサイルは、もともとＣＩＡのおもちゃにするために開発

された の。最初の試験発射のときにわたしはその場にいて、あれに関するすべての情報を頭に入れておいた。暗号もね。そして、ウォーバックスが手を伸ばせるのはわたしだけというわけ」

「どうして、きみを拷問して暗号を聞き出さない？」いまでは、彼の怒りはかろうじて押しこめられている状態だった。ベイリーが舌でそれを感じられそうなほど。ジョンの全身から怒りが染み出していた。

「それではだめなの」ベイリーは軽く笑った。「セルボーン家の財産は覚えてる？　いまはまだ、ウォーバックスがそれをふいにする危険を冒すはずないわ。まず、見せかけほどわたしが使える人間かどうか、確かめようとするでしょうね。テストするつもりよ。わたしが手を組もうとしているのか、裏切ろうとしているのか、確かめようとしてる。ウォーバックスはわたしを引き入れて、取引に加担させて、あの男が望む立場に置こうとしているのよ。もう、望みどおりの立場に置けたと思っているんじゃないかしら。きっと、あなたのことは予想していなかったでしょうね？」

ベイリーはうれしくなっていた。このために動き続けてきたのだ。あまりにも長いあいだ両方の側につき、裏切り者を守り、あの男に殺される前にその正体を突き止めようと努力してきた。

「自分のしたことがわかってるのか？」

よける間もなく、テーブルをまわって近づいてきたジョンに肩をつかまれ、引き寄せられていた。「どんな危険を冒したか、わかってるのか?」

ベイリーは相手を見返した。「うまくいったでしょ」

「ばか言うな!」

怒鳴りつけられて目を見開く。「いまやウォーバックスはわたしを必要としてるわ。わたしを仲間に引き入れるしかないはずよ。わたしを殺すことはできない。わたしを厄介払いすることはできないの。あなたは上手を取れなかったから腹を立ててるだけでしょ。認めなさいよ、ジョン、あなたも、あなたのすてきな部隊の仲間たちもできなかったことをわたしがやり遂げたから、気に入らないんでしょう。わたしはウォーバックスを誘いこめるところまでこぎつけたのよ。ウォーバックスはわたしのものよ」

「殺されるぞ」ジョンが乱暴に言った。

「だったら、あなたが守ってくれればいいんじゃない?」ベイリーは身を寄せて下腹部で彼のデニムの向こうにあるこわばりを受け止め、両手で胸板を撫であげた。「わたしのボディーガードになりたい?」

ジョンの反応は予測していなかった。興奮するだろうとは思っていた。彼から確かにそれが感じ取れた。しかし、欲情より怒りのほうが勝るだろうとあてこんでいた。

避ける前に唇を奪われ、キスされていた。身を引くより早く両腕で抱き寄せられ、舌で舌をなぶられていた。

頭のうしろを手で支えられて動けなかった。ジョンは指先で彼女の頭皮をもみ、舌で舌を愛撫し、唇どうしをふれ合わせている。

一瞬後、彼の手がベイリーのヒップをつかみ、力をこめて体を完全に密着させた。そそり立つものもしっかりと押しつけられ、ベイリーはいきなりわきあがってくる熱情に襲われた。

「どうかしてる」ジョンがうなり、ベイリーを抱いたまま動いて彼女の背を壁に押しあてた。ベイリーの理性はすっかりだめになっていった。「ちくしょう、ベイリー、きみのせいでふたりして死ぬはめになるぞ」

ふたりのあいだに怒りと熱情があふれていた。燃えあがるように強烈に、それらが彼女の全身に流れこんでいる。ジョンの髪に指をもぐりこませ、握りしめて引き寄せた。相手の体に溶けこもうと、このキスをむさぼってしまおうとしていると、ジョンも彼女のヒップをつかんで、さらに引き寄せようとし始めた。ふたりは互いに近づこうともがいていた。

「ジョン」声にならない声で呼ばれて彼はベイリーの唇をかじって応え、あごに移り、キスで首を伝いおりた。

ローブを彼女の肩から引きおろし、そこを唇でたどる。もういっぽうの手はベイリーの腿を覆う布地の下にもぐりこんでいた。

太腿のあいだの濡れてすべらかになった場所に指でふれられて、ベイリーは鋭くかすれる息を吸った。動けなくなってにわかにまつげをあげてジョンを見つめた瞬間、彼がやわらかいひだを分け開き、そこに隠されていた硬い花芯を見つけた。

「ほら、ベイビー」ジョンが深く低く甘い声でささやいた。「どんなに気持ちいいか、感じてみろよ。ボディーガードがほしいのか？　おれがここをどれだけ念入りにガードできるかわからせてやる」

ジョンの指がさらにもぐりこんだ。二本の指が突然、きゅっと締まった熱い入り口を押し、なかに沈んだ。

熱い感覚がベイリーの体のそこかしこではじけ、肌をなぶった。震えが全身に伝わる。喉から絞り出されたような自分の声が響き、ジョンの指を包む場所が激しく収縮し、オーガズムが押し寄せる寸前になった。

「感じるか？」彼女の内側で指先を動かし、愛撫しながら、ジョンがうなった。「感じろ、ベイリー」

感じていた。すべてを。彼女をばらばらにしそうな熱望も、欲求も、体を駆け巡る激しい感覚も。

「ジョン」あえいでふたたび彼を呼び、ゆっくり指を引かれて悲鳴をあげた。

「だめよ」彼を引きとめようとした。寒々しい不安に包まれて、悦びを取り戻そうと必死になる。「どうして、こんなことをするの？」

どうして、わたしから手を離すの？

ジョンに求められているのは確かだ。ベイリーが彼をほしがっているのと同じくらい必死に、ジョンも彼女を求めている。

「ウォーバックスを操ったみたいに、おれを操ることはできないぞ」ジョンの口調は険しくなっていた。「きみがこのゲームに一枚かんでるってしっかりわかった。だが、おれのルールで参加してもらうからな、ベイリー。おれのルールには情報の共有が含まれてる。だから話せ」

「あなたのルールですって？」

「おれのルールだ」彼の声の険しさが増した。

ベイリーはにっこり微笑んでみせた。「ボディーガードは命令したりしないのよ、ラブ。今回は、あなたのゲームじゃない。わたしのゲームなの。わたしと共同で働くならいいけど、そうしないのならさっさと出ていって」

どうやらジョンのルールでは、こういう場合は歩いて出ていくことになっていたらしい。ベイリーがぼうぜんと見守る前で、彼は背を向けて屋敷から出ていった。

4

ジョンは自分のルールに従い、ベイリーを残して出ていった。ベイリーを満たされない気持ちで苦しませて。夜になっても、ベイリーは腹を立てていた。早朝の訪問者に、というより自分に対してだ。ジョンはベイリーの暮らしをめちゃくちゃにして、彼女の作戦を邪魔しようとしている。そんな予感がした。ジョンが動く前に、まずなにをするつもりかまで、ベイリーにはわかる気がした。

今日の朝ジョンは彼女を放したあと、屋敷から出ていった。歩いて外に出てドアに鍵をかけ、来たときと同じやりかたで姿を消した。ベイリーはぼうぜんと相手のうしろ姿を見送った。

ジョンは彼女を求めていた。それなのに、背を向けて出ていった。

あれほど深刻な興奮を訴えてきたくせに、その程度のものだったのだ。あの男はいつでもたちっぱなしなのかもしれない。

ＢＭＷをジョンが滞在しているホテルの前に停め、ベイリーはキーをボーイに手渡し、ロビーに入って足早にエレベーターを目指した。

答えがほしかった。その答えを差し出すためにジョンが戻ってこようとしなかったから、こちらから出向いた。自分にしては賢い行動とは言えないかもしれない。まさにこのとおりの行動をとるよう、ジョンに仕向けられた気もする。そのことも、しっかり自覚していた。

　エレベーターがジョンの部屋がある階で静かに止まり、ベイリーはおりた。そのとたん、アトランタで目をつけていた男たちのひとりと鉢合わせした。

　ジョンは、あのオリオンをとらえるための作戦で五人の男たちとともに動いていた。そのひとりがミカ・スローンだ。中東出身の、おそらくイスラエル人。身長一八八センチ。黒い短髪が、いかめしい尊大な顔を取り巻いている。ベイリーの疑いが正しければ、この男は歩く死者だ。

「失礼」ミカの背後にいる男たちを意識してベイリーは礼儀正しい笑みを顔に張りつけ、相手を避けて通ろうとした。

「ミズ・セルボーンですね？」呼び止められた。

　ベイリーは一歩さがって相手を見あげ、彼が使ったパレスチナ訛りに怪訝な顔で眉をあげた。

「そうですが？」

「ジェリック・アバスです」彼が手を差し出した。

　ジェリック・アバス、なわけないでしょ。

　ベイリーも手を差し出した。「お会いした覚えがありますわ、ミスター・アバス」確かに、ジェリックに似せている。ジェリックは何年か前に起きたひどい爆発事件で死んだ。これがジェリックだと思いたければ、人はそう信じるだろう。

言われてみれば、アトランタで見たときから、この男の見かけは微妙に違っている。だからといって、ベイリーがこの男の正体を見抜いている事実は変わらない。

「この美しい街にわたしがいても、気を悪くされないことを願っています」彼の微笑は鮫の笑みのように冷えきっていた。アバスの笑みがそうだったように。そう、アバスは他人を食いものにする鮫のような人間だった。良心も、慈悲も持ち合わせていなかった。

ベイリーは相手に両方の手のひらを向けて、興味なしのしぐさをしてみせた。「わたしの邪魔はしないで、こっちもあなたの邪魔はしないから」約束して相手を避けて通り、さっさとジョンの部屋を目指した。

警戒を覚えてうなじの毛が逆立っていた。〝ジェリック〟とその仲間たちから、まだ見られている。あのふたりの男たちにも見覚えがあった。サミュエル・ウォーターストーンの警護特務部隊のなかにいたはずだ。

愛国者を自称する善人のサムが、自分の警護の者にテロリストの疑いがある人間とつき合うのを許しているなんておもしろい話だ。もちろん、ジェリック・アバスは有罪判決を受けたことなどなかった。が、目をつけられていたのは確かだ。例の爆発事件で、本人がばらばらに吹き飛んだと思われるまで。

まったく、このところ墓からよみがえる人間がずいぶんたくさんいるらしい。

ジョンが宿泊している部屋のドアの前で立ち止まり、すばやく一度ノックした。あいかわらず廊下の向こうの男たちから背中を見られている。

ここのところずいぶん注目を浴びるようになったものだ。

数秒もたたないうちに、ドアがゆっくりと開いた。ジョンが上半身裸で目の前に立っていた。胸の細かな毛が濡れて光っている。そんな彼はとんでもなくセクシーで、欲望をそそり、危険だった。

「早かったな」彼が言ってのけ、一歩さがってベイリーを招き入れた。「入れよ」

ベイリーは部屋のなかに足を踏み入れ、心が動くのを感じた。認識または予感めいたものだ。自分はいま、単なるホテルの部屋ではなく、もっとずっと危険な場所に足を踏み入れてしまったのだという感覚だった。

背後でドアが閉められ、ひとり無防備に部屋にいる気がした。それから、いきなりこれまでになく気持ちが固まり、自信がわいてきた。

「さて、ラブ」おもむろにジョンを振り返った。「わたしのボディーガードをしてくれるんじゃなかったの？」


ジョンはホテルの部屋に入ってきたとんでもない美女を見つめ、発情期の獣のようにうなり声をあげたくなった。

くそ、いままで目にしたどんな女よりも、彼女はゴージャスだ。体にぴたりと添う、太腿までスリットの入ったサファイア色のイブニングドレス。同じ色のハイヒール。エメラルドグリーンの瞳。肩までの長さの濃い栗色の髪はまとめられ、巻き毛にサファイアとダイヤモンドがちりばめられている。

ドレスのゆったりとした胸元のドレープから、みずみずしい張りのある胸が見えている。そのこんもりとした誘惑のカーブに視線が即座に引き寄せられた。すらりと伸びた脚は、男の想像をかき立てた。彼の腰を挟む引きしまった太腿。その奥に発見するであろう秘宝。

あの両脚の奥にある秘宝をジョンは知っていた。プッシーを覆うやわらかい絹に似た巻き毛。彼女をしっとりと潤わせる甘い蜜。そんなことを考えて股間のものがさらにたちあがり、鼓動が速くなった。

ちくしょう、ベイリーを味わいたくてたまらない。その欲求が激しすぎて、待たされたら生き延びられるかわからなかった。彼女はためらいがちだ。いやいやこうしている。いますぐ一緒にベッドに直行しようとされたら、それはそれで自分はすっかり壊れてしまうだろうが、逆にそうされなくても、願望がたまりすぎて死んでしまうだろう。

ジョンはようやく質問を発するだけの理性を取り戻した。「まず情報を白状してからって話だったろ？」

ベイリーが片方の眉をあげて室内を見渡し、ふたたび問いかける視線をジョンに戻した。一瞬たって、彼はやっと相手の訊きたがっていることに気づいた。「この部屋にはなにも仕掛けられてない」静かに言って彼女に背を向け、広い居間の反対側にあるバーに向かった。

「飲むか？」

ジョンは飲まずにはいられなかった。額には汗が噴き出している。体温は、あのとんでもないドレスが彼女の体のまわりで揺れ動くたびに上昇してゆく。

この調子では、ことがベイリーに関するかぎり、自制心はだめになってしまうだろう。

「飲む気分じゃないの、ジョン」ベイリーがそっけなく答えた。

しかし、彼女も部屋のはじにある短いカウンターに近づいて、ジョンが自分用の酒を注ぐのを見守っていた。背に彼女の視線を感じる。彼女の体のぬくもりが伝わってきて、むき出しの背を撫でられた。

なんてこった、ベイリーにふれられたいと強烈に願うあまり、かつてそうされたときの感覚が頭によみがえってきそうだ。

「じゃあ、話す気になったのか？」ベイリーを振り返り、カウンターに無造作に寄りかかった。

ベイリーのいっぽうの眉が弧を描く。「わたしがどんな話をしたがってるか、あなたもわかってると思うけど。どんなふうに、ここでわたしと共同で働きたがっているの？　あなたたち部隊が割りこんできて、この作戦を横取りしないって保証はどこにあるの？」

ジョンは相手の疑いを否定した。「きみからこの作戦を横取りする方法はないよ、ベイリー。わかってるはずだ。そっちが言ったとおり、きみがこの作戦の鍵を握ってるんだからな。きみは例の暗号を入手できる。ウォーバックスはきみを必要としてる。おれたちもだ。だが、おれは情報を隠されたままじゃ動けない」

ベイリーは、いっぽうの手に持った小さなハンドバッグを指でたたいた。

うのに」

「ウォーバックスはいつ〈クロスファイアー〉を手に入れたの？」ようやくベイリーが口を開いた。「わたしの情報源から襲撃があったという報告はなかったわ。現に盗まれたってい

「驚かないな」ジョンは肩をすくめた。「〈クロスファイアー〉を取り戻すまで、情報がもれないようふたをされてるんだ」説明する。「今回の件で、ついに裏切り者がここにいると突き止めた。〈クロスファイアー〉はまさに特殊兵器だ。警備にひとつ穴を開けたとたん、ウォーバックスはこらえきれずに手を出してきた。実行犯たちが〈クロスファイアー〉を持ち去る前にとらえるのが狙いだったんだが、困ったことにまんまと逃げられた。いっぽうで、情報を追ってなんとか四つの一族に行き着いた。ウォーターストーン、グレース、クレイモア、メントンスクワイアーだ」

この名前はベイリーも知っているはずだ。家族ぐるみのつき合いをしてきた相手。ベイリー自身も疑いを抱いている相手だ。「わたしも同じ名前に行き着いたわ」彼女が言った。「だけど、レイモンド・グリアもウォーバックスに協力している可能性が高いの。わたしが例の暗号を握っていると知っているのも彼だけだし」

「では、ウォーターストーン、グレース、クレイモア、メントンスクワイアーの誰がかかわってておかしくないな」ジョンは指摘した。

ベイリーがうなずく。「レイモンド・グリアはフォード・グレースの妹と結婚する前、グレースのために働いていたわ。レイモンドが何度か取引の仲介にかかわっていたと突き止め

たの。あと、サミュエル・ウォーターストーンの警備責任者のマイロン・ファルクス。この男に関しても、かなりの状況証拠を集めることができたわ。このふたりがかかわっているのは確実。わからないのは、誰が命令を下しているかよ」

ベイリーは部隊よりも多くの情報を入手していた。かなり多くの情報を。ジョンたちが想像していたより深いところまで、この件の調査を進めていたらしい。

ジョンは酒をあおって飲みきり、グラスをテーブルに置いた。

「グリアとファルクスがかかわってるって、どうやって突き止めたんだ？」なにも着ていない胸の前で腕を組み、ベイリーを見据えた。彼女の視線がむき出しの肌を撫でた。

「グリアのつながりを突き止めるのは難しくなかったわ」ベイリーが肩をすくめた。と同時に、胸がドレスのドレープの下から盛りあがって豊かなふくらみを見せつける。「グリアは元CIAよ。機密の研究開発プロジェクトについて知っている情報提供者もいるはず。かなり高い地位にいる人間と親しい関係を維持しているし、メアリー・グレース・アルトマンと結婚したから、そういう人間たちに広く手を貸す権力も経済力も自分のものにした。実はファルクスはもっと簡単だったの。数年前、ブラックマーケットである先進エレクトロニクスの取引が行われたとき、ファルクスがマーク・フルトンという偽名を使っていることがわかったのよ。逮捕や有罪判決に必要な証拠はそろわなかったけれど、ファルクスがそこにいた事実は突き止めたわ」

「で、四家族それぞれが輸送や引き渡しに必要とされる力も、手段も持ってると」ジョンは言った。

うなずくベイリー。

ジョンは深いため息をついてから手で顔をぬぐい、黙ったままじっと彼女を見つめた。実のところ、彼はベイリーが盗まれたものがなにかを知っていると思っていた。彼女には彼女の情報源、人脈、強みがある。うわさはベイリーのところへまわっていなかった。それはある意味、この作戦が誰もが望んでいたよりずっと高いレベルに及んでいる表れだった。

「〈クロスファイアー〉が盗まれたのはいつ？」ベイリーが尋ねた。

ジョンは鋭くうなずいた。「数週間前、ワシントンDCの極秘軍事基地への輸送中に奪われた。テロ組織やテロ国家に連絡がいったのは数日前だ。〈クロスファイアー〉が近いうちに競売にかけられ、ブローカーを選ぶのはきみだとね。たいそうな緊急事態だよ。かぎられた時間内に、あの兵器のありかを突き止めなければならない。三週間後に中東で極秘の多国間協議が開かれるんだ。意外なところから支持を取りつけている新たな和平の構想について話し合われる予定になっている」

「つまり三週間以内に、ジョン・ヴィンセントをブローカーに選んだとウォーバックスに受け入れさせればいいのね」と、ベイリー。

ジョンは首を縦に振った。「ものがものだし、つけられる売値や、この取引に求められる信頼性を考えれば、どんなブローカーでもウォーバックスとの直接の面会を要求するはずだ。これまでの取引で対応してきた、ウォーバックスの仲介者ではなく。この作戦がウォーバックスの正体を突き止めてつぶすチャンスなんだ」

ジョンが見守る前でベイリーの表情が陰り、緑色の瞳が普段の輝きを少し失って、暗い苦悩をたたえた。

「ウォーバックスはオリオンの雇い主のひとりだった」ベイリーが言った。「オリオンは十五年前、依頼を受けてフォード・グレースの妻と娘を殺したんだと思う。あの男が依頼されてわたしの両親を殺したのは確かだわ。ウォーバックスはわたしのものよ、ジョン。この作戦から締め出されたりはしない。この作戦からわたしをはずしたりしたら、あなたも、あなたの部隊にいる全員も後悔することになるわ」

ジョンははっきりとかぶりを振った。「これ以上きみひとりでこの作戦を進めるわけにはいかないんだ、ベイリー。おれときみで共同で行わなければならない、危険な任務だ」

「あなたのとこのジェリック・アバスのそっくりさんもでしょ？」ベイリーのこわばった皮肉な笑みを見れば、言いたいことはわかった。「今夜エレベーターをおりたところであの人と会ったの——そうそう、ウォーターストーンの警備隊の人たちと一緒にいたわよ。わざわざ自分がここにいるってわたしに知らせてきたわ。自分がアバスだということを、わたしに証明させるつもりだったんでしょうね」

ジョンはにやりとした。部隊が利用できたいちばんましなカバーが、ジェリック・アバスの身元だった。あの爆発によってジェリックは死んだといわれているが、証拠はない。爆発からしばらくたってから、ミカはそのテロリストになりすまして犯罪組織に潜入した。ミカからベイリーに近づき、身元を保証させる。部隊は今朝そう決定を下していた。ベイリーは作戦中に何度かジェリックと会った経験があり、彼女に保証されれば最高の証明になるからだ。

「確かに、いくつか問題はあったんだ」結局ジョンは認めた。「指紋もＤＮＡも調べられたし。どちらの試験でも、こっちに都合のいい結果と簡単に差し替えられた。ただ、きみから保証してもらえればなおいいと考えたんだ」

ベイリーが納得してうなずいた。「いま相手にしている人間たちは、それほど信頼できないわよ。ウォーバックスと会う約束を取りつけるのも、あなたが思っているほど簡単にはいかない。わたしは一年以上かけて、ＣＩＡと国に不満があることを世間に証明しようとしてきた。それでも、ウォーバックスはやっといまになって、わたしをテストし始めたばかりなんですからね」

スキャンダルの渦中に故郷へ戻ってきたため、ベイリーの社交生活にいくらか傷がつきはしたが、機会があればＣＩＡに敵対すると確実視されるほどではなかった。ベイリー・セルボーンはいまや国に幻滅したエージェントであり、もっともいい条件を提示した相手に力を貸す可能性がある。そうしたうわさがすでに広まっていることを、ジョンは事実として知っていた。

だが、ＣＩＡはこの情報をもとに行動を起こすわけにはいかないはずだ。単純にベイリーの背後にある力が大きすぎるからだ。ＣＩＡは彼女を監視すらできずにいる。これこそ、べイリーが生まれた世界に存在する、経済と政治への強い影響力のあかしだ。

そんなジョンにはまるでなじみがないずば抜けた社交界の令嬢、女相続人が、いつ自分の死によって終わりを迎えるかもわからない仕事に、どうして命と財産をかけようとなどしたのだろう？

どんな正義、裏切り、復讐が、彼女をここまで駆り立てたのだろう？

ベイリーにはあまりにも多くの秘密がある。彼女の心の大部分を、ジョンは知りも理解もしていなかったのだと、いまになって気づき始めた。ベイリーには隠された面がある。彼女は、男だろうと女だろうと誰にもその秘密を明かさない。そうした親密さを、自分のなかに封印しておこうと決意しているようだ。

「ウォーバックスが、きみの友人や両親の死にかかわっていると考える根拠は？」ベイリーに尋ねた。

彼女は答えるのを拒んだ。「あなたにじっくり身の上話をしているひまはないわ」手をさっと振って着ているドレスを示す。「この調子だと、ちょうどよく遅れて到着しそうね。とっておきのタキシードを着てきて。出発しましょう」

「どこへ？」ジョンは好奇心を覚えて訊いた。どうやらベイリーは強く出て、この作戦の指揮権を握ろうとしているようだ。いまのところは、好きにさせておこう。

「サミュエル・ウォーターストーン邸でのちょっとした集まりよ。今夜は夫妻の記念日なの。幸せな結婚生活四十五周年ですって」

辛らつな口調に隠された悲しげな響きに、ジョンは胸の奥を突かれた。彼自身してきた選択を悔いる気持ちが起こった。ベイリーと一緒に今年の記念日を祝えたのだろうか？　〝死んで〟いなかったら。トレント・デイレンがオーストラリアでウォーバックスの不興を買っていなかったら、そうできたのだろうか？

「目をつけてる一族の人間たちも、そのパーティーに出席するのか？」ジョンは尋ねた。

「彼ら全員と、ほかにも数十人が出席するわ。あとは人気スターが数人。テレビに出ているかなり退屈な有名人が二、三人。アスペンにいる選り抜きの政界実力者まで何人か来るわよ。金持ちでつまらない人たちがたくさん」

彼女は自分が生まれ落ちた世界に、ほとんど尊敬を抱いていない。とはいえ、ジョンはオーストラリアで気づいていた。ベイリーは軽々しく人に尊敬や信頼を抱いたりしない。性別にかかわらず、相手の人間性に納得してからでないとそうしないのだ。

どうやってかトレント・デイレンとして、彼はベイリーに認められていた。ともに行動した数カ月のあいだに、どうにか彼女の尊敬と信頼を勝ち得ていた。そんな尊敬と信頼を、ジョン・ヴィンセントはさほど簡単には得られそうになかった。

「じゃ、一張羅を着るようにするよ」ベイリーにふざけた笑みを向けてみたが、相手からはまた妙に沈んだ表情を返された。

そんな顔をされて彼がどんな気持ちになるか、ベイリーはわかっているのだろうか。そんな悲しそうな顔をされたら、腕のなかに抱きかかえてなにもかもから守ってやりたくなってしまうと、ベイリーはわかっているのだろうか。

「必ず、そうしたほうがいいわよ」彼女はうなずいている。「明日うちのバンガローに来て。父がひいきにしていた仕立人を呼んでおくから、あなたに新しいスーツを何着か用意しましょう。成功したブローカーとしてはとてもよくやっているようだけど、今度はこの世界でもっと高い地位にのしあがる意思を示さなければいけないのよ。この世界で指折りの財産を持つ女相続人に言い寄ろうとしているんだから。やる気と同時に真摯なところも見せないとね」

ジョンは片方の眉をあげてみせた。「だったら、婚約指輪も探しといたほうがいいかな?」

ベイリーは頭をかしげて冷静に見返した。「イギリスのカルティエに連絡して、支配人との約束を取りつけて。最高級のダイヤモンドを、そうね、六週間後に用意しろと言えばいいわ。そうすれば真剣さを証明できるし、ここでの仕事を完遂する時間も稼げる。こうしておけば、実際にダイヤモンドを買わなくてもすむでしょ」

これに対して、ジョンは鼻を鳴らした。「おれにもひいきにしてるダイヤモンドの店くらいあるんだぞ、ベイリー、自分で好きにやるよ」

ベイリーは肩をすくめた。「好きにやりたいならかまわないけど、話が広まるようにしてね。では、もう出たほうがいいわ。さもないと、ちょうどよく遅れるどころではなくなって、招いてくださったご夫妻に失礼になるわ。いまは、そんなまねは絶対にしてはいけませんからね」

ウォーターストーン夫妻に失礼なまねをするというのを、ジョンは特に避けるべき問題としてとらえていなかったが、とりあえずベイリーの意見を尊重した。

「で、着いたらどうする？」カウンターから離れて急がずベイリーに歩み寄り、彼女の熱と彼の熱が溶け合うのを感じさせた。「おれたちは恋人どうしなのか、ベイリー？　それとも、ティーンエイジャーのカップルみたいに、まだ照れてお互いにつかず離れずって感じでいくか？」

ベイリーが深く息を吸い、緊張しつつ高ぶりを覚えている証拠に少し鼻をふくらませ、熱情で瞳をきらきらと輝かせた。彼と同じくらい、ひどく求めているのだ。六年前にふたりのあいだではじけた欲望は弱まっていなかった。どちらかといえば、燃えあがるいっぽうだった。

黙ってじっと立っているベイリーの腰を彼の手が撫で、ドレスの絹の布地越しに熱を帯びた肌のぬくもりを感じた。それから彼女のウエストに腕をまわし、一気に胸に引き寄せた。やわらかくなめらかな両手を胸板のむき出しの筋肉にあて、ベイリーは目を大きく見開いて彼を見あげた。

「こんなことしてる場合じゃないわ」かすれた声で抗う。

「おれを言いなりにできるなんて思うなよ、ベイリー」じっくりと言って聞かせた。「おれに自分好みの服を着せて、この大事な作戦でおれを言いなりに動かせるなんて思うな。おれはひいきの仕立人や宝石商と何年も前からつき合いがあるんだ」言いながら頭をさげていき、ふれ合うかふれ合わないかのところまで唇を寄せた。

ベイリーめ。彼女は強くてしなやかだが、ジョンのほうが強くて、比べものにならないくらいはるかに強情だと、まだ学んでいない。その点、トレントに関しては学んでいた。ジョンもそうだということを、教えてやらなければならない。

「おれたちふたりの関係はゲームじゃない」ジョンは続けた。「そんなふりはするな」

「ゲームじゃない、ですって?」ベイリーの目に抵抗が燃えあがった。混じりけのない最高のエメラルドのなかに燃える炎のようだ。「うそをつかないで、ジョン。これに実際より意味があるふりをするのはやめて。これは任務よ。わたしたちが成功させようと決めた任務。それだけよ」

「冗談じゃない」

ここから、この腕のなかからベイリーを放すなどとんでもなかった。ベイリーが自分を納得させようとして編み出した、たわごとの山を信じさせておくわけにはいかない。

ベイリーは、ふたりのあいだにあるものを否定しようとしているのだ。理解できないから。自分にとって彼が何者で、どんな存在かわかっていないからだ。ジョンにはそれがわかっている。だからといって、このままにしてはおけない。

片方の腕でベイリーを抱き寄せておき、空いた手のひらで彼女の頬を包みこんだ。ベイリーが普段どおり辛らつな言葉で攻撃しようと唇を開いた瞬間、彼はそこを奪った。

ベイリーにキスをするのは、火だるまになるのと似ている。ベイリーの舌の潤いに満ちた熱さ。重ね合わせた唇のなめらかなやわらかさ。どうやっても断てない麻薬のようだ。ベイリーを手に入れれば入れるほど、もっとほしくなる。

彼女の両手がゆっくりと胸板を滑って上っていく。ためらいがちに震えながら指で肌を撫で、最後に彼の首にすがりつく。

ジョンの腕のなかで彼女は震えていた。オーストラリアで初めて一緒に過ごした夜にそうしていたように。情熱の震えが彼女の肌の下を伝わり、抗いきれずにあげたかのようなかすかな悲鳴が唇からこぼれた。

ジョンは穏やかなキスを続けた。優位を示し、欲望を押しつけるために荒々しく奪う必要はなかった。そんなものは舌で彼女の舌を撫でるたびに、おのずと表れていた。ふたりの唇がこすれ合うときに。彼の首にベイリーが両手ですがりつくさまに。彼がベイリーを抱き寄せるさまに。ベイリーの体は心が悟っていないことを悟っているかのように、ジョンにやわらかくなじんでいた。ベイリーはジョンのものだと、悟っているかのようだ。ベイリーの心も体も、彼のものだと。

ほっそりとした優美な体が、彼にぴたりと寄り添っている。ベイリーは両手で彼の首にしがみついて、もたれかかっている。ジョンが渇望に駆られて激しくキスをし始めると、腕のなかでさらに熱くなった。

ベイリーも渇望をさらけ出している。ジョンが与えるものを受け止めつつ、さらに求めて押してくる。そうするうちに唇と舌がともに動いて声にならない高ぶりの声を発し、手が無意識にさまよいだした。

ジョンはベイリーのドレスを太腿から押しあげ、その奥にあることを知っている濡れそぼった花びらにふれたくなった。彼のために熱く濡れているはずだ。記憶に残っている甘美なプッシーの感触が頭の中を駆け巡り、脈打つ欲求を股間に送りこんでそこを締めつけた。ペニスが鋼の棒以外のなにものでもなくなり、スラックスを押しあげている。一秒たりともベイリーを離す気はなく、さらに引きあげて抱き寄せた。こんなに女性を求めてしまうとは想像もしなかったほど、どこまでもベイリーがほしかった。

ベイリーは彼のものだ。

激しくベイリーをかき抱く両手に力がこもった。両方の手のひらを彼女の尻に滑らせ、引きしまったなめらかな肉に指をうずめると同時に、胸の奥から低い声を響かせた。

腰が突き出て、ペニスを彼女の太腿のあいだのやわらかい場所に押しあてた。プッシーのぬくもりを感じ、彼女のなかに深く身を沈める感覚を思い出して、それがどくどくと脈打ちうずいた。

ああ、あのときのベイリーはあまりにもきつく締まっていた。いまも彼をきつく締めつけるはずだ。六年間、彼女に恋人はいなかった。しかしもうすぐ、間違いなくすぐに、ベイリーはふたたび彼を抱きしめることになる。

「これがゲームだって言ってみろよ、こんちくしょう」彼女の唇から唇を引き離し、一、二メートルうしろのソファに近づいた。向きを変えてベイリーをクッションに押し倒し、なめらかなシルクのストッキングに覆われた両脚からドレスを押しあげ、そのあいだに腰を入れた。「こんなことをしても、おれみたいにはとことん熱くなってないって言ってみろ」

ジョンは相手の顔から目をそらすというミスを犯した。ドレスのドレープが片方の熟れた乳房から滑り落ち、ビロードに似た質感の硬くすぼまった乳首が彼の目にさらされていた。とがって赤く色づいた胸の頂が、唇と舌を誘っていた。

ベイリーの味、ベイリーの感触に彼は飢えていた。

「見てみろよ」声がかすれた。「おれと同じくらい強烈にほしがってるじゃないか、ベイリー。なのに認めまいとしてる」

「ほしがってないとは言ってないわ」ベイリーの息もかすれ、絶え絶えになっている。「あなたがほしくないなんて一度も言ってない」

それなのに、彼を手に入れるチャンスを我慢していたのだ。ジョンは我慢などしない。両手をベイリーの膝にのせてから太腿を撫であげていき、シルクのストッキングの感触を伝って、ついにレースのバンドに行きついた。

ベイリーはさらに両脚を押し広げられて頭を振り、ソファのクッションに指をうずめて握りしめている。だが、やめてほしいとは言わない。ふれ合いを拒もうとはしなかった。

さらにドレスを押しあげ、ジョンはようやく探し求めていたものを見つけた。サファイアブルーのソング。プッシーを覆うその小さな三角形はすでに湿り、ふっくらした花びらの輪郭が浮き出ていた。

「もっと脚を広げろ」荒っぽく命じた。「見せろよ、ベイリー」

前のときも、これほど熱く燃えただろうか？　そんなことはなかった。こんなベイリーを見るのは初めてだ。女としての自分に不安を持ち、自分の彼への反応にとまどい、用心深く見守っている。

ベイリーが両脚を開き、彼女の入り口を覆うシルクがぴんと張る。ジョンはそのパンティーの縁に指を滑りこませた。

「ここはおれのものだ」手のひらでベイリーの脚のつけ根の丘を包みこんだ。そこからしっとりと伝わってくる熱を感じて、ズボンのなかでいきかける。「おれのものだ、ベイリー」

震えるベイリーに覆いかぶさったまま、ぴったりしたシルクのなかに指を入れ、六年ものあいだ夢見てきた熱い蜜を見つけた。

ふれるのをやめられなかった。こらえきれず、きつく締まった入り口に一本の指を差し入れ、奥深くの感じやすい場所を愛撫せずにはいられなかった。渇望を抑えられず、かすれて尾を引くうめき声を胸から響かせる。もっとほしい、もっと彼女を手に入れろという欲求を止められなかった。

指をもう一本。パンティーをわきに寄せ、自分の指がベイリーを貫くさまを見つめた。指をうずめてなかでゆっくり動かすと、ベイリーがヒップを浮きあがらせ、喉を締めつけられたような声を発した。

ベイリーは彼の指をぎゅっと締めつけ、体の内側をさざ波のように脈打たせ、震わせた。

ジョンはパンティーを引きちぎってその布切れをひらりと床に落とし、片方の手で彼女の腿をつかみ、指で彼女を所有する光景を目に焼きつけた。指でベイリーを愛し、彼女の悲鳴と、彼に向かって背をそらす彼女を愛でた。そしてついに、体をこわばらせ、跳ねあげ、オーガズムに翻弄される彼女の熱に指を包まれた。

プッシーの花びらが赤く色づき、クリトリスが濃いピンクの真珠さながらに小さな玉になり、じんと脈打ち濡れて輝いた。彼の指も、ふくらみを帯びたひだも濡れている。

彼がいままで目にしたなかで、もっとも美しい光景だった。快感がベイリーの体に変化をもたらしていくのを見ていた。彼女が解き放たれる瞬間を目にして、感じた。自分のものにした。

「おれのものだ」声を荒らげて言い切った。「おれのものだろ、ベイリー」

解放の最後の波に揺られてわななきながらも、彼女が首を横に振った。

「完全におれのものだ」

5

完全におれのものだ。

ジョンの言葉が夜から次の日の朝まで頭のなかで響き続け、ベイリーは彼の声にあふれていた完全な独占欲に身を任せてしまおうとする体の欲求と闘った。

ジョンはまったくトレントらしくなかった。トレントはあんなに支配したがりでも、独占欲丸出しでもなかった。もっとのんきで、陽気だった。それでも、ベイリーは前から彼がうちに秘めた暗い芯を、感じ取っていたのではなかっただろうか？

翌日の昼、アスペンへ続く山間の道に車を走らせつつ、ベイリーは頭がおかしくなりそうな相反する感情を押しやろうとした。ジョンに関して、心と体を理性に合わせることができなかった。彼も、ミカと同じく歩く死者なのだろうか？　本人が思わせようとしているよりもずっと、ベイリーにとって親しい男なのだろうか？

いいえ、偶然など信じない。とはいえ、いまは感情に頼ってもいけないと自覚していた。そうなると、いま考えるべきはあの男と任務についてだ。いまのところ、このふたつに関してはコントロールできそうだ。

市境に入ったところで、携帯電話が急かす音で鳴りだした。渋い顔で唇を曲げ、メルセデスのSUVのコンソールからそれを取りあげる。すばやく番号に目をやった。

両眉があがる。ジョンかと思ったら、意外にも昔から宿敵とみなしている男からだった。

「もしもし、レイモンド」続々と前に入ってくる旅行者たちの車の列にスピードを落として加わりながら、電話に出た。「今日はなんの用かしら？」

「ごきげんよう、ベイリー。メアリーが〈カサマラス〉でのランチにきみも来てほしいと言うんだ。ほかに予定がなければどうだい」

ベイリーはまたしても眉をあげた。「ぜひ。メアリーとはいつも一緒に楽しく過ごさせてもらっているから」

レイモンドがこれに対してくっくと笑った。ふたたび意外な反応だ。「たぶん、互いに過去は過去のままにしておくべきなんだろう」なめらかに言ってのける。「どのみち、きみがあの晩に言っていたように、角を突き合わせていても意味はないのだからね。ＣＩＡに関するかぎり、われわれはどちらも苦労して学んだところがあったということだ」

「苦労どころか地獄の試練でしょ」電話に向かって不満げにこぼす。

「ああ、裏切りというのはしばしばこたえるものだ」同情する口調。「まあ、どうかメアリーとわたしにつき合ってくれ。きみも午後を有意義に過ごした気になってくれると思うよ」

まさにそのとおりになりそうだと、ベイリーは思った。

「ちょうどいま街まで来たところなの」レイモンドに告げる。「何時に行けばいい？」

「一時間後はどうかな」答えが返った。「それくらいあれば、われわれも充分に間に合う。もう予約はすませてあるんだ」

「じゃあ、楽しみにしてるわ」ほんの少し、声に適度な安堵の響きを混ぜこんだ。「ありがとう、レイモンド」それをつけ加えたことで喉を詰まらせそうになりながら。

理由はなんであれレイモンド・グリアに礼を言うなんて、我慢ならなかった。

「では、一時間後に」レイモンドが念を押した。「けなし合わずに普通に顔を合わせられるとは、楽しくなりそうだよ」

この男をけなすのは、とんでもなく楽しかったのに。なんといっても大嫌いだから。

会話を終え、携帯電話を閉じて大きなため息をついた。いま決まったランチについて、ジョンに電話をして知らせたほうがいいことはわかっている。

そこまで考えて、にんまりした。たぶん、レイモンドと会う五分前に知らせてやるのがいいだろう。昨夜の出来事のあとでは、ジョンにレストランに駆けつける時間をたっぷりやるのはしゃくに障る。

レストランに着いてボーイに車を任せ、店内に入ってバーに向かった。〈カサマラス〉はこの街で指折りの高級レストランだ。食事よりも酒をたしなむのが目的で立ち寄った客のために、こぢんまりとした居心地のいいバーもある。

バーの親密な空気のなかで数組のカップルが座っていた。コーヒー、ココア、ラテは旅行者にも地元の人たちにも大人気だ。ベイリーはバーの奥へ進み、店の入り口がよく見える仕切り席に座った。コーヒーを注文し、案内係が客たちを出迎えてダイニングルームへ案内するようすを見守る。

〈カサマラス〉は母が特に好きなレストランだった、とベイリーは思い出した。母と一緒に暮らしていたころは、ショッピングに出かければ、いつもまずこのバーでコーヒーを飲み、ランチはここのダイニングルームでというのが定番だった。

ショッピングは大嫌いなはずなのに、母とショッピングに行くのは大好きだった。母のアンジェリーナは、友人や見知らぬ人について気の利いたことをささやいたりして、出かけるたびに楽しませてくれた。普段は鼻であしらうような服でも、母に言われるとつい試着してしまい、その上手な勧めかたにいつも驚かされていた。

両親が恋しかった。ベン・セルボーンは愛情深くて優しい人だった。世界を明晰な目で見てよく知っていたのに、好ましく思えない面には目を向けないようにすることも多かった。汚れて、堕落した面には。父は自分の友人たちのそうした特徴にも、目を向けないようにしていたのだろう。目を向けていれば、死なずにすんだかもしれなかった。

コーヒーカップを口元に運び、レイモンドに誘われた食事について考えた。妻のメアリーも同席する予定だ。あの繊細で心優しいメアリーが、ウォーバックスに与しているとは考えられない。あの女性には子どもみたいなところがある。ベイリーが生まれたころから病気がちだったけれど、ベイリーにはいつも優しく、ティーンエイジャーのころのいい手本だった。

しかし、あのレイモンドがどうやって、いとも簡単にメアリーの人生に入りこむことができたのか。考えるたびに驚きを禁じえなかった。メアリーには友人を見極める並はずれたセンスがあると、ずっと尊敬していたのだ。レイモンドが現れるまでは。

友人のメアリーは、レイモンドとの出会いは偶然ではなかったと気づいていないのだろうか？　十年前、レイモンドはフォード・グレースに手段を見つけて近づき、グレースが所有するヨーロッパの運送会社にテロリストが潜入していないか調査する任務を負っていた。その会社の利益が、ヨーロッパからアメリカへの人や武器の輸送に使われているのではないかと疑われていたためだ。

グレースのふところに忍びこむいちばん手っ取り早い入り口が、妹のメアリーだった。グレースの人生のなかで、彼が虐げることのなかった数少ない人物のひとりだ。おかしなものだと、ベイリーは思った。フォード・グレースは妻や娘にひどい扱いをしたくせに、妹については、はたから見ても極端なほどかわいがり、彼女がなに不自由なく暮らしているかつねに気にかけている。

レイモンドはくだんの任務にかなり真剣に取り組んだ。そして一年もたたないうちに静かにCIAを退き、メアリーとの婚約を発表した。自身も財産を有する女相続人であるメアリーは、猫背のがり勉風だったレイモンドを、シルクに身を包むイタチに変えた。

「ベイリー。ベイリー・セルボーンじゃないか？」

コーヒーから目をあげたベイリーは、ワグナー・グレースの淡い緑色をした率直なまなざしを見て自然に微笑みを浮かべた。

「ワグナー」仕切り席から立ちあがって相手の首に両腕を巻きつけると、足が浮くほどきゅっと抱えあげられ、屈託のないハグをされた。

フォード・グレースのことは憎んでいても、ワグナーはベイリーの親友の兄であり、ベイリーにはいない兄のかわりだった。

「なんだ、きれいになって」ワグナーがベイリーをおろし、彼女の鼻の先を優しくつついて笑った。「すっかり大人になって、絵に描いたようにものすごい美人じゃないか」

「あなたもびっくりするくらいハンサムよ」ベイリーは背筋を伸ばして相手を見あげ、かつて少なからぬ想いを抱いていた若者の面影を見た。

三十九歳のワグナーの体にはぜい肉がなく、さりげなく筋肉がついている。厚手のセーターにジーンズという格好で、成功した大人の男の見本のような姿だ。ライトグリーンの瞳を楽しげに輝かせ、日焼けした顔でくしゃっと微笑んでいる。

「ベイリー、グラントを覚えてるだろ」ワグナーがうしろにさがる。ベイリーは長年の訓練のおかげで、なんとか親しげな表情を保つことができた。

ワグナーが成功した大人の男の見本なら、グラント・ウォーターストーンは甘やかされた金持ちのぼんぼんの見本だ。

三十五歳のグラントは客観的に見れば整った顔立ちをしている。黒い髪。青い目。広い肩幅。成功を絵に描いたような姿。ジーンズと薄手のプルオーバーのセーターに、レザーコートで完璧に決めている。しかし、彼の目つきはどこか、ベイリーに警戒心を抱かせるのだった。

「ベイリーとは、数カ月前にパリで開かれたラミエのたいしたことのないパーティーで会ったよ」グラントは微笑んだが、目は笑っていなかった。「いつもどおり文句なしの美しさだ」

「そのとおりだ」ワグナーがくすりと笑ってベイリーを振り返る。「一緒にコーヒーを飲んでいいかい？　これからスキーに出かけるところだったんだ。きみも来ればいいのにな」スキーはワグナーのお気に入りの趣味のひとつだが、ベイリーはあまり楽しめたためしがなかった。

「もちろんどうぞ」ベイリーはにっこり笑って仕切り席に座り直した。内心では、ふたりにはとっととゲレンデに行って、考えごとを邪魔しないでほしかったが。

「父が昨夜、きみがまだここにいるとこぼしていたよ」ウエイトレスが新しいカップとコーヒーのポットを持って現れ、ワグナーが口を開いた。「実を言うと、電話口でそう怒鳴っていたんだと思う」かすかに顔をしかめている。「いまだに父とはうまくいっていないのかい？」

ベイリーは軽く肩をすくめてみせ、シートの背もたれに寄りかかった。

「ベイリーが誰かとうまくやれたためしがあったか？」そこでグラントが口を挟んだ。鼻にかかった話しかたが気に障る。「本当に、ワグナー、ベイリーにここまで気に入られているのは、ぼくたちのなかできみだけじゃないか」

ワグナーが笑い声をあげるなか、ベイリーはグラントに引きつった笑みを向けた。「ワグナーは、あなたたちと違ってしゃくに障る人ではないからじゃないかしら」冷ややかに告げる。「あなたも見習えばいいのに、グラント」

相手はばかにしきって鼻を鳴らした。「そうじゃないと思うよ、スイートハート。たぶんきみは、単に一般人と長くつき合いすぎたんだろう。彼らの性質が移ったんだ」

ベイリーはこぶしを固めてグラントの顔にたたきこみたくなる衝動を抑えた。本当に一般的な人たちとかかわれてよかったのは、彼らがまさに人らしい人だからだ。世のなかの人たちにも底意はあるかもしれないけれど、ベイリーが子どものころから見てきた、自分たちは庶民よりずっと優れていると思いこんでいる人々の考えかたほど腐っても、病んでもいなかった。

「ほめ言葉だと思わせてもらうわ、グラント」首をかしげて、こわばった笑みを返した。「一般の人たちの美点は、自分がほかの者であるふりなんてしないところだから。それに比べて、はるかに恵まれているはずの人たちのほうが、自分たちの完璧な鼻を突き出して見下している相手より、よっぽど見苦しい場合が多いわよね」

「あいかわらず性格の悪い女だな、え?」グラントがにらんだ。

「もうよせ、グラント」友人の乱暴な物言いに対して、ワグナーが厳しい口調で割って入った。「感じ悪く振る舞いたいなら、ひとりで先にリゾートに行ってくれ。ぼくはあとから行く」

グラントが一瞬口元を引き結び、ベイリーが火傷してもおかしくないと思うような嫌悪の目つきを向けてきた。残念ながら、グラント・ウォーターストーンに嫌われようと、ベイリーはまったく気にしていなかった。

「そうさせてもらうよ」グラントは仕切り席から出て、唇を嘲笑でゆがめた。「この席の空気は、どことなくよどんできたからな」

立ち去っていく相手の背に「いなくなってせいせいした」と大声で言ってやりたい気持ちを、ベイリーは抑えた。

「あいつは長いあいだ、うちの父と一緒に過ごしすぎたんだ」ワグナーはため息をつき、カップを取ってコーヒーに口をつけた。「ここ数年のあいだに、ふたりはだいぶ親しくなったんだよ」ワグナーの声には、ほとんど落胆に近い、かすかに悲しげな響きがあった。

「あなたはずっと前からフォードにあまり似ていないわ、ワグナー」ベイリーは言った。「それでよかったんだと思って。残念だけど、グラントはフォードに似すぎているみたいね」

ワグナーはものうげに同意して彼女を見つめ返した。「会いたかったよ、ベイリー。きみがここに戻ってきてくれると、まるでアンナが戻ってきたようだ」

彼の妹の名を聞いて、ベイリーの胸に鋭い痛みが走った。

「わたしもアンナが恋しいわ」アンナと彼女の母親が殺されてからもう何年もたつが、怒りと憎しみは薄れなかった。

ゆっくりうなずきつつ、ワグナーはコーヒーを飲み終えてシートのはしに腰をずらした。立ち去る前に足を止めて振り返る。

「父は、きみにアスペンから出ていってほしがっている」彼の声が低くなり、警告の響きを帯びた。「きみにいろいろとつらくあたるだろう」

「そうするのは得意みたいね」たいしたことではないという顔で、ベイリーは微笑んでみせた。「戻ってきてもう一年になるのよ、ワグナー。あなたの父親だって、そろそろわたしを追い出すのは無理だとわかってるはずだわ」

「だが、まだ追い出そうとしているんだ」ワグナーが言い聞かせた。「用心してくれ、ダーリン。父が成功するところは見たくない」

それだけ言うと彼は席を立ち、ベイリーの頰にキスをしてバーを出ていった。ベイリーは頭を振った。フォード・グレースは、自分の息子がグラント・ウォーターストーンなどより十倍は男らしい男であることを、考えてみたためしがあるのだろうか。

おそらくないのだろう。考えてみたとしても、あの男がそれを気にかけるとも思えない。ワグナーはフォード、あるいはグラント・ウォーターストーンのように非情でもないし、権力欲に駆られてもいない。フォードがグラントの面倒を見て、ともに働かせているのも不思議ではなかった。とはいえ、グラントに手助けが必要というわけでもない。彼の父親であるサミュエル・ウォーターストーンも、自分の長男はまったくもって問題ないと考えていた。

ベイリーが育てられたところでは、それが普通だった。ベイリーが育った社会では、それが普通だ。子どもたちは、自分たちが抜きん出た存在だと教えこまれる。上等な、自分だけの法に従っていればいい存在だと。そうした教育によって思いやりも、慈悲もなく、道徳心にはさらに乏しい大人ができあがった。

コーヒーを飲み、この社会に存在する、薄く覆い隠されて表に出てこない残酷さに思いをはせ、鋭く突きあがってきた怒りをのみこんだ。怒りをどうにか静められそうになったところで、レイモンドと、笑みを浮かべた小柄な夫人がレストランに入ってくる姿を目にとめた。メアリーは五十歳の魅力的な女性だ。傲慢で情のないレイモンドにはもったいないほど魅力がある。

ベイリーは立ちあがってバーからレストランへ向かった。ゆったりとした足取りを保ち、あせらない。時計を見て、約束の時間より数分早いだけだと確認して気をよくした。

「ベイリー」少しあとに案内係に導かれてテーブルの前に現れたベイリーに気づき、レイモンドが礼儀正しく立ちあがった。「いつもどおり、完璧な登場のタイミングだ」

この変わりようには驚くばかりだ。ベイリーはレイモンドのひんやりする、赤ん坊みたいにやわらかい手に両手を取られて、やけに湿った感じのする唇で頬にキスをされた。

嫌悪感を覚えて震えそうになるのを抑えこみ、相手から身を引く。

「こんにちは、メアリー」ベイリーは友人のほうを向き、屈んで彼女の青白い頬にキスをした。「お元気?」

「とても元気よ、ベイリー」答えるメアリーの口元に心からの微笑みが広がる。「こちらに帰ってから、すてきな男性を手に入れたのですってね。とても刺激的な男性だって聞いたわ」

ベイリーはレイモンドにちらりと目をやった。この男はジョンの経歴を百も承知に違いない。彼は妻にどこまで話したのだろうか。

「メアリーはうわさ話に耳を傾けるのが好きなんだよ、ベイリー」甘い顔で妻に微笑みかけている。「昨夜のパーティーに出席していた人から、その男性がいかがわしい過去を持っているらしいと聞かされたようだ」

「ジョンに、いかがわしい過去が?」まるでおもしろがるように、ベイリーは朗らかに笑ってみせた。「彼に訊いてみなくちゃ」

「またそんなふうに言って、わたしの冒険心を台なしにして」メアリーも楽しげに口をとがらす。

ベイリーは努めて自然な笑い声を発し、明るい表情を保った。うわさはあまり広まっていないようだ。幸い、話のほとんどは明るみに出ていない。ベイリーが子ども時代から知る家族の者たちは内輪ではうわさ話に興じるものの、外にはもらさない。盗っ人どうしの義理みたいなものだ。もしくは、かつての盗っ人どうしの義理と言うべきか。

「メアリーはいつも人の過去に興味津々なんだよ」レイモンドの口調には驚くほど愛情がこもっている。妻に向けるまなざしも同様だった。「エージェントの仕事には危険と恋がつきものだと思っている」

「退屈な身元調査、古いコーヒー、汗くさい、ぎっとりした髪の銃密輸入者、麻薬密売組織のボスがつきものよ」ベイリーは陽気にからかう口ぶりで並べ立てた。「懐かしくてたまらないわよね?」

「十四年も勤めていたのに?」メアリーが尋ねる。「諜報員の仕事を楽しんでいたんでしょう、ベイリー？」

ベイリーは首を振った。自分がしてきた仕事に対する感情を言い表すのに〝楽しい〟という言葉は使えそうにない。「誰しもに反対されて就いた職業よ」実はそれが、この職業を選んだ本当の理由ではなかっただろうか。「自分が背を向けたものに気づくのが遅すぎたの」

「反抗ね」メアリーがため息をついた。「ご両親は心配されていたわ」

「それに、父は声をかぎりに怒鳴って大反対だった」懐かしむ笑みを浮かべて打ち明ける。「大人になるのにしばらくかかったわ」

レイモンドを見やったりはしなかったが、彼から見られているのは意識していた。彼女の言葉、口調に聞き入り、表情をじっくり見つめている。レイモンドを嫌悪しているとはいえ、彼のＣＩＡでの働きぶりがとんでもなく優秀だったことは知っている。この男の勘も経験も甘くみるつもりはなかった。

しかし、ベイリーも自分がしている仕事を、かなりうまくこなす自信があった。

飲み物が運ばれてくるころには、話題はもっとあたり障りのない内容に移っていた。型どおりのやり取りに落ち着きつつ、ベイリーは裏切り者と食事をともにして抱かずにはいられない嫌悪感を抑えこもうとしていた。もっとたちの悪い相手と食事をともにした経験だってあると、自分に言い聞かせた。

「気を悪くしないでほしいんだが、ベイリー、実はほかにも何人かこのランチに誘ったんだよ」ウエイターがテーブルに現れると同時に、レイモンドが切り出した。「どちらかというと直前に決まったものだからね」

相手に顔を向け、ベイリーはいっぽうの眉をあげた。「もちろんけっこうよ、レイモンド。ご親切にわたしも誘ってくださってありがたいわ」

彼の笑みがより自信に満ちたものになり、ベイリーの見間違いでなければ、薄い唇がよりいっそう尊大な線を描いた。目の前にいなければ、この男がいままで以上のひとりよがりぶりを発揮するのは不可能だと考えていたところだ。

レイモンドがうなずきかけると、ウエイターは期限ぎりぎりの極秘情報を預かった密使さながらに急いで歩いていった。

数分後、目をあげたベイリーは表情をコントロールするのに苦労を強いられた。あっという間に激しい怒りがわきあがり、防波堤に襲いかかる高波のように、防壁を押し流しそうになった。

ベイリーがその怒りをなんとか支配し、抑えこんで隠しおおせたのに対して、フォードはそこまで巧みではなかった。ゆっくりとテーブルに近づいてくる彼のしわを刻んだ顔はこわばり、ダークグレーの目を怒りでほぼ真っ黒にして、妹と義弟へ交互に視線をやっている。

男らしくも細い、優美な手でシルクのジャケットのボタンをいら立たしげにはずし、そっけなく「ご苦労」と言葉をかけてから、ウエイターが引いた椅子に腰をおろした。

ベイリーは深く安定した呼吸を心がけた。突然現れたフォードになんの反応も示さなければ、かえって不自然だろう。

「ほかの者に声をかけたなどとは言っていなかったな、レイ」不機嫌な声で義弟に問いただしている。

「申し訳ない、フォード、メアリーがベイリーに会いたいと思いついたものですから。おふたりが、そうですね、言ってみれば矛を収めるときが来たのではないかと。こんな確執はよい取引関係を生みませんからね。それに、うわさ話はお嫌いでしょう」レイモンドがなに食わぬ顔ですらすらと答えた。「人々がうわさ話を始めていますよ」

フォードが唇をむっと引き結んだところで、ウエイターがメニューを持ってやってきた。フォードは強い酒を注文し、ウエイターが背を向けるなり、ベイリーに目を戻した。

「腹を立てて席を立たんのか」声を低くして言う。「ののしりもせんとはな」抜け目のないまなざしでベイリーをねめつけている。彼女は混じりけのない脅しに肌を焼かれる痛みを感じられそうな気がした。

こわばる喉のつかえをのみこんだ。「とりあえず、いまのところは」

ベイリーはメニューに視線を向けながらも、レイモンドとメアリーからフォードとのやり取りを見つめられていると意識していた。メアリーのまなざしは心配そうだ。レイモンドは、もっと固い意図を隠した目をしている。

「きみの父親も亡くなる前には、娘とのけっこうな昼食を楽しんだだろうな」フォードは最初の一撃で核心を突き、深く切りこんできた。

「そうできれば、わたしも楽しんだでしょうね」ベイリーはメニューから目をあげ、父とフォードとの友情について交わした激しい口論を思い出していた。

この男は妻子に暴力を振るっていた人間だ。それなのに、ベイリーの父はこの男の妻子の葬式で彼のそばに立って支え、偽りの涙をこぼす彼を抱き、ともに悼んでいた。

「父親を悲しませていた娘が」フォードが低い声で言った。

それでも、父の命を奪ったのはわたしではない。そう言ってやりたかったが、ベイリーは非難の言葉をのみこみ、冷ややかにテーブルの向こうの相手を見据えた。

「わたしたち親子はあなたが考えているより頻繁に会っていたのよ、フォード。父はわたしに愛されていると知っていたし、わたしも父に愛されているとわかっていた。娘の人生をかわりに生きることは、父にもできなかったというだけだわ」

フォードの口元がこわばった。

「フォード、過去はもう忘れたほうがいいのではないかしら」メアリーが穏やかに勧めた。「ベイリーに自分の家に戻ってくるチャンスをあげて。ベイリーのお父様はお兄様のかけがえのない親友だったのだから。彼だって帰ってきた娘を責めるのではなく、温かく迎えてやってほしいと思ったはずだわ」

すばらしい言葉だ。ベイリーが家に帰ってきたというのは、まったくの思い違いにすぎないにしても。ここは彼女の家ではないし、この人々は彼女の家族ではない。ここにはベイリーのことをわかっている人は誰もいない。ベイリーが家を出たとき、どんな戦いを始めようとしていたかを理解していた人は誰もいなかった。

父親でさえ理解してはくれなかった。理解していれば、父は娘がなにをしているか知ってからも、彼女がＣＩＡで働いていることを決して友人たちに教えたりはしなかっただろう。娘の仕事を妨害して、ＣＩＡで昇格できるような任務に就かせないため根まわししたりはしなかっただろう。

ディレクターのミルバーン・ラシュモアは、ベイリーが危険の多い仕事にはかかわらないよう手をまわしていた。ベイリーがみずからかかわっていったときには、いつも急いで駆けつけて彼女を引っ張り出していた。

「フォードとわたしのあいだには、これからも意見の違いがあり続けると思うわ、メアリー」友人に告げてから、フォードに視線を戻す。「ただ、こちらは節度を守ってなんとかやっていけそうよ、あちらもそうしてくれるなら」

あごに力を入れてこちらを見返すフォードの顔には、奇妙な安堵の表情が浮かんでいた。なにか別の反応を、彼が向けられて当然の反応を予測していたかのようだ。しかし、その顔からは、ベイリーが示したわずかな譲歩が、彼にとって重要な意味を持つことが伝わってきた。もちろんそうだろう。そうでなければ、ベイリーとともに違法ビジネスをするのが難しくなるのだから。

「よし、では」レイモンドが上機嫌な笑顔で割って入った。「実はもうひとりのゲストの到着を待っているんだ。料理を選ぶのに時間をかけてくれたらありがたい。彼は遅れるかもしれないと言っていたのでね」

ベイリーは自分の身を高慢さで守り、威厳のある高飛車な態度でうなずいた。ここにはこのルールがある。以前のベイリーなら破っても気にしなかった、暗黙の不文律だ。以前はずっと背を向けていた世界からふたたび受け入れられたいまは、このルールを守らなければならない。ずっと求め続けてきた正義を成し遂げる機会を、ようやく手にできたのだから。

レイモンドがこの件にかかわっているのは間違いない。ひとりの人間が単独でこんな悪事を行えるはずがない。ウォーバックスは集団だ。ひとりの男が裏で糸を引いている小集団。その黒幕がフォードではないかと、ベイリーは疑っていた。それにしても、これから来る人物とは何者だろう?

「おや、ようやく彼が来たようだ」レイモンドが満足げな声を響かせ、ベイリーの背後を見やった。

振り返ったベイリーは、テーブルに向かってくるジョンを見て笑みを隠した。黒のジーンズに白い長袖のドレスシャツを着て、丈の長い黒のレザーコートをはおっている姿は、彼にふさわしく危険人物そのものだった。小憎いくらい魅力があって、危なっかしい。彼は暗黙のドレスコードを破っていて、はたから見てもそのことをまったく気にしていない。ルールのなかには破られるためだけに存在するものもある。ジョンはそうするのが、とんでもなくうまかった。

ウエイターにベイリーの隣の椅子を引き出してもらいながら、ジョンが屈んで彼女の頬にキスをした。「いったいどこに出かけていったのかと思ったら」同席している人たちに聞こえるほどの声で言う。

「わたしの居場所を見つけるのは、そんなに難しくなかったでしょ?」ベイリーは遠慮がちな口ぶりで返した。「今日はランチに出かけたいなんて言っていなかったから」

ジョンはゆったりと椅子に腰をおろし、すてきな唇を皮肉っぽくゆがめてみせた。「気持ちをくんでくれないと困るな」

ベイリーの眉があがる。「もっとはっきり言ってくれないと」

「これからは、そうするよ。はっきり伝える」

きゅっと口をつぐみ、ベイリーは手厳しい返答を抑えこんだ。ジョンは彼女を自分のものにして言うことを聞かせようとしている。そうされて、ベイリーの独立心あふれる気性は我慢の限界に達しようとしていた。

「ベイリーはたびたび許される限度をわきまえない振る舞いをする」フォードがしかつめらしくジョンに告げた。「そう簡単におとなしくならんぞ」

「おとなしくさせたいわけではありませんよ、ミスター・グレース」ジョンが穏やかに、きっぱりと答えた。「召使がほしいわけじゃない。パートナーのほうがいいんです」彼の手がベイリーの手を温かく、自分のものだと証明するように包みこんだ。「ベイリーとはすばらしいパートナーになれると思います」

ベイリーはおとなしく手を握られたまま、隣のジョンに横目で視線を送り、黙っていた。無言の同意だ。ジョンはふたりの立場を明らかにして、境界線をはっきりと示した。

ゲームが始まった。

6

ベイリーがジョンに知らせもせずに、疑わしい人物の筆頭であるレイモンド・グリアとフォード・グレースのふたりと会っていたことが、ジョンは信じられなかった。昼近くにグリア本人から電話で知らされなければ、ベイリーがどこにいるか知らないままだったろう。彼女のせいで頭がどうにかなりそうだ。確実にそうなる。このまま好きにさせておいたら。問題は、彼女を止めるすべなど見当もつかないという点だ。ベイリーは独立心旺盛で、誰の命令も受けない。特にジョンの命令は聞かない。聞いたとしても、従うとは思えない。彼女には心に秘めた目的があり、それが正確にはなんなのか、いまだに教えてくれていなかった。

こんな状況を続けさせるわけにはいかない。

ベイリーがなにをしようとしているか、だいたいの見当はついていたが、そろそろ本人の口からそれを聞かせてもらうときだ。いくらか心のうちをさらけ出してもらうころだ。ベイリーが六年前から変わっていないとしたら、上からものを言ってもうまくいかないだろう。うまくいかせる方法はわかっている。そのちょっとしたこつはオーストラリアで学んでいた。

セルボーン邸の私道で車を停め、ジョンは威風堂々とした二階建てのバンガローを見あげた。十五も部屋のある大邸宅を〝バンガロー〟と呼べればだが。とても大きな窓が私道に面して並び、風雨にさらされた杉の羽目板が建物に年月を重ねたぬくもりを感じさせる趣を与えている。

ベイリーはこの家を捨てて出ていった。家族を残して出ていき、持っていた財産にはほとんど手をつけなかった。父親に信じてもらえなかったからだ。父親はある男との友情に重きを置き、その男は家族を殺害した悪人だと訴えるベイリーの話に耳を傾けなかった。

その男は逃げようとした自分の妻と娘を殺した。フォード・グレースが殺し屋を雇い、マチルダと娘のアンナがグレース邸から逃げ出した夜に都合よく事故に見せかけて殺害した。ベイリーはそう考えていた。

そしていまだに証拠を求め、あなたが信頼していた男は殺人者だったのだと、父親に証明しようとしている。

いら立ちに唇を引き結び、ジョンは乗ってきたSUVをおりて歩きだした。ちょうど執事がベイリーの車のドアを開けている。

車をおりるのに手を貸した執事に「ありがとう」と静かに声をかけ、ベイリーは屋敷に入った。ジョンもすぐうしろから続いた。

「上にあがれ」ベイリーの耳にだけ届く声で指示した。「話がある」

したいのは話だけではないが、まずそこから入ればいいだろう。

「いいわよ」ベイリーの口調は愛想がよかったけれども、こわばった全身からはまったくそんな感じは伝わってこなかった。

緊張は、よく隠されてはいた。なにげなく見れば、ベイリーはリラックスして微笑んでいるように見える――しかし、ジョンにはわかっていた。ともに働いた時間があったから、彼女の全身にストレスが満ちてきているときは見ればわかった。このストレスが、すべて先ほどのランチによるものとは思えなかった。

丈夫な体の人間であればレイモンド・グリアとフォード・グレースに胸焼けを起こさないか、といえばそうでもない。彼らは人の気分を害する。ふたりのうぬぼれには、ちょくちょく辟易させられた。とはいえベイリーはこの世界で育ち、彼らをよく知っている。この世界の人々の高飛車な立ち居振る舞いを知り尽くしていて、彼女自身も驚くほど優雅にその振る舞いを身につけていた。

ちっ、ベイリーのようになに不自由なく暮らせる財産があったら、と願うことも多々あったが、ジョンはそんな考えをあらため始めていた。そういう富を持つ人間には、ジョンが持っていない、これからも身につけられるわけのない人格が不可欠なのだ。

ベイリーを追って寝室に入り、ドアを閉めて鍵をかけてからドレッサーに置いてあるホワイトノイズ発生装置の前に行った。その小型の盗聴防止装置を作動させ、ベイリーを振り返って黙ったまま長いあいだ見つめた。

ベイリーは少しも不安げなそぶりを見せなかった。レザージャケットを脱いで部屋のはしにある広いウオークインクロゼットにそれをかけ、つま先を引っかけてスニーカーを脱ぎ、デザイナーズシューズの隣にぴったりそろえて並べている。

ふたたび寝室に戻ってくると、ドレッサーの前に行ってアクセサリーをはずし、彫刻が施された銀製の小さな宝石箱にしまった。なにも言わず、晴れやかな顔をしている。しかし、ジョンは相手の体から発せられる緊張を感じ取っていた。きつく巻かれすぎて低く響く音を発している弦のようだ。

「ランチのことをおれに知らせるべきだったんだぞ」壁に寄りかかり、真顔で見つめてはっきり言った。「この件では共同で動かなければいけないんだ」

ベイリーが顔をあげ、鏡越しにふたりの目が合った。「今朝、あなたは部隊の仲間とのミーティングに参加したとき、わたしを誘ってくれたかしら？」

ジョンは驚きを隠した。部隊のミーティングがあったと、どうして知っているんだ？

ベイリーの唇のはしがあがって皮肉な笑みのかたちになった。「わたしにはない特権を自分だけが持てるなんて思わないで」冷ややかに告げる。「参加しているチームが共同で働くってことをちゃんと理解してくれれば、わたしもすばらしいチームの一員になれるわよ」

相手の言い分を聞いて、ジョンのあごに力が入った。「そんなことに関係なく、この件ではチームの一員になるしかないんだ」ベイリーにきっぱりと告げた。「まわりを固める部隊は、これからも姿は見せない。それを受け入れてもらわないと困る、ベイリー。こうするしかないんだ。必要以上に事態を難しくするのはやめてくれ」

「なら、自分はこの大事な作戦に役立つ単なる駒だと受け入れろっていうの？」ベイリーがあせらず慎重に振り返って、威厳たっぷりに問いただした。「そんなふうに簡単にいくと本気で思っているの、ジョン？」

いいや、思っていない。ベイリーを部隊に近づかせないようにするのは、死ぬほど大変だろうとわかっていた。ただ、それが決まりだ。ベイリーを完全に部隊に引き入れるわけにはいかない。そんなまねをしたら、この作戦が終わったあと、彼女は部隊を危うくする存在になってしまう。

「そんなふうに簡単にいくんだ」落ち着いた口調で答えた。「こうすれば互いに望みをかなえられる。それできみも満足なはずだ」

ベイリーはいら立った顔で唇を引き結び、胸の前で腕を組んで部屋の反対側にいるジョンをにらみつけた。

「だったら、誰が敵か味方か知りようがないわ」張りつめた声で言う。「わたしはただそっちの指示に従って、いい子でいろっていうわけ？　あなたが悪者たちに自分も悪者ですって納得させる目的で、わたしを連れ歩くときのために？」

ジョンはふざけて相手を見返した。「そんなの〝あんたの夢のなかだけだ〟って言いたいんだろ？」

「そのとおりよ」わざとかわいらしい口ぶりでベイリーが言い返した。「でも、そこまで空想を羽ばたかせるようなまねはできないんじゃないかしら、ジョン。あなただってそこまでばかじゃないでしょ。そんなくだらない夢が頭に浮かんでも、現実的な感覚に邪魔されてわれに返るはずだわ」

ベイリーの皮肉な口調がジョンの血圧を一気にあげ、混じりけのない興奮状態に追いやった。ちくしょう、この女はどのボタンを押せばいいかいつも心得ている。これまでに出会ったどんな女よりもたちどころに、彼をそそり立たせる。あの眉で弧を描き、エメラルド色の瞳を挑むように輝かせるだけでだ。

しかも、そんなことはお見通しのようだ。彼女の視線がジョンの体をさっと下にたどり、またすばやく顔に戻ってくるのを、彼は見逃さなかった。わかっているんだぞ、という顔で彼女を見返すと、その頰がぽっと赤く染まった。やはり、ベイリーは自分がどんな影響を及ぼしているか承知している。

「口げんか中にお行儀のいい反応じゃないわよ」と、ベイリー。

ジョンは鼻を鳴らした。「いつから、こいつがお行儀よくしてないといけなくなったんだ？　話を変えるなよ。いまここで話をつけとかなきゃならないぞ、スイートハート。これからはミーティングだろうと、ランチだろうと、ディナーだろうと、おしゃべりだろうと、必ずおれもそのすてきな輪に招待しろ」

「わたしもあなたのところの集まりに招待されるの？」ベイリーはあきれた顔で目をまわしている。「双方が同じルールじゃないとチームにはなれないわよ、ジョン。あなたが姿をくらまして自分の大事なミーティングに出かけるっていうなら、あなただってこちらを信頼して、わたしが姿をくらまして自分の用で出かけるのを見送ってくれないと」

もう充分だ。ベイリーはこれに関してジョンが引きさがれず、彼女の望みどおりにできないとわかっていて、わざと逆らって挑発している。彼女の言うとおりにするのは不可能だ。部隊に関するかぎり、ジョンは相手が好ましいと考える範囲で動くわけにはいかない。〝知る必要がある〟と言う人間は追いつめられたり、必要以上の情報を知らされたりすると、命を失う場合だってあるのだ。

ジョンは部屋を横切り、避けるひまも与えずベイリーを引き寄せて抱きしめていた。男が女を腕のなかに抱き寄せれば、彼女についてかなりいろいろなことを知れる。相手がベイリーほど強情な女なら特にそうだ。ベイリーくらい訓練を積んだ女なら。

ベイリーなら簡単に腕を振りほどけるはずだ。一息に彼を床に投げ飛ばし、痛みにうめかせることができるはずだ。それなのに、彼女のなかにあふれる女らしい性質と、彼女の瞳のなかに見て取れる熱情と欲望が、強情さを押し流していた。ジョンには感じ取れた。ぴったりと身を寄せてくるベイリーの体の微妙なやわらかみ。体の中心をそっと押しつけ、彼に奪われた唇の力を抜くようすから。

彼女の乱れようから。

ジョンは彼を求めるように開いた唇にかじりついた。彼女の舌をなめ、舌どうしを絡め合わせた。熱情、欲望、それに暗く、あまりにも熱く激しい感覚が体のなかで暴れ、激しくベイリーを求めるあまり、内側から焼き尽くされる気がした。

ベイリーといるときはいつもこんなふうだった。オーストラリアで初めてキスをしたときから、いまこのときまで、欲情が白熱して勢いよく燃えあがり、五感に食いこんで股間を張りつめさせた。この激しさに耐えられるだろうかと不安になるまで。

ベイリーが彼の服を引きはがそうとしているのに気づいて、ジョンは抱く腕の力をゆるめた。シャツを背まで引っ張りあげられたので、身を引いてボタンをはずし、完全に脱いでしまおうと思った。

ところが、ベイリーはそうする時間をくれなかった。両手を彼の胸に滑らせ、シャツのはしをつかんで思い切り引っ張った。ボタンが床にはじけ飛び、胸板があらわになる。室内の冷たい空気も、ほてった肌には効かなかった。

彼女を支配したいという気持ちがわきあがり、筋肉を引きしめ、全身にものすごい勢いでアドレナリンを駆け巡らせた。ベイリーを急いで引き寄せた。ぴったり寄り添う彼女を感じなければならなかったからだ。もっとベイリーを手に入れたかった。

彼女のシャツのへりをつかみ、それを脱がしてしまうあいだだけ身を引いた。すると、ベイリーがなまめかしい優美な動きで両腕を彼の首に巻きつけて引き寄せ、ふたたび熱くむさぼる口づけに誘いこんだ。

なんて女だ。彼女のせいで欲望の吠え声をあげそうになる。欲情は両手でベイリーの体を撫でるたびに高まっていき、引き裂かんばかりの勢いで彼女の肌から服をはぎ取るたびに理性を乗っ取っていった。

数分後には、彼の腕のなかでベイリーは生まれたままの姿になっていた。ベッドに彼女を運ぶ彼のむき出しの胸板に、熱い乳房が押しつけられる。ベイリー以外のなにもかもがどうでもよくなった。彼女にふれ、彼女を味わえれば、あとはどうでもいい。ベイリーが両腕で首にすがりつき、唇を開いて彼を迎え入れた。しかし、彼に負けて降伏しているのではなかった。懇願しているのでもなかった。自分が欲し、愛している男を手に入れようとしている女だ。あまりにも長いあいだ、多くを失いすぎていた女だ。

ベイリーはつま先立ちになり、かけがえのない瞬間、キスの主導権を握っていた。唇を開いて相手の舌を舌でなぞり、優位を競っていると、ジョンが荒々しいうなり声とともにコントロールを奪った。いっぽうの手をベイリーの髪に差し入れて後頭部を支え、動けないようにしてキスを続けた。もう片方の手は彼女のヒップをつかんでじっとさせ、リードしている。

ほんのつかの間だけ。

ベイリーはジョンの唇に軽くかじりつき、相手の驚きを感じ取ってうれしくなり、笑い声をあげそうになった。そのまま舌で彼の唇をなぞり、相手を優位に立たせまいとした。指で彼の髪を引っ張り、胸板に乳首を強くこすれさせる。

経験したためしのない情熱に駆られていた。途方もない昔に思える、トレントと初めて夜を過ごしたときとも違った。これはベイリーが抗えない欲情、押し流される渇望だ。ジョンを味わい、硬くなった手のひらでふれられるたびに、さらに求めてしまう。その激しさに息苦しくなるほど、必死で求めていた。

ジョンの空いたほうの手が愛撫を始めると、ベイリーの肌の下を快感が震えとなって駆け抜けた。手が背を撫であげ、ウエストへ滑り、すっとあがって横から乳房を包みこみ、ふくらんだ先端を親指でもんだ。

　引けを取るわけにはいかない。ベイリーも相手の髪をつかんでいた両手をおろした。それでも、あまり巧みにジョンをつかまえておけなかった。ジョンに気の赴くままに唇を吸いあげられ、かじられて、深く舌を突き入れられるたびにコントロールを崩されていった。混じりけのないエクスタシーに身を沈めていくようだった。今回は彼に没頭してわれを忘れてしまった。あのためらいがちな最初の夜には、そうしまいとしていたのに。恋人を永遠に失ってしまったと思った、あの夜には。

　今夜は、この人から得られるものをすべて受け入れよう。今夜は、与えずにはいられないものをすべて彼に注いでしまおう。

　両手をジョンの肩から胸、たくましい腹筋へと滑らせた。硬い筋肉を覆う、日焼けした丈夫な皮膚のさわり心地は、感覚に訴えかける麻薬のようだった。熱情を注ぎこんで全身に駆け巡らせ、欲求をさらに高めて燃えあがらせる。

　体の中心からほとばしる欲求と渇望の熱さを感じた。やわらかいひだを濡らし、敏感にしている。

　欲望の芯もうずいた。ふくらみを帯びたその神経の集まりが耐えられないほど張りつめ、熱くなっている。うずきをやわらげたいという思いが、鎮められそうにないほど勢いよく燃えていた。

「かわいいベイリー」ジョンが低い声を発した。耳元でささやきかけられた言葉のほんのかすかな訛りが、ベイリーの背に震えを走らせた。「きみにふれられるのが、すごく好きだ」

ジョンが口づけで彼女の首を伝いおり、感じやすすぎる肌にそっと歯を立てた。そうやって愛撫されるたびに、ベイリーはつま先立ちになり、喉の奥からかすれた悲鳴をあげてしまう。

ジョンがほしかった。ここまで求めたら無事ではすまないのではと不安になるくらい、彼がほしかった。全身を激しい炎になぶられている気がするほどだ。

手をおろしていき、指で探って熱を帯びた彼を見つけた。屹立して腹に突きあたってくるそれは太くて、とても硬く、ふれた手の下で脈打った。絹に覆われた炎を、この手に包みこんでいるようだ。

「ちくしょう」手を動かし始めると、ジョンが耳元で息遣いを荒くした。「手加減してくれよ、ラブ、この調子で続けられたら手のなかで果てちまう」

首元の感じやすい肌にあからさまな言葉をささやきかけられて、ベイリーは彼の腕のなかで達しそうになった。

「だったら、二回目にちゃんとできるようにしてちょうだい」あえいで答え、肌にじかに響くジョンの笑い声を感じて、ほのかな笑みを浮かべた。

「二回目ならちゃんとできると思うか?」ジョンの手がベイリーのウエストからヒップを包みこむようにして移動し、ふたりの体の隙間に滑りこんで、その奥にある場所にふれた。

「ああっ」ふれられてがくりとのけぞり、腰を前に押し出した。ジョンの指が細い割れ目に入りこみ、繊細な動きでクリトリスをもみさする。「念のために三回してもいいわ」

「習うより慣れろって？」

できるものなら答えていた。できるものなら五、六通りの気の利いた切り返しを思いついていただろう。ちょうどそのとき、きゅっと締まったプッシーの入り口にジョンが指をもぐりこませなければ。

「ジョン」甲高い呼び声は求める声だった。太腿をさらに開き、彼の指にうながされていっそう潤い、なめらかになる。全身を突き抜ける快感も高まった。

体を揺さぶる感覚は手に負えないほどだった。鼓動に合わせて脈打ち、ベイリーを死にものぐるいの渇望に追いつめて逃さなかった。

彼にふれてほしくてたまらない。一度は現実に失われたものをふたたび見つけたことで生まれた切実な思いに、その感覚を浸したかった。喜びに包まれたなかに一筋の悲しみがあり、そこには忘れられなかった渇望がずっと流れていた。心の奥から消せなかった渇望があった。

「ふれて」ベイリーはささやいた。熱望が全身にあふれて、彼女を悩ませた。「お願いよ、ジョン。わたしにふれて」

そう願いつつも、どうやったらいま以上に深く、心地よくふれてもらえるのかは見当もつかなかった。

ところが、ジョンにはそれができた。唇を重ね、うながすように押しつけてふれ合わせる。ベイリーの唇が開くと深いキスをして、強烈な官能の欲求が満ちて内側からはじけるかに思わせた。

ベイリーは懇願し始める寸前だった。片方の手で長く太い彼のものを撫で、彼の指に貫かれて腰をくねらせていた。初めは一本だった指が二本になり、彼女を満たして内側から撫でさする。激しい感覚に襲われて恍惚の寸前になり、ベイリーは震えだした。

手のつけ根がクリトリスを押し、稲妻に似た強烈な快感を神経に送りこむ。

炎の中心に浮かんでいる気がした。ジョンの指を押し包んでいる場所が緊張し、彼女を満たして押し広げるすばやい動きに応えてさざ波が走った。

ふれ合いも情もなしに生きていく六年間は、ひどく長かった。あるのは思い出だけの、うつろな世界で生きていくのは。

この瞬間のふれ合いを心から楽しんで、さらに得ようと手を伸ばした。硬くなったペニスに指を走らせ、その下の重たい袋をすくいあげ、したこともない方法で愛撫した。

「ベイビー、そんなことされたら完全にだめになるぞ」ジョンがうめいた。

ベイリーは気にしなかった。こちらはとっくにジョンに理性をだめにされている。

「やめないで！」求める体の中心から指を引かれて、引きとめようとかすれる悲鳴が飛び出した。

「ちょっとの辛抱だ、ダーリン」しゃがれた声でジョンが請け合う。

一瞬ののち彼に抱きあげられ、一歩でふたりはベッドにいた。

ベイリーは膝をついて、ジョンを受け止めた。彼の首に両腕を巻きつけて唇を重ね合わせる。唇と舌が競ってぶつかるなか、マットレスに押し倒された。ジョンは彼女の太腿を押し開いてすっと身を入れ、キスをしていた唇を引いて、口づけで彼女の体をたどり始めた。

「これではいやよ」ベイリーも望むようにしたくて相手の肩を押した。

ジョンが笑い、その声はベイリーの心のなかでささくれ立つ悲しみを癒やす薬のように響いた。うれしそうな、陽気な声。ベイリーを負かそうとするだけではなく、からかい、誘惑しようとしている声だった。

ベイリーが体勢を変えられたと気づく間もなく、ジョンは仰向けになり、広げた彼女の太腿のあいだに顔を寄せていた。

プッシーのふくらんだ花弁を舌でなぞられた瞬間、ベイリーは動けなくなった。舌が機敏に動き、探り、優しく愛撫する。軽く気負いがなく、からかうようでいて誘う動きにベイリーは息も絶え絶えになり、ジョンの腹筋に両手をついて体を支えた。

視線をさげたすぐ先に、太く頭をもたげるものがあった。赤みを帯びて怒張した頂が脈打ち、染み出したほんのわずかな真珠色の液体が舌を誘った。

両脚のあいだから広がる快感で、ほとんど頭が働かなかった。ただ感じて、さらに求めることしかできなかった。

本能と渇望に導かれるまま頭をさげ、そそり立つものの根元を両手で包みこんだ。その先端をひとなめしたとたん、ベイリーは与えられるのと同じだけ与え返していた。

口いっぱいにペニスの先の熱いふくらみを吸いこみ、舌で洗った。

ジョンはそこをさっとなめられて、最初の鋭い感覚に襲われた。相手の太腿を両手でつかんで引き寄せ、彼女の気をそらすために中央のなめらかな割れ目に舌を突き入れた。くそ、ベイリーがどんなに大胆で恐れ知らずになれるか思い出すべきだった。

だが、ベイリーがベッドで恐れ知らずに振る舞うところを見たのは初めてだった。あの一夜のはかない数時間だけでは、ベイリーが受けつつもどれだけ攻めてくるか確かめるには、まったく時間が足りなかった。

ああ、なんてことだ、彼のベイリーはとんでもなく攻めてくるじゃないか。ジョンはまともな意識を保っているので精いっぱいだった。正気のまま快感を与えられながら、与え返そうと必死だった。

プッシーの潤いに満ちたひだに舌を走らせ、甘い欲望の蜜を味わい、彼女のなかに舌をうずめてやわらかい場所に締めつけられるたびに、熱く求められていると感じた。

ベイリーの味と愛撫に酔わされた。ベイリーにふれられ、ベイリーにふれている――どんな麻薬も、どれだけの量の酒を飲んでも得られない高揚感だった。

舌で彼女の芯をはじきつつ、ペニスの先を口でなぶられて、めくるめく感覚に抗おうとした。ベイリーは官能の悦びに駆られて彼を引きこんでいる。彼女の口が与えてくれる愛撫はすべて、ジョンが同じように悦びを与えているあかしだった。

ベイリーの指が根元を優しくさすってから睾丸へ移動し、そのずっしりとした袋を下からすくいあげる。ジョンがふたたび舌を入れると、彼女は太い頂を口に含んだまま喉から声を響かせた。

　ちくしょう、ベイリーに正気を奪われる。腰が勝手に浮きあがってベイリーに近づき、彼女の口をさらに満たしてわずかに身を引かせた。

　全身が汗に覆われていくのを感じた。体の奥から熱くなってきて、達しそうになるのを食い止めようと抗う。彼女の奥深くで一気に解き放ちたかった。優しいプッシーに抱きしめられ、引きこまれ、ベイリーの繊細で華奢な体に受け入れてほしかった。

　これほどベイリーを恋しがっていたとは自覚していなかった。ベイリーとのふれ合い、キス、この女性を創りあげている優美な造作のすべて。彼女の両手はジョンにふれることだけが大事であるかのように、彼の肌を撫でている。

　ベイリーにふれることだけが彼にとって大事であるかのように、彼の両手もベイリーの太腿からヒップへと撫でていった。そこに軽くつめを走らせ、引き出したかすかな欲望の震えを堪能する。口のなかを彼で満たしたまま、ベイリーが声にならない声をあげた。

　優美な唇に深く引きこまれ、こわばった頂をきゅっと吸われるたびに、鋭いエクスタシーにペニスを翻弄された。体全体が火傷しそうなほど熱くなり、ベイリーから与えられる快感のせいで爆発し、ばらばらに崩れる寸前に思えた。

　両手でベイリーの尻の丸みを包みこんで引き寄せ、ふくらんだクリトリスを取り巻くようになめ、口のなかに吸いこんだ。

　彼を深みに引きこんで爆発させようとするベイリーの気を散らすのが、最優先事項になった。このまま口のなかでいってしまいそうだが、そうしたくはない。まだだ。今回はそうしない。

ふくれた蕾を舌の上に吸いあげ、なめさすり、それが脈打ってうずきだすのを感じた。同時にベイリーの体がこわばり、全身を駆け巡る快感に襲われて張りつめた。

ジョンはいっぽうの手をおろし、指でプッシーの繊細な入り口にふれた。二本の指をその締まった場所にゆっくりと優しく滑りこませ、かすかなさざ波を感じた。ベイリーの体内でオーガズムが生まれようとしている。

しかし、彼女の不敵な口は止まりもひるみもしなかった。舌でペニスの先端を取り巻くようになめ、悩ましげなうめき声で揺さぶった。

ジョンは指をさらにうずめ、ゆったり慎重に相手の自制心を突き崩すリズムで上下させた。そうしながら玉のようになった蕾に吸いつき、彼女を高みに押しあげる。

それでも、ベイリーは口に含んだ彼を愛でるのをやめなかった。しゃぶられ続けて、ジョンは体から魂を引き抜かれていく気がしだした。ベイリーは舌をあて、指でもんでいる。

静かな部屋に懸命なふたりの荒い息遣いが響き、追いつめられる快感に満ちたうめき声が加わった。

ジョンはマットレスにかかとを埋めて解放を遅らせようとした。ベイリーも太腿に力を入れ、全身を張りつめさせて細かに震えている。

「ここまでだ」ジョンはすばやく相手の体を持ちあげて、仰向けに押し倒した。ベッドの頭のほうに放っておいたコンドームをつかみ取り、それをつけて彼女に覆いかぶさった。

「冗談じゃないわ」彼がベイリーの太腿のあいだに腰を入れるより早く、彼女が動いた。

逆にベッドに仰向けに押し倒されて上に乗られ、ジョンは心底うれしくなって笑いだしそうになった。

両手で彼女のヒップをつかまえる。「この、かわいい山猫め」

「覚えておきなさいよ」ベイリーがかすれた声で言って彼にまたがり、熱く濡れたプッシーを怒張したペニスの頂に押しつけ、締まった入り口に導いた。

ジョンは相手のヒップをつかんでにっと笑いかけ、ベイリーが太い彼のものの上に自分から腰を沈められないよう押しとどめた。

「ああ、覚えておくさ、ラブ」ペニスの先を絹のようになめらかな熱に包まれて、息を継ぐのも苦労しながら請け合った。「よく覚えておく」

ベイリーのヒップをつかんでいた手の力をゆるめ、彼女に包みこまれた瞬間、エクスタシーにのけぞりかけた。炎の矢に似た感覚が何度もペニスと股間を突き抜けた。両足に力が入って腰が浮きあがり、さらに強く深くベイリーに身をうずめ、自制が利かなくなって達しそうになるのをこらえた。

なんてこった。こんな快感は生まれて初めてだ。こんなに熱くなるのは初めてだ。ここまで彼の心を揺さぶったのは、ベイリーが初めてだった。

「ジョン」ベイリーに名前をささやかれ、うめき声を抑えられなかった。もっと多くを望んでしまった。ベイリーから本当の名前で呼ばれたかった。ベイリーは彼が本当は誰なのか覚えていてくれたのだと確かめたくなった。彼のなかにいる男を、ベイリーは知っているのだと。

手を伸ばしてベイリーを引き寄せ、唇を重ねた。キスによってふたりのなかで燃えていた熱情がさらに勢いを増し、舌が争って絡み合い、なめ、愛撫し合った。

互いの腰がぶつかり、もだえ、汗が光った。ふたりのあいだにはなにもない。抑えるものはなにもなかった。ジョンがこれまで生きてきて経験したことのない体験だった。

ベイリーも、こんな経験は初めてだった。いつの間にか、ただの快感を通り越していた。いままでは彼とじかにふれ合うたびに、苦しいほどのエクスタシーに襲われる。炎と氷が、絶望と恍惚が混ざり合ったかのようだった。純粋な電光と灼熱の炎になぶられて、肌を愉悦に撫でられている気がした。

ジョンから唇を引き離して彼の上で身を起こし、彼の腹に両手をついて腰を揺らし、押しつけた。クリトリスがジョンの肌にこすれ、彼にあふれるほど満たされて、こたえられないほど押し広げられた。

悦びに子宮が収縮を始め、体ががくりとのけぞる。細かい無数の刺激にさらされて、ジョンの腹をつめで引っかいた。

めくるめく感覚が五感に押し寄せてくる。体のなかで彼が脈打ち、深いリズムを刻んで行き来する。鋼のように硬い、熱した鉄に似たものが、六年間眠っていた感じやすい神経を撫でこすって、抑えきれない激しい感覚の嵐を巻き起こした。

ベイリーはとっくにコントロールを失っていた。彼女が巻きこまれた、この混じりけのない快感の波をコントロールするのは不可能だった。荒れ狂う波に翻弄され、押し流され、ついにジョンの名前を叫んで解放を求めていた。相手がこの波をコントロールし、押しとどめているのは百も承知で。ジョンが、体験したこともない大渦にベイリーを巻きこみ、最後には派手に飛散させた。

彼の名前を叫ぼうとした。懸命にそうしようとしたけれど、声を出す息が残っていなかった。ジョンは力をこめて彼女の腰をつかんだまま下から突きあげ、貫くたびにベイリーをばらばらにしそうなオーガズムへと押しあげた。

ベイリーは背をそらし、震えおののきながら、全身を揺さぶる激しい感覚から解き放たれようともがいた。下にいるジョンのことはかろうじて意識していた。ジョンは猛烈に腰を突きあげてベイリーに打ちこんでから、ついにわななかいて低い声をもらし、解放に身を任せた。ベイリーもそれを感じた。ふたりのあいだにはコンドームがあるのに、ジョンが激しく脈打って解き放った熱い流れを感じた。かっと燃えるように感じられる種がほとばしって薄いラテックスにかろうじてせき止められる。が、それでも彼女を内側から温め、さらなる快感の波を引き起こした。

体が浮きあがっていくようだ。閉じたまぶたの裏で色彩がはじけ、血管に電光が駆け巡り、全身に衝撃を行き渡らせた。コントロールの利かない恍惚の世界に投げ出され、どんな女にもコントロールできる見こみのない男に抱かれて自分を見失った。

炸裂する新星の真ん中に放りこまれたかのような体験だった。光と色。感覚と音。すべてが混ざり合っている。

ジョンのなかに溶けこんでいく気がした。彼の胸にしなだれかかって、しだいに彼の肌のなかに溶けこんで、奥まで染みこんでいく。

ジョンは両腕で彼女を抱き、両手で背を撫で、耳元でなにかをささやいていた。ベイリーは、まだその言葉を頭で理解することができない。どっちみち、考えたくなどなかった。このひとときは、なにかを聞いたり、考えたり、頭を整理したりしたくない。ただ感じていたかった。できるだけずっと、彼の一部になっていたかった。

「心配ない」ようやくジョンの優しい言葉が聞き取れ、ベイリーは自分がまだ彼の腕のなかで震え、わなないていることに気づいた。「大丈夫だ、ベイビー、おれがそばにいる」

ジョンがそばにいる。ジョンに抱かれ、なだめられ、すっかり包みこまれていた。

まだ、つめが食いこむほど彼にすがりついていた。しがみついていた手を無理して離し、かわりに手のひらを肌に押しあてた。あんなにも彼とひとつになれた感覚を、どうしても残しておきたかった。

「炎を抱いてるみたいだったよ」ジョンがささやいて彼女の髪をそっとのけ、首の横にキスをした。「見とれるくらいきれいで、熱いんだ」

涙をこらえると同時に、舌の先まで出かかった質問を押しこめなければならなかった。あなたはトレントなの？　ベイリーには感じ取れた。同じ感触。同じキス。疑いが、心をすっかりだめにしてしまいそうだった。

　彼がトレントなら、彼はベイリーを見捨てたのだ。ふたりのあいだにあった感情を持ち去って、行ってしまった。ベイリーの心の一部を一緒に持っていってしまい、彼女はそれを取り戻せていなかった。

　からっぽの、どちらへ進んでいいかもわからないむなしい世界に、ひとりで取り残されていた。

　ジョンが現れるまで。

　この瞬間、ベイリーは六年前から犯してきた過ちに気づいた。トレントの〝死〟に自分がどれほど影響を受けていたか。自分の人生は、ほとんどだめになりかけていた。

　ジョンの上から体を離し、横向きになった。彼に腹を撫でられても、目を閉じたままでいた。

　肌はまだ感じやすい状態だったので、ふれられてかすかな震えが走った。

　トレントを失ったのが原因で、自分自身をだめにするところだった。なんて意気地なしなのだろう？　いつだって自分は強く、意志の力があって、決意に満ちていると思っていたのに、自分を見失ってしまっていた。トレントを失ったときに。いや、ジョンだろうか。この作戦で彼が名乗っている、どうだっていい名前だ。

「ベイリー、離れていくのはやめてくれ」横で、彼の声が硬くなった。「そうしてるのがわかる」

ベイリーは目を開け、振り向いて彼を見た。

なんて男らしくてハンサムな顔をしているのだろう。濃いブロンド。以前より色が濃くなった髪が、額に垂れている。目元の笑いじわは、昔から彼のチャームポイントだった。キスをしたせいで唇はいつもより豊かになり、ダークグレーの瞳には感情が渦巻いている。

どんな感情？ 疑問が浮かんだ。わたしが心を捧げて、人生も捧げてしまいかけたこの男のなかで、どんな感情が渦巻いているの？

後悔しているの？ それとも、自分の決断を正当化している？

そんなことを考えてなにになるだろう？ この男がトレントだとしても、彼がここに、彼女のそばにいる唯一の理由は、彼女を利用したいからだ。その存在を知る者すらごくわずかしかいない、選び抜かれた権力者たちが集まる社会に忍びこむための足がかりとして、彼女が必要だからだ。

ベイリーは現実を胸に吸いこんだ。

もう自分にうそはつかない。目からこぼれ落ちそうになった涙をこらえて、心に誓った。もう弱くない。ここ六年間の自分より、いい女、いいエージェントになる。

トレントを失ったせいで心も頭も乱れて、生きていけないとまで思った。彼の〝死〟を経験して、だめになりかけた。今度はジョン・ヴィンセントに骨抜きにされるわけにはいかない。

「わたしはここにいるでしょ」やっと答えを返すことができた。「長い一日だったし、今週はすごく疲れたの」

強いてジョンのそばを離れ、ベッドのはしで上半身を起こし、足でしっかり体を支えられるよう念じてから立ちあがった。

「どこに行くんだ、ベイリー?」素っ裸でも平気な顔のジョンに見つめられながら、壁際の椅子にかけてあったローブを取り、身につけた。

極上のやわらかさのコットンにすっぽり包まれても、いつものように暖かく感じなかった。彼にふれられていないと、あいかわらず寒々しく、うつろな気分だ。

今回はいつまで続くのだろう? ベイリーはひとり思った。あの喪失感はいつまで続くだろう。彼がまた別の任務のために去っていったら。別の女のところへだって、行ってしまうかもしれない。

「おなかがすいたの」無理やり顔に笑みを浮かべ、ドアを目指した。「コーヒーも飲みたいし」

「もう遅い時間だぞ、昨日だってたいして寝てないだろ」ジョンが感心しないといった口調で言って立ちあがり、床にあったズボンをつかんだ。「疲れてるはずだ」

心底、疲れ果てていた。

「食べて、それから寝るわ」肩をすくめてドアに向かって歩きだした。「サンドイッチはどう?」

ジョンには背中を向けたままでいた。彼はとんでもなく鋭くて、いとも簡単にこちらの心を読んでしまう。ベイリーはなにかを彼に隠しておけたことなどなくて、いまは隠しておきたいことだらけだ。

エージェントだったベイリーは、彼が死んだときに深刻なダメージを負ってしまい、回復しきれていなかった。ここ数年、受けてきた訓練を忘れ、本能に従うことも忘れていた。

もうそんな失敗はしない。自分にはジョンを抜きにした人生がある。そもそも、トレント・デイレンを抜きにした人生を歩んでいるべきだった。

自分自身のこの部分まで、ふたたび失うわけにはいかない。心は彼に取られてしまった。人生まで取られるわけにはいかない。

「ベイリー」ドアを開けた腕を、ジョンにつかまれた。「大丈夫か?」

振り返って彼を見たとたん、胸が詰まった。彼の顔に浮かぶこの表情は、なんなのだろう? いいえ、これが愛情であるはずがない。かつてはそんなふうに信じて自分をだました。彼の目に浮かぶ真剣で熱のこもった表情は気遣いかもしれない——気遣ってくれているのは間違いない——が、愛情ではない。愛情は復讐のために立ち去ったりしない。盗んだ心を見捨てたりもしないし、任務のために戻ってきたりもしない。そうせずにはいられないから戻ってくるのだ。人を生きさせる心がないと、人生はからっぽだからだ。ベイリーは自分の人生が、なおいっそううつろになるのではないかと恐ろしくてたまらなかった。彼にまた、取り残されたときに。

状況は変わる。女性があまりにも長いあいだ胸に感情を秘めていれば、その感情をいつも否定できるとはかぎらない。欲求、渇望、ひとつになれた感覚、絆——そういったものに背を向けられるわけがない。無視できるわけがなかった。

7

翌朝ベイリーは目覚めて、そうしたことを苦しいほど悟った。追い立てられるようにからっぽのベッドから出てシャワーを浴びにいこうとし、気を抜けば目からぼろぼろとこぼれ落ちそうな涙をこらえた。

起きたときには、ひとりだった。人生でもっともすばらしい一夜を過ごして目を開けてみたら、ひとりだった。これまでと変わらず、ひとりきりだった。怒りと悲しみを押しこめて一日分の服をかき集め、気力を奮い起こしてシャワー室に入った。

ジョンはなんの約束もせず立ち去った。そして、ジョンは彼だと確信する証拠をベイリーがどんなに見つけ出そうとしても、どれだけ彼の特徴をあてはめてみても、別人ではないかという疑いは消えず、信じようとする気持ちに影を落とすのだった。

あの男はジョン・ヴィンセントだ。ジョン・ヴィンセントは彼女を愛しはしないのだろう。おそらく、愛してはくれない。ベイリーは以前と変わらず、利用価値のある人間にすぎないのだ。父親にとっての大事な娘であり、生まれ育った社会の人々にとって利用価値のある人間であり、いまも、こちらはその正体すら知らない諜報部隊にとって、利用価値のある人間だとみなされている。

身支度は永遠に終わらないかに思えた。眠りに落ちる彼女を抱いていた男と顔を合わすのに必要なはずの強さも、心のなかでふくらみ始めていた希望も奪われていく気がした。ジョンがトレントでありますようにというより、この胸に秘めた感情を返してほしいと望んでいた。

感情を振り払うのは容易ではなかった。弱さを押しのけるのは、ほとんど不可能に思えた。こんな状態がずっと続くはずがないと、胸に言い聞かせた。こんなのは、やたらに巧みな恋人の腕に抱かれて、自分の気まぐれな感情に浸って過ごした一夜の単なる後遺症にすぎない。以前にも、これのおかげで厄介な状態になった。このせいで必ず破滅の道へ進むことになる。どうやら自分はたやすく失恋を引き寄せる体質らしい。

自嘲する笑みを浮かべて化粧を終え、最後にもう一度髪にブラシをかけて鏡に映る姿を確かめた。

問題なさそうだ。心が折れそうになっているようには見えないし、自分のまわりでまた夢が徐々に崩れていくのを感じているようにも見えない。

復讐よ。

深く息を吸い、この考えを体全体に、頭に、心に無理やり染み渡らせた。恋を成就させる見こみはないかもしれないけれど、復讐を成就させる見こみはある。アンナとマチルダのために。両親のために。とりわけ両親のためだ。ふたりの命を奪った者に報いを受けさせるチャンスは手中にある。

そしていまのところ、いっときだけは、ジョンを手に入れられる。とても充分とは言えないものの、この件が終わってから、ああしておけばよかったと後悔することはないだろう。少なくとも、自分の心が求めるもののために力を尽くしたと思える。

あのころは、トレントに恋心を抱いているとほのめかすのにすら、何カ月もかかった。ジョンに対しては、そんなに時間を無駄にするつもりはない。

あの男は秘密主義のろくでなしだ。優位に立つのが好きで、支配的と言っていいほど。だが、それのどれもがベイリー自身も持ち合わせている特徴だった。一緒にいればぶつかり合うことになるけれど、思い出にはなる……。そう考えて微笑んだ。この件が終わっても、思い出は残る。

自分たちが、遂行中のこの任務を生き延びられれば。ここまで考えて、向き合うのを避けていたもうひとつの事柄が頭に浮かんだ。この件がすべて終わったら、非常に大きな力を持つ敵を何人も抱えることになる。この小さな集団に属する男たちは、自分たちを治めるのは自分たちだけだと考えたがっている。みずからの支配権はみずからにあると。ベイリーがそれを侵したら、いい顔はしないだろう。それに、今回の件にかかわっているのが彼らのうちのひとりだけではないという可能性はつねにある。その可能性を見過ごしてはいなかった。

なにひとつ見過ごしていないといいのだが。何年もかけてウォーバックスとオリオンを追ってきて、かかわっている可能性が皆無の者を除いたら、四人の男たちが残った。これまでに行われてきた窃盗と売却を成功させるだけの権力、財力、人脈を有している男たちだ。はき慣れたハイキングブーツに足を入れて手早く靴紐を結び、階下へおりた。家政婦がコーヒーを用意してくれているはずだ。室内には日の光が満ちている。屋敷のなかは暖かいにもかかわらず、体に寒けを走らせる、くすんだ冷ややかな光だった。

もうすぐ雪が降るのだろう。玄関広間の正面にある特大の窓から外に目をやって思った。山並みに雲が重々しく垂れこめている。来週は猛吹雪になりそうだと予報されていた。あと三週間足らずでウォーバックスの正体を突き止めなければならない。取引が行われる日が迫っていた。ブローカーが選ばれ、数日もしないうちに交渉が始まり、売値が決まるだろう。

ベイリーは、ジョンにこの仕事を請け負わせなければならない。

こういった取引がビジネスそのものといった進められかたをする現況に驚くばかりだった。かつてこうした取引は、ここまで洗練された体裁を取っていなかった。こうした取引にかかわる裏切り者を追いつめてとらえるのも、あらゆる面で容易だった。現在ではそうした裏切り者がブローカーや仲介者によって守られている。身元調査、法執行機関に潜ませたスパイ、目下の取引のための交渉といったビジネスの雰囲気に身を隠している。

第三世界の国々や国際的な人脈を利用して隠れている犯罪者をとらえるのは、通常よりもずっと困難になっている。

そう考えて頭を振り、ベイリーは向きを変えてキッチンを目指した。漂ってくるまろやかで豊かなコーヒーの香りに誘われた。しかし、もっと気を引くものがあった。ささやき交わす男女の声だ。ジョンと、謎の女の声。

忍び足で入り口に近づいたが、ふたりがなにを話しているかは聞き取れなかった。

唇を薄く引き結び、薄手のセーターの下に隠して背に挟んだホルスターのなかの銃を確かめ、肩を怒らしてすばやくキッチンに入った。

すぐに振り向いたジョンは表情を消し、そのそばに立つ赤毛の女性はふっと浮かべた笑みをすぐさま隠した。

ほっそりと引きしまった体つき。背に流れる赤みがかったブロンド。陽気でありながら皮肉な輝きも秘めた、海を思わせる緑色の瞳。目の前の女性は世慣れているようにも、無垢なようにも見える。ベイリーは女に見覚えがある気がした。

ジーンズとブーツに厚手のセーターというでたちの年下らしき女性は、ハイキングにやってきた旅行者そのものだ。ベイリーが〝ジョンの大変危険な生活〟と命名した世界に属する人間には、とても見えない。

首をかしげて女を見つめながら、鋭く胸に突き刺さる嫉妬を無視しようとした。といっても、ジョンは赤毛の女性を相手に興奮しているというより、いらいらしているようだ。おかしなものだけれど、あの唇の曲がり具合、鼻のふくらませかた、あごを突き出したようすは、いらいらしていたときのトレントとまったく一緒だと誓って言えた。

「こんにちは、ベイリー。ベイリーって呼んでも迷惑じゃないといいんだけど」赤毛の女性は紹介されるのを待たずに言い、部屋を横切って手を差し出した。口元には明るい笑みを浮かべている。「ジョンのハンドラーのテイヤよ」

「ジョンのハンドラー？」ベイリーは片方の眉をあげてジョンを振り返り、差し出された手を握りながら探る目を向けた。

そうしつつもぼんやりと、テイヤの手のひらの赤ん坊のようにやわらかいとは言えないなめらかさ、力強い握りかた、温かさ、汗をかいていない点に気づいていた。この女性は簡単に動揺を表に出す人物ではない。簡単に動揺を感じることすらないのかもしれない。自信を備えていて、意志が固く、隠した目的をのぞかせもしなかった。

「おれのハンドラーだ」ジョンがうなずいた。「優秀なブローカーには必ずひとりはいるだろ」

「ハンドラーのおかげで、ブローカーは優秀になれるのよ」テイヤが歯を見せて笑う。「腕の立つ殺し屋にも必ずハンドラーがいるわ。そこがオリオンの弱点だった。オリオンのハンドラーは殺し屋のプロとしての力量を信頼するというより、恐れていたの。オリオンが引退するとなったら自分は殺されるとわかっていたのね」

「うらやましい話に聞こえるな。おれはいつ引退できるんだ？」ジョンが鼻で笑った。

テイヤはくすくすと笑ってベイリーから離れた。

「わたしが知るかぎり、ハンドラーは直接会いにくるより電話するものだと思ってたんだけど」ベイリーはコーヒーポットを取りにいくついでに言ってみた。「いつルールが変わったの？」

「優秀なハンドラーは、ときと場合に応じて電話したり出向いたりするのよ」テイヤは華奢と言ってもいい肩をすくめている。「盗聴される可能性のある電話でしゃべりたくない情報もあるでしょ。保護された通信だってハッキングされる恐れはあるし」

まったくそのとおりだ。

「だったら、はるばるイングランドからここまで出向いてくるほど大事な話というのはなんだったの？」

完璧なタイミングでぶつけた質問だった。振り返ると、テイヤは驚いた表情を浮かべ、ジョンのまなざしには疑念が燃えあがっていた。

カップで微笑みを隠し、ベイリーは香り高いコーヒーを味わった。こちらにはこちらの情報源があるのだと、じっくり知らしめる時間を取った。

「どうやってわたしの居場所がわかったの？」テイヤは動揺しているというより、好奇心を覚えているふうだった。「あなたより優秀なエージェントたちも、まだわたしを見つけられていないのよ」

「あなたもアトランタにいたでしょう」ベイリーは答えた。「ジェリック・アバスやトラヴィス・ケインと一緒に。あなたと三人の男たち全員を結びつけてしまえば、点をつないであなたを見つけ出すのは難しくなかったわ。もっと慎重になったほうがいいわね」

「ほんとね」テイヤが静かにつぶやいた。

本当だ。ベイリーは、相手の女性のなかでむくむくと好奇心が大きくなっていくのを感じた。こうも簡単に居場所を突き止められるのに慣れていないのだろう。ベイリーがそうできたのは、単に後押しする根拠があったからだ。あのとき追っていた男たちについて知れば知るほど、追跡にのめりこんでいった。ミカ・スローンが消えた親戚ではないかと感づいてからは、さらに動機が加わった。

そのとき、テイヤとジョンが交わす視線に気づいた。ベイリーは彼女の居所を突き止められるはずがなかったらしい。実際、テイヤは非常に巧みに身を隠していた。この女性の身元を引き出すのは、自分で歯を引き抜くのと同じくらい難しかった。

「それで、どうやってわたしがイングランドに行ったと突き止めたの？」テイヤがずばりと訊いた。「そんなことできるはずがなかったのに」

「たいして難しくなかったわ」ベイリーは朝食用テーブルに向かった。そこには家政婦がベーグルとスプレッドを用意してくれている。「あなたが故郷と呼ぶ村の人たちが、あなたの顔を知っていたもの。その村を出てどこへ行っているのかは、うまく突き止められなかった」

「あら、少なくともまだ暴かれていない秘密があったんだ」テイヤが軽い口調で言った。

「危険なくらい優秀なのね、ミズ・セルボーン」

「身のためにならないくらい危険なだけだ」ジョンが不服げに言って自分でカップを取り、

コーヒーポットの前に行った。「いったいなんの目的で、おれのハンドラーを追いかけてたんだ？」

「そのときは、この人があなたのハンドラーだなんてまったく知らなかったわ。ただ、調べを進めていた三人の男たちとつながりがあった。そのつながりのおかげで彼女の正体を追いやすかったのよ」ベイリーは目を細め、ふたたび赤毛の女性に視線を向けた。こうして話してみると、いっそうテイヤに見覚えがある気がしてきた。どこかベイリーの記憶を刺激するのだ。あの頭の傾けかた――生まれつきの癖であるかのように、降りかかる髪で顔を隠すか、必ず人に横顔しか向けないようにしている。しかし、どこで見たとははっきり言えなかった。

「あとで話し合わないとね、ジョン」テイヤが警告めいたことを言った。

ジョンが鋭くうなずく。ベイリーには彼が不安がっているように見えた。ジョンが加わっている部隊を率いているのが誰であれ、その人物はこんな話を聞かされていい顔はしないのだろう。

「ところで、テイヤはなぜここにいるの？」ベイリーはあらためて尋ねた。

テイヤはテーブルの前の椅子にさっと座り、ジーンズをはいた脚を組んで、にっこり笑ってベイリーを見返した。ジョンもふたりのあいだの席に着く。

「ビジネスの話があって」芝居がかったため息をつくテイヤ。「ジョン・ヴィンセントはブローカーとして引っ張りだこなの。幸い、請け負う仕事はけっこう選り好みするんだけどね」

「そうなの？」ベイリーはジョンに目をやってみた。彼は椅子の背もたれに寄りかかり、かすかに心配そうな表情を浮かべてふたりを見つめている。なにを心配しているのかしら？　ベイリーがそのうちテイヤの正体を見抜けそうだと気づいて、心配しているのだろうか。

ベイリーはアドランタを去って以来、驚くべき結論を導き出していた。ジョンも加わっている部隊で親戚が働いていると気づいて以来だ。

普段のベイリーには考えられない勘違いや記憶の誤りがなければ、テイヤもまたミカと同じように〝死んでいる〟に違いない。おそらく、トレントと同じように〝死んでいる〟。

「そうなのよ」テイヤがうなずいている。声を低く保ちつつも、笑いをかみ殺しているようだ。「今回の件では、わたしもアスペンに出向くのがジョンにとっていちばんの得策だと考えたの。取引のあいだ、助けが必要になるかもしれないと思って」

ジョンが不満げに口を開いた。「テイヤがまわりくどく言おうとしてるのは、ウォーバックスがまた連絡してきたってことだ。おれたちがいまや熱々の仲だと知って興味津々らしい。テイヤを通してメッセージを寄こしてきた。おれがこんな好スタートを切れて、かなり喜ばしく思っているとな」

「それに、あなたがほかのブローカーを蹴ってジョンを選ぶだろうって、かなり確信を持っているようよ。あなたと関係を持ったにしても、支払額に関しては交渉の余地はないとジョンに警告しておきたかったみたい」

「売値のきっかり一五パーセントはいただく」肩をすくめるジョン。「それ以下では請け負わない。それだけもらわないと割に合わないだろう」

テイヤはかぶりを振った。「ジェリック・アバスは一四パーセントで手を打つ気よ」

「ジェリックには、おれほどの人脈も交渉力もない」ジェリックの名前を聞いたとたん目をまわしかけたベイリーに、ジョンがにやりと笑いかけた。

「ジェリックはブローカー稼業を始めてまだ長くないから、安全確保以外の面では名を立てられていないわ」ベイリーもつけ加えた。「あの男はテロリストよ。世間にもそう知られてる。ブローカーとしてではなくね」

「でも、ジェリックが持つ複数のテロ国家とのつながりは強みになるわ。この売り物に、いちばんの高値をつけるのは誰かしら?」テイヤが訊いた。

「それは問題ではないわ」ベイリーはコーヒーを飲み終えて立ちあがり、カップを流しですすいだ。「ウォーバックスは、あれを誰が競り落とそうがどうでもいいと思っている。求めているのは最高の売値と最高のセキュリティーよ。ジョンはどちらも確保できることで有名だわ。いっぽうジェリックには、そのふたつについて最高の手腕を発揮できると証明する時間がなかった」

ちらりと目を向けると、ジョンが驚きの表情を浮かべていた。

ベイリーは、ウォーバックスだけでなくジェリックについても時間をかけて調べを進めてきたのだと明かしていた。ジェリック・アバスは、十六カ月前まで交渉で力を発揮する人物としては知られていなかった。彼がからくも生き延びたと思われている爆発事件の直後までは。

都合よく、本物のジェリックは爆発を生き延びなかった。単にミカが彼の身元を引き継いだだけだ。顔のあちこちにちょっとした細工を施し、見事にジェリックの人生を自分のものにした。あまりにも見事なので、ベイリーですら親戚の有能さに舌を巻いてしまうときがあるくらいだ。

当然、ジェリック・アバスと、ミカ・スローンと、いまは亡きイスラエルのモサド諜報員ダヴィド・アバイジャが同一人物であるという事実には一片の疑いも抱いていない。ジョン・ヴィンセントとトレント・デイレンに関しては、まだそこまでの確信を抱けないだけだ。

「この件をずいぶん調べたようだな」ジョンが警戒もあらわに言った。

「ここ一年ずいぶん自由になる時間があったから」わざとらしく答えてやる。「あと、なによりも好奇心に負けてしまって」

「この稼業では、好奇心は危険を呼ぶこともあるのよ」テイヤが席を立ちながら言い、カップを流しに持っていった。「そろそろおいとましないと」ジョンを振り返って告げる。「ウォーバックスから数日のうちに連絡があるはず。わたしはアスペンのホテルに部屋を取るから。決まったらメールで知らせる」

ジョンがすばやくうなずくと、テイヤは裏口のドアにかけてあったコートを着て静かに屋敷を出ていった。ベイリーは黙ってジョンを長いあいだ見つめ続けた。目を細め、いろいろな方向に考えをさまよわせる。そのなかでほかを圧倒しているのは、ジョンがまだ秘密を隠そうとしているのではという考えだった。

「情報は全面開示でしょ」ようやく口を開いて硬い声を出した。「この件はもう話し合ったと思うんだけど」

ジョンの唇が、いまいましくも楽しげな笑みのかたちになった。「全面的に開示してたさ、スイートハート、きみが自分から現れたりしなければ」

「だけど、わたしを起こして最初から会話に加えようとはしなかったのね」鋭く返した。

「たぶん、話し合っていたのはウォーバックスからの単なる連絡についてだけではなかったからじゃない?」

「たぶんな」ジョンの口元がぴくっと引きつる。「知っておくべきか否かって原則で動くこともあるんだ、ベイリー、わかるだろ」

「この仕事ではそうはいかないわよ」かっとなって言い返した。「この件に完全に加わるか、まったく加わらないかだわ。どっちつかずはないの、ジョン、あらかじめ言っておいたはずよ。わたしの仕事の経歴を少しでも洗ってみたんなら、わかってるはずだわ」

相手の表情が険しくなった。「経歴はしっかり洗わせてもらったさ。その徹底した詮索好きな性格で、オーストラリアのエージェントたちをとことんいらつかせてたってこともな」

ほらきた、この話をいつになったら持ち出すかと思っていたところよ。

「全員について調べたの?」探るように片方の眉をあげてみせた。「そういえば、とっても上手に受け流してくれた人がひとりいた気がするわ」

はっきり意味が伝わるよう、ほどよく声にうっとりした感じを出した。

「トレント・デイレンか」ジョンの声にはなにも表れていなかった。トレントがベイリーの過去にかかわるただの名前、人物のほんの一例でないことを示すしるしはなにもなかった。

「恋人どうしだったんだろ?」

この男が本当にトレントなら、とんでもない駆け引きだ。ああ、どちらにしろ答えがわかればいいのに。疑いなどどこかへやって、心穏やかになりたかった。トレントと過ごしたときの記憶に苦しめられ続けるのは、もう終わりにしたかった。

「恋人どうしだったわ」静かに答えた。「あの人が殺されるまではね」

ジョンが椅子から立ちあがり、ポットの前へ行ってカップにコーヒーを注ぎ直した。

「ウォーバックスがデイレンの暗殺を指示したと知っていたか?」

ベイリーは不意を突かれた。悲しみに心の奥まで突き刺されて凍りついた。息ができなくなりかけて、胃の底が沈みこむ気がした。

そんな事実は知らなかった。トレントがパートナーに裏切られ、エージェントとしての身元を旧敵に売られたことまでは突き止めていたが、それにウォーバックスがかかわっていたとは知らなかった。

「知らなかったのか?」ジョンに見つめられていた。まぶたを伏せているから、濃いダークブロンドのまつげで彼の目は隠れている。「トレントは殺される前、オーストラリアの密売ルートと、ウォーバックスのブローカーによってブラックマーケットに売られた複数のエージェントの身元を調べていた。トレントと彼の連絡員は同じ夜に殺された」

ベイリーはぼうぜんと相手を見返し、涙を押しこめ、聞かされた事実と闘っていた。ウォーバックスは、思っていたよりもずっと多くのものを彼女の人生から奪い取っていた。殺し屋を雇って友人の命を奪った男をとらえるために、ベイリーはまず最適な場所に身を置いた。その調査が両親の死につながったのではないかと恐れていた。そして今度は、トレントの死にまでウォーバックスがかかわっていたと知らされ、熱せられた鈍いナイフで心を切り裂かれるように苦しかった。

もう少しで痛みに押しつぶされそうになった。喉が締めつけられて息ができなくなり、悲痛な叫び声が胸で詰まった。孤独で、ひどくひとりきりだと感じ、いったいなんのために毎朝ベッドから起き出しているのだろうと考えるときもあった。孤独すぎて、愛した男と過ごした一夜が忘れられないのだ。別の男が自分のベッドにいるというのに。それとも、同じ男なのか？

どちらにしろ確信は持てなかった。どちらにしろ失うものがあるのが怖くて、信じられないのではないだろうか。

「知らなかった」相手に背を向けて、まだ涙をこらえながらようやく喉の奥から返事を絞り出した。「調べても、そこまではわからなかった」

どうして、こんな情報をつかみ損ねたのだろう？

「トレントが極秘に動いていた任務だったからな。情報庁の指揮系統からも離れて」ジョンが言った。

「どうして、あなたは知っているの?」ジョンに顔を振り向け、鋭く尋ねていた。「そんなに極秘の任務だったのなら、どうしてあなたは知ることができたの?」

「トレントのパートナーは、その夜に殺されはしなかった」ジョンが肩をすくめた。「独自にオーストラリアの線を追っていた中立の部隊によって尋問されたんだ。オーストラリア保安情報庁のディレクターでさえ、なにがあったかまったく知らないはずだ。襲撃されたとき、トレントから情報を伝える時間はなかった」

ベイリーは知らなかった。

激しい怒りと悔しさが内側からわきあがってきて震え、苦しさで息をするのもやっとだった。体のなかをずたずたにされた気分だった。かっと焼きつく酸がこみあげるような痛みが全身を駆け巡り、震えに揺さぶられそうになるのを必死でこらえた。

「愛してたんだな」ジョンがふたたび口を開いた。

ベイリーはすばやく彼を振り返り、抑制を逃れてこぼれた一筋の涙を払った。

「誰よりも大切な人だったわ」すぐさま答えた。「そうよ、ジョン、わたしは彼を愛してた」

「まだ愛してるのか?」ジョンが歩み寄った。なんの感情も浮かべない、ほとんど凍りついた表情で。

「まだ愛してるか、ですって?」その問いかけの辛らつな皮肉に、声をあげて笑いたくなった。「わたしが記憶を愛してるっていうの？　トレントは二度と戻ってこないのよ。死んだ男は墓からよみがえったりしない。そうじゃないの、ジョン？　死んだ男は彼を恋しがって泣く恋人のもとに戻ってきたりしないし、彼を夢に見ている女性を抱きしめたりしない。いなくなったのよ。そうじゃないの？」

近づいてくるジョンを見つめた。彼が手をあげて彼女の頬を手のひらで包みこみ、またこぼれ落ちた涙をぬぐった。

「いなくなった」静かに彼が答えた。「だが、記憶のなかには残ってる。ずっと生きてるんだ、ベイリー、いつだってきみの一部であり続けるんだから」

この男は、いったいなにが言いたいのよ？

「あなたはそれでいいの？」飛び出していきそうなむせび泣きをのみこんで訊いた。「別の男に心を捧げてる女をファックしてるのよ。それでいいの？」

「そんな言いかたをするな！」

かわす間もなく、ジョンの腕のなかに抱かれていた。痛いほど強く抱きすくめられていた。

「ファックって言っちゃいけないの？」かれた声で叫び返した。「だったらなんなのよ？　わたしがほかの男に心を奪われてて妬けないの？　あなたを受け入れて達しようとしてる最中に、別の男の名前を叫びたがってても気にしない？」完全に激しい怒りに包まれていた。怒り狂って食ってかかりたかった。ジョンの顔を引っぱたいて怒りの表情を吹き飛ばしてやりたい。この男に怒る権利などないくせに。この男に、まるで本当に死んでしまった人について話すみたいに、平然と自分自身について話す権利なんてない。

心は死にかけていた。それを感じられた。彼はトレントなのではないかという疑いが、ベイリーを生きたままむしばんでいて、止めるすべもない。心が打ち砕かれそうだ。彼女が愛した男は、背中を押す任務がなければ彼女のもとへ戻ってこなかった。彼の愛はその程度だったと思うと、魂を少しずつちぎり取られてばらばらにされている心地がした。

「おれには怒る権利はない、そうなんだろ、ベイリー？」それなのに、怒っている。彼の目に怒りがたぎっているのが見えたし、浅黒い肌はかっと赤く染まっていた。「気にする権利もない」

あまりににべもなく言われた。答えですらなかった。断言だった。彼はこの任務が終わったら立ち去る。それだけ。

「そうよ」彼を押しやろうとした。「あなたにはなんの権利もない、以上よ」

「権利はないかもしれないがな、おれの女はここにいる」ジョンはベイリーを引き戻してがっしりと抱いたままキッチンの真ん中にあるカウンターまであとずさりさせ、もがく彼女の抵抗をものともせずきつく抱きかかえ続けた。「違うって言ってみろ、ベイリー。あのベッドで誰に抱かれてたか、しっかりわかってたはずだ。違うって言ってみろよ。おれにうそをついて、別の男のことを考えてたなんてふりをするのはやめろ。誰にファックされてるか、はっきりわかってたはずだ」

そうなの？　わかってたの？　わかっていたのなら、どうして？　どうして、この男がもうひとりの男なんじゃないかと疑うのをやめられないの？

「あなたはそれで満足？」しゃがれる声で訊いた。「もちろん、そうよね。あなたがここにいるのは愛のためじゃないんだから、そうでしょ、ジョン？　女なんかどうでもいい、大事なのは任務だけ」

ジョンは、この質問に答えなかった。食ってかかりも否定もしなかった。かわりにベイリーの髪をつかんでのけぞらせ、必死に、狂おしいくらいの情熱をこめて唇を奪った。ベイリーもこの情熱を、必死さを知っていた。自分のものを手にして印をつけてしまおうとする、理性を押しのける苦しい想いをわかっている。彼は同じ激しさで、彼女に自分のものだと印をつけた。

舌が唇を割って入り、彼女の舌と絡み合った。ベイリーの髪をつかんでいないほうの手が彼女のセーターとトップスの下にもぐりこみ、背中の肌にじかに熱くふれた。脚のあいだに腰を強く押しつけられる。

五感に焼きつくキスだった。キス以外のなにもかも、誰のことも頭から押しやられてしまう。彼の腕のなかにいるときは、自分を質問攻めにして苦しんだりはしない。無言で答えを請い求めたりもしない。彼の腕のなかでは、こうしているだけでよかった。キス。彼の感触。抑制を粉々にし、感覚を圧倒する猛烈な欲望。

大切なのは、このひとときの一瞬一瞬だけになった。

つめが埋まるほど強くすがりついていた彼の腕から両手を動かした。おずおずと用心でもしているように腕を撫であげ、力強い首筋にたどりついた。

重ねられた唇の下で唇を開き、自分からも彼に印をつけ始めた。争うように舌を動かし、なめ、もつれ合わせ、ふたりとも体を駆け巡る激しい欲求に突き動かされて声にならない声をあげた。

もう一度、彼がほしかった。ここで、いますぐ。相手の体から服を引きはがし、硬くて熱い彼を感じたかった。太くそそり立つ彼自身に押し入られ、分け広げられ、ふたりのうちどちらも否定できない欲求で燃えあがらせてほしかった。

あまりにも多くを望みすぎていた。自分のものにはならないものを、あまりにも多く。自分のものにできるはずがない。彼がトレントだったら、ベイリーと一緒になる危険など冒せないのだから。トレントではないのなら、ベイリーにとってなしでは生きていけないこの愛情も本能からくる欲求も、存在しないことになってしまうのだから。

トレントを愛していた。心から。完全に。女が一生のうちに二度も、こんなふうに誰かを愛せるわけがない。ありえないはずだ。そうではないだろうか？

「大事なのは、これだ」ジョンが乱暴に顔を引き離した。息が荒く、激しくなっている。ベイリーと同じように。「いいか、これからはしっかり覚えとけ。あともうひとつ気をつけろ。おれのベッドでほかの男の名前を言ったりしたら、思いもよらないくらいとんでもない目に遭うからな」

そう言って、ジョンは部屋から出ていった。ベイリーをあえがせ、切なくさせ、ほぼ確信させて。ジョン・ヴィンセントは、トレント・デイレンだ。

8

いまいましい口を閉じておくべきだった。翌日、ジョンは両手で顔をこすり、ベイリーの寝室の窓から外を見つめていた。ベイリーは雪が舞いおりる広い裏庭を散策している。

昨夜は、ふたりともが名を挙げた疑わしい人物たちの背景について、さらに突っこんで話し合った。フォード・グレース。サミュエル・ウォーターストーン。ロナルド・クレイモア。ステファン・メントンスクワイアー。そのリストに、レイモンド・グリアとジェリック・アバスも加わる。

ジェリックについては、たわごとを抜かしているにすぎないとベイリーも承知だ。堂々とそう言っていた。とはいえ、ジェリックになりきるミカの腕は一流だと認めていた。本物のジェリックとの違いに気づくエージェントは少ないだろう。ベイリーは気づいたが。

ベイリーは見抜いた。ジョンは彼女を見つめながら、自分の正体も徐々に見抜かれているのではないかと心のどこかで警戒していた。

寒さはまだいくぶん穏やかなほうで、水分を含んだ重い雪が降るほどには冷えていた。雪片がベイリーの濃い栗色の髪に舞い落ち、きらきらと輝いている。彼女は格子にすがりついたままでいる冬枯れしたバラを、優しく指でなぞっていた。

考えごとをしているようだ。ベイリーが考えごとをしているというのは、任務にかかわることを考えているのでないかぎり、決していい兆候ではないとオーストラリアで学んだ。ジョンに言わせれば、極度に悪い兆候だ。ベイリーはすでに疑いを抱き始めている。もう何度も彼女のラップトップコンピューターに侵入し、ミカ・スローンが親戚のダヴィドであると彼女がとうに見抜いていることは知っていた。どこまで勘の鋭い女なんだ。あそこまで正確に真実を明らかにするとは、恐ろしいほどだった。ジョンに関しても、同じ正確さで真実を明らかにしようとしている。

ジョンはそれを隠し続けるのがいやでたまらなかった。あの探るような緑の瞳でじっと見あげられるたびに、そこに無言の問いかけを、彼女が抱いている悲しみと喪失感を見るたびに、苦しかった。

ベイリーは真相に近づきつつある。調査や証拠によってではなく、持ち前の勘のよさで。あれほど優秀なエージェントになれたのも、ひとつにはあの勘があったからだ。彼女はほぼ確実に変装を見抜く。人の身のこなし、表情、特徴を研究している。それらを変えるのは非常に難しいからだ。ベイリーは外見にとらわれずに人を見抜く。だからこそ、エリート作戦部隊にとって極めて危険だった。

ジョーダンがあんなにも石頭でなければ、ベイリーはエリート作戦部隊のエージェントとして遜色なくやっていけるだろうに。

そんな思いつきを退けつつ、携帯電話を開いて、保護された回線で司令部と通話するためのボタンを押した。

「モーガン精肉店です」最初の着信音でジョーダンが答えると、ジョンは電話に搭載されている盗聴防止機能をオンにした。

「ブラックジャック始動」手短に告げる。「これから動く」

追跡も盗聴もされる前に通話を終えた。これまで援護を必要としなかったし、援護が重要だとも考えていなかった。しかし、ウォーバックスが動きだすつもりなら、トラヴィスにはそばに控えていてほしい。ジョンのボディーガードであるトラヴィスなら、脅威とも不審者ともみなされないだろう。それに、この件が動きだすなら、自分のほかにもベイリーの背後を守る者がいたほうが安心できる。

彼がトレントだとベイリーはまだ確信はしていないだろうが、そうしかけている。そこで問題になってくるのは、ジョンみずからがベイリーの前でへまをしていると自覚している点だ。ベイリーが見逃すはずのない、へまをしている。ほとんど無意識にそうしてしまっている。心のどこかで、ベイリーに気づいてもらいたがっているかのように。現実として、そんなふうになったら最後には彼女を傷つけるだけだとわかっているのに。いま以上にベイリーが傷つくところは絶対に見たくなかった。

眼前に迫るもろもろの問題を考えるのに疲れてため息をつき、窓に背を向けて外にいるベイリーのもとへ向かった。舞いおりる雪に囲まれて、髪をケープのように肩に垂らしている姿は妖精のプリンセスのようだ。

ベイリーのそばにいたくて仕方がなかった。彼女のぬくもりに包まれる喜びを否定するのは、とうてい不可能だった。これが終わっても残る思い出がほしい。ベイリーを残して去らなければならなくても、そんな目に遭う気はさらさらないが、この任務を生き延びられなくても、そうできるうちに自分のすべてを捧げたのだとベイリーにわかっておいてほしかった。

階段をおり、玄関広間のクロゼットから革のロングコートを取って屋敷の裏を目指した。幅の広いフレンチドアの先には庭園と、すばらしい雪景色が広がっている。

ジョンは雪が気に入っていた。ときには寒さすら楽しく感じる。厚手の革のコートをはおり、うっすらと残るベイリーの足跡をたどって積もった雪の上を歩いていった。ベイリーが向かったらしき、庭の奥にある見晴らしのよいあずまやを目指す。一部屋くらいの広さがあるその小屋は、格子に囲まれていた。

入り口からなかに入ると、ベイリーがクッションつきのベンチに座って、あずまやの真ん中に設置された覆いのない暖炉の火を見つめていた。

ベイリーがくべた薪を炎が勢いよくなめ、広いベンチのすみに体を丸める彼女の考え深げな表情を照らし出した。

ベイリーはジーンズとカシミアのトップスの上に、厚手のロングセーターを着ている。暖炉から発せられる暖かい黄金の色合いに染められた彼女が顔をあげ、目を合わせた。

前日の朝から、いま取り組んでいる任務以外のことは、ふたりともほとんど口にしていなかった。任務について話し合うとき以外、ベイリーに避けられていたといっていい。ほかの人間の目にさらされる場に出たらどう振る舞うかという話以外に個人的な話題は、なんであれ徹底して避けていた。

「明日の夜はパーティーに出席するわ」あずまやに入ったジョンに、ベイリーが告げた。

「今朝、ステファン・メントンスクワイアーから招待状が来たの。メールで。あらたまった催しよ――たいていがそうだけど。メントンスクワイアー家の冬の舞踏会。奥さんのジョゼフィーンは母の親友だったわ。ジャニス・ウォーターストーンも」

「きみの母親もパーティーを開くのが好きだったんだろ?」ジョンは言った。「きみのファイルにも、それについてかなり書かれてた。きみの母親の慈善活動とか、大がかりな舞踏会を主催してたとか」

ベイリーの唇にかすかな笑みがよぎった。「母は、お気に入りの慈善団体のために寄付をかき集める機会を逃さなかったの。パーティーは、とりわけお金を持ってる知り合いを集める口実にすぎなかったのよ。いいお酒やシャンパンを振る舞って気をよくさせて、しとやかな南部女性らしく甘い言葉で寄付を募ったというわけ」

想像してジョンは頬をゆるめた。ベイリーの母親は親切で思いやり深い女性と評判だったし、必要なら自分の手が汚れても気にしなかった。この庭園にも、みずから木を植えたそうだ。大規模な造園には数人の庭師の手を借りたが、実際に庭造りに参加していた。

「母は天使みたいな人だったの」ベイリーが静かに言った。「誰からも愛されていたわ」

とりわけ、娘から愛されていた。

「よく考えるの。両親を殺すためにオリオンを雇った人間は、自分を大切に思っていたに違いない人たちの命を奪うとき、少しでもそれについて考えたのかしらって」小さな声で、ベイリーは続けた。「いまわたしたちが調べている男たちと、母は親しかったのよ。奥さんたちとは友だちどうしで、子どもたちからはアンジーおばさんって呼ばれてた。その男を夕食に招待したこともあったでしょうね。殺された当日の夜にだって、その男の頬にキスをして微笑みかけていたのかもしれない」

ベンジャミンとアンジェリーナのセルボーン夫妻は、フォード・グレースが主催したパーティーから帰る途中で事故に遭って死亡した。

「フォードだと確信しているんだな？」彼女の隣に腰かけて尋ねた。

ベイリーは疲れたしぐさで額を撫でている。「あの男にはいちばん動機があるのよ。わたしも家に戻るまで、父が日記をつけていたことすら知らなかった。遺品を確認していて、わたしと両親しか知らなかった隠し金庫のなかから日記が何冊か見つかったの。殺される直前の週の日記に、わたしたちが調べている四人の男たちと行っていた取引に関して、父が記していた箇所がいくつかあったわ。彼らの行動にはいかがわしい点があると書いていた。最後の日の書き出しは〈ウォーバックスとは誰なんだ？〉だったわ」

ジョンは相手に驚いた目を向けた。「そのことを誰にも話さなかったのか？」

ベイリーは首を横に振った。膝にのせた両手を見おろしている。「父は友人のなかに人殺しがいるなんて決して信じなかった。わたしは最初からフォードが妻と娘を殺したんだと疑っていたわ。父とは何度もその件で怒鳴り合いになったの。最後まで信じてくれなかった」

「それでも、きみは確信してたんだな」ジョンは言った。

「マチルダは夫から逃げようとしていたのよ。アンナと一緒に。フォードはふたりに暴力を振るっていたの。最後のときは、それはひどいものだったわ。マチルダは娘を守ろうとして、逃げ出して殺された。あの男以外に誰がふたりを殺すというの？」

「ふたりが殺された証拠はない」ジョンは指摘した。「公式報告では、凍った道で車がスリップしたことになってる」

「雪は何週間も降っていなかったのよ」ベイリーはため息をつき、ベンチに背を預けて彼を見あげた。「オリオンがこの依頼を受けていたと、ハンドラーの口から聞いたの」

「ハンドラーに両親の件も訊いたのか？」なにも見逃すまいとベイリーを見つめた。彼女がオリオンのハンドラーと接触したことは知っていたが、その接触がどこまで突っこんだものだったのかは知らなかった。

ベイリーがまた首を振った。「ハンドラーを見失ったの。誰かが彼の居所を隠しているのよ。巧妙にね」

ジョンは、そのハンドラーがどこにいるか正確に把握している。あとでこの疑問を解消しようと心に決めた。ベン・セルボーンがなんらかの理由でウォーバックスの正体をつかみかけていたのなら、オリオンが駆り出されたのだろう。それならうなずける。オリオンがベイリーを殺すなと命じられていた理由も、わかってきた。

ある個人に対して危険な存在にならないかぎり、ベイリーが選び抜かれた特別な人々の集団の一員であることは変わらないのだ。互いに対する忠誠心で知られる集団。いったんベイリーがそこに属する人間に敵対していると証明されれば、彼女の身も危険にさらされる。この任務を通してウォーバックスの正体を突き止め、根を絶たなければ、ベイリーは二度と安全に暮らせなくなる。

「きみの父親は、きみにはなにも知らせずにウォーバックスに立ち向かおうとしたかな?」ふと気になって尋ねた。

「もちろん、そうしたと思う」ベイリーの微笑みは悲しげだった。「きっと父は、わたしにはなにも言わなかったわ。言えば、わたしがなにがなんでも行動に出るとわかってたから。父はわたしの仕事も、それにつきものの危険も、すごくいやがっていた。このことでも、よくけんかになったわ」

自分にも娘がいたら、そんなふうに守ろうとするだろうとジョンは思った。

「だったら、きみの父親はウォーバックスの正体に感づいていたんだろうな。それなら筋が通る。彼も密接に結びついた集団の一員だった。ウォーバックスが集団なら、きみの父親に仲間になるよう誘ったかもしれないし、単独の人間なら協力を求めたのかもしれない」

「父みずから調べるために首を突っこんでいった可能性もあるわ」ベイリーが大きく息を吐いた。「父は素人探偵だったの。謎を解くのが大好きで、こちらがはらはらするほど知りたがり屋だった。まずいことや、まずい相手を探ろうとしてしまったのかもしれないわ。そっちのほうがありそう」

彼女の声からは深い悲しみが伝わってきた。答えと復讐を求める気持ちも。「ウォーバックスに、あまりにもたくさんのものを奪われたわ」ベイリーが続けた。「いちばんの親友も。アンナとは姉妹みたいに仲がよかったの。それに、両親」悲しげにつけ足す。「トレント」こちらを見返した彼女の視線が、食い入るように鋭くなった。「あきらめるわけにはいかないわ、あの男を捕まえるまで。あきらめるわけにはいかない」

ベイリーにふれずにはいられず、慰めずにはいられず、手を伸ばして彼女の頬にふれた。どんなに深く彼の心をつかんでいるか、ベイリーは知りもしないだろう。

「やつがこれ以上なにかをきみから奪うことはない」自分の声に潜む荒々しさと切ない想いを聞き取りつつ、誓った。「おれがそんなまねはさせない、ベイリー」

この約束を守り抜くつもりだ。現実には、自分にそれを防ぐ力はないかもしれないと自覚していても、そうするつもりだ。

ベイリーはジョンの誓いに頭を振っている。「教えて、ジョン、この任務が終わったらどうなるの？」

「なにが言いたい？」不吉な予感がして、ベイリーがなにを言おうとしているか聞かなくてもわかる気がした。

すると、ベイリーが動いた。ゆったりと、しなやかに、日なたで体を伸ばすけだるげな猫のように、ジョンの膝の上にまたがった。彼はベンチに背を預け、両手でベイリーの尻を包みこみ、彼女にジーンズの下にある硬いものがぐっと押しあたるまで引き寄せた。

「ウォーバックスの正体を突き止めて殺したあとは、どうなるの？」ベイリーが顔を寄せ、唇をふれ合わせた。「あなたは消えるんでしょう」問いかけではなかった。「夕日に向かって走り去って、次に会うときは顔を見てもあなただとわからないようにするんじゃないの？わたしは誰かに会うたびに、きっとこれはあなたじゃないかと思うようになるわ。誰かとキスをするたびに。あなたはとどまることなんてできないから。そうでしょう？」

違うと答えたいと願いながら、ベイリーを見つめていた。

「ウォーバックスにあなたを奪われるも同然ね。あの男のために、あなたはここへ来た。わたしのところへ。そして、あの男がいなくなれば、もうあなたにはここにいる理由なんてなくなる」

任務はいつか終わるからだ。彼が正体を隠した裏切り者に復讐するため、魂を売ったからだ。

「やめて」口を開きかけた彼の唇に、ベイリーが指をあてた。「約束なんてしないで、ジョン。約束なんてほしくないの。ほしいのは真実だけよ。二度と手に入らないものを信じて待つのは、もういやなの」

ジョンは唇からベイリーの指をどけ、彼女の頭のうしろをつかんで引き寄せ、キスをした。ふたりがいるあずまやのまわりに舞いおりる雪のように優しく、唇を重ねた。

夢の世界に包まれているかのようだった。ときの流れから切り離された、ふたりだけのための一瞬だ。ここでは誰もふたりの邪魔はできないし、危害を加えたりもしない。ここでだけ、ふたりはただの男と女になれて、熱く求め合える。過去も未来もなく、あるのはいまだけだ。

「きみは、もっとすばらしいものを手に入れるべきなんだ」唇をそっとふれ合わせてささやいてから、軽く吸いついた。

「わたしはほしいものを手に入れるべきなの」吐息をつくベイリーの声にたたえられた切望の響きに、心を切りつけられる気がした。「あなたがほしいわ、ジョン。ここで。いますぐ」

揺らめく炎に照らされているベイリーを前にして、生まれたままの姿になった彼女を思い描いた。ベンチのやわらかいクッションに身を横たえ、一糸まとわぬ温かい肢体で誘いかけてくる彼女を。そのイメージが強烈すぎてズボンのなかでものが跳ね、硬く張りつめて痛いほどだった。

ベイリーの背を支えて体の向きを変え、クッションの上に横たわらせた。片方の脚を持ちあげ、彼女のブーツの紐を解いて脱がせてから、もう片方に取りかかった。

ほっそりした華奢な足のつめは、手のつめと同じ、つやめく深い赤色に染められていた。足を持ちあげてつま先にキスをすると、ベイリーの目が輝いた。続いて土踏まずにも口づける。彼女の足は信じられないくらい感じやすい。オーストラリアで一緒に過ごした夜を、彼は思い出していた。ベイリーはいまと同じように足を細かく震わせ、唇からかすかな低い声を発していた。

そのうめき声が、ガソリンに投げこまれたマッチさながらにジョンの五感に火をつけた。

炎が全身に燃え広がり、股間で爆発して飛び散った。彼女の土踏まずに唇を滑らせただけで、ジーンズのなかで果てるところだった。

ベイリーの足をおろし、彼女のジーンズの留め金に手を伸ばしてそれをはずし、時間をかけてジッパーをさげていった。時間をかけて脱がせたい。とびきりのプレゼントを開けるように、目の前でベイリーの肌をほんの少しずつあらわにしていきたい。

ジーンズの前は開けてもおろすのはあとにして、セーターに狙いを移した。ベイリーの体を浮かせて袖から腕を引き抜き、そのカシミアを彼女の下に敷いたままにしてシャツを脱がせた。

乳房があらわになった。うっすら日焼けしている肌は小麦色で、先端はきゅっとすぼまってチェリーのように赤い。ベイリーを味わいたくなって唇をなめた。このおいしそうな小さいチェリーを口にくわえて、しゃぶりついてしまいたい。

上半身を起こして見とれる彼の前で、ベイリーが両手をあげた。みずから乳房を包みこんで硬くとがった先端を指でつまみ、腰を浮かせて熱情で頰を赤らめている。

「信じられないくらいきれいだ」うめくように言って引きちぎる勢いで革のコートを脱ぎ、わきに放り投げた。

ジーンズのメタルのボタンを引っ張って穴から乱暴にはずし、シャツはボタンをはずす手間などかけずに頭から引き抜いた。

額に噴き出す汗を感じながら、ベイリーが情熱に駆られて発する色っぽい声を聞き、胸のつんとがった頂をもてあそぶさまを見つめた。

「気持ちいいか？」しゃがれる声で問いかけた。

「あなたの手のほうがいいわ」ものほしげにため息をついている。「あなたは見てるのが好きなの？」

「あたり前だろ、きみを見てるのが好きでたまらない」低い声でうめいた。「何時間でも見ていられる」

ベイリーが唇になまめかしい笑みを浮かべ、胸からいっぽうの手を離して指を腹に滑らせていった。ジョンは興奮を感じつつ、飢えた目でそれを追った。優美な指がジーンズのなかにもぐりこみ、甘く潤う場所を目指している。

彼はベイリーのジーンズのウエストをわしづかみにし、ヒップから引きおろした。その瞬間、残りの正気を失いかけた。彼女の指が、濡れそぼったクリトリスの蕾を取り巻くようにいじっている。やわらかいプッシーのあいだから輝く小粒の真珠がのぞいている。熱情の光を放つそれを、ベイリーが撫でさすっていた。

なんとかベイリーの脚からジーンズを脱がせ、自分の尻ポケットからコンドームを取り出した。念のため、これをポケットに押しこんでおいて本当によかった。

ああ、ベイリーがどんなにきれいで熱く欲望をそそるか、ちゃんと覚えていたのだ。オーストラリアにいたころ、準備が足らなかったばかりにこの甘さを何度、経験し損ねたことだろう？

立ちあがってブーツを蹴って脱ぎ、ジーンズを脚から抜いた。暖炉の熱を肌に浴び、内側からは欲望の炎であぶられているから、寒さはほとんど感じない。

ベイリーの広げた腿のあいだに片方の膝をつき、彼女の指がたどる道筋から目を離せなくなった。指が小さな欲望の芯から、なめらかに濡れた入り口へと向かっている。

欲情に襲われ、息をするのに苦労した。見つめながら、抑制を失うまいと全身の筋肉に力が入る。指でベイリーの張りのある太腿をそっともみつつ、彼女の指先が繊細な入り口のなかに沈むのを見守った。

「きれいだ」ささやく声が喉でつかえた。

ベイリーが指を引き、彼が見守る前でその濡れて光る指先を自分の唇にあて、すっと添わせた。

みぞおちを殴りつけるような激しさで欲情が突きあげた。ベイリーの蜜が唇をつやめかせ、一瞬ののち、彼女の舌がそのみずみずしいふくらみをなめた。

もう息はできそうになかった。酸素を求めて胸が痛くなり、あえいで自分をコントロールできるだけの思考力を保っておこうと必死になった。

震える指でコンドームの包みを開け、ペニスにかぶせた。そこは怒張しすぎて痛いほどで、鉄並みに硬くなっている。ベイリーを力強く貫きたいという欲求は生き物本来の根元からくる反応だから、抑えられそうになかった。

覆いかぶさってベイリーの唇をなめた。甘い味に声をもらして彼女の太腿のあいだに指を差し入れ、彼女の指に負けじと動かした。彼女のぬくもりを求めて、絹に似たさわり心地のする場所を撫でた。狭い入り口に指をもぐりこませてさらに撫でさすると、ベイリーが彼を求めて腰を浮きあがらせた。彼女の声にならない声が耳に響いた。

ベイリーは彼の手首を握って、もっと両脚を開いた。胸の奥からもだえる悲鳴を発して、彼の指を招き入れている。

彼の下で生き生きと燃えている。優美に、あでやかに、自分を抑えようと闘う彼の理性を盗もうとしている。あと数分でいいから持ってくれ。ああ、この瞬間を心に永遠に刻みこむまで。

ベイリーはジョンを見あげた。揺らめく炎に照らされている、野性味を帯びた荒々しい顔を見つめて胸がいっぱいになった。この男ほどセクシーで、激しい情熱と官能の高ぶりに満ちた存在はいなかった。

土踏まずにキスをする彼が、トレントに見えた。腫れていつもより豊かになった唇。欲情にきらめくまなざし。女を自分のものにすると決意した表情になって、張りつめた顔。目の前のこの男が、永遠に手の届かない存在になってしまったと思っていた恋人に見えた。

この男はトレントであって、トレントではない。トレントより険しく、いっそう強い渇望を抱えた男だ。それでも、ベイリーが長く孤独な六年のあいだ愛し続けてきた男だった。

ベイリーの心は歓喜の叫びをあげるいっぽうで、悲しみに満たされていた。トレントは生きていた。死んでしまったのではなかった。彼女を捨てて、姿を消していたのだ。

悲しみに襲われようと、彼から身を引けはしなかった。この記憶、一緒に過ごすこの短いひとときだけは、これからも胸にしまっておける。彼を止める気になどなれるわけがなかった。拒めるわけがなかった。

唇を奪われて圧倒されるほどの渇望と情熱に満ちたキスをされ、滑りこんできた指に押し広げられたとき、自分の一部はこれから永遠に彼のものだと悟った。そのベイリーは、とうの昔に彼女の心を盗んでいた恋人を、ずっと想い続けるだろう。

「きみがほしくてどうにかなりそうだ」唇を重ねたままうめくように言われ、ベイリーは腰を押しあげ、さらに奥まで彼の指を迎え入れた。

「そうでもないんじゃない？」あえいで言い返した。「まだ、わたしをものにしてないわよ」

「そうか？」突き入れられた二本のたくましい指が、プッシーからにじみ出るなめらかな潤いに包まれて滑り、懸命に求めてきつく締めつける彼女のなかに押し入った。

「ああっ。ジョン」もっとほしくて叫びだしそうだった。これでは足りない。もっと彼がほしかった。彼のすべてを必要としていた。

指だけでは足りない。キスだけでは足りない。

ジョンの唇がベイリーの唇からあごへ、首へ、それから胸へと下っていく。体が熱くなっていき、色欲が高まって炎を噴きあげるかに思えた。ヒップを浮かせる彼女を貫く指が一定のリズムで愛撫を続け、ジョンの唇があまりにも感じやすくなった乳首をとらえた。

そこに吸いつく熱い口、胸の先をなぶる舌、彼女を貫く指のなめらかで力強い動きがこたえられなかった。興奮が高まって限界を超え、快感に耐えきれなくなった。体の中心が締めつけられ、全身が張りつめ、オーガズムがわきあがるのを感じた。あと少しのところまで迫っている。

ジョンの首に両腕を投げかけ、背を弓なりにそらし身を押しつけて揺らした。なにがなんでも彼がほしいという思いがこみあげ、祈りを唱えるように、かすれた声で何度も彼の名を呼んだ。

雷さながらに白熱した感覚が幾度となく体のすみずみまで走り、全身を翻弄し、刺激的な渇望の波で洗った。

こらえきれなかった。ひどく飢えた獣のように欲求がつめを立て、彼女を死にものぐるいにさせ、もはや抗うことも抑えることもできなかった。

「お願い、ジョン」叫んで、必死に求めるあまり理性をもぎ取られそうになりながらも息を継ごうとした。「いますぐ抱いて。耐えられないわ。お願いよ」

「くそ、いま放すわけにはいかないぞ」ジョンが乳房に口づけたまま低い声を発した。胸の頂をなめてから、もう片方にも同じことをしている。「まだだ、ベイリー」

彼の指はベイリーのなかで動き続けた。感じやすい場所を愛撫し、そこで熱い感覚をかき立てた。ベイリーが芯から炎になめられている気がするまで。

「いや。だめ。いまよ」体をそらし、貫く指を包みこむ場所に力をこめた。「早く、ジョン。

お願い」

これ以上は耐えられない。どうにかなりそうなほどこの体のなかで彼を感じたくて、押し寄せる感覚を受け止めきれなかった。

「ちくしょう、きみに殺されそうだ」ジョンが指を引き、彼女の脚のあいだで身を起こした。

「かわいい、おれのベイリー、きみはおれの命取りになるな」

ベイリーは彼にじっと視線を注ぎ、期待を感じて唇をなめた。ジョンが避妊具をつけたペニスに手を滑らせ、背をそらせる彼女の体の中心に覆いかぶさる。

彼女は自分から手を伸ばして硬い彼を握り、腰を浮かせてきつく締まった入り口に頂を差し入れた。

「愛して」ささやきかける。「いまだけは」

ジョンが表情を張りつめさせ、とても長く思える一瞬のあいだ覆いかぶさったまま凍りつき、グレーの瞳をほぼ真っ黒に見えるまで陰らせた。視線がぶつかり合い、相手の深い欲望をたたえたまなざしの奥に悲しみに似た感情が渦巻くのを、ベイリーは見た気がした。

「いつまでもだ」ジョンがささやき返し、その聞こえるか聞こえないかのささやきは、彼の腰が動くと同時にかき消された。

ベイリーは叫び声を発し、両手で彼の腰にすがった。打ちこまれ、押し入られ、きつく引きしまる体の奥まで猛然と突き進む彼を迎え入れ、まわりで世界が砕け散り始めた。星が見える。完全にジョンを受け入れ、感じやすい場所を押し広げられて反射的に彼を締めつけると、心の奥でまぶしい光がはじけて広がった。

動きだしたジョンの低いうめきが、彼女の叫び声と重なった。ゆっくり愛し合っている時間はなかった。ふたりとも、胸にしまっておくためにあまりにも多くを求めていた。あふれるほどの思い出と、感覚を。

ジョンは、魂が自分の体からベイリーのなかへ流れこんでいく気がした。激しくわきあがる欲情を抑えきれないのと同じように、感情を閉じこめておくこともできなかった。

彼を包むプッシーに力が入り、ベイリーがオーガズムに押し流されて大きく背をそらす。すべてを解き放とうと股間が張りつめ、ペニスがどくんと脈打って硬さを増した。

ベイリーの唇から何度も途切れなく彼の名前が発せられる。彼女の声と抱擁に満ちた愛にくるみこまれ、ベイリーのほかはなにも感じられないし、感じようともしなくなった。この女性のほかに大事なものはなにもない。荒々しいうなり声をあげて彼女のなかに注ぎこみ、こわばった体をそらした。粉々に砕け散ってしまいそうだと思うまで。

ベイリーがいなければ、自分にはなにも残らないと悟った。喜びは過去のものになる。亡霊のようになり、ひとりの女性の愛を求めてこの世をさまよい続けるだろう。

ああ大変だ、こうなったら、どうやって彼女を置いて立ち去れるのだろう?

9

翌日の晩、ベイリーはシャンデリアのまばゆい光に照らされて、オーケストラのゆったりとした快い旋律が響く会場にいた。フォード・グレースのディナーパーティーに集まった十一組の男女を観察している。

こうしたディナーパーティーは、同じ夜に開かれるパーティーと必ず重なるよう巧みにスケジュールが組まれている。今夜も、このパーティーの出席者はここをあとにしたあと、ハリウッド映画の主演スターが主役のパーティーに向かうことになるだろう。偶然にもその俳優は、ステファン・メントンスクワイアーと妻のジョゼフィーンが大きな関心を寄せているスタジオが手がけた大作映画に主演している。

ベイリーは、こうしたディナーパーティー巡りを好きになれなかった。母はこうした催しのおもしろさを娘に吹きこもうとはしてくれたのだが、ベイリーにとっては退屈で、料理がこってりしすぎていて、招待客たちの自己陶酔が鼻についた。どうして両親がこうしたパーティーをあんなに楽しんでいたのか、さっぱりわからなかった。

食後の飲み物はフォード邸の広い居間で振る舞われた。頭上のシャンデリアの灯火は落とされ、音をたてて燃える暖炉の炎に面した椅子が置かれている広々としたスペースのまわりに、ランプが趣味よく配されている。酒とともに会話が惜しみなく流れた。

「おもしろい集まりだな」隣でジョンがささやいた。ふたりは常緑の庭園に出るフレンチドアのかたわらに立っていた。

おもしろい集まりだ。これまでにまとめた疑わしい人物の短いリストに残る人々が全員、このパーティーに出席している。ウォーバックスが単独の人間ではなく、四人の集団という可能性はあるだろうか？

「レイモンドもいるわ」ジョンにダンスフロアへと導かれていきながら、ささやき返した。「ウォーバックスが誰だろうと、どんな集団だろうと、レイモンドも今夜ここに来ている。主要な一族の人間が全員、集まってきているのよ」

「名のある犯罪者もちらほらいるぞ」ジョンが皮肉のこもった口調で指摘した。「上等なドラッグ少しでここまで身を立てられるとは驚きだな」

こうしたパーティーの場に実際に出まわるドラッグの量には驚きだ。

「まだ誰も近づいてこないわね」声は低いままに保ち、ジョンの首に唇を寄せて話した。

「この取引のブローカーを選ぶのも、必須の暗号コードを握っているのもわたし。いまごろは声をかけられてもおかしくないのに」

「選択を迫られてきみがどうするか、やつは見極めたいんだろう」ジョンが答えた。「ブローカーたちは、きみに秘密を握られることになる。それをやつは承知だ。きみが当局とつながってるとしても、直属の手下がとらえられるよりブローカーがとらえられるほうが好ましいってわけだ」

「でしょうね」小さな声で返した。「それでも、わたし相手になによりも賢い行動とは言えないわよ」

「おれたちのなりすましがやつに見抜かれる可能性はない」ジョンが請け合った。「おれの身元には隙がないんだ、ダーリン、心配しなくていい。大丈夫だ」

「心配されてるのは、あなたじゃないかもしれないのに」ちょっと微笑み、彼の首にふざけて歯を立てた。お返しにヒップをつかむ彼の手に力がこもり、下腹部に突きあたるものが硬くなった。

彼のこんなところが気に入っていた。彼女のために硬くなり、彼女をほしがってくれるところが。

「そんなこと言って、あとでただじゃおかないぞ」ジョンが約束した。

「すまないな、ミスター・ヴィンセント、だが、おれたちにもチャンスを分けてくれたっていいんじゃないか」よく響く低い声で横から話しかけられ、ベイリーはジョンの肩から顔をあげた。アメリカ人ブローカーの蛇に似た底意地の悪い目が、こちらを見据えていた。セックス相手をいたぶることに強い執着を示し、テロリストとつながりのある人物として有名な男だ。

ラルフ・スタンフォード。テキサスでかなりの財をなした農場経営者のひとり息子。世界を股にかけて活躍していたモデルと結婚したそうだが、そのモデルのたぐいまれな美貌は、この男と暮らし始めてから数年のうちにすっかり衰えてしまったらしい。

「ラルフ」ジョンがそつなく身を引き、現れた男がベイリーの腰に手を置いた。全身が総毛立ちそうになった。

「ダンスはしなくてもいいわ」相手にリードされてフロアを動きだすなり、引きつった笑みを浮かべて言った。「なにか飲みながら座りましょう」

その提案に相手は含み笑いをもらした。「ヴィンセントがやってたようにきみと体をすりつけ合うチャンスをふいにしろって？　よしてくれよ、ベイリー、そんなにいいかげんにおれたちを競技場から放り出すなんて、スポーツマンシップにのっとってるとは言えないぞ」

「スポーツマンになった覚えはないの、ラルフ」わざとゆっくり答えた。ジョンがこの男の一挙一動を見張ってくれているはずだ。

のっぽと言っていいほど背が高く、長めの茶色い髪にはしばみ色の鋭い目をしたラルフ・スタンフォードは、本人がここまでおのれに正直に悪党であろうとしていなければ、ハンサムで通っていただろう。腐った心がこの男の表情や、まなざしや、微笑みまで黒く汚しているかのようだ。

「少なくとも、公平であることは求められると思うんだがな」男の口調に少なからぬ悪意がにじんだ。「候補のひとりと寝るなんて、ちょっと反則としか思えないだろ」

「この仕事にルールがあったとは知らなかったわ」静かに切り返した。「あなたたち全員の評判はしっかり把握してるの。最高のブローカーに仕事をゆだねるつもりよ」ベイリーとしては、すでに選択肢は決まっている。こんな取るに足りないゲームで、ウォーバックスは時間を無駄にしているのだ。

「こちらは公平な取引を約束されたんだ」そう言う男の目には、怒りがちらつき始めていた。

「こちらも、とても公平に決めさせてもらうわ」きっぱりと答えた。「わたしのやりかたが気に入らないのなら、クライアントと見こんでいる人物に相談したらどうかしら。わたしは提案するだけで、最後に決めるのは当然その人よ」

ベイリー本人は最終的な決定権も自分に託してほしかったが、あれこれとほしがっていたら肝心のものを手に入れられなくなる。自分を裏切った政府へ恨みを晴らす機会をうかがっていると、一年かけてウォーバックスを納得させようとしてきた。ウォーバックスは、その機会を与えようとしている。いまは手元の札で勝負し、復讐を果たす機会を待たなければならない。

ラルフが怒りに口を引き結び、薄い唇が隠れてほとんど見えなくなった。「必ずそうさせてもらうさ」冷酷な声で告げる。「ミズ・セルボーン、おれがきみならそれまで背後には用心するね。この仕事を通して、危なすぎる敵を何人か作ってもおかしくないからな」

彼が立ち去って、ベイリーはダンス相手に置き去りにされたかのようにフロアの真ん中に残された。ダンスをしながら好奇心に満ちた視線を送ってくる招待客向けに、悲しげに小さな笑みを浮かべてみせた。

「置き去りにされたのか、ダーリン？」体にジョンの腕がまわされ、ふたたびたくましくて熱い彼のそばに引き寄せられていた。「なんてやつだ。礼儀もなにもなっちゃいない男がいるな」

ジョンに身を寄せる感覚とともに、体じゅうに喜びが広がっていった。ジョンと身を寄せ合う感覚がこんなにすばらしいものだなんて、いままで気づかなかった。上質な仕立てのタキシードに隠れて鍛えあげられた筋肉は見えなくても、彼の力強さとぬくもりは伝わってきた。

「そうしてくれてせいせいしたわ」軽い声で笑い、ジョンに連れられてダンスフロアをあとにする。

「だよな」ジョンもうなずいた。「そうだ、そっちがいないあいだにかなり興味深いメッセージを受け取ったよ」

ベイリーの手のなかに紙を滑りこませる。人目を避けるためジョンの体にぴったりと身を寄せ、折りたたまれた紙を開いてすばやく目を通した。

〈ミズ・セルボーンの選択を了解した〉その選択を承認したとは書いていない。単に了解したと書いてあるだけだ。

紙をたたみ直してハンドバッグにしまった。ジョンも彼女と同じようにいぶかしげに目を細めている。

「どうやら、見張られているのは確かなようね」小声で言った。

「見張られてないと思ってたのか？」ジョンが訊いた。

「そうは思ってないわ。ただ、できるだけ早く見張っているのが誰か突き止められればいいと思っていただけ」ため息をつきつつも、甘い望みだったとわかっていた。

「スタンフォードのほかにも何人かブローカーが来てるぞ」ジョンが知らせた。「アバスは元愛人を連れてきてる」

元愛人、なわけないでしょ。あのカタリナ・ラモントが本当は誰か間違えようがなかった。ジョンのハンドラーを名乗っていた、あの赤毛だ。メイクでいくらか顔を変え、髪をブラウンに染め、たぶん胸にパッドを入れている。しかし、彼女は明らかに先日の朝ベイリーに〝テイヤ〟と名乗った女性だ。

カタリナ・ラモントは本物のジェリック・アバスとともに爆発に巻きこまれた。ふたりは文字どおり互いの腕のなかで死んだ。爆発のあと、実は生き延びていたというふたりが人前に現れ、かなりあからさまに、声高に愛人関係を終わらせた。現在のふたりは単なるビジネス上のパートナーにすぎないとうわさされている。

テイヤは、ずいぶんたくさんの役割や人物を演じているようだ。しかも、その道の達人らしい。

「ヨーロッパの武器商人もいるわ、テランス・デュピュイよ」ベイリーも名を挙げた。「それに、多彩なテロリスト集団の取引を仲介してるサウジのシークも。今日、ロシアンマフィアの大物もアスペンに着いたみたい」目をすがめてジョンを見やる。「イヴァン・オラヴ。盗み出されたロシア軍兵器をテロリストに流す際の交渉で名をあげた男よ」

すべてがテロリズムにつながっていた。テロの時代のあらゆる派閥や組織、政治や宗教の党派が、どんな手を使ってでも優位を得ようと争っている。

「かなりの面々だな」ジョンが低い声で言った。「また加わったぞ。グリアがこっちに来る」

ベイリーは振り返った。レイモンドが表情の読めない顔で近づいてきていた。

「ベイリー、ほんの少しのあいだミスター・ヴィンセントから引き離してもかまわないかい？　メアリーが気分が優れないようで、帰る前にきみと話したいと言うんだよ」

「もちろん」向き直ってジョンを見ると、彼はまなざしにかすかに心配そうな表情を浮かべていた。誰も気づかないだろうし、見分けられないだろう。けれども、トレントにそっくりだ。衝撃がベイリーの胸を突いた。あのまなざしに浮かぶ同じ光。彼女が見つめるさなかにも陰りを増す瞳。かすかに緊張したカーブを描く唇。

「すぐ戻るわ」彼に告げた。「さっき、イアンとカイラも到着したみたい。ちょうどいいから、話していたとおり明日のランチにふたりを誘っておいてくれないかしら」

話し合ってなどいなかったが、ベイリーはイアンがジョンと同じ集団に属していると確信していた。カイラもそうだ。そろそろプレーヤーを一カ所に集めて、必要な答えを引き出すべきだ。

「長くかけるなよ、スイートハート」ジョンが屈んで、そっと頰にキスをした。「おれがどんなに心配性かわかってるだろ」

心配して当然。ベイリーにもわかっていた。レイモンドに向き直り、微笑みかけてから、連れ立って舞踏場を横切った。

一緒に来てくれと頼まれても意外ではなかった。突然メアリーが具合を悪くし、パーティーのあいだ、特に親しい友人たちと寝室か居間で話して体を休めることはよくあった。人の多い場所では神経過敏になりがちなのだ。

「こっちだ」玄関広間に出て、レイモンドがそこから伸びる短い廊下へ案内した。「フォードが親切に居間を貸してくれてね」

親切にですって。〝フォード〟と〝親切〟がイコールで結びつく言葉とは、とても思えない。あの男は妹に親切で、息子を愛している。孫たちから大切にされている。だが、妻と娘を虐げた。さらにはふたりの命を奪うよう指示したのだと、ベイリーは疑っている。

あの男は、ベイリーの両親の葬式で涙を見せ、命日にはふたりの墓を訪れる男と同一人物だ。使用人たちのうわさによれば、妻と娘を埋葬した日、フォードは暴れて屋敷じゅうのものを破壊し尽くしかけたという。

あの男は、とんでもなく駆け引きがうまい。それに関しては、ベイリーも認めざるを得なかった。

居間のドアを開けたレイモンドになかへ通されたが、室内には誰もいなかった。すばやく振り返ると、レイモンドがドアを閉め、錠がゆっくりとはまる音が響いた。

「メアリーはどこ?」ベイリーは軽くハンドバッグを握った。小さな絹のバッグに収まっている銃の引き金の上に指を置く。

「警戒を解きたまえ、ベイリー」レイモンドがうんざりした目を向け、バーの前に立った。

屈んだ背がこわばっているのは、緊張か、それとも怒りからくるものなのか。相手がレイモンドの場合、判断するのは難しかった。「きみの恋人が舞踏場で待っているというのに、きみの命を奪うつもりはないよ」

「あなたがそうしようともくろむのは、これが初めてじゃないでしょう」指は引き金から動かさなかったが、酒を用意しているレイモンドを見て、わずかに警戒をゆるめた。

「ウイスキーのコーラ割りでいいかい?」レイモンドが振り返り、並んだ酒を示して問いかけるように太い眉をあげている。

ベイリーは用心深くうなずいた。「どういうことなの、レイモンド?」

飲み物を用意してから、彼はベイリーに歩み寄った。「どうか座ってくれ」バーのかたわらにこぢんまりと配置されている椅子に顔を振り向ける。「話があるんだ」

「あら、そうなの?」ベイリーは飲み物を受け取り、相手に探る目を向けたまま、いちばん近くの椅子に腰をおろした。「それで、こんなに人目をはばかる要件とはなに?」

レイモンドも椅子に座って背もたれに寄りかかった。ウイスキーを口に含み、かすかな笑みを浮かべている。「きみもなかなかやるな」ずいぶん間を置いてから彼が言った。「認めざるを得ないよ。きみが引退の直前にイラクでわれわれの足跡を隠してくれるまでは、きみが祖国を見放すとは思っていなかったんだがね」

「あのときは、たいしたへまをしたわね」鋭く返した。「まったく、レイモンド、あんなにあっけなくひどい大失敗をしてくれるとは思わなかったわよ」

この男があの件にかかわっていたとは、いまのいままで確信を持てずにいた。知っていたのは、足跡を追えばどこにたどりつくかということと、堅牢な陸軍兵舎からある書類が盗み出された事実だけだった。その兵舎には、サダム・フセインの屋敷の地下の秘密倉庫から発見され、押収されたプルトニウムが保管されていた。

「危ないところだった」レイモンドが認めた。「予想より短い日程で動かなければならなくなってね。残念なことに、狙っていた獲物は期待したほど上等なものではなかった。あのプルトニウムは使い物にならなかったようだ。どうやら、サダムはわれわれの側の一部の人間に思わせていたほど、賢くはなかったらしい」

ベイリーは椅子に背を預け、感情を読ませない表情を心がけた。レイモンドがかかわっていたと実は知らなかったなんて、悟らせるわけにはいかない。

「ウォーバックスも、きみの尽力に感謝している」レイモンドが低い声で言い、考え深げに目を細めてベイリーを見据えた。

「そう言ってもらえてうれしいわ」ベイリーもゆったりとかまえたそぶりで、じっと相手を見つめ続けた。これまで隠されているのではと疑っているだけだったグリアの一面を、まのあたりにしていた。この男が冷たく、食えない、傲慢な人間だということは最初からわかっていた。しかし、彼はいまやなにげない自信と、優位に立っている事実に裏づけられた落ち着きを表に出している。

「とはいえ、きみがここ数年なんの目的で動いているのかは、つかみきれていないんだ」ようやく彼が口を開いてため息をついた。「当然、きみを見張らせてもらったよ。特に、ウォーバックスが取り組んでいる冒険的事業に、わたしも日々かかわるようになってからはね。きみは大変な労もいとわずウォーバックスを守ってきた。なぜだ？」

ベイリーは脚を組んでその上に肘を置き、問いかけにどう答えるべきか考えつつウイスキーに口をつけた。

「ウォーバックスが誰であれ、わたしが生まれた世界に属する人物だわ」そう告げて肩をすくめる。「父はわたしを育てるのに完全に失敗したわけではないのよ、レイモンド。つねに自分を見守っていてくれた人たちに対する義務は理解しているわ。わたしはウォーバックスの利益に気を配る。彼はわたしを生かしておく。どちらも得する取り決めだったの」

レイモンドの唇が愉快そうにゆがんだ。「彼がきみを生かしておいていると、どうしてわかった？」

「オリオンはおしゃべりだったのよ」ふんと鼻を鳴らして明かした。「わたしを殺さないようにと金を支払われているけど、いつかそんな金では殺しの誘惑に抗えきれなくなると何度も言われたわ」悲しげな笑みを浮かべてみせた。

「きみはオリオンにとって、かなり目に余る存在だったからな」レイモンドがため息をついた。「われわれはたいそうな金を払って、彼がきみに危害を加えないようにしていたんだよ。きみもわれわれに気を使って、オリオンを生かしておいてくれてもよかったんじゃないか」さりげなく非難している。

ベイリーは身を乗り出した。「オリオンはわたしの家族を殺したのよ。わたしの親族の者たちが、あの男の手で苦しめられた。どれだけの金を積まれても、復讐をあきらめる気はなかったわ。それに、そこまでたいした損失とは考えていなかったんでしょう。さもなければ、手を引くようウォーバックスが要求してきたはずだもの」

「要求されていたら、手を引いていたか？」レイモンドが尋ねた。

「どうかしら。相手がどれだけ真剣に頼んできたかによるでしょうね」ベイリーはグラスを口元に運び、気を強く持つために酒を一口飲んだ。レイモンドが楽しげににやりとして見返した。

「そんなところだろうと思ったよ」納得したかのようにうなずいている。「ウォーバックスを守るためにきみがこれまでに注いできた尽力に対して、当人はいつも驚いていた。だからこそ、きみは貴重なパートナーになってくれるのではないかと、彼は心を決めたらしい」

貴重なパートナー？　まあ、予想よりもだいぶことがうまく運んでいるようだ。

「ウォーバックスはパートナーを探しているの？」ベイリーは驚きを表に出した。この場合、驚きを隠しても有利にはならないからだ。

「ただのパートナーではない」レイモンドが答えた。「きみには人脈があるだろう、ベイリー。わたしには想像するほかないほどの人脈が。ここ数年、きみはそれを証明してきた。だがそれ以上に、きみは彼と対等の存在なんだ。ほかの誰も、そんな存在になることは望むべくもないし、望んだってなれない」

「彼が探しているのはパートナー？　それとも妻かしら？」ベイリーは高飛車に鼻を鳴らした。

レイモンドが発した低く響く笑い声を聞いて、背筋に悪寒が走った。「奥さんを募集しているわけではないよ、ベイリー、きみならすばらしい伴侶になるだろうがね。ウォーバックスが求めているのは、計り知れないほど有益なきみの助力だ。今後ウォーバックスが取り組もうとしているいくつかの試みに、手を貸してほしがっている。今回の取引に対する助力を、とりわけ高く評価しているんだ」

ベイリーはウイスキーをもう一口飲んでから、グラスをテーブルに置いた。「ウォーバックスが連絡を取ったブローカーたちはみな、まずじかに顔を合わせなければ〈クロスファイアー〉の取引を引き受けないわよ」ここぞと見て請け合った。「ウォーバックスは、いままで正体を固く秘めたままやってこられたようね。今度の取引では細心の注意を払わないと、謎の存在でいられた日々は終わりを告げてしまうかもしれないわ」

レイモンドはうなずいた。「それについてはずいぶん話し合ったんだ。ブローカーの選択をきみにゆだねた理由のひとつでもある。きみならウォーバックスが直面するリスクについて把握しているし、どのブローカーがこの取引を無事に、正しく遂行できるか見極めてくれる。ただ、頼んでおこう。尊敬に値する恋人はもう選んでしまったようだが、ほかのブローカーたちにも充分な配慮を向けてほしい」

ベイリーは自分が相手にどう見えているか熟知して、見返した。まなざしは平淡で、冷ややかで、抜け目なく見えているはずだ。

「ブローカーたちが現れる前に、複数の候補のなかから選んでほしいと知らせてくれれば助かったでしょうに」平然と述べた。

レイモンドがもっともだというように首を傾ける。「しかし、そうしたら驚きがなくなってしまうし、こちらはきみの真意を測れなくなっていただろう」

「言いかたを変えれば、わたしがCIAに泣きつくか確かめるために準備万端だったってことね」ベイリーは軽く楽しげな笑い声をたてた。「教えて、レイモンド、ウォーバックスと働くという選択を後悔したことがある？」

「一度もない」即座に答えが返った。

「それなら、わたしも後悔しそうにないわ」ベイリーはグラスをあげて酒を飲み干し、相手に問いかける視線を向けた。「ほかに踏むべき手順はある？」

レイモンドが眉をあげ、しぶしぶといった笑みを唇に浮かべた。

「よかった、では、報酬の話をしましょう」ベイリーは持ちかけた。「あなたたちが選んだブローカーはそろって総売上の一五パーセントを請求するわ。何人かは数パーセントさげてもいいと言うはずだけど、ヴィンセントはそうしない。この段階で報酬の減額を受け入れるようなブローカーはお勧めしないわ」

「それで、きみの望む報酬は？」レイモンドが訊いた。

「パートナーは報酬を求めないの」ベイリーは立ちあがって相手を見おろした。この世界をあとにする前に身につけていた毅然とした自信と、高飛車な女らしさを漂わせて。「売り渡す段になったら、ウォーバックスとじかに会えるものと考えているわ。よく知りもしない、顔も見せない相手とは、それが男だろうと女だろうと、パートナーの関係は結べない」

おもしろがりつつも敬う色がレイモンドの目に浮かび、彼のまなざしが一瞬明るくなったかに見えた。「必ずそう伝えよう」

「そうして」ベイリーはうなずいた。「これに関しては譲れないから。あまり話が進む前に返事がほしいわ。あと、わたしならスタンフォードは除外するわね」

「なぜ、そうしたほうがいい？」レイモンドがいぶかしげに目を細くした。

「あの男はある法執行機関、はっきり言うと連邦捜査局《FBI》の複数の人間に情報を売るからよ。妥当な額の報酬さえ得られればね。捜査官たちも、この取引に関する情報になら相当な額の報酬を払うと思うの。今回の取引には慎重さが求められるはずよ。スタンフォードはリストから抹消して、おうちに帰したほうがいいわ」

「この世から消してもいい」レイモンドがなにげなく言った。

「そうね」ベイリーはまったく結果を気にしない態度で肩をすくめた。「ただ、殺したら余計な関心を引くわ。殺すにしても、取引のあとがいいわね。いまのところ尾行をつけておいて、あの男がしゃべりだすかようすを見たほうがいい。競争相手を殺してしまうより、見張っておくべき相手がわかっているほうがいいに決まってるわ」

レイモンドが急がずに腰をあげ、また口元に微笑を浮かべた。「この問題も必ずウォーバックスの耳に入れることにしよう。それまでは、今夜のパーティーを楽しんでくれ。すぐにまた声をかけるよ」

「楽しみにしてるわ」すばやくうなずいて背を向け、ドアを目指して歩きだした。

ドアの鍵を開け、振り返らずに部屋を出た。誰かにじっと見られている。うなじの毛が一気に逆立った。

見ているのはレイモンドだけではなかった。いまの会話をじっくりと聞き、のぞき見ていた者がいる。細かく観察されていた。彼女の言葉、表情、動きのひとつひとつを分析されていた。

ウォーバックスが行動を起こし、ベイリーは条件を示した。どうか相手が条件を受け入れて、彼女を殺そうとはしませんように。気に入らない要求をしてきた向こう見ずな人間を、ウォーバックスは何人も殺していた。

廊下に出ると、ジョンが寄りかかっていた壁から離れ、胸の前で組んでいた腕を両わきにおろした。目を細め、緊張で体をこわばらせて、近づいていくベイリーを見ている。

「メアリーは大丈夫だったか？」ジョンが彼女のウエストに腕をまわして尋ね、ふたりは玄関広間に向かった。

「メアリーは大丈夫だったわ」ジョンの体にわずかな変化があった。ベイリーが単にレイモンドの妻の話をしているのではないと感づいた、無言の証拠だ。「あなたのほうは？」ベイリーは聞き返した。「イアンとカイラは明日のランチに来てくれそう？」

「誘ったら喜んでたよ」ジョンが答えた。「イアンもちょうど仕事について話したいことがあったんだそうだ」

本当にそのとおりでありますように。今夜以降は、ジョンとイアンに情報も詳細も計画もすべて吐いてもらう。駆け引きがここまで進んだ段階で、右も左もわからない状態でいるつもりはなかった。ウォーバックスは彼女を試しているだけでなく、真剣にパートナーに迎えようと検討している。このささやかな駆け引きの賭け金があがったということだ。

「よかったわ」考えこんでうなずき、首をめぐらして、誰が見ているのだろう、誰が聞き耳を立てているのだろうとあらためて思った。

「そろそろ、このすてきな集いから帰れるか？」ジョンが頭をさげ、彼女の耳をロマンティックにそっとなぞった。「ちらほら雪が降ってて、満月が出てる。運転手に言って、しばらくドライブしようか」

つまり、レイモンドと一緒にいるあいだなにがあったのか話し合おうというのだ。

「いいわね」振り返って上向き、ジョンから優しく親しみのこもったキスをされて微笑んだ。

「招いてくださった主催者にあいさつして帰りましょうか？」

「そうしないとな」

主催者のフォード・グレースが、折よく舞踏場から大理石張りの玄関広間に現れた。ジョンが早々に辞去する旨を告げてわびつつ、まったくすまながっていない男の顔でにやけ、時間をかけてベイリーをロマンティックな雪のドライブに連れていきたいと話している。

ふたりに別れを告げ、フォードは彼のあとから出てきた一組の男女のほうへ向き直った。ジョンはベイリーのマントを取ってきて、肩にかけてくれた。

ドアマンが広い両開きのドアを開け、ベイリーはうれしくなった。ジョンが言っていたとおり、空から落ちてくる雪がきれいだ。大きくてやわらかな雪片がスローモーションで宙に舞い、ふわりとした優雅な雰囲気に包まれるようだった。マントのフードをあげてジョンの腕につかまり、連れ立って外に出た。顔を夜空に向け、冷たい氷のクリスタルが肌に落ちて溶けていくのを感じた。

ふたりを取り巻く夜と雪がかもし出す純潔さ、ゆったりとした美しさを感じたかった。

「きれいね」ささやいてうつむいた瞬間、目がくらんだ。

まばたきをして、脳に現実をたたきつけられるようにいきなり事態が見えた。赤いレーザーの光点が自分の胸の上で止まった。スローモーションで。叫びながら心臓が一度打つごとに鼓動を感じた。ジョンを押しやると同時に、夜の静けさをライフルの銃声が突き破った。ジョンに引っ張られて、冷たい雪に覆われた石の階段に押し倒された。両手が石でこすれ、やわらかい皮膚に焼けつく痛みが走る。まわりの世界がすさまじい音ではじけるかに思えた。またしても鋭い銃声が夜気をつんざき、悲鳴が響き渡った。また悲鳴、女性の泣き声、男性の叫び声がし、ジョンに引きずられて階段から、もっと身を守りやすいリムジンのわきに隠れた。

「ここにいろ」ジョンが怒鳴るとともに車の陰から運転手が現れ、ジョンに黒く恐ろしげな

MPAディフェンダーを押しつけた。

「なにやってるの」隣で飛び出していこうとするジョンの腕をつかんで止めた。「ここでじっとしてて。あなたも狙われてるのよ。フォードの警備隊に任せて」

警備隊は屋敷の周囲に散らばって動きだしていた。黒ずくめの、表情のない危険な雰囲気を放つ男たちは、すばやく庭を横切って銃声のした林を目指している。

「彼女をこっちに入れろ」ふたりのかたわらに突然レイモンドが現れた。激昂した顔でジョンの腕をつかんでいる。「屋敷のなかのほうが安全だ」

ふたりの男に挟まれ、ふたたびウエストにジョンの腕がまわされた。ベイリーは持ちあげられるようにして階段を上り、屋敷のなかに入った。

そのまま屋敷の奥へ進む。レイモンドに導かれて足早に玄関広間を通り過ぎ、廊下を抜けて、先ほど連れていかれた狭い部屋にたどりついた。

ドアが閉まり、鍵がかかってからようやくジョンにおろされ、ベイリーは初めて相手の激しい怒りに満ちた表情に気づいた。雷雲さながらの目をして物騒な表情で顔をしかめ、彼はレイモンドに向き直った。

「こいつはいったいどういうことだ?」顔の前に詰め寄って怒鳴りつけている。

驚くことに、レイモンドは血の気を失っていた。すばやくベイリーに視線を走らせるまなざしには、はっきり懸念が浮かんでいる。

「わたしはなんともないわ」ベイリーがぴしゃりと言ってにらみつけると、レイモンドはわずかに身を引いた。「まったく。あなたたちふたりときたら、わたしに銃撃された経験がないとでも思ってるの?」

「この屋敷で、こんなふうに銃撃された経験はないはずだ」レイモンドがすばやく乱暴に首を振る。「きみが狙われるはずがなかった」

「ところが、狙われたんだよ」ジョンが言い返す。「原因を教えてもらうぞ。いますぐだ、レイモンド」

「原因は突き止めよう」携帯電話が鳴って、レイモンドはあとずさった。上着のポケットから急いで電話を取り出して開き、それを耳にあてベイリーたちに背を向けた。

「ベイリーは無事だ」早口で答えている。「彼女の安全は確保した。銃撃犯はとらえたか?」

やり取りを聞きながら、ベイリーはジョンに目をやった。

「誰かなんて、わたしが知っているわけがないだろう?」レイモンドがいきなり声を荒らげた。「もっともありそうなのは、ブローカーのひとりだろうな。言っておいたはずだ。これほど早い段階で取引に乗るチャンスをふいにされて、おとなしくしてはいないと……わかった。それは任せてくれ……知らせを待つ」

彼が電話を切り、ふたりを振り返った。

「プロのブローカーは取引に乗れなかったから相手を消すなんてまねはしない」ジョンが吐き捨てるように言い、荒れ狂う目をして立ちあがり、レイモンドをねめつけた。「万が一ベイリーになにかあったら、あんたの雇い主の評判がこうむる損害は簡単には回復できないものになるぞ、グリア。賭けてもいい。おれが必ずそうしてやる」

「脅すのはやめてもらおう、ヴィンセント」レイモンドが怒りで凄みを利かせた声を出した。

「駆け引きにつきものの危険だ。ベイリーもきみも承知の上だろう」

「ふざけるな」相手に詰め寄るジョンを見て、ベイリーは立ちあがった。

部屋にむんむん満ちる男性ホルモン《テストステロン》にも、進行中のきざな態度にもうんざりして目をまわしそうだ。怒鳴り合えば、いまある問題を解決できるとでも思っているのだろうか。

「ジョン、もうやめて」実際に殴り合いになる前に、ふたりのあいだに割って入った。「レイモンド」もうひとりを振り返って告げる。「ラルフ・スタンフォードの居所を確認して。屋敷内にいたら、彼を尋問させて銃撃のあいだもここにいたか聞き出してちょうだい。銃撃犯はあの男に違いないわ」

男たちふたりに見つめられていた。

「なんだって、犯人はスタンフォードだと思うんだ?」レイモンドがものすごい剣幕で訊いてくる。

これにはあきれて、ついに目をまわした。「候補にする男たちの評判を、もっとしっかり調べるべきだったわね」非難を表に出して続ける。「スタンフォードは正々堂々と優劣を競うのは嫌いなの。できるかぎり勝負の場を銃弾でならそうとするのよ」

「あの男には警告してやったのに」レイモンドがうなった。

「たぶん熱の入れかたが足りなかったのね」そう言ってから、ジョンのほうを向いた。「運転手にもう一度、これから帰ると伝えて。ここでぐずぐず待っていたくないわ。あの男が捕まったら、必ず血なまぐさいショーが始まるでしょ」

「あいかわらず頑固で人の言うことを聞かないな」ジョンとドアに向かいだしたベイリーのうしろから、レイモンドがなじった。

「ええ、そのとおりよ」肩越しに手を振って答える。「おやすみなさい、レイモンド、今夜は楽しい気分で送り出してもらえなかったとボスに伝えてね。ひとつ貸しよ」

10

ベイリーが静かにベッドに横たわっていると、ジョンが寝室に入ってきた。ベッドの足元に立ってこちらを見つめる彼に目を奪われ、じっと見返した。ジョンの表情には理解しがたい影が差していた。重々しくふさいだ沈黙に包まれている。

自分の一面を懸命に押しとどめているみたいだ。ベイリーにはそれを見せまい、それの意味するところを感じさせまいとしている。

パーティー会場をあとにして以来、ジョンは静かだった。ベイリーが銃撃されたあと、態度をすっかり変え、暗く険悪な空気を発している。

「お仲間には電話して、今夜の事件を伝えたの？」なにげない口調を保つよう気をつけて訊いてみた。

「まだだ」まるでうなり声だ。暗に警告する響きがある。もちろん、ベイリーはそんな響きは無視するつもりだ。ジョンを見つめていると、胸が締めつけられ、感情がこみあげた。何年分もの悲しみも寂しさも、どうにか押しこめる。

ジョンを見つめてみて、すでにそこに置かれていたパズルのピースが音をたててはまった。もう、なんの疑いもなかった。偶然などではなかった。確信した。一生に一度だけ本気で恋をした女として、ベイリーは心で自分の愛する人が誰か見抜いた。彼が決して自分の正体を明かさないだろうとも、わかった。

長いあいだ、ひとりでいた。彼が〝死んで〟しまってから最初の数週間を思い返した。あまりにも暗い悲しみに沈みこんでいたから、自分でもそこから抜け出せるかわからないほどだった。やっと両親の死から立ち直った矢先の出来事だった。いや、立ち直ってなどいなかったかもしれない。それでも、トレントのおかげで気力を出せた。彼のおかげで、もう一度踏み出せた。それなのに、トレントがいなくなってしまった。

そのトレントが、戻ってきたのだ。

裏切られた気持ちに駆られて涙が出そうになるのを、まばたきしてこらえた。と同時に、同じ立場だったら自分もそうしただろうかと考えていた。トレントの死の裏にウォーバックスがいたと告げたとき、彼は自分が去るほかなかった理由を告げていたのだ。

そうするしかなかった。ウォーバックスは、トレントの命を奪うまで追い続けただろう。トレントが安全に生き続けられる見こみはなかった。正体を知る者もいないため、監視もできず、とらえることもできない凶悪な犯罪者の手から逃れられるわけがなかった。

そして、危険にさらされるのはトレントだけではなかった。トレントが愛する者、彼の弱みとして利用される可能性がある者はみな、危険にさらされるはずだった。

「ラルフ・スタンフォードは銃撃があったとき、舞踏場にいた」ジョンがベッドの足元で言った。「グリアはまだやつを捜してる。だが、今夜のところはまかれたな」

「犯人が誰であろうと、また狙ってくるわ」ベイリーも口を開いた。「この取引に潜む利益は莫大だもの。そう簡単にあきらめたくないのよ」

ホームパーティーが開かれると、関係者たちは一堂に集められる。個人であれ集団であれ、ウォーバックスは事態を思うがままに操ろうとしている。パーティーを開くことで全員を手の届く場所に置き、監視しつつ動く時機を待てるのだ。

「去年も、レイモンド・グリアは同じ時期にこうしたパーティーを催した。ヨーロッパで微妙な作戦に就いていたエージェントたちのリストが売りに出されるのと、ちょうどときを同じくしてだ。その二週間後、リストに載っていたエージェントたちは死亡した」と、ジョン。

「海景作戦《オペレーション・シースケープ》」ベイリーはつぶやいた。「イングランド沿岸で人員や物資や武器を密輸していたテロリスト集団を監視し、追跡するために配置されていたエージェントたちね。そのリストが売却されたころ、彼らはテロ組織の指導者が密入国するのを待ち構えていたはずよ」

ジョンがうなずいた。「その指導者は結局イングランドに入りおおせて、姿をくらました。始末されるはずだったのに、いまだに活動中だ」

ふたりの心にあるのは、本当はこんな話題ではなかった。互いのまわりで渦巻き、流れこんでくる感情と、緊張を、ベイリーは感じ取っていた。胸のなかでそうした感情が野火のごとく激しく燃え、焼きつくようだった。

失ったもの、決して手に入れられないものすべてと向き合って実際に胸が痛み、涙がこぼれ落ちそうになった。彼に抱きしめてほしい。彼をじかに感じたくてたまらない。それでも、心のどこかでは負けたくない、なによりも欲しているものを求めてはいけないと思っていた。

「シャワーを浴びてくる」ジョンがベッドから離れ、バスルームへ向かって歩きだした。

「話はあとでしよう」

あとで。いつだって、あとがある。

バスルームに入っていくジョンの声と肩から、緊張がうかがえた。彼について知らないことがまだたくさんあった。六年前にも、知らなかったことが。

一緒に過ごせた時間はあまりにも短すぎた。互いに知るべきことをすべてわかり合うには、とても足りなかった。

ベッドに横たわって天井を見つめるベイリーの耳に、シャワーが流れる音が届いた。降りかかるシャワーの下にジョンが入り、彼の体に湯が流れる光景を想像する。

想像などしたくなかった。

体から毛布をはねのけてベッドを離れ、音もたてずにバスルームに入った。

パジャマとして着ていた丈の長いTシャツを脱ぎ、シャワー室のドア越しにジョンを見つめた。仰向いて顔と頭に流れ落ちる湯を受けている。ダークブロンドが濡れて、頭と首にぴたりと添っていた。湯が硬く鍛えあげられた肉体を伝い、黄金色の輝きを与えている。思わず、両手でそこにふれたくなった。

ベイリーは動かずに、じっと見つめていた。ジョンがこちらに背を向けたままシャンプーを手のひらに取り、ボトルを元の場所に戻してから、豊かな髪にそれをなじませた。

たっぷりの細かい泡が恋人の優しい手のように背と尻を伝いおり、シャワー室の床に流れていく。

ベイリーは手を伸ばしてガラスドアにふれ、ジョンの肌のぬくもりをじかに感じられる気がして、体の奥にはじける欲望を覚えた。どうか彼にふれたい。口づけたい。あの赤銅色の肌にキスをしたい。その下の筋肉の躍動を感じたい。この体で、この体のなかで彼を感じたかった。

もう一度シャワーの下に入るジョンを見て、唇をなめた。泡が体を伝い、降り注ぐ湯の下で崩れてゆく。ベイリーはシャワー室のスライドドアを開いた。

ベイリーがいると、ジョンは気づいている。彼女がシャワー室に入っていくなり、身をこわばらせた。ベイリーがすばやく視線をさげると、彼の大きいものはそそり立っていた。

手を伸ばして温かい肌にふれ、彼の背の波打つ筋肉を感じた。ジョンが湯を浴びながらうつむき、片方の手を壁についた。

「タイミングが悪いぞ、ベイリー」声がかすれ、途切れがちだ。「ベッドに戻れよ、ベイビー」

これまで聞いたことのない響きを彼の声から聞き取って、ベイリーは手を止めた。オーストラリアで数回だけ、同じ気配を彼から感じ取ったことがある。そうしたとき、トレントはすぐさま一日ほど姿を消し、帰ってくるころには、いつもどおりの笑顔を絶やさない彼に戻っていた。

「ベッドに戻れですって?」ベイリーはスライドドアを閉め、ふたりをシャワーの湯気で暖まった空間に閉じこめた。

ジョンがもういっぽうの腕もあげてシャワー室の壁に手をつき、鋭く深い息を吸った。

「どうしてベッドに戻ったほうがいいの?」張りつめた彼の背に、指先を滑らせた。「なにを隠そうとしてるの、ジョン?」

ジョンが隠そうとしていることのいくつかは、わかっていた。彼は自分が誰か、何者か隠そうとしている。いまの自分だけでなく、かつての自分も隠そうとしている。

「きみを守ろうとしてるのかもしれないだろ」荒々しいうなり声になっていた。

ベイリーは相手の横顔を見つめた。目は閉じられ、濃くて長いまつげは濡れて、いつもよりくっきりして見える。必死に自分を抑えようと闘っている顔だ。

「わたしを守るのは手遅れよ」ジョンの肩に頭を持たせて、ささやいた。「それに、あなたから守ってもらいたくはないの。あなたに求めてるのは、そんなことじゃない」

言い終える前に、ジョンが動いた。ベイリーのウエストにすばやく腕をまわして向かい合わせに引き寄せ、彼女の背をシャワー室の壁に押しつけた。

欲望で表情がこわばり、グレーの目がほとんど黒に見える。腹に押しあてられている彼のこわばりは鋼鉄のようで、あぶられた鉄さながらに熱かった。

ふたりとも流れ落ちる湯の下にいた。湯がふたりの体のあいだを流れ、肩を打ち、湯気が立ち上る渇望と欲求の世界に彼らを閉じこめた。

ベイリーは横に手を伸ばし、狭い棚の上のボディーソープのボトルを握った。

「やめろ、ベイリー」反対側の壁のリングにかかっているタオルも手に取ると、彼女の背に巻きついているジョンの腕に力が入った。

「なにをやめるの？」下腹部に脈打って突きあたる彼を感じつつ尋ねた。「あなたとここにいるのをやめろっていうの、ジョン？　ふれるなって？　あなたがほしがって必要としているものがすべて、指のあいだからすり抜けていく気がするから？　それとも、単に臆病だから、それに手を伸ばしてふれられないの？」

タオルにソープを垂らし、まっすぐジョンの目を見つめながら泡立てた。見おろす彼のまなざしはどこか苦しんでいるようで、追いつめられた色があった。

「わたしをほしくないの、ジョン？」しまいには尋ねていた。「心からわたしをほしがってくれたことなんてあったの？」

ベイリーの声には鋭い悲しみが隠れていた。まなざしには影が落ちていた。まるで彼女はいまだけでなく、ふたりで分かち合ったのだと彼女が知るはずもない過去についても尋ねているかのように。

ジョンは彼女を見おろし、この女性に対して底知れず、抗えない欲望がわきあがってくるのを感じた。これは彼が絶えず抑えつけてこなければならなかった飢えであり、欲求だった。初めてベイリーに会い、初めてキスをしたときから、鎮めようのない炎さながらに内側から噴きあがってきた。

ずっと以前からそうだった。オーストラリアでも何度かこういうことがあった。名指しするどころか、絶対に理解できやしない尋常でない欲望をねじ伏せるため、すばやくベイリーから離れ、ふたりのあいだに距離を置くしかないときがあった。

しかも前より悪くなっていると自覚していた。六年前は、言い表しようのないうずきみたいなものだった。いまはうずきどころではない。体の奥から押し寄せる波みたいだ。押し寄せてきて五感をのみ尽くし、思いもよらなかった勢いで彼自身のなかに、ベイリーに対する欲求を燃え立たせる。

別人になっても救われなかった。救われると思ったのに。トレント・デイレンとしてではなくジョン・ヴィンセントとしてここに来れば――任務が終わったらふたりの仲も終わりだと双方が承知して、こちらの条件どおりにベイリーと働けば――この体からわきあがってくる、どうしようもない欲求もやわらぐと思っていた。

間違いだった。心のどこかでは、正体を隠してひどくなっただけのような気がする。ベイリーに彼が誰か、何者かわかっているかのようなまなざしで見つめられている。知られるわけにはいかないのに。

ベイリーを抱く腕に力をこめて引き寄せると、彼女が息をのんだ。緑の瞳が興奮を宿してきらめいた。

「おとなしくベッドにいるべきだったんだぞ」うなりつつ、飢えに翻弄されかけていた。

「どうして？　そうすれば、あなたが自分をおとなしくさせておけるから？」泡にまみれたタオルが彼の肩を撫で、ベイリーが息をするたびに乳房の頂が胸板をこすった。絹の感触がする炎だ。肌に焼きつき、肉欲をあおって彼をだめにする。

「おとなしくさせておいたほうがいいときもある」ベイリーの太腿に脚を割りこませ、中心にある熱い丘に強く押しあてて、言い分を証明した。

なめらかな愛液が脚に熱く、肌が焼けるようだ。ベイリーがはっと深く息をのんだ。

タオルを奪ってリングに引っかけ、彼女の両手首を片方の手でつかまえて頭上に引きあげた。

「なにと闘ってるの、ジョン?」ベイリーがささやいた。「わたしと? それとも自分と?」

ベイリーを見返して、いままでずっとなにと闘ってきたんだと自分に問いかけたが、答えはわかっていた。心の結びつきや、欲求や、渇望と闘ってきた。いまでも、そんな感情から目をそらそうとしていた。この女性のいない人生など生きる価値もない。その真実を見まいとしていた。

だから、ベイリーをベッドにひとり残して、シャワー室に逃げこんだ。自分自身から隠れるために。自分が女に与えるに違いないと考えていた以上のものを、ベイリーに注ぎこんでしまいたくなる欲求から逃れるために。

「おれをどんな目に遭わせてるか、わかってないんだろう、ベイリー」声がしゃがれた。「おれたちふたりともをどんな目に遭わせてるか、わかっていないんだ」

ベイリーは息遣いを荒くしていた。押しあてられている彼女の胸があがったりさがったりするのを感じながら、ジョンはゆっくりと身を引いた。だが、彼女を放すつもりはない。放してたまるか。こうなったら、放すことなど不可能だ。

「わたしがふたりともになにをしてるっていうの、ジョン？」ベイリーがソープでぬめる両手をつかまれたまま腰を突き出し、彼のものにいっそう強く腹を押しあてた。

「おれたちを壊そうとしてるんじゃないか？」静かに尋ねた。ベイリーがしているのはそういうことだと、しっかりわかっていたからだ。ふたりともを壊そうとしている。優しくふれられ、熱いキスをされるたびに、ジョンは心がほどけていくような気がする。

「わたしたちを壊そうとしてる？　ふれるだけで、どうやったらいまの状況以上にわたしたちを壊せるっていうの？」

非常に難しい質問。ジョンには答えられない質問だ。というのも、彼のなかでむくむくと大きくなっていく飢えを差し置いて考えられることなど、なにもなくなっていたからだ。

頭をさげて、ベイリーの唇を奪った。キスは彼の体で駆け巡る炎を余計に大きくしただけだった。ベイリーの両腕を自分の首にかけ、彼女の後頭部を支えてじっとさせた。心のなかでは自分自身と、全身を激しく翻弄する衝動と闘っていた。

心の奥に潜む悪魔と闘っているかのようだった。そいつは絶対に平穏など与えてくれない。決して彼を放そうとはしない。

この一面を、ずっとベイリーには見せまいとしてきた。感覚すべてを支配する、この支配欲、渇望、ベイリーにふれてほしくてまさに死にものぐるいになるさまを、見せたくなかった。

「ちくしょう、こっちに来るなと言ったんだぞ」どうしても喉で引っかかるがらがら声を抑えてうなり、決して相手には聞かせられない詫りの名残を出すまいとした。

のけぞって顔を引いてベイリーの髪をつかみ、彼女の唇を自分の胸にあてた。すぐさま彼女を抱いてしまえと迫る欲求を必死で押しこめる。

ベイリーの両手が彼の首から胸へとそっと撫で、腹にふれた。絹さながらになめらかな指先がそこをくすぐりつつ下を目指すと、腹筋に耐えがたいほど力が入った。

音をたてて息を吸い、ベイリーを見おろした。彼の手に支えられてベイリーの頭が動いていき、彼女が下へと移動していくさまに見入る。彼女のふくらみを増した唇が胸板をなぞり、硬い男の乳首をなぶってから腹筋へと向かう。

ベイリーの動きがスローモーションになったかのように、愛撫ひとつひとつが永遠に続くかに思え、見守る彼の魂に焼きついた。ベイリーのまつげがさっとあがった。そこで玉になっている水滴のおかげで、緑色の瞳がいつもよりいっそう鮮やかに輝いて見える。

「おれの望みはお見通しだろ」低くうめいた。「かなえてくれよ、ベイリー」

彼女の髪に差し入れた手に力をこめて下に押し、ペニスのふくらんだ頂にかかる熱い吐息を感じた。ベイリーの指が巻きつき、下腹に添ってそれを支えた。

湿った吐息を感じるとともに、容赦ない快感に襲われた。ベイリーの唇がこんなにも近くに迫っている。ほんの吐息の先に愉悦が待っている。

ベイリーが見あげた。じっと見つめるまなざしで彼の思考をがっちりととらえ、頭をさげた。唇が開き、優しくも熱い口がそこをくるみこむと同時に、エクスタシーの稲妻が張りつめた彼の股間に深々と突き刺さった。

「くそっ」手のひらをタイルの壁にたたきつけ、目に入る水滴をまばたきで払った。「吸ってくれ」

ベイリーの唇が残酷なまでに敏感な頂を包み、舌をすばやく走らせて愛撫を加え、彼の理性を奪った。かろうじてわずかな自制心にしがみついている状態だった。あまりにも強烈な快感が体内でこだましている。

どうすればいいんだ。自分でも理解できないほどベイリーを必要としている。ベイリーを自分のものにしなければならない。彼女の官能も欲望もわがものにしたい。彼女の心も。

腰が突き出て、鉄のごとき頂をベイリーの口にさらに押しこんだ。すると彼女の頬が吸いこむように動きだし、ジョンの五感に白熱する激しい感覚を送りこんだ。

そこにベイリーの唇がある感覚に匹敵するものはなにもなかった。口のなかまで彼を引きこみ、親密に包みこみ、言葉を必要としない約束で、彼女とは距離を置かなければならないという彼の決意を鈍らせる。

もはや熱情の赴くままにするしかなかった。ベイリーに自制心をはぎ取られた。離れていろと警告したのに、ついてきた。思いもよらない目に遭うかもしれないと警告したのに、彼にふれ続けた。

欲求が飢えに狂うけだもののように体のなかで暴れている。こんな飢えを押しとどめられるわけがなかった。

ペニスの頂を口に含むベイリーを見つめた。そこに舌を走らせ、熱くて小さな口の奥まで彼を迎え入れている。

ベイリーの髪を握る手に力をこめて、この瞬間にすべてをほとばしらせそうになるのをこらえた。どうしても、このひとときを楽しんでおきたい。ベイリーの優しい口に包まれる感触を。彼女の口のなかに吸いこまれるのは、なんて温かく心地よいのだろう。

ベイリーの表情。なかば伏せたまつげ。彼に吸いついているせいで赤くなった唇。その唇のあいだを浅く行き来する彼自身。彼の生涯で目にした、もっともエロティックな光景だった。ベイリーには、こんなことをしでかす力がある。一緒に過ごすときを重ねるたびに、前のときよりエロティックになる。

神経の上を強烈な快感が駆け巡り、ペニスを包囲して睾丸を締めつけた。腿の筋肉に力が入りすぎて痛いほどだ。このひとときをあと少しだけでも堪能するために必要な自制心にしがみついておこうと、両腕も筋張って盛りあがった。

ベイリーの口に吸いこまれる感覚を味わっているために。絹に似たなめらかな手のひらで袋を包む彼女が、敏感になりすぎた彼の肉体にじかに響かせる声にならない声を聞いているために。

ジョンは壊れかけていた。自身がベイリーの唇のあいだを浅く貫くさまを見つめながら。

ベイリーの顔つきが変化し、悦びの表情が浮かんでくるのを見つめながら。

「きれいなベイリー」舌でぺろりとなめられてうめいた。「ああラブ、おれの自制心を壊そうとしてるんだな」

ベイリーは彼を壊そうとしている。徹底的に。もう持ちこたえられそうにない。体じゅうで欲求がわき立ち、精液がペニスに押し寄せてくるのを感じた。

持ちこたえられない。ベイリーの髪をつかむ手を握りしめ、歯を食いしばり、のみこむ間もなく喉から荒々しいうめき声が飛び出していた。

解放がものすごい勢いでほとばしった。ペニスの先から放たれ、ベイリーの熱い口を満たした。ベイリーに受け入れられ、精をのみこまれた。声を振り絞って彼女の名を呼んだ。その声がどんなふうに響いても、どんな感情をさらけ出していても気にしなかった。

彼の頭を満たしているのはベイリーと、容赦なく彼を硬いままにしている興奮だけだった。またしてもそこの頂に添ってゆっくりと心地よい舌の愛撫を感じたせつな、ベイリーを引っ張りあげて立たせ、抱き寄せた。

ベイリーはジョンの胸に抱えあげられて、驚きとうれしさの入り交じった悲鳴をあげた。彼が顔をさげ、感じやすくなってとがった乳房の先端をくわえ、しゃぶりついた。この上なく熱く、耐えられないくらい恍惚とさせる口に力強く吸いつかれるたびに、無数の強烈な感覚が子宮に押し寄せ、ふくらんだクリトリスを締めつけた。

乳首を舌がなぞるたびに感じた。最初にいっぽう、次にもう片方という具合に、ジョンは胸の頂に力強く吸いつく愛撫を加え続けた。

ベイリーはがくりと肩に頭を落とし、ジョンの髪にすがりついて持ちこたえようとした。あとほんの少しだけでも、彼を自分のものにしておくために。残りの人生で彼女を支えてくれるだけの思い出、ふたたび彼がいなくなってしまってからも夜に彼女を温めてくれるだけの思い出を作るためだ。

「くそ、なんてきれいなんだ」ジョンが顔をあげて低い声を発した。

シャワー室の壁に背中を押しあて、ベイリーは下へ向かっていく彼の唇を感じた。乳房の谷間を舌がたどり、腹へとおりていく。ジョンはベイリーの前で膝をついて彼女の太腿を広げ、ふくらんでとがったクリトリスの蕾に唇をあてた。ベイリーの五感にはじける感覚が散った。

ふたりのまわりに熱い湯が降り注ぎ、熱い口がクリトリスを包みこんでいる。

ふくらみを帯びた蕾を取り巻く舌は熱いビロードのよう。それがさらに奥へと滑りこみ、飢えを感じさせる動きでなぶった。

ジョンがそこにキスをして、口に含み、何度も何度も舌をあてた。ついには、ベイリーは悲鳴をこらえなければならなかった。欲しているものを与えて、迫っているのを感じるあの星がちりばめられた空間に勢いよく送り出してと、ジョンに頼みたくなるのを。

「ジョン!」舌で撫でられ、唇で吸いつかれて、切れ切れの叫び声で彼の名を呼んだ。彼の指が太腿のあいだに滑りこみ、そのうちの二本が突き立てられて深くベイリーを満たした。

きつく締まった彼女のなかを、力強く愛撫している。

内側から満たして押し広げ、燃え立たせる。ベイリーは両脚をさらに広げ、あえぎつつ彼を呼び、全身を駆け巡る感覚を認識するためだけに必要な空気を吸おうとした。

以前はこんなふうではなかった。ここまで熱く強烈な感覚に襲われることはなかったから、いま体を駆け巡っている快感には怯えると同時に心を浮き立たせられた。

高ぶりが胸で渦巻いた。全身に勢いよく血が巡る。悦びが五感を突き抜けた。

このままでは理性にしがみついていられない。そもそも、しがみついているべきなのか？こんなに心地よく、熱情をかき立てる行為があっていいのだろうか？

体の奥で快感が渦巻き、子宮とそこへ至る入り口を締めつけ、クリトリスをふくらませ、鮮烈な稲妻に似た感覚の波で全身を翻弄した。

両手がジョンの髪に埋もれ、頭皮につめを食いこませた。緊張が一気に高まっていき、引き絞られ、爆発して四方八方に恍惚を飛び散らせた。その鋭さと激しさに膝が崩れ、立っていられなくなった。

それでも、ジョンがいてくれた。ジョンにつかまえられて抱き寄せられ、持ちあげられた。彼がベイリーの両脚を自分の腰に巻きつかせ、ずっしりとした自身の先端をひどく感じやすくなった場所に押しあてた。

「ええ、そうよ」唇をジョンの肩から喉へ滑らせた。「ああ、ジョン。そうして。それでいいの」

激しく、深く。ふたりに自制心など残されていなかった。ジョンの両手がベイリーの尻を支え、彼が突き入れ始めると、そこに指が食いこんだ。彼のうめき声と彼女の叫び声がシャワー室に満ち、ふたりを取り巻き、ふたりを結びつけた。

結びつきが生まれてほどけなくなるのを、ベイリーは感じた。心のなかに絆が根づき、彼女を締めつけ、またしてもオーガズムが押し寄せた。

貫き入ってくる彼をベイリーは締めつけた。巻きつかせた脚に力をこめ、彼の髪に指をうずめ、背をそらした。そうする彼女の首にジョンが口づける。と同時に精を放った。不意に彼が脈打ち、ふくれあがり、さえぎるものなどなにもない状態でベイリーの奥深くに熱い種の奔流を注ぎこんだ。

ベイリーは目を見開き、彼の目に見入った。解き放たれた男の最後の脈動と、女のオーガズムの最後のさざ波を感じつつ、ふたりの視線が結ばれて解けなくなり、互いの顔に真実を見た。

体のなかで放たれたものが問題ではなかった。ベイリーが守られていなかったことが問題ではなかった。妊娠を避ける処置はしていたのだから。ベイリーは自分を守る手段を男に任せたりはしない。問題なのは、ベイリーがこんな親密さをほかの誰とも分かち合ったことがないという事実だった。トレントとも。

ベイリーは感じていた。悟っていた。自分はこれほどのものを、ほかの男に捧げたことなどなかった。いままでは。

ジョンは、トレントが手にしなかったものを手に入れた。
彼女の魂を。

11

メアリー・グリアの山荘は二十五の部屋からなる三階建ての邸宅で、アスペンやオークや巨大なモミの木に取り囲まれている自然のままの谷に立っていた。地所の片側は大きな湖に面し、その向かい側には厩舎とスノーモービルの車庫がある。屋敷の背後には常緑の生け垣でできた広大な庭園迷路が広がり、屋敷の前と左右は私道と、何台もの車を収容できるガレージで占められていた。

リムジンがずらりと並ぶ広々とした環状の私道に、セルボーン家の車も乗り入れた。運転手、執事、使用人たちが荷物を屋敷に運びこみ、客人が滞在する部屋や荷物の置き場を、メアリーの別荘に勤める優秀なスタッフたちから指示されている。

二十四人以上の男女が招かれていた。この屋敷への招待は、冬の多くをアスペンで過ごす上流社会の人々にとっても大変得がたく、羨望の的となっている。

あの夜から二日たち、ベイリーは純白のカシミアのパンツにセーター、ロングコートを身にまとい、ジョンの手を取ってリムジンからおりた。そびえ立つ壮麗な建物を見あげ、あらためて思う。いったいなにが、ここにいる人々にこんな暮らしをさせているのだろう。

ベイリーは二週間もたたないうちに死ぬほど退屈してしまうだろう。経験からわかっていた。舞踏会や、パーティーや、社交のための昼食会や、ショッピング漬けの生活を好きだと思ったことはなかった。十八になったばかりで実家をあとにしたときに、それを証明していた。

しかし、こうした暮らしこそ、母や母の友人たちが送っていた暮らしだった。彼女たちは次のパーティーのために生きていた。絶え間ない社交の催しに明け暮れ、自分たちが催す集まりへの招待に応じてもらえなかったときは打ちひしがれていた。

今朝の電話で、レイモンドはセキュリティーを去年の二倍に強化したと請け合っていた。ベイリーになんの危険も及ばないよう、あらゆる予防措置をとったそうだ。

ベイリーが命を狙われてレイモンドは心から動揺しているのだと、彼女は信じ始めていた。彼はベイリーのバンガローのまわりにも警備隊を送りこんできた。屋内では、ジョンとボディーガードのトラヴィスがベイリーの守りを固めていた。

〝守る〟という名目で窮屈な暮らしを強いられて、いら立ちが募り始めていた。自分は社交界にデビューしたばかりの軽率な女ではないと、この男たちには言っておいた。自分の面倒の見かたは心得ている。

「いいとこだな」ジョンはベイリーの背のくぼみにあてた手を離さず、大理石でできた玄関広間に続く開け放たれた両開きのドアへ、彼女をエスコートした。

「そうかしら？」ベイリーが小声で言った。「ここへ来るたびに、ちょっとこれ見よがしすぎる気がするの。大きすぎて、なんといっても派手すぎるわ。メアリーの持ち物のなかでも、これを見ると彼女のセンスを疑ってしまうの」

小声の悪口を聞いた者はいないようだが、聞かれてもベイリーは気にしなそうだ。ベイリーの住居や服の趣味が多くの人たちと一致しないというのは、かなり有名な話だった。

いっぽうで、ベイリーの声からはなにか別の感情が聞き取れた。豪奢できらびやかな屋敷と、そこへ入っていく人々を見つめる彼女から、かすかな落胆と、心の底にある悲しみが感じられた。

運転手や使用人が行ったり来たりして忙しく働いていた。二週間分の荷物がトン単位で運びこまれ、二十四人のゲストのほとんどがビュッフェ形式の料理と飲み物が振る舞われている舞踏室に入っていった。

「ミズ・セルボーン。ミスター・ヴィンセント」レイモンドとメアリーの執事に玄関で迎えられた。「グリア夫妻の図書室でのプライベートな集まりに、ご同席いただけないでしょうか。こちらです」

お高くとまってインテリぶった、確実に身分にこだわるタイプのその中年紳士に案内されて、玄関広間から大理石の廊下を通り、屋敷の別の翼へ向かった。

「ミスター・グリア、ミセス・グリア」執事が気取った身ぶりでドアを開け、主人夫妻に呼びかけた。「ミズ・セルボーンとミスター・ヴィンセントをお連れいたしました」

ジョンはベイリーの背に手を添えて室内に入った。手にかすかな緊張が伝わってきて彼女が身をこわばらせているのだとわかり、胸が痛んだ。ベイリーはレイモンド・グリアを忌み嫌っている。ふたりはともにＣＩＡにいるあいだ、派手に対立するたびに敵意を育ててきた。

ベイリーは、この元上司が悪徳エージェントだと確信していた。確信していながら、それについてなんの手も打てなかった。

ようやく行動するときが来た。だが、悲願を達成するための道のりは、彼女の悲しみと苦しみで覆われていた。そうした苦悩は、ここへの道すがらもベイリーの瞳に浮かんでいた。いまでは、それが彼女の全身から発せられ、ひしひしと伝わってくる。

「ベイリー、ジョン」黒のシルクパンツに黒のセーターを合わせた格好のレイモンドが、妻とともに腰かけていた暖炉の前の椅子から立ちあがり、にこやかに微笑んでふたりに近づいた。

「グリア」ジョンは力のこもった握手を受け、相手が次にベイリーにあいさつするようすを見守った。レイモンドはベイリーの肩に両手を置き、頰に友好を示すキスをしている。

ベイリーの唇に微笑みが浮かび、瞳まで輝いた。けれども、これは単に彼女が表面上それらしく見せるために、どれだけ懸命に努力しているかのあかしにすぎない。

「レイモンドと呼んでくれたまえ、ジョン」レイモンドがジョンの肩をたたいてから、ベイリーに向き直った。「飲み物を用意しよう。なにがいい？」

答えるベイリーの穏やかで優しい声が甘すぎて、ジョンの歯が痛みだしそうだった。レイモンドが姑息なイタチ顔にとっておきの笑みを浮かべて、ジョンを振り返った。この男がかぶっている化けの皮が愉快に見えてくる。

ウイスキーをストレートで頼み、ジョンはベイリーの背に手を添えたまま、レイモンドに手招きされてささやかな集いに加わった。フォード・グレースが元モデルの愛人ローズとともに、暖炉の前のふたりがけソファに座っていた。真向かいのソファにメアリーが腰かけていて、ベイリーとジョンが座れる空いたソファがもうひとつあった。

「ワグナーもおる」フォードが、あたかも気兼ねしているかのようにベイリーにうなずきかけた。

「彼にも会えてうれしいわ」ベイリーは答えた。「昔の友だちと過ごせる時間はほとんどなかったから」

首を縦に振るフォード。「前回のパーティーを無事に生き延びたようでけっこうだ」まなざしに、かすかな懸念をのぞかせている。「CIAを去ってからも過去につきまとわれるのではないかと、心配しておったわ」

フォードがレイモンドに目をやり、またベイリーに視線を戻した。「いつか無事に家に帰れなくなるのではと、父親はいつも心配していたぞ」飲み物を配るレイモンドを横目に、彼がとうとうと述べた。

ベイリーは相手を見返して、わきあがる憎しみを隠しとおした。長年のあいだ念頭に置いてきた悲願の達成を危うくしかねない憎しみだ。

この男がいとも簡単に偽ってみせる誠意が憎かった。見せかけの懸念がこの男の目を陰らせ、顔に親愛の情すら浮かべさせている。わめき立て、この男が演じている手のこんだ駆け引きを台なしにしてやりたかった。彼女が見抜いているとおりの冷血な人でなしなのだと、力ずくで認めさせたかった。

「過去が戻ってきてつきまとっているにしても、すぐに処理してもらえるはずだわ」フォードに請け合ってから、ジョンに目をやる。面倒事は恋人がどうにかすると決めこむ自信のある女を演じきって、メアリーのそばのふたりがけソファにジョンとともに腰をおろした。

「このパーティーのために追加の警備員を雇ったわ、ベイリー」メアリーが本物の気遣いをこめて言った。「前にも何回かこういうことがあったの。レイが敵に狙われたときにね。国のために働いた人たちがこんな危険にさらされるなんて、恥ずべきことだわ。ようやくくつろいで人生を楽しむべきときに」

「祖国が命をかけて働いた者に対して少しでも関心を向けてくれたなら、はるかに耐えやすくなるだろうにな」フォードがこともなげに酷評を差し挟んだ。「レイモンドの命が危険にさらされてCIAが気にしたところなど、見たためしがない」

残念なことに事実だった。実際は引退したエージェントを守るための努力がなされていると反論したかったが、そう言い返したところでむなしく聞こえるのが関の山だろう。それに、祖国をかばって熱弁を振るっても、ウォーバックスをこの魅力あるパートナーシップに引き入れるための信頼を築けるわけがなかった。

「CIAは現役のエージェントのことだって、たいして気にしていないわ」うそをついた。本当のところはわかっている。エージェントたちを守るために、極限の努力がなされていると知っていた。エージェントが現役でも、引退していても変わらない。

「情けないわ」メアリーがため息をついた。繊細な顔立ちを同情で曇らせている。

「レイモンド、そろそろわたしはローズと自分たちの部屋へ引っこんだほうがよさそうだ」意外にもフォードがそう言って立ちあがり、愛人に手を貸して引き寄せた。

「わたしもそうさせていただくわ」メアリーも差し出した手をレイモンドに取らせ、椅子から立ちあがった。「あなたはもちろんベイリーと昔話に花を咲かせたいんでしょう。わたしはそんな話を聞いても怖い夢を見るだけだもの」顔をしかめている。

そうした昔を実際に生きてきたベイリーは、いまだに悪夢に苦しめられていた。去っていくメアリーにあいさつをしながら、ジョンとふたりきりになれる部屋に逃げたい気持ちを抑えこんだ。この部屋は息が詰まる。ここの空気そのものが欺きでよどんでいた。

「ベイリー、少しのあいだジョンとふたりで話したいんだが、かまわないかな?」レイモンドの不意の要望に驚かされた。「警備の詳細について、いくつか話し合いたいことがあるんだ、もしよければ」

ベイリーは目を細めて相手を見据えた。「ジョンとわたしはパートナーなのよ、レイモンド」冷ややかに告げる。

「それは、はっきり理解しているとも」うなずいている。「残念ながら、きみが選んだブローカーには自分の力量を証明してもらわなければならないんだ、ベイリー。わたしと、ウォーバックスからの承認を得るためにね。きみが選んだからといって、即座にジョンを採用というわけにはいかないんだよ」

もちろん、そんなに簡単にいくわけがないわよね？

レイモンドを冷たく見据えたまま、ベイリーはゆっくりと立ちあがった。「いいわ。わたし抜きで話し合わなければいけない男らしい議論に励めるよう、ふたりきりにしてあげる」

彼女の受け答えに対して、レイモンドがやけに楽しそうな顔をした。ベイリーは別に人をおもしろがらせて得意になったりしない。だから、相手の楽しそうな顔を見ても少しもうれしくなかった。

「われわれのために我慢してくれて感謝するよ、ベイリー」レイモンドがわざとらしく言った。「そんなに長くジョンを引きとめないと約束しよう」

ベイリーから伏せたまつげ越しに心配そうな視線を向けられて、ジョンは頬がゆるみそうになるのをこらえた。ベイリーもさすがに、それ以上文句を言おうとはしない。ジョンを死ぬほど興奮させる、あの取り澄まして、お高くとまった女らしい表情を浮かべて背を向け、部屋を出ていった。

あとで根掘り葉掘り質問攻めにされるに決まっている。ベイリーは、この作戦のどんな局面からも締め出されることを嫌う。ジョンの部隊とのミーティングに参加できていないだけでも腹に据えかねている。今度は、彼女のレイモンドに対する怒りにまで対処しなければならないようだ。ベイリーがこの男に腹を立てるのはいつものことだった。

ベイリーが出ていってドアが閉まると、見送ったレイモンドがドアに静かに鍵をかけ、ジョンを振り返った。

「なにもかもうまくまわしてるようだな」ジョンは室内を見まわして声をかけた。「結婚生活はそれほど窮屈じゃないといいんだが」

「この茶番で喜びが得られるところといえば、結婚生活だけだよ」レイモンドは顔をしかめて酒を置いてあった場所に戻り、一息に飲み干してから目をすがめてジョンを見た。「わたしが部隊に関与していると、ベイリーは疑っているのか？」

ジョンは否定した。「まったく。ウォーバックスは疑ってるのか？」

レイモンドが力をこめて首を横に振り、手で顔をぬぐって乱暴に息を吐いた。「ここでやっているのは危険な駆け引きだぞ、ジョン」

「必要な駆け引きでもある」抑えた声で答える。「どこまで近づけた？」

「やつの右腕はマイロン・ファルクスだ。われわれが目星をつけていたとおり」と、レイモンド。「とはいえ、集団のほかの構成はつかめていない」

「じゃあ、単独ではなく集団なのか？」ジョンは探りを入れた。

レイモンドがまたかぶりを振る。「いまの段階では、なんとも言えない。何年もかけて取り入り、マイロンから絶対の信頼を得てなにもかも知らされた。ウォーバックスの正体以外は。マイロン自身も知らないんじゃないだろうか。知ってのとおり、フォード・グレースの警備担当者のなかから数人、ウォーターストーンとクレイモアのところからも少なくともひとりずつかかわりのある者を特定した。ところが、その線を追ってウォーバックスが誰かを突き止めるのは不可能なんだよ。あの男たちと一本の線でつながる者は誰もいないんだ」

るってわけか」

「それなのに、この取引に携わるブローカーの面接を任せるほど、やつはあんたを信用して

ジョンの言葉に、レイモンドはうなずいた。「知っていると思うが、三年前にもブローカーの管理を任されていたんだ。ウォーバックスがベイリーに狙いを定める以前にな。特定のブローカーと懇意にするそぶりは決して見せないようにしてきた。きみが扱った取引は毎回より多額の金銭的利益を生み、慎重に行われている。その業績が目にとまったことは何度もあったよ。きみも承知のとおり、ジェリック・アバスはこの分野のノウハウには欠けているが、第二の候補としてほとんど差がないところに名が挙がっている」

ジョンはうなずき返した。部隊の一員であるミカ・スローンがいまやジェリック・アバスとなっている事実を、レイモンドは知らない。作戦に参加している者にも関連情報を隠しておくジョーダンの決定を、ジョンはいつも支持するわけではないが、この件に関しては賛成していた。

レイモンドもこの作戦の一翼を担っていると知ったら、ベイリーは彼が部隊を裏切っていることを証明するために、時間の大半を費やしてしまうだろう。レイモンドは裏切ってはいない。失うものが多すぎるし、彼がウォーバックスに対して抱いている憎しみはベイリーのそれに匹敵するほどだった。

「とにかく、おれがこの仕事を手に入れられるようにしてくれ」立ちあがろうとしているレイモンドに告げた。「今度こそ確実にやつを捕まえようぜ、レイモンド。もう次のチャンス

はないかもしれない」

レイモンドが椅子を立って、鋭くうなずいた。「ベイリーとはかなり親しいようだな。この件が終わったら、彼女は傷つくことになるのか？」

誰も傷つかずにすむ方法などあるのか？　ジョンは思った。

「ベイリーのことは、おれが心配する」相手にはそう言った。「そっちは自分の行く末を心配してくれ」

「ベイリーはまだ、グレースがウォーバックスだと決めこんでいるのか？」

「フォード・グレースがこの件にかかわってる見こみは？」ジョンは尋ねて、食い入るように細めた目を相手に向けた。

レイモンドはぞんざいにため息をついた。「われわれが調べているほかの男たちと同じだけ、グレースがかかわっている可能性は高い。ウォーバックスはよく隠されているよ、ジョン。やつの身元をもらすまいと猛犬並みの守りを見せる男たちで、まわりを固めている。やつを捜しあてるには、この取引で情報の全面開示を求めるしかない。幸い、ジェリック・アバスも同じ要求をするつもりのようだ。慎重な取り扱いを要する売り物。この取引で動く巨額の金。危険要因。ウォーバックスは決断を下すとき、これらすべてを考慮に入れなければならない」

「おれも、ベイリーも、アバスも、ウォーバックスとの直接取引でなくては受け入れないと、マイロンにしっかりわからせるんだ」ドアに近づいていくレイモンドに告げた。「ここまできてゲームを台なしにしないようにしようぜ」

「そうだ」ジョンは身を乗り出した。ここ数日押しこめようとしてきた怒りが、煮えたぎって表に出てきた。「ベイリーを殺そうとしたのは誰だった？」

「わからん」レイモンドが渋面になって髪に手を突き入れた。いら立ちがしわになって顔に表れている。

ジョンは相手の顔にはっきりと懸念の色が浮かぶのを見た。一瞬、相手の目にもベイリーの身を心から案ずる表情がよぎった。ベイリーはレイモンドから見下されていて、だから毛嫌いされていると思っている。

ベイリーを含め他人からそうした印象を持たれるよう、レイモンドは励んできた。しかし実際は、ベイリーに対してかなり好意を抱いている。ベイリーを本当によく知る者はたいてい、彼女を好きになる。

「襲撃について、ウォーバックスはひどく腹を立てていた」レイモンドが続けた。「驚いたよ、話をしたとき、やつの声には不安がこもっている気がした。ファルクスを通さず直接わたしに電話をしてきたのは初めてだった」まなざしに思案の色を浮かべている。「ジョン、わたしはもう何度か、その声の持ち主が誰かわかりそうな気がしているんだ」

ウォーバックスが誰であれ、この閉ざされた社会の一員であると当初からわかっていた。レイモンドは裏切り者の正体を探りあてるため、何年もかけてこの社会に潜入し、信頼を得られる立場に身を据えようとしてきた。

「それでも、特定はできないのか？」ジョンは尋ねた。

首を振るレイモンド。「誰なのかはっきりさせたくて頭がおかしくなりそうだが、そこまでだ。やつはベイリーの安全を確保させるためにファルクスをこき使い、これまでどおり右腕としても働かせている。ファルクスはつぶれる寸前だと思うね。あまりにも長いあいだ、たくさんの主人を喜ばせようとしすぎたんだろう」

「そいつは大変だろうな」ジョンはため息をついた。

「ファルクスは恐れているんだよ、ジョン」レイモンドが考え深げに言った。「ウォーバックスはファルクスをウォーターストーンのそばに置き、わたしをフォードのそばにつけている。ほかにも数人の男たちを他家の警備担当の任に就けているんだ。自分から疑いをそらすために。しかしそうすることで、ここ何年かのうちに、ウォーバックスに使われている男たちのなかに緊張が見え始めている。彼らは手を引くことはできない。やつに殺されるからね。しくじれば死ぬ。彼らは短剣と手榴弾のあいだに挟まれていて、自分でもそれをよくわかっているんだ」

「おもしろいたとえだ」ジョンはうめいた。「でも、的を射てる。手下どもは孤立させられてるんだろ」

「そのとおり」レイモンドが首を縦に振り、暖炉の上にある時計に目をやった。「そろそろ切りあげたほうがいい。もうすぐファルクスが到着するころだ。あの男が着いたら、ただちに応対しなければならない」

もちろん、マイロン・ファルクスはできるだけ早く報告を受けたがるだろう。考えつつジョンは立ちあがり、ドアを目指した。

「なにかわかったら、すぐに教えてくれ」きっぱりと命じる。「状況はつねにつかんでおきたい」

レイモンドはうなずいて両開きのドアに歩み寄り、大げさな身ぶりで開けた。ドアノブにふれた瞬間、尊大な仮面が戻っていた。傲岸に表情を力ませて自意識過剰な顔になり、ジョンを上から見おろしている。

「きみと親しく話せてよかった、ミスター・ヴィンセント」堅苦しい口調で述べる。「われらの大事なベイリーがこれからも有能な手によって守られると納得できたよ。喜ばしいことだ」

ふたりが握手を交わす廊下には、数組の男女の姿があった。ジョンは恋人を捜して歩きだした。廊下に立っている者のなかに、部隊の容疑者リストに載っている男が少なくともふたりいた。ロナルド・クレイモアとサミュエル・ウォーターストーン。どちらも、これから売りに出されようとしている兵器を手に入れるのに必要な人脈も、経歴も、能力も有している。ジョンはふたりのそばを通り過ぎながら軽く会釈をした。背後では招待客たちがレイモンドのまわりに集まり、親しげな口調であいさつをしていた。

レイモンドは十年前に作戦でメアリー・アルトマンと接して以来、この社会に巧みに溶けこんでいた。当時、未亡人だったメアリーは成熟した美しさで男性の目を引いていたが、兄が差し向ける相手は徹底して避け、危険な男に心惹かれる胸のうちを公言していた。身近な男性よりも、暗い道を歩んでいる男たちに興味を示した。そこへレイモンドが差し向けられ、一年後には、ふたりは結婚していた。

この夫婦のあいだにある純粋な愛情を、ジョンが見逃しているわけではない。ちゃんと気づいていた。レイモンドには、メアリーの心をつかまえて離さないエージェントの才能があったのだ。

当時でさえ、レイモンドは単なるCIAエージェントではなかった。極秘の内部調査グループに属する選び抜かれたエージェントとして、ウォーバックスとCIAのあいだの関連を探っていた。ベイリーは即座に疑われた。しかし疑惑はすぐに晴れ、のちにその疑惑が部隊の役に立った。ベイリーがオリオンから手を引くのを拒んだのは、まさに好都合だった。それが原因で彼女はCIAから放逐され、やはり彼女はウォーバックスに手を貸しているか、共謀しているのではないかとの新たな疑いがCIA内で生まれた。

ベイリーはジョンたちにとって、この苦境における最高の一手だ。ある意味、ウォーバックスにとってもそうなのだろう。この件にかかわる男たち全員との密接な交友関係。人脈。それを思えば、ベイリーがフォード・グレース以外の人間を疑うとは考えにくい。

舞踏室の開け放たれた両開きのドアに近づいていくと、部屋の奥にいるベイリーの姿が見えた。カイラとイアンのリチャーズ夫妻と、なにやら夢中で話している。

「やあ、ミスター・ヴィンセント。ここにいたのかい。どうやら、きみとベイリーはわれわれのささやかな社交界に、ちょっとした刺激を持ちこんでくれたようだね」

殺人未遂を刺激と呼べればな。ジョンは胸のうちでつぶやいた。

振り返って、サミュエル・ウォーターストーンとロナルド・クレイモアに向き合った。クレイモアはむっつりとした顔でベイリーを見つめている。それからジョンに向き直り、気に食わんといった目つきでにらみつけてきた。

「それはまた、どうしてですか、ミスター・ウォーターストーン?」興味を引かれた顔で尋ねた。

サミュエルが意味ありげなウインクを送って寄こした。「われらの大事な女相続人の心を盗み出しておいて、取り調べもなしにすむと思ったのかい? 徹底した取り調べだよ、念のため言っておくと。しかも、ベイリーが命を狙われただって? 用心したまえよ、きみ、ベイリーを失ったら、わたしたちも黙っていないぞ」

ジョンは眉をあげてみせた。「おれも黙っていません」

「生意気な若造だ」ロナルドが憤りを含んだ口調で友人に感想を述べた。「だいたい、ベイリーがわれわれの考えなどに耳を貸すわけがないだろうが」

ジョンはまた眉をあげて問いかけた。「耳を貸すべきですか?」

「きみは、ちょっといかんな、ヴィンセント」サミュエルが言い出した。「受け入れがたいとまでは言わん。だが、もう少し洗練されたほうがいいのではないかね。わかるかい。この社交界の人間が、なんであれ犯罪のにおいがする者に心を奪われるなどあってはならんのだよ、わかるね。つねに大事になってくるのが〝思慮深さ〟という言葉だ。それを備えて初めて、きみは責任を負ったものを守れるのかと問われる」

「思慮深さ？」ジョンは聞き返した。「あなたと、ここにいらっしゃる人のいいロナルドさんが去年の取引で不祥事を起こしたときのように思慮深くする、ということですか？」

ロナルド・クレイモアは険しい顔でにらみつけてきたが、サミュエル・ウォーターストーンは誇らしげに相好を崩した。「おお、あれよりはもう少し思慮深くしたまえ。とはいえ公平に言うなら、われわれはあの件を大変首尾よく切り抜けたのだよ」

アメリカ政府は国家機密を中国に売り渡す取引に関与した罪で、このふたりを告発する寸前までこぎつけていた。が、証拠がそろわず告訴は断念され、ふたりの会社はいまだに政府からの受注で潤い続けている。単に、このふたりの力が強大すぎて司法の力が及ばないためだ。複数の上院議員、さらには大統領その人に加えられた圧力は極めて強かった。

「同じくらい思慮深く行動するようにします」ジョンは淡々と答えた。「ですが、なぜこちらの商売上の取引が、同じようにくわしい取り調べを受けるのかわかりませんね」

彼のカバーは終始一貫している。ジョンは、アメリカと他国の勢力のあいだのさまざまな商売上の国際取引を支える交渉人だ。その仕事の清らかでない側面は、つねに用心深く否定するようにしていた。真相を知っている者たちに対してもだ。

その受け答えを聞いて、サミュエルがにやりとした。「言い分は変えない気だな？　人づてに聞いたところでは、きみは公に認めているよりも、やや過激な人物だという話だ。単なる国際取引の交渉を請け負っているだけではないとか。きみのような男とぜひ仕事がしたい。そのうちビジネスの話をしようじゃないか」

「そうですか?」ジョンは穏やかに返した。「どういったビジネスの話でしょう?」

サミュエルが人目をはばかるように、あたりを見まわした。

「人のいる場で話すべきでないビジネスだ」ロナルドが険悪な顔をしかめて、うなるように言った。「サミュエルとわたしは、ちょっとしたならず者を必要とするビジネスの取引をいくつか抱えている、と言っておこう。きみがそうしたならず者になれることは承知だ」

ジョンは実際に商売上の取引の可能性を見極めているかのように、ふたりを見返した。この週末の催しは、ウォーバックスが検討中の買い手たちを品定めするために計画された。どうやら競争の主役に躍り出たらしい、ジョンとアバスも招かれた。接触してくる者がいるとは予想していたが、このふたりが〈クロスファイアー〉の取引に関する情報を引き渡してくれるとは思えなかった。

「ご都合のいいときに、ビジネスの話ができれば幸いです」そつなく答えた。「日程についてはアシスタントにご連絡ください」

それを聞いてサミュエルの眉がさがった。「この件に別の人間を引きこむのは感心せん」と、異を唱える。「こんな話はわれわれ男だけで内々に進められるだろう。あんな女性を巻きこんでどうする。なんやかやと、みなまで聞こうとしおって」

つまり、このふたりはいつの間にかテイヤに連絡を取っていたようだ。

「それがアシスタントの仕事ですから」なだめてみた。

「きみのビジネスの方向性を考えれば危険ではないかね」サミュエルが小声でほのめかした。

「きみにとっても、アシスタントの女性にとっても。ベイリーにとっても、そうかもしれん」

薄っぺらな覆いに隠された警告を耳にして、ジョンはふたりに冷ややかな笑みを向けた。

「あなたの影響と力はおれの世界には通用しませんよ、サミュエル」あくまでも穏やかに、不気味なほど静かな口調を保った。「おれや、アシスタントや、おれの恋人を脅すなんて間違いを犯す前に、それを思い出したほうがいい。あなたにとって致命的な間違いになりかねない」

ふたりに背を向けて、ふたたびベイリーの姿を見つけ、そばに行くため舞踏室を横切った。怒りに任せて歩いたりはしなかった。このすてきなホームパーティーを乱闘の場に変える寸前の心境であることなど、まったく表に出さなかった。

ジョンにもウォーバックスと同じように評判がある。相手がどんな依頼主だろうと、なめたまねはさせない。脅しは受けない。こうした評判だ。これまでウォーバックスはみずからの危険さを証明してきた。だが、そのウォーバックスより何倍も危険な男たちを、ジョンはにらみ倒してきた。正面からにらみ合おうとするより、背後から撃ってくるような男たちだ。それでも、ジョンは生き延びてきた。

ウォーバックスはエゴで動くような人間を信頼しないし、そんな人間と取引はしない。挑戦を好む。見下している者たちに、自分のほうが優れていると力ずくで思い知らせる過程を楽しんでいるのだ。

ジョンが自分より優れていると考えているのは神だけ、というのはかなり知られた話だった。つつましい男ではないし、そういう男のふりをする気もなかった。

「ジョン、いまあなたのために捜索隊を出そうとしていたのよ」ベイリーのうしろから近づいた彼に、カイラが笑いかけた。「レイモンドは気に入ったゲストを何時間も自分の図書室に拘束するので有名だもの」

ジョンはベイリーのそばに立ち、彼女のウエストに腕をまわしてぴったり引き寄せた。

「レイモンドは昔の冒険を語ってくれるのが好きなんだ」気楽な笑みを浮かべて言った。

「おれも楽しんで聞く」

「レイモンドは、それはスリルのある人生を送ってきたのですもの」メアリー・グリアがうれしそうにため息をもらした。「そんな日々を、わたしのためにあきらめてくれたのよ」夫をどこまでも誇りに思っていることが、一目でわかる。

「少なくとも、あなたの旦那様は株のもうけやドル相場の下落以外の話をしてくださるのね」ジャニスが退屈そうに語尾を伸ばして口を挟んだ。「わたしが夫から延々と聞かされるのは、そんな話ばかり」

一同が笑い声をあげるなか、ジョンは屈んでベイリーの耳にささやきかけた。

「そろそろ一緒に部屋にさがるか?」いちおう尋ねはしたが、ベイリーがそうしたくてたまらないのは百も承知していた。

「わたしたちのベイリーを、こんなに早くさらっていってしまうつもりではないでしょうね、ミスター・ヴィンセント?」メアリーがベイリーを見る顔には、たっぷり親しみのこもった微笑みが浮かんでいる。「ベイリーとたくさん一緒に過ごせる機会は本当に少ないのですもの」

「すみません、ミセス・グリア」最大限の真心が伝わるよう願い、ジョンはわびた。「ここ一週間ベイリーはよく眠れていないので、昼寝をしたほうがいいんじゃないかと思ったんです」

「まあ大変、そうして」笑顔を一瞬で心配そうな顔にして、メアリーは身を寄せてベイリーの体に両腕をまわした。「部屋に行って休んでらっしゃい、ベイリー。今夜のパーティーで会いましょうね」

ベイリーはおとなしくメアリーに抱かれて抱擁を返し、ジョンにたしなめる視線を送った。こんなに優しい女性にうそをつくなんて、ほめられたことではないわ。そう思いつつ、ふっと楽しくなった。トレントなら、そんなうそもお手のものだ。口がうまくて、うそっぽさを感じさせない。それに、まったく反省しない。

ジョンに手を取られ、舞踏室の出口にエスコートされていった。室内にはビュッフェ料理が並んでいる。ジョンがレイモンドと一室に閉じこめられているあいだ、ベイリーが食事などできるわけがなかった。

ミーティングから締め出されることに、いいかげんうんざりしてきた。ジョンは彼女が眠っているあいだに抜け出して部隊のミーティングに参加し、レイモンドは彼女に部屋から出ていけと慇懃無礼に命じた。まるでベイリーが自分の身を守る頭もない、取るに足りない女であるかのように。

「あなたにはちょっと頭にきてるのよ」階段を上りながら、ささやきかけた。

「びびったほうがいいか？」彼のふざけた口調も気に入らなかった。

「怖がったほうがいいわ」ベイリーは言った。「震えあがったほうがいいわよ」ジョンは彼女の耳のすぐ近くに顔を寄せた。「ブリーフのなかで、すっかり震えあがってる」

彼女の背のくぼみにあてた指を優しく動かし、踊り場に着くと同時に、ジョンは彼女の耳のすぐ近くに顔を寄せた。

ふざけないで、ブリーフなんてはいていないくせに。そんなことは本人もベイリーもよくわかっている。いまはいているジーンズの下は、のびのびとなにも身につけていないはずだ。

「そうして当然よ」そっけなく答えて、ふたりの寝室のドアの前まで来た。

ジョンに鍵を手渡し、ドアが開くのを待つ。それから微笑んで身を引き、彼を先に室内に通した。

ジョンが笑いつつ向けてきたまなざしはいかがわしくて、セクシーで、彼女への熱い想いがあふれていた。

この一週間で、ベイリーはジョンが信じられないくらいセクシーになれると学んでいた。想像を超えるほどだ。こんなに独創的なまねができるなんて、と絶えず驚かされていた。そうしながら、彼女を熱く高ぶらせる力に目を見張っていた。

ジョンとふたりきりになりたいという欲求が突然、熱病のように全身をほてらせた。部屋に入って室内の安全を確認したら、望みのものを手に入れる気になっていた。ジョンのすべてを、この体のうちと外で手に入れたい。両脚のあいだを深々と彼に満たされたら、まわりの世界などすぐさま消えていく。

あと数秒の我慢よ。ベイリーは思った。あとほんの少しで、駆け引きからも、うそからも、間もなく向き合わなければならないとわかっている現実からも逃げられる。

12

寝室に足を踏み入れたとたん、ベイリーは立ち止まって訪問者を見つめた。ジョンはうしろでドアに鍵をかけている。

テイヤは現在、ジェリック・アバスの元愛人でありパートナーのカタリナ・ラモントになりすましていた。以前の赤みがかったブロンドが濃い色合いの見事なブラウンに染められ、より豊かで長くなり、背のなかばほどまで垂れている。目は濃いチョコレート色。眉は前よりくっきりとして、頬骨は高く鋭くなり、唇はわずかにふくらみを増していた。

体にぴったりと添う、かろうじて太腿に届く丈のブロンズ色のシルクドレスを着て、同系色のハイヒールをはいた姿は、カタリナとテイヤがどちらもそうであるように、男を誘う危険な女そのものだ。

「部屋は掃除ずみよ」テイヤが手に持った小型の盗聴器探知装置を振ってみせた。もういっぽうの手を腰にあて、眉をあげてふたりを見ている。「少なくともひとつくらい盗聴器が仕掛けられてると思ったのに。まったく、どうなってるのかしらね。盗み聞きもしないで、どうやってあなたたちふたりの企みを見抜くつもりかしら?」

「長い目で見ましょう」ベイリーは鼻で笑ってハイヒールを脱ぎ、こぢんまりといくつか椅子が並べられている一角に向かった。そこには作動させたホワイトノイズ発生装置が置いてある。その小さな黒いボックスからは低レベルの雑音が放出されており、たいがいの盗聴器の機能を妨げる。

「長い目で見て、怠け癖をつけさせるの？」テイヤが怒ったふりで咳払いをし、ベイリーが腰かけたふたりがけソファの向かいの椅子に座った。「ジョンは怠けないわよね」

「ああ。でも、ジョンはいら立ってるよ」彼が返した。

ベイリーはジョンを見あげた。確かに、目にいら立ちを浮かべている。

「サミュエルとロナルドが原因？」尋ねかけた。

ジョンはすばやく力をこめてうなずき、彼らとの会話をベイリーとテイヤに伝えた。

ベイリーは話をしているジョンの顔を見つめながら考えていた。ウォーバックスが、そんなふうに露骨にジョンに近づくだろうか。

「そのふたりはジェリックにも同じように声をかけてきたのよ」ジョンの話を聞き終わってから、テイヤが明かした。「仕事にまず誰が飛びつくか探っているのかもしれないわね」

ベイリーは相手の考えを退けた。「もう試しているとは思えないわ。わたしがこれから選んだ人を伝えるんだもの。だけど、ウォーバックスのいつものやりかたでもあるのよね。ブローカー候補にほかの仕事を持ちかけるの。特にまだあまり取引したことのない相手をそうやって試して、信頼に足るかどうか、仕掛けられた罠を回避する能力があるか確かめるのよ」

「おれたちはここでそんなゲームをしてるんじゃないぞ」ジョンが言い、ベイリーが見守るなかジャケットを脱いでソファの背にかけた。「ジェリックは必要だと思えば、そんな駆け引きにも参加しておけばいい。最後には、ウォーバックスもベイリーの人選を受け入れるはずだ」

ベイリーはジョンを見つめた。彼の表情には自信が満ち、不安はまったく浮かんでいない。

「どうして確信が持てるの？」問いかけた。「ウォーバックスは集めたブローカーを必ず試すのよ。駆け引きに参加しなければ、仕事を獲得するための競争からはじき出される」

ジョンはかぶりを振った。「おれにはきみがついてる。さっき言ってたとおり、人選を伝えるのはこれからだが、ここにいる全員、きみが恋人をブローカーに選ぶとわかってる」

「もうすぐレイモンドかマイロンが動いてきそうね」ベイリーは考えながら言った。「わたしが誰を選ぼうと、なんらかの方法で忠誠を試そうとするはずだわ」

「別の問題もあるの」テイヤが身を乗り出してベイリーを見据えた。「アルベルト・ロドリケスを覚えてる？」

ベイリーは驚いて相手を見返した。「アルベルトはコロンビアの名が知れた麻薬密売人でしょ。異常に思いこみが激しい、精神病質者よ。三年ほど前にコロンビア警察にとらえられて収監されたはずだけど」

「それがね、脱獄したらしいの」と、テイヤ。「アスペンであなたを捜しているわ。どうにかしてあなたの身元を突き止めて、兄弟の死をあなたに償わせると決めたみたい」

ジョンがベイリーを守ろうとでもするように身を屈めた。彼女はそれに気づきつつ、テイヤを見つめた。

「アルベルトがわたしの身元をつかめたはずがないわ」静かに口を開いた。「関係者の誰も、当局の人間ですら知らなかった。あの男の兄弟のカルロスは血に飢えたけだもので、死んで当然だった。二カ月のうちに若い愛人をふたり殺して、三人目も手にかけようとしていた。その直前に、カルロスが愛人を連れこんでいたジャングルの小屋へ、わたしたちが踏みこんだの。あの男はわれわれに武器を向けたために死んだのよ」

「アルベルトは、あなたが殺したと思ってる」テイヤが肩をすくめた。

「そいつはどこで目撃された？」ジョンの口調は鋭くなっていた。

「昨夜は街で。〈カサマラス〉っていうおしゃれなレストランでベイリーの写真を見せてまわって、居場所を尋ねていたそうよ」

ベイリーはうなずいた。「わたしがよく行くレストランだから、居場所は簡単に突き止められるでしょうね」

「支援部隊からふたり送って捜したんだけど、夜明けごろに姿を消してしまったの」テイヤが告げる。「もっとなにかわかったら、すぐに報告するわ。念のため衛星電話を手放さないで、ずっと電源を入れておいて」

「アルベルトのせいで、この計画に支障が起きかねないわ」ベイリーはソファにもたれてジョンを振り返り、警戒を含んだため息をついた。「あの男は本物の殺人鬼よ。兄弟と違って怒りにわれを忘れたりはしない。冷えきって凝り固まった決意だけに従っているの。わたしたちは一年以上あの男を追い続けて、ようやくコロンビアで身柄を拘束した。あの男のあとを追うのは簡単じゃないわ。特にこの山のなかではね。ただ、アルベルトに関してひとつ好都合なのは、あの男は殺すと決めたら遠くからは狙わないの。正面切って、やろうとするのよ」

「そいつは、いいやつだ」ジョンが険悪な声で毒づいてから、テイヤに顔を向けた。「その男を捕まえろ、いますぐ。こんな問題に時間を割いてる余裕はない」

「アルベルトはコロンビアの刑務所から抜け出すために、ちょっとした手助けを得ていたようなの」テイヤがジョンに告げた。「ここアスペンにも、どうやら協力者がいる」

「ウォーバックス？」ベイリーは訊いた。「いったい、なんの目的で？」

「また新たなテストでないかぎり」テイヤは肩をすくめている。「いまの時点ではわからないわ。でも、新しい情報を収集中なの。あと、イエーコっていうバイヤーもアスペンに入ったわ。彼はオークションの直前に現場に送りこまれて、競売が始まる前に売り物の真贋を確かめるってうわさよ」

イエーコ。ベイリーは疑わしげに目を細め、じっと考えこんだ。「イエーコはこんな取引にかかわるだけの人脈も財力も持っていないはずよ。後援者もほとんどいない、下っ端のバイヤーだわ。おもに買いつけているのは、反政府集団が使う銃や手榴弾や弾薬」

「三年ほど前から手を広げだしたの」テイヤがジョンに目をやりつつ答えた。「脱獄するまで数カ月入っていたロシアの刑務所で、何人かハイレベルな友だちを作ったとうわさされてるわ」

「やつは四年前にアメリカ人の妻に殺されたってうわさもあるな」ジョンがゆっくりと口を挟んだ。

「うわさでしょ」テイヤは手を振ってジョンの発言を退けている。「その後もイェーコは間違いなく目撃されてるもの。それに、誰も遺体袋には入れられてない」

ジェリック・アバスやトラヴィス・ケインが――ケインはジョン・ヴィンセントに雇われているボディーガード兼運転手だ――目撃されているように。

トラヴィス・ケインは、元は世界を飛びまわるけちな殺し屋だった。彼を告発するに足る証拠は誰にも集められなかった。約七年前、ケインが不相応な標的を狙って仕事にしくじったとのうわさが広まった。標的は麻薬シンジケートのボス、ディエゴ・フェンテス。ディエゴはみずから放った殺し屋にケインを追わせ、その殺し屋は依頼達成の証拠を持ち帰ったという話だった。ケインの首を。

それから数週間たって、今度はフェンテスの殺し屋が始末され、突如として健在な姿でケインが舞い戻った。

ベイリーの頭で疑いがどくどくと音をたてて高まりだし、イェーコとの再会がにわかに楽しみになってきた。ジョンもテイヤも、ふたりが属する小さな諜報部隊も、かつてイェーコがロシアにおけるベイリーの情報提供者であったことなど知るはずがない。

ジョンはいったい、どんなとんでもない部隊に加わっているのだろう？　ベイリーはじっと相手を見据えた。彼はテイヤと、迫りつつある競売にかかわるさまざまな人物について話しこんでいる。一世一代の売り物を競り落とすため金をかき集めているテロ組織、その指導者たち、そしてテロ国家にまつわる話だ。

「全員を配置に就かせたか？」長く感じる数分の時間が流れたのち、立ちあがったテイヤにジョンが尋ねていた。

「準備は万端よ」テイヤがうなずく。「ジェリックは電話待ちでそわそわして歩きまわってばかり……」

「ジェリックは歩きまわったりしないわ」ベイリーはテイヤを見あげ、静かに言った。ジョンが固まるのが見えた。いきなり不穏なほど警戒心をあらわにしている。

「本当に？」テイヤがブラウンの目を細めて見おろした。「確かなの？」

「ジェリック・アバスは歩きまわったりしないし、カタリナ・ラモントはとてつもなく嫉妬深い一面がある。ふたりともここでささやかなゲームに参加するときは、そのことに気をつけてちょうだい。信じて、興味がある人間はみんな、そういうところもしっかり見ているから」

「カタリナとジェリックは、もうそんな仲じゃないのよ」テイヤが微笑んで言う。

「カタリナとジェリックは、これまでにもそんな仲じゃなくなったことが何度かあったわ」ベイリーは肩をすくめて返した。「それなのに、ジェリックから耳元にささやきかけられた女性の耳たぶをカタリナが切り取ったこともあった。カタリナは死なないかぎりジェリックを離さないと誓っていて、まだ彼に殺されていない。つまり、ふたりはまだそんな仲なのよ」椅子から立ってジョン、それにテイヤを見つめた。「ジェリックと結婚したばかりの奥さんは、彼の新しい愛人についてどう思っているのかしら？」

背を向けてシャワー室に行こうとしたベイリーの腕を、ジョンがつかんで引きとめた。

「どういう意味だ？」険悪なうなり声で警告している。

ベイリーはなにもわからないふりで目を見開いてみせた。「なあに、わたしの情報が間違ってた？　ジェリックは結婚していなかったかしら？　ごめんなさい」ジョンの手を振り払う。「シャワーを浴びるから失礼するわ。こんな駆け引きのせいで、なんだか急に汚れた気がしてきたの」

ジョンはベイリーが寝室をすばやく横切りシャワー室に入っていくのを見送ってから、振り返ってテイヤと見つめ合った。

テイヤがため息をついた。「リサがミカを信頼してて、わたしを好きでいてくれてよかったわよね？　そうじゃなかったら、この任務で面倒なことになってたはずだもの」

ジョンは疲れを感じ、髪をかきあげた。「ベイリーはジェリックの正体を知ってる。こっちが知ってほしくない、ほかの情報もつなぎ合わせてるに決まってるよ」

テイヤが肩をすくめた。「ベイリーは知ってると思ってるのよ、ジョン。証拠か、確証してくれる人がなければ、ベイリーは知らないままなの」そこで警告するような視線を送ってくる。「くれぐれも、あなたが証拠を渡す人にならないようにね」

ジョンはかぶりを振り、自嘲する笑みを浮かべた。「ジョーダンは、こんなのもコントロールできると思ってるんだろ?」

テイヤはあきれた顔で目をまわしていた。「ジョーダンは、なんでもかんでもコントロールできると思ってるの。実際できるかどうかは別の問題よ」部屋を見渡した彼女はまじめな顔になり、ふっと疲れた表情をのぞかせた。「もう戻ったほうがいいわね。少なくとも、ジエリックの愛人であるふりをしなきゃ。女と一緒に働くとなったら、あの男がどれだけ難しいやつになるか知ってる? 奥さんと結婚してるっていうより、奥さんに取りつかれてるのかと思うとこよ」

「奥さんへの愛に取りつかれてるんじゃないか?」ジョンはつぶやいた。「このふたつは違う」

「どっちにしろ、一緒に働きづらいやつなの」肩をすくめている。「アルベルトについてなにかわかったら、すぐに報告するわ。あなたはベイリーから目を離さないでね」

「ベイリーは任せろ」答えて、寝室のドアの前へ向かった。「おれたちの部屋に来る、もっともな口実は用意してるのか?」

かすかな笑みが相手の唇に浮かんだ。「ここへ出向いて競争から手を引くようあなたと交渉してこいって、ジエリックがわたしにほとんど命令口調で言うのを数人が耳にしてるわ。単なる商売上の取引よ」

ジョンはうなずいてドアを開けた。廊下を撮影しているカメラが、この部屋から出ていくテイヤの姿をとらえるのは間違いない。

ベイリーはうそだらけの状況にうんざりなのだ。彼女の表情を見ればわかった。日々、彼女のなかで高まっていく緊張を感じ取っていた。ベイリーはなにも疑っていない。それどころか、確信している……。

指で髪をかきあげ、ジョンはドアの前に立ってすぐさまノブをまわし、湯気の立ちこめるバスルームに入ってドアを閉めた。

シャワー室のガラスドアの向こうにベイリーの姿が見えた。タイルの壁に頭を押しあて、肩を丸めている。彼女にのしかかっているのは怒りと、知ってしまった事実と、苦悩だ。

そのせいでベイリーは壊れそうになっている。こんなふうに傷ついているベイリーを見て、彼も壊れそうになっている。鋭いつめを食いこませる獣のように、もうすぐ終わりが来るという事実がふたりの心を引き裂いていた。

服を脱いでシャワー室の前へ行き、スライドドアを開いた。ベイリーがはっと顔をあげた。彼女の目には裏切られた気持ちと、不安と、人生のうちでたったひとつでいいから変わらないものが、偽物でないものがあることを確かめたいという思いが浮かんでいた。

「こっちだ」顔をそむけようとするベイリーを、腕のなかに引き寄せた。「来てくれ、ベイビー。抱かせてくれ」

固く抱き寄せると、むせび泣くベイリーの震えが伝わってきた。彼女がめったに見せない、慰めてほしい、守ってほしいと願う女らしさが伝わってきた。

いつものベイリーはなんでも自分ひとりで解決しようとする。誰かに悩みを打ち明けたり、寄りかかったりするのには慣れていない。この瞬間は、ジョンが彼女から寄りかかられることを必要としていた。なにかからベイリーを守りたくて仕方がなかった。ベイリーのために退治するドラゴンが必要だった。なぜなら、どうやってもジョンにはふたりがいる状況や、生きるのを強いられているうそまみれの人生を払いのけることなどできないからだ。

ベイリーの頭のうしろを支えて抱えこみ、その頭越しにひたすら前をにらみつけた。ベイリーがこんなにも傷つかなければならなかったことに、怒りがこみあげた。

彼女の額、それから目のはしにもキスをした。

ベイリーが頭を振る。「うそなんて大嫌いよ、ジョン」

ジョンを見あげる彼女の体のはしばしに、怒りがみなぎっていた。「あなたにうそをつかれてるのはわかってる。ジェリックがうその塊だってことも。トラヴィス・ケインだって同じよ。わかってるの。それなのに、黙って見ているしかない。それがいやでたまらないわ」

ベイリーもうそのつきかたを心得ている。仕事の上で相手を欺く方法は知り尽くしている。けれども、ジョンが彼女について知っていることがあるとすれば、仕事から離れたベイリーが正直者そのものだということだった。

ジョンもベイリーも、この状況にひどく苦しめられていた。

「いろいろな理由で、つかざるを得ないうそがあるだろ」彼は言った。「だからといって、現実がおれたちの望むようなものであるわけじゃない」

ベイリーに真実は明かせなかった。本当はどんなに明かしたいと思っているか。言いたくてたまらない。しかしいまは、ベイリーを苦しませるうそよりも、真実のほうが彼女にとって危険だ。

「しまいには、きっとあなたを嫌いになるわ」ベイリーが怒りをこめてささやいた。

「おれは死ぬまできみを夢に見るよ」ジョンはため息をつき、屈んで唇を重ねた。

硬くなった彼自身がベイリーの腹部に押しあてられたが、今回は欲望をコントロールできた。ベイリーを愛したいと思うのと同じくらい、慰めたいと思っていた。

「わたしがあなたの夢を見るのをやめられたと思う？」ベイリーが彼の腕のなかでくたりとなると同時に、かぼそい泣き声を出した。

ジョンは両手をベイリーの背に滑らせ、抱き寄せていた。ベイリーも両手で彼の背を撫で、薄い小さなつめでゆっくりと肌をなぞり、官能を呼び覚ました。

ベイリーのなかからわきあがってくる熱い欲求を感じられるようになった。ちくりと刺す彼女のつめの先に、胸板をなめる彼女の熱い舌に、欲求が表れていた。

ああそうだ、これでいい。片方の手でベイリーの後頭部を包み、ジョンは顔をあげて、降ってくる湯を受けてまばたきした。

「あなたがほしい」肌にじかにささやきかける彼女の声が、ジョンの理性を突き抜けた。

「あなたのすべてがほしいの、ジョン。全部よ。いまこのときだけでいいから」

いまこのときだけ。ベイリーはジョンが彼女に与えまいと誓ったものをほしがっている。与えてはならないとわかっているもの――それでも、与えてしまうとわかっていた。

なによりも、ベイリーにそうしてくれと頼まれたからだ。ベイリーがそれを求めているから。ベイリーがはたから見ても心を打ち砕かれそうになって、いまいる世界にのみこまれそうになっているからだった。

「おれはきみのものだよ、ラブ」ジョンは低い声のまま生まれ育ったオーストラリアの訛りを抑えようともせず告げ、ベイリーに自分のすべてを差し出した。

はっと顔をあげたベイリーに見入った。彼女の目に涙がたまり、なにか言おうとして開いた唇が震えた。

なにか言わせるわけにはいかなかった。ベイリーによってすでに打ち砕かれている魂を、さらに崩されるわけにはいかない。顔をさげ、キスで言葉を奪い、瞬時に燃えさかる情熱の炎をかき立てた。

ベイリーが両手で彼の髪を握って引き寄せようとする。ジョンは丸みのある彼女の尻を包み、抱えあげた。

腰に彼女の両脚が巻きついて背で足首を交差させる。ジョンはベイリーを壁にもたれさせ、この上なく美しい、切望に染まった表情に見とれた。

「忘れてやしないんだ、ラブ」静かなすすり泣きをもらしたベイリーに、ささやきかけた。「ふれたことも、キスしたことも、全部覚えてる。おれの魂を救ってくれる夢みたいに、きみを想ってる」

ベイリーが壁に頭を投げ出し、ヒップを浮かしてジョンの体に押しあてた。なめらかなひだがペニスの頂を撫でた。

鮮烈な感覚だった。そそり立つ先端に、無数の針から快感が送りこまれるような。この上なくやわらかなひだが彼のために開き、そこに入ろうとする彼を熱く包んだ。

ペニスの先端を心地よくのみこまれて、快感のあまり息ができなくなりそうだった。こんなふうにベイリーとともにいて、彼女を抱いて、受け入れようとしてくれていると感じる。その感覚が、野火のように理性を焼き払った。

「つかまってろよ、ベイブ」熱情と、二度と使わないと誓った訛りが声に色濃く出た。

ベイリーにすべてを必要とされている。すべてを捧げるつもりだ。

ベイリーのなかに押し進み、彼女の目を見つめたまま、こわばった自身を奥へとうずめた。閉じかけたまぶたの下から強い輝きを放つエメラルド色の瞳。その上のまつげをしずくが飾っていた。

「このことは二度と話さない」ジョンは荒く言い切った。また彼女の目にあふれた涙を見て、胸が裂けそうになっても言い終えた。「今夜だけだ、ベイリー。今夜だけは、おれたちはいまどこにいて、誰でいなければいけないか忘れる。今夜だけ」

「今夜だけね」ベイリーが涙に詰まる声で答えた。「今夜だけ」

彼女の尻をつかんだ手に力をこめて自分の体に寄せあげ、シャワー室の床にしっかりと立ち、ふたたび彼女の体をおろしていった。ビロードに似た女性の内側の燃えるような熱さに少しずつのみこまれていくと、激しい感覚に胸を突かれた。

ベイリーが彼の心にかぎつきのロープを引っかけ、いままでとは違ったやりかたで彼を永遠に縛りつけているかのようだ。

ひとりの女が、どうしてこんな壊滅的な影響を男に及ぼせるんだ？　ひとりの女が、どうしてここまで男の魂を占領できるんだ？　彼女を失わなければならない日が来るかもしれないと、彼にはしっかりわかっているのに。

ベイリーのために、ジョンはすべてを危険にさらしていた。ベイリーにこの一夜を捧げるために。いい結果をもたらすよりも、いずれもっと心が傷つく原因になりかねない、ほんのいっときの慰めを与えるために。

それでも、ベイリーに抗えなかった。彼女の欲求にも、切望にも、ささやかれた哀願にも抗うことができなかった。

ベイリーは知っていた。心で、女としての魂で、ジョンが誰か、何者か、彼女にとってなんであるか、最初から知っていたのだ。もはやそれを否定できなかった。股間につめを立てている欲望を否定しようがないのと同じく。

腰に力をこめ、ベイリーを深々と貫いた。彼を包みこみ、締めつけるベイリーの唇から音にならない悲鳴がもれた。

「こうする夢を見ていたわ」ジョンの首筋に唇を押しあて、彼女がすすり泣きに乗せてささやいた。「あなたがわたしにふれて、もう一度抱いてくれる夢を見たの。愛してくれた。わたしを愛して、トレント。もう一度だけ」

トレント。禁じられた名前だ。死んだ男。もう何年も前にひとりの女を自分のものにして、決して彼女をあきらめられなかった男。

「しーっ」ベイリーの耳に低い声でささやき、さらに奥へ彼女のなかへと押し進んだ。ほんの少しずつ、完全に受け入れてもらうまで押し広げ、限界まで引き伸ばされた筋肉にエロティックに閉じこめられる感覚を味わった。

ベイリーのなかにいると、そこを熱と雷に包まれているかのようだった。これまで生きてきて経験したためしがないほどエロティックで、恍惚とさせられる感覚だった。ベイリーに包まれ、愛されている感覚。彼女のなかが女性らしく脈打つたびに、感じやすすぎる彼のものにさざ波が伝わった。

「もういきそうだ」ジョンはうめき声をあげてベイリーのなかで動くまいとした。体内の繊細な力でペニスを締めつけ愛撫するベイリーの感覚に、しがみついていようとした。

これまでに経験したことのあるどんな感覚とも違った。ほかの女性と過ごしたときとも違う。ほかの女性を好きになったこともあったし、ときには、おそらく愛したこともあった。それでも、ベイリーをあるがままに抱くこの感覚とは比べものにならなかった。コンドームもない。ふたりの体を分けるものはなにもない。ふたりのあいだをさえぎるどんなものも、感情もなかった。

この瞬間、降りしきる湯のなかで、ベイリーの心と魂にふれることができた。ベイリーも彼の心と魂にふれていた。

「ちくしょう、きみをファックするのが大好きだ」ジョンはうめき、ベイリーが顔を赤らめて興奮で目を陰らせるのを見た。

ペニスを包む場所が波打ち、熱い液体が怒張したものをどっと覆った。

「もっとファックして」ベイリーがかすれた声を出す。

腰が勝手に突き出てベイリーを貫き、さらに奥まで満たした。激しくなっていく熱い感覚の嵐に、どちらも声をもらす。

こんなふうにベイリーを抱いたら、理性を吹き飛ばされることになる。終わるころにはシャワーの下でおぼれ死ぬかもしれない。力を使い果たして、降りしきる湯から身を起こせそうにないからだ。

ベイリーをもっとしっかり壁に寄りかからせて、腰を振った。腰を引くと、プッシーにつかまれる感覚にうっと息をのんだ。ふくらんだ頂だけがかろうじて入っているだけになるまで身を引く彼を、プッシーが吸い戻そうとする。ジョンは深く息を吸い、自制心を手放すまいと闘った。しかし、まぶたのおりたベイリーの目に見入り、彼女に力強く締めつけられて、それを失った。ベイリーが内側から波打って動き、ふたたび奥へ引きこんだ。

抑えることができなくなった。粉々になった自制心を取り戻すのは不可能だ。内側からうねって押し寄せてくる波を押しとどめるのは無理だった。波がジョンを駆り立て、ベイリーが与えずにはいられないものをすべて奪い尽くせと命じた。ベイリーが彼に求めるものをすべて与えろと。

声を振り絞って彼女の名を呼び、手を横の壁にあてて、前の壁と自分の体のあいだにベイリーを閉じこめた。腰は激しく前後に動き、彼女に打ちこんでいた。強く容赦なく快感をかき立てる猛攻は、ふたりをあえがせた。ふたりとも持ちこたえようと闘っていた。彼の肉体の力だけでなく感情も注ぎ尽くしてしまうに違いない解放を先延ばしにするために。

これが永遠に続けばいいのに。ベイリーのなかでずっとこうしていたい。この世界自体が消えてなくなって、鼓動する男と女だけになり、ふたりの魂が溶け合う。あるのは、この悦びだけになるまで。ふたりに降り注ぐ湯に、苦悩がすっかり洗い流されてしまうまで。

「愛してる。ああ、トレント。トレント。心の底から愛してるわ」

ベイリーに名前を呼ばれて股間にエクスタシーの矢が走り、恍惚の極みの一歩手前でうめいた。

「おれも愛してるよ、ベイブ」しゃがれて低い、無骨でのどかな声に宿ったオーストラリアの響きがふたりのまわりをたゆたい、ふたりのどちらも忘れられなかった過去をよみがえらせた。

そのささやきが唇から出ていった瞬間、ベイリーがコントロールを失うのがわかった。彼が腕をまわしているベイリーの腰から静かだけれど強い力を秘めた震えが始まり、大きく激しくなっていった。ペニスを押し包む場所にも波打って伝わり、彼女の全身を駆け抜ける。

ベイリーを翻弄するオーガズムを彼も感じた。彼女の体が引きしまるのを感じ、水音と混ざり合う悦びの叫び声を聞き、貫き入ったペニスをほとばしる愛液で包みこまれて、理性を失った。

理性と自制心を失った。

がくりとのけぞり、自身の解放に流された。波が股間に押し寄せて、そそり立つものの根元までふくらみ、種が勢いよくほとばしり出ていった。それがベイリーを満たし、彼女が解き放ったものと混ざり合い、彼を焼いた。彼は振り絞った声でベイリーの名を呼びながら、彼女のなかに自分自身を注ぎこんだ。

ベイリーのなかへ死ににいくような感覚だった。ベイリーの一部になり、ベイリーの魂のなかへあまりにも深く溶けこんでしまうから、ふたりとも互いから二度と離れられないと思った。

自分にとって本当の意味でそんなものはないと思いこんでいた帰る家を、ようやく見つけた気がした。このときになって、仲間のエージェントたちがどうしてあんなにも激しい独占欲を見せ、ミカがいま就いているような任務に対して、あれほどうるさく文句を言うのかわかった。ジョンもベイリーのものだ。体も心も、彼女の一部になった。この瞬間から、ベイリーひとりのものであるこの体にほかの女性がふれて、自分のものにすることはありえない。決してそんなことはさせられない。

片方の手でベイリーの尻を固く支えて抱きかかえ、立ったままでいるために、壁にもういっぽうの手をしっかりついていようと力をこめた。

ベイリーの両脚は彼の腰にきゅっと巻きついたままだ。彼女もまだ全身を震わせているし、ジョンも懸命に呼吸を整えようとしていた。

「ずっときみを愛し続ける」言葉を押しとどめることなどできなかった。「息絶えるまでだ、大事なベイリー。きみだけを愛してる」

ベイリーは泣いていた。喜んで、悲しんで。ふたりの視線は結ばれ、ふたりの体はぴったり合わさっていた。彼女がささやいた。「永遠に愛してる」

ジョンは祈るしかなかった。なんとかして、どうにかして、永遠が手に入りますように。ふたりの永遠が。

13

レイモンドとメアリーのグリア夫妻はホームパーティーの催しかたを心得ていると、ベイリーも認めざるを得なかった。翌日の午後、贅沢なランチビュッフェとシャンパンのカウンターが用意されている舞踏室を静かに出ていきつつ、このパーティーのケータリングに注ぎこまれたに違いない莫大な費用に驚き、あきれていた。

フランス、ギリシャ、カリフォルニアからシェフが呼び寄せられていた。生鮮食品、シーフード、上質のワインやシャンパンが集められた。メアリーが開催をそれは楽しみにしている、この年に一度のパーティーには、惜しみなく贅が尽くされた。その催しを、メアリーの夫は自分の犯罪活動のために利用している。ベイリーの目には、それがとてつもない悪事に映った。

メアリーは、ベイリーが知る人のなかでも特に心優しい女性だ。子どものころのベイリーとアンナにとって、メアリー・アルトマンはとてもいい影響をもたらす手本だった。ふたりの少女の面倒をよく見て、社交界デビューのパーティーで世話役を務めてくれた。ふたりの行動に親たちががっかりしたり賛成しなかったりしたときも、どうやって自分たちを客観的に見つめればいいか教えてくれた。

舞踏室をそっと抜け出し、ベイリーは玄関広間を通って、さざめく大勢の声から逃れた。

これ以上、育ちすぎたティーンエイジャーのような女性たちに囲まれているのに耐えられない。ベイリーには、彼女たちがまさにティーンエイジャーに見えた。すでに母親や祖母になっていても、まだ自分たちは十八歳だと思っていそうだ。つまらない陰口をたたき、社交界で上位に立とうとする女性たちには、うんざりだった。そういうやり取りからは、どうしても離れていたかった。

舞踏室を離れて屋敷内を足早に歩いていると、こちらの動きを追う監視カメラが目についた。レイモンドは自分の屋敷と秘密を守るための経費も惜しんでいない。寝室とバスルームを除き、これまで入った部屋には残らず監視カメラが設置されていた。大きめの部屋は数台で監視されている。

この屋敷内の人の動きは念入りに追跡され、数人の警備員が常駐する地下の警備室のモニターに表示される。

屋敷の外の警備も同じく厳重だった。生け垣の迷路もカメラだらけで、そこでプライバシーを守れる場所といえば、メアリーがどうしてもといって贅を凝らして造らせた、雨風をさえぎる人目につかない岩屋だけだった。

この屋敷はほとんど要塞のようだ。レイモンドの書斎に忍びこみ、書類をくまなく調べるなんてとても無理そうだ。親戚のガレン・アバイジャが話して聞かせてくれた、古きよき時代のスパイゲームは、本当にずっと昔の過去のものになってしまったらしい。

いまでは、なにもかもがエレクトロニクスの時代だ。目新しい機械装置、センサー、バーチャルなアクセス、コンピューターウイルス。セキュリティーに保護された場所に気づかれず忍びこむなんて、天才でもなければ無理だろう。天才か、あらゆるスキルですべてを支援してくれるチームがうしろにいなければ無理だ。

ベイリーは天才ではないし、支援してくれるチームもいない。というわけで、しばらく屋敷をぶらぶらしてから、外を散歩でもするしかなかった。

ジョンはほかの男たちと一緒に、もっとおもしろい活動をしてこの午後を過ごしているに違いない。プールに飛びこんだり、ポーカーをしたり、狩りに出かけたりしているのかもしれない。ベイリーも女性たちとではなく男性たちと行動をともにできるなら、どんなことでもするだろう。宝石や服を買うのは、ベイリーにとって楽しみとは言えなかった。だいたい、ここには楽しみのためにいるのではない。何人も人を殺《あや》めた裏切り者をとらえるために、ここにいる。とはいえ内心では、いら立ちが募っていると認めるほかなかった。

ベイリーがいる世界は残念ながら、いまだに男社会だ。男性が事業を行い、財務決定を下し、個人の傘下にある非常に多くの企業を経営している。女性は慈善活動、ショッピング、ランチ、社交に時間を費やす。ああ、これほど退屈な人生があるだろうか？

屋敷を歩くうちに、いつしか図書室に足が向かっていた。この居心地よくくつろげる部屋にはあふれんばかりの本と、読書用の静かなスペースがあり、暖炉では炎が快い音をたてている。

暖炉の前に置かれた椅子を、やわらかい光で包む暖かい炎。室内に入ったベイリーは、快適なソファの上で体を丸めてみようとしか思っていなかった。アンナと一緒にメアリーの家に泊まりにきたとき並んで座っていたソファにふれて、死んでいいはずのなかった幼なじみを思い出したかった。

不幸にも願いはかなわなかった。暖炉に向かって歩きだすなり、右手で誰かが動く気配がして振り返った。背のくぼみに手をまわす。クリーム色のカシミアセーターの下に、バターのようにやわらかな革のホルスターに収めた武器を隠していた。

「落ち着いてくれ、エージェント・セルボーン」陰から、このホームパーティーに招かれたブローカーが姿を現した。

「ランドン・ロス」武器に手をあてたまま答えた。「あなたも招待されていたとは知らなかったわ」

魅力があるとは言えない顔に浮かぶ、大きく歯をむき出した笑みが返ってきた。

ランドンはどこにでもいそうな、これといった特徴のない男だ。この男がどんな人間か知らず、隙のない高い知能と混じりけのない悪意を持っていると知らなければ、人は彼をたやすく見過ごすか、見くびってしまうだろう。

「きみがここに引き寄せられてくる予感がしていたんだ」ありふれたはしばみ色の目で室内を見まわし、白いシャツの上に着たチャコールグレーの上着の襟を正している。きっちりタックの入ったズボンと黒い革靴でコーディネートは完成だ。小柄ではないが、かといって長身でもない。一七〇センチちょっとの、人ごみにまぎれこむのに最適な背の高さだ。整えられた髪はダークブロンドか、ライトブラウン。そのどちらなのか、ベイリーはいまだにはっきり言えなかった。そして、細いメタルフレームの眼鏡をかけている。

「わたしがここに引き寄せられてくるって、どうして思ったの？」用心深く相手から目を離さずに、ベイリーは尋ねた。

ランドンがまたあたりを見まわし、うっすらとにやけた。「きみには図書室が似合う気がしたんだよ、エージェント・セルボーン。品があって、洗練されていて、静かだ。平和なオアシス」体の前で手を組んで続ける。「きみは気品があって洗練された女性だといつも思っていた。だが正直、ここに来るまできみがセルボーン家の富に縁のある人間だとは見抜けなかった。CIAはその点をきみのファイルから省いていたようだ」

ベイリーは眉をあげてみせた。「ミスを直すよう、言っておかなければね」

これに対しランドンは忍び笑いをもらして、彼女の顔に向けて指を振った。「たいしたたましっぷりだよ、きみ。たいしたものだ。CIAがきみのために用意した過去は、かなり独創性にあふれていたと言わなければ。いまは亡き、カンザスの農家の両親。存命の兄弟も姉妹もなし。家族はいない孤独の身。大変お見事だよ」

「どうも」ベイリーが用心深く見守る前で、ランドンは椅子が並ぶところまで行き、座り心地のいい袖椅子に腰かけた。

「座ってくれたまえ、エージェント・セルボーン」ソファに手を振って勧めている。「よければ二、三、細かい話をしよう」

「よくないって言ったらどうするの？」茶化すふりをして問いかけた。

ランドンが微笑んだ。ぞっとするかたちに唇をゆがめている。恐怖を植えつけるのが狙いだとベイリーも承知だが、この男を恐れてなどいなかった。ロスに恐怖を覚えたことなどない。それでも、用心はしていた。

「ウォーバックスの特使として、きみにはこのささやかな集まりに招かれたブローカー全員に感心を向ける義務があるのではないか？　ブローカーはみな、自分こそ今度の競売を扱うのにもっともふさわしい者だと、きみに認められたがっている」彼がもっともらしく言った。

「この仕事を得るための公平で偏らないチャンスをきみに与えてもらえないと、不満を申し立てなければならないのかな」

「わたしの知っているかぎり、ウォーバックスは従来の雇用ガイドラインに沿う気はあまりないみたいよ」相手の言い分にあきれて目をまわしそうになる。「まったく、ロス、なにか言えば自分のほうがジョン・ヴィンセントよりこの仕事にふさわしいって、わたしを納得させられるとでも思ってるの？」

「きみの愛人など、この仕事にとてもふさわしくないだろう」ランドンの唇が嫌悪にゆがんだ。「ビジネスパートナーを探しているのなら、ずっといい相手が見つかるはずだよ。せめて、きみが生まれた世界を理解できる相手がね」

当然、ロスなら理解できるというわけだ。イギリス王室の遠縁にあたり、ヨーロッパの貴族社会の虚飾とおごりに浸って育った、この男なら。ランドンの両親は冷淡な貴族だったが、そのふたりでさえ慈悲や共感や温かみをかけらも持っていないわが子には警戒していた。

ランドンは五歳にして子守に毒を盛り、十歳で自分より何歳か年上の遊び友だちの少年を殺しかけた。十六歳のときには、当時妊娠していた恋人を殺害した嫌疑をかけられ、同時に通っていた名門校の最終試験で不正を働いた疑いを持たれていた。

十八歳のとき、両親は不審な自動車事故で死亡した。両親が所有していた莫大な遺産を手に入れられるとあてこんでいたロスは、実は両親が貧乏人同然で、友人や親戚の施しに頼って生活していた事実を知った。

「わたしは選んだ恋人に、とても満足しているの」ベイリーはソファのはじに腰をおろして答え、決して相手から目を離さなかった。

ランドンが椅子のアームに肘をのせて唇を引きつらせ、上唇を人差し指でなぞった。

「あの男は少し生まれに問題があると思わないかい？　きみにつり合う上流社会の人脈も家柄もないだろう。もっときみの地位に見合う男がいる」

「あなたみたいな？」軽い口調で聞き返した。

「そのとおり」ランドンの唇に知ったかぶりの、人を見下した笑みが浮かんだ。「ぼくならずっとふさわしい。ぼくらが力を合わせれば、できないことはない」

「もうすでに、わたしにできないことはないわ」この男にふれられると考えただけで、ぞっとした。

ランドンが唇を引き結び、暗いはしばみ色の目を細めてにらみつけた。

「勝負の場は公平にしたまえ、エージェント・セルボーン」低くかすれた声で命じる。怒り狂った蛇の声だ。「この特別な仕事を失うのは気に入らない」

「仕事はまだ誰にも任されていないわよ」ベイリーは返した。「最後に決定を下すのはウォーバックス。わたしは誰がこの仕事にいちばんふさわしいか、薦めるだけよ」

「いちばんふさわしいのが、あの成りあがりのヴィンセントか？」ランドンがあざ笑った。「あんな、なんの価値もない白人のごみが。きみだってよくわかっているだろう」

「わたしにとっては大変な価値があるわ」相手を油断なくにらみつけたまま、ベイリーはゆっくり立ちあがった。「この仕事にもっともふさわしい男は、仕事をやり遂げるだけでなく、それを正しく行える人間よ。残念なことに、あなたの業績はジョンの業績にとても及ばないの。あなたは自分の通ったあとに血を垂らして、疑いを広げてる。わたしたちはそんなものはほしくないのよ」

ランドンが唐突に立ちあがり、怒りで見る見る頬を赤く染めてにらみ返した。

「仕事は成功させてきた」

「ジョンは仕事を効率よく成功させるの。疑いも面倒事も残さずにね。ついてなかったわね、あなたは仕事の質の面でだいぶ後れを取ってるのよ」

ベイリーは背を向けて部屋を出ていこうとした。相手の態度と高慢さにうんざりだった。ランドン・ロスには仕事をこなす能力はある。それは間違いない。競売の品を売るのに必要な人脈も評判も手にしている。それでも、最適な人材でないことは確かだ。

れるまでは。

ランドン・ロスに背を向けるのも、ベイリーにとって最適な行動ではなかった。この男の評判は知っていたが、実はここまで愚かだとは思っていなかった。喉にナイフを突きつけられるまでは。

「小汚いあまめ」冷たい刃をベイリーの喉に滑らせ、ランドンが耳元で蛇のような声を出した。「前からおまえが気に入らなかった。たいそうな金を持っていても育ちは少しもよくない、そうだろう、あばずれが？」

「〝あま〟が〝あばずれ〟になったわ、語彙が増えたわね」肌に鋭い刃がさらに食いこみ、ベイリーはうっと息をのんだ。

「このままおまえの喉をかき切ってから、ディナーを食べにいったっていいんだ」ランドンがうなった。「この手の上をおまえの血が流れていったらこたえられないだろうな。おまえはごみなんだから。あばずれ好きの低級なボーイフレンドと同じごみだ」

ベイリーは視線をあげ、すべてを映しているはずの監視カメラを見た。ドアの上部に入念に隠されたカメラが、図書室を見おろしている。

警備員がこの映像を見ていたとしたら、助けにくるまでどのくらいかかるだろう？　見ていなかったら、完全におしまいだ。

「そんなまねをしたら逃げられないわよ」彼に考え直させようとした。

「もちろん、逃げられるさ」ランドンが笑う。「ウォーバックスがぼくを逮捕させるわけがない。そんなまねをしたら、やつの活動も明るみに出るからな。ぼくを殺すには、まず捕まえなければならない、そうだろう、ダーリン？」

「ここから出られるわけがないわ」

自分は、ここから出られるだろうか？　押しあてられている鋼鉄の刃の冷たさを感じて、ほんの少しでも間違った行動をとれば、その時点で命を失うと思った。

「こんなまねをされて、あなたを選ぶ気になるわけがないでしょう、ランドン」落ち着いた、冷静な口調を心がけた。「それどころか、こんなまねをしたら、このゲームの死者になる可能性大よ。保証するわ、ウォーバックスがあなたを生かしておいたとしても、ジョンはそうしないから」

背後で、ランドンが動きを止めるのがわかった。

「ジョン・ヴィンセントは女のためにそこまでしない」せせら笑っている。「証明ずみの事実だよ、エージェント・セルボーン」

「その女のためなら別だ」

ベイリーが目を向けた戸口に、ジョンが立っていた。両わきにはレイモンド・グリアと、ジョンのめったに姿を見せることのないボディーガード、トラヴィス・ケインがいた。そのうしろには、グリアが雇った警備員が三人いる。

「ミズ・セルボーンを解放していただきたい」グリアが高慢な冷笑を浮かべ、A級の尊大さをかもし出して口を開いた。「そうすれば、ウォーバックスが追っ手を差し向ける前に、逃げる時間を六時間さしあげよう」

ロスがうしろで動かなくなった。喉に突きつけられているナイフに力がこもったように感じられ、それをつかんでいるロスの意図が伝わってくるようだ。どのみちここで死ぬなら、道連れにベイリーも殺すつもりなのだろう。

そのとき、ジョンと目が合った。グレーの瞳には激しい怒りが渦巻いていた。体を必死で抑えているようにこわばらせ、両方のこぶしを固めている。

「そんなまねはしないほうがいいぞ、ロス」ジョンが静かな声を出した。

「ウォーバックスがこんなことのために、人の命を狙うだと？」怒りがロスの声を震わせている。「やつのルールは極めて単純だろう、グリア。ビジネスにルールはない。ウォーバックスが競争を始めさせたとき、そうメッセージを送ってきたんじゃないか？」

「仕事を依頼するブローカーの候補として招待する。送られたメッセージはそれだけだ」レイモンドが冷ややかに言った。「きみは不適切な行動をとった。ミズ・セルボーンを放したまえ。さもなければ、確実に時間をかけて死ぬことになるぞ」

喉元でナイフが揺れ動いた。ベイリーはつばをのむどころか、ほとんど息をすることもできなかった。ここでロスに襲われるとは思ってもみなかった。その考えは間違っていた。命取りになる間違いだったのかもしれない。

「放しなさい、ロス、そうすればわたしがウォーバックスをとりなすわ」説得を試みた。

「わたしに少し迷惑料を払うということで手が打てるかもしれない。あなたの血を流さなくても」

「わたしなら、ミズ・セルボーンの言うとおりにするね」グリアが言い足した。「命令を取り消すようウォーバックスを説得できるのは彼女だけだ」

「あばずれめ、いつか殺してやる」耳元でロスが不快な声でささやいてベイリーの喉からナイフを引き、彼女をグリアのほうへ乱暴に押しやった。

ベイリーは身をひるがえして足を蹴りあげ、頑丈なブーツの底をロスのあごに命中させた。ロスは吹き飛び、ソファの背に激突してから大きな音をたててコーヒーテーブルに倒れこんだ。テーブルがぐらつき、ロスは顔から床に落ちて低いうめき声を発した。

「さがって」ベイリーはグリアと警備員に命じてロスに近づき、床からナイフを拾いあげて相手の髪をつかんだ。ロスをのけぞらせ、ナイフを喉に突きつけられる気分を味わわせる。

「救いようがないろくでなし」急に怯えた目つきになったロスを見据え、吐き捨てるように言った。「仕事を堅実にこなすための手段も能力も持たない、能なしの低級な蛇野郎。あんたになんか自分の犬のうしろを歩かせて、糞を拾わせるのすらごめんだわ。ましてや、わたしが管理する仕事を任せるはずがない」

ナイフをロスの首に血がにじむまで食いこませ、恐怖に目を見開かせた。

「またわたしの前に姿を見せたら、皮をはいでから殺してやるわよ。わかったわね？」

「わかった」吐息ほどの小さな返事が返った。

あざける表情で相手を見返してからベイリーは身を引き、ナイフを手にしたまま男にふたたび軽蔑をこめた視線を投げた。「あなたには殺す価値もないわ。さっさとここを出ていって。もう二度と、その程度の低い、ありふれた顔を見せないでちょうだい」

そう告げてロスに背を向けた。今回は、襲いかかられはしないと自信を持っていた。顔にかかりそうになった髪を頭をさっと振って払いのけ、ジョンに近づき、腕をつかまれて息をのみかけた。

「レイモンド、後始末を頼む」ジョンがグリアに険悪な声で告げた。「もっと頼りになる警備を期待していた。それに、あんたのボスは楽しいゲームに使う候補者を、もっと趣味よく選んでるものと思ってたんだがな」

「始末は任せてくれ……」

「でも、その男を殺さないで」ベイリーはレイモンドをにらみつけた。「わたしに約束を破らせないでちょうだい。生き延びたければ、そのろくでなしは去年盗み出したモネの貴重な作品をわたしに引き渡すのよ」ロスに顔を向け、勝ち誇った笑みを浮かべる。「二週間で送る手続きをして。それができなければ、心配もできなくなりますからね」

それ以上、続けることはできなかった。ジョンがかなり巧みに、少なからぬ怒りを感じさせる手つきで彼女を図書室から連れ出し、玄関広間を通ってふたりの部屋へ続く階段へと歩かせた。

「落ち着きなさいよ」階段を上り始めると、ベイリーは文句を言い、つかまれた腕を引っ張って自由にしようとした。「いったい、なにを怒ってるの？」

「一言も口を利くな」静かな口調なのに、彼の声が鞭の音のように響いた。「一言もだ、べイリー。口答えも、抵抗もするな。ひたすら、そのいまいましい口を閉じとけ」

ベイリーは耳を疑う顔で相手を見あげたが、階段を引きずっていかれて、前を見るしかなくなった。

「いったい、なにに腹を立てているのかわからないわ」ぴしゃりと言った。「あの男ははったりをかけていただけよ」

「ロスははったりをかけたりしない」ジョンがうなった。

「当然するわ」鋭くささやき返す。「本気でわたしを殺したがってたら、ぐずぐずしないでさっさと喉をかき切っていたはずでしょ。あの男は探る目的で糸を垂らして、あなたとレイモンドの反応という大物を釣りあげたのよ。ジョン・ヴィンセントとウォーバックスがどちらもわたしの命を重く見ているって話が、犯罪者全員に広まるわね」

危険な事態になりかねない。ジョンにもウォーバックスにも敵がいる。ウォーバックスの正体は知られていないが、ウォーバックスの弱みも知られていなかった。これまでは。

「きみの理屈には、とことんうんざりだ」ジョンがいったん止まってふたりの寝室の鍵を開けてから、部屋にベイリーを連れこみ、乱暴にドアを閉めた。

「わたしの理屈は、とことんもっともよ」ベイリーは腕を放され、息巻いて相手を振り返った。ジョンの横暴この上ない、男性優位の偉そうな態度に対する怒りが、全身を駆け巡っていた。「それで、いったいどんな理由で、こんなふうにわたしを引きずりまわしてもいいと思ったわけ？」

「これが理由だ」

避ける間もなくジョンが動いた。ベイリーは一息つく間もなく抱き寄せられ、とにかく巧みな指に髪をからめとられ、のけぞらされていた。

ジョンが彼女の唇を奪い、そのあいだを力をこめて舌で突き、飢えと熱情のこもったキスをした。ベイリーは圧倒され、つま先まで熱くなった。

ジョンは心のどこかでベイリーを自分のものだと思っている。そのことにベイリーがいくらかでも疑いを抱いていたとしても、この瞬間に疑いは消え去っていた。混じりけのない男の所有欲が、このキスに強く表れていた。彼女の唇を繰り返し貫き、彼女の舌に添って動く舌。懸命に彼女を引き寄せる両手。そうされた瞬間、ベイリーは気づいた。ジョンは渇望と欲求で彼女に印をつけようとしている。ベイリーの感覚も、体も、女である魂そのものも、この男のキスと愛撫する手によって印をつけられようとしていた。

「ちくしょう」ジョンが急に顔を引き、ベイリーのセーターをつかんで彼女の両腕を押しあげた。

脱がされまいと考える間さえなく、セーターが頭から抜けていった。セーターは床に打ち捨てられ、ジョンの唇がベイリーの首筋におりてきた。肌に軽くかじりつき、めくるめく快感で惑わせる。

怒りと欲望、欲求と飢えがベイリーのなかで、ふたりのあいだで燃えあがった。ふれ、口づけ、息を荒らげるジョンから必死の思いが伝わってきた。

危険にさらされたことでアドレナリンが急激に高まった。けれども、こんなにも熱く、激しく押し寄せる情熱と渇望を生むのは感情だけだった。ふたりを翻弄し始めている熱く狂おしい想いをかき立てられるのは、愛だけかもしれない。ベイリーは思った。

愛だけ。

ベイリーが息をのみ、情熱に駆られた泣き声をもらした。ジョンはその声を聞いて自分を抑えなければならなかった。いますぐ自分と彼女のジーンズを引っ張りおろし、押し倒して抱いてしまいそうになるのを。

ベイリーの喉に凶器が突きつけられているのを見た瞬間、本能からわきあがってくる猛々しい激情に襲われた。ベイリーを失ってしまうかもしれないと思った瞬間に。

ほんの一瞬、心臓も止まったかに思えた一瞬、彼が〝死んだ〟とき、ベイリーがどんな気持ちだったか、わずかに理解できる気がした。混じりけのない純粋な恐怖にのみこまれそうになった。生まれて初めて、本物の恐怖がどんなものかわかった。それがどんな味がして、どんなにおいがするものなのかわかった。

いまも恐怖が五感をふさいで閉じこめている。そこから抜け出すにはこうするしかなかった。ベイリーにキスをして、ふれる。ベイリーの体に彼のものである印をつける。ふれて、互いからしか得られない悦びで、ベイリーの五感に刻みこむ。

ベイリーに肩からシャツをはぎ取られるあいだだけ、彼女を離した。それから彼女を抱きあげて運び、ベッドにおろした。すぐに両手で彼女のジーンズの留め金をはずしてしまう。

ベイリーはブラジャーをつけていなかった。なめらかで、しみひとつない胸のふくらみの頂にある、きゅっとすぼまった優美なピンク色の乳首が硬くなってとがっている。そこに口づけ、舌で味わいたくなった。

まず彼女のすらりと伸びた美しい脚からジーンズをおろし、ブーツを両方とも引き抜いてから、デニムもすばやく脱がせた。

潤っているプッシーの輪郭をシルクが覆っていた。濡れたシルク。ベイリーも彼と同じく高ぶっている証拠だ。彼がベイリーを自分のものにしたいと考えているのに応えて、彼を受け入れようとしている。

パンティーはいとも簡単に取り払われた。

ベイリーの顔を見つめながらもろいシルクをはぎ取ると、彼女が目を大きく見開き、燃えあがる熱情で頬を赤らめた。

「あの男に背を向けただろ」ジョンは険悪な口調で唐突に切り出し、締めているベルトを乱暴に引っ張った。「あんな男に背を向けるような危ないまねをするなんて」

「だったら、お仕置きして」ベイリーが頭の上に両腕を伸ばして背をそらし、彼に向かって胸を突き出した。「とっても悪い子だったのよ、ジョン」

ベイリーめ。ジョンの正気を奪い、抱きたくて半狂乱にさせる女は、この世でベイリーだけだ。

「あいつに殺されてもおかしくなかったんだぞ」ジョンはブーツもジーンズも脱ぎ、手で自身の根元を握って、いますぐ彼女のなかに押し入ろうとしたがる欲求を抑えようとした。

ジョンが自分を押さえている場所にベイリーが熱い視線を落とし、色気たっぷりに唇をなめた。キスされてふくらみ、赤くなった唇。

「お仕置きしてあんなまねをしないようになるなら、必ずそうするさ」ジョンはぞんざいに言い切り、ベイリーの脚を開いてヒップをつかみ、ベッドのはしに引き寄せた。

彼女の両脚を持ちあげ、みずみずしく潤ったプッシーに顔を寄せ、蜜をためた細い割れ目に舌を走らせる。

ああ、早朝に降る雨のように甘い。ベイリーの中心は熱く、花芯が硬くとがって輝き、求めるあまり体はこわばっている。

ベイリーの味は花の蜜そのものだ。ジョンは舌に力を入れてビロードの感触がするきつい入り口を貫き、さらに締まって快感に震えるそのなかに包まれた。

愛液を舌に受け、やみつきになる甘さに感覚を支配される。こんなふうに何時間でもベイリーを愛していられるだろう。舌でベイリーを満たし、彼女の悦びと渇望を味わい、この味を感覚に焼きつける。

「ああっ、ジョン」ベイリーの呼び声はかすれ、甘い官能のほとばしりによって揺らいでいた。身をゆだねようとしているのが声から、彼女の全身から伝わってきた。

心地よく締めつけるプッシーに舌をさらに深く力強く突き入れ、そこからあふれ出る液状の情熱にふれて、うめき声を抑えきれなかった。優しいその流れを舌で受け止め、ベイリーを愛撫し、味わい、彼女そのものの味に酔い始めた。

いったんわずかに顔を引き、ふくらみを帯びたやわらかいひだにすばやく唇を押しつけてから、ぴんと立った小さな芯に舌でふれた。先ほどキスしたやわらかいひだを今度は指で探り、分け開き、ほんの少し前に舌で攻撃を加えたなめらかな入り口を見つけた。

二本の指をベイリーのなかに差し入れ、唇で花芯を包んだ。口のなかに含んだそれを舌でもてあそびつつ、優しい力で締めつけてくる場所のさらに奥へと指を押し進めて愛撫した。

プッシーに熱くきつく指を締めつけられながら彼は小さな芯に吸いつき、なめ、それがふくらんで脈打ちだすのを舌で感じた。

ベイリーはもうすぐだ。あとほんの少し。恐怖と危険が興奮をいや増した。渇望と飢えが激しくなりすぎて、ジョンは白熱する炎の中心であぶられている気がした。

ベイリーは彼のものだ。彼の女。彼の命。

口でつかまえたふくらんだ蕾の上でさらにすばやく舌を動かしていると、ベイリーが彼につかまれたまま背を宙に浮かせた。腰をくねらせ、愛撫を続ける彼の指をきゅっと締まったプッシーでのみこみ、クリトリスを彼の舌に押しつける。そしてついに、ジョンは彼を包みこむベイリーが上りつめてほどけていくのを感じた。

うめき声をあげて叫びそうになるのをこらえ、ジョンは身を起こした。オーガズムで震えるベイリーの入り口に自身をあてがい、身を沈めていく。

視線はベイリーの体の中心に向けたまま動かさなかった。やわらかく優美なひだが分かれ、ペニスのふくらんだ頂を受け入れていく光景に魅せられた。すばやく懸命に腰を振って、波打つベイリーのなかに突き進んでいき、少しずつ受け入れられるたびにうめいていた。頭に響き渡るベイリーの悲鳴を聞きながら、最後まで完全に彼女のなかに身を沈めた。

それからしばらく、この感覚に浸った。ペニスを包む彼女の内側が波打ち、搾り、締めつける。吸いこもうとするその強烈な感覚に抗ってジョンは頭を振り、自制心にしがみついていようとした。

「二度とするな」彼女のなかですべてを解き放とうとする欲求に抗い、視線をあげてベイリーの目を見つめた。「もう二度と、ベイリー。絶対にあんなまねはするな。あんなふうに二度と自分の身を危険にさらさないでくれ。聞いてるか?」

ベイリーにじっと見つめ返され、ジョンは一瞬その目のなかに悲しみがよぎった気がした。

「あなたはそうしたのに?」

ジョンは歯を食いしばった。腰が勝手に動く。ベイリーのなかに打ちこみたいという欲求を抑えておけなかった。力ずくで、ベイリーに心のなかでだけでも受け入れさせたかった。あんなふうに自分の命を危険にさらしてはいけない。二度とするなと。

「だめだ、ベイリー」ふたたび彼女の両脚を持ちあげ、強く深く何度も貫いた。ベイリーが彼に身を寄せ、彼の名を叫び、求め、懇願するまで。

「二度とするな」そう言うなり、ジョンも自制心を失い始めた。

ベイリーを失うわけにはいかない。ベイリーが生きているかぎり、彼も生き続けられる。

ベイリーは真っ暗な世界の唯一の光だ。ベイリーがいない世界では、生きていけない。

ベイリーが頭を振り乱した。プッシーがさらに締めつけ、彼のまわりで波打ち、無数の熱い感覚の指でなぶり、彼の理性を崩しかけた。

自制心がすっかりだめになりそうだ。

低い声を振り絞ってベイリーの名を呼び、覆いかぶさって激しく唇を重ね合わせた。奥まで猛烈な勢いで打ちこみ始めると、ベイリーがキスをされたまま叫び、ジョンの腕のなかで達した。

ベイリーのオーガズムが、残酷なほど敏感になったペニスの先端に液状の炎を浴びせかけた。彼のものをがっちりとつかんで締めあげ、引きこみ、かろうじて細い糸で持ちこたえていた自制心をもぎ取っていった。

絶頂に達したとき、ジョンは自分の一部、魂が、解き放たれたものとともにベイリーのなかへ飛びこんでいくように感じた。かすれるうめき声を抑えられず、ベイリーの名を呼んだ。祈るように。エクスタシーに理性を焼かれ、魂をかき乱され、言葉では言い表せない感覚の嵐に翻弄されてあえぐしかなかった。頭でわかったのは、これのために生きているということだけだった。ベイリーのために。ベイリーにふれられ、キスをされるために。

ベイリーのために生きていた。

14

「失礼いたします、ミスター・ヴィンセント。ミスター・グリアが、少しのあいだお時間をいただけないかと」

翌日の午後、ビリヤード室で行われているポーカーのゲームを見守っていたジョンは、声をかけられて振り返った。まだゲームには参加していない。おもな理由は、すでにふたりのプレーヤーがいかさまをしているのに気づいたからだ。ジョンがいかさまをできないわけではないし、うまくやれないわけでもない。単にゲームに参加する段になったら有利に進められるよう、ほかのプレーヤーのいかさまの手口を確認していた。

「わかった」ポーカーのテーブルに背を向け、使用人のあとについて部屋を出た。長い廊下を歩いて娯楽室のある翼の一階から、反対側の翼にあるレイモンド・グリアの書斎に向かう。

この別荘は広大だ。とてつもなく広く、ベイリーが非難していたとおりこれ見よがしに贅沢だ。

「こちらでございます」書斎の前まで来て、使用人が言った。きびきびとした動作で一度だけドアをノックする。

「入ってくれ」ドアの向こうから、レイモンドのくぐもった声がした。

使用人が仰々しくドアを開き、ジョンに会釈をした。

ジョンは室内に入ると同時にうしろでドアが閉められるのに気づいたが、意識の多くは部屋の奥からこちらを見据えているふたりの男たちに向けられた。

レイモンドは、雪に覆われた森を見渡せる窓の並びのそばに置かれた、背もたれの高い椅子に座っていた。その横の同じ椅子に、マイロン・ファルクスが座っている。残りの三つ目の椅子は、ふたりの男と向き合うよう置かれていた。その中心に配置された大理石の天板の低いテーブルには、コーヒーののったトレーが用意されている。

「かけてくれたまえ、ジョン」レイモンドがいかめしい顔で言い、空いている椅子を手で指して勧めた。

「どうも」ジョンは片方の眉をあげてその椅子に近づき、腰をおろした。

向かいに座っている男たちは、そろって濃い色の背広を着ている。ジーンズとゆったりしたセーターはビジネス向きの格好とは言えないが、ジョンはオフィスにふさわしい格好をしている相手ふたりに少しも気後れしていなかった。

「きみはたいした経歴の持ち主だな、ミスター・ヴィンセント」マイロンが気難しい表情で口を開いた。

ジョンは眉をあげた。「そちらも、ミスター・ファルクス。いや、マーク・フルトンと呼んだほうがいいかな?」

この偽名を知る者は多くない。ジョン・ヴィンセントが知っているはずのない名前だった。相手の素性を探るために、通常の手段を使っていたのでは知りえない名前。CIAにつてがある者だけが使えるルートを通さなければ知りえない。犯罪社会でとりわけ力を持つ者から信頼されている情報筋だ。

ファルクスが驚いて目を見開き、すばやくレイモンド・グリアを見やった。

「実に見事な調査力だ」レイモンドがもったいぶった口調で言う。ジョンは相手の演技力に頭がさがる思いがした。まだ生き延びてウォーバックスの下で働いている事実こそ、その能力のあかしだ。

ジョンは軽く会釈してファルクスに目を向けた。「ともに働こうとしている人間についてよく知っていると主張するのは、あなただけじゃない」はっきりと言った。「自分が生き延びられるよう手を尽くさないのは、愚か者だけだ」

「そして、われわれがすでに思い知らされたように、きみは愚か者ではないというわけか」ファルクスが冷ややかに返した。「だが正直に言って、ベイリーがここまできみを信頼するとは思ってもみなかった」

「ベイリーとおれは単なる恋人どうしではないんでね、ファルクス、パートナーだ。どうやら、その点を見落としていたようだな」

ファルクスは肩をすくめた。「言ったとおり、ベイリーには驚かされた。珍しい事態だ。こんな事態が二度と起きないよう努めよう」

「マイロンはここ何年も頭を悩ませていたんだよ。ベイリーはマイロンの些細な失敗をいくつももみ消してきたが、果たして心から友人を守ろうとしているのか、単に罠にはめようとしているだけなのかとね。ベイリーは妙なユーモアの持ち主だからな」

「ベイリーがその件について笑ってるところは見たことがない」ジョンはそう返して、ファルクスに鋭い視線を向けた。

ファルクスは眉をあげている。「相手がベイリーとなると、確信は持てんのだよ」ジョンが見せた怒りを、手を振って受け流す。「彼女はちょっとした謎といえる」

「わたしも同感だよ、ジョン」レイモンドが口を挟んだ。「われわれはみな、なにかの折にベイリーに疑いを抱いたことがある。確かにわたしも、ベイリーがきみと親しくなり始めたと聞いて少し驚かされた。ベイリーはいつも犯罪にかかわる人間を避けるからね」

「ベイリーは何年も前から、犯罪の世界に深くかかわってる」ジョンは答えた。「ＣＩＡのエージェントは、それほど上流階級とつき合いがあるわけじゃない。ベイリーほどの生まれを持つエージェントでもそうだ」

「この男の言うことも一理あるな」ファルクスが薄ら笑いを浮かべた顔で、もったいをつけて言った。「ベイリーは一年もたたないうちになじみの家族や友人のもとに戻ってくると、われわれは予想していた。思ったより、長く持ちこたえたものだ」

「ベイリーの行動は予想がつかないと言っただろう」レイモンドがファルクスに薄ら笑いを返している。

「そうだった」ファルクスは相手の言葉にわずかな笑みを見せ、ジョンに顔を向けた。「なぜ今回ここに呼ばれたか、わかっているのだろうな？」

ジョンは椅子の背に寄りかかり、黙ったままじっと相手を見返した。「この次にアバスが呼ばれるのと同じ理由じゃないか?」と、尋ねる。「ウォーバックスは、どのブローカーに仕事を任すか決める前に候補者の面接をしたがってる。わかってるよ。だが正直、幹部クラスがじかに面接してくれたのは初めてだ」

お世辞を聞いて、ファルクスが誇らしげに胸を張った。「競売にかけられる品は、非常に貴重なものだ。あらゆる法執行機関の注意を引かないようにするためには、かなりの慎重さが必要とされる。きみは高く評価されているし、これまでに重ねてきた下とのやり取りを見ても、信頼できることは確かなようだ」

「われらの内々の社会で大切にされている令嬢とパートナーの関係にある、という事実もマイナスにはならない」レイモンドが言い添えた。「きみには感謝しなければならないだろう。わたしたちがベイリーに持ちかけていた信頼関係の始まりを後押ししてくれたのだからね」

「気にしなくていい」ジョンは笑みを浮かべた。「仕事を任せてくれるならな」

ファルクスが低い声で笑った。「この仕事を任せるにはいくつか条件がある。きみが行う競売の場にベイリーも同席させることがひとつだ。ベイリーに、あとになってこの取引にかかわりたくないと言われるのは、望ましくない」

信頼にもずいぶんいろいろな種類があるものだ。ジョンは思った。

「それどころか、ベイリーは同席させろと言うに決まってる」ふたりに請け合った。

「ウォーバックスが最終的にブローカーを決定したら、売り物を確かめてもらう」続けてレイモンドが説明した。「保管場所に連れていくが、その場所がどこかは教えられない。きみは売り物を目で確かめて、本物かどうか確認することができる。ベイリーと一緒に。競売の直前にも、同じ機会が与えられるだろう」

「競売が始まったら、売り物はおれが管理する」ジョンははっきりと告げた。「おれの目の届かない場所には置かない。売り物がおれの目の届くところから消えるか、競売のあと、送金の前に買い手がこちらの最終的な承認を得られなかった場合は、その取引はなかったことになる」

ファルクスがゆっくりと浮かべた笑みには確信が表れていた。「それは約束しよう。買い手には速やかに代金の半分を送金させる。残りの半分は品物の引き渡しと同時に受け取る」

「競売が始まったら、引き渡しが行われるまで、通して商品は手元で管理する」ジョンはうなずいた。「ベイリーは双方の口座での代金のやり取りと、連絡を担当する。警備全般と商品の輸送は、おれに任せてくれ」

「きみのチームのことは高く評価しているとも」ファルクスが応じた。「きみは称賛すべき実績の持ち主だ、ミスター・ヴィンセント」

ジョンはほめ言葉に軽く頭をさげた。レイモンドがコーヒーを注ぎ、ジョンの前にカップを置く。深い色合いのコーヒーが、かぐわしい湯気を立ち上らせた。

「おれのチームの人間は自分たちの仕事を心得てる」ジョンは続けた。「おれもね」

「正直に認めるが、わたしは当初からきみのたぐいまれな才能を高く買っていたのだよ」フアルクスが告げた。「きみはとりわけ信頼の置けるブローカーだ。アバスには、この売り物にふさわしいと思われる経験がない。とはいえ、わたしも雇われている身であって、雇い主ではないのでね。最終的な決断はウォーバックスが下すだろう」

ジョンは肩をすくめた。「仕事ならほかにもある。そちらの雇い主がおれにこの取引を任せることにした場合の話だが、こちらの取り分は決まった売値の一五パーセントだ。そちらの雇い主がおれとの契約を決めた時点で三分の一、売れた時点で三分の一、引き渡しの時点で三分の一を支払ってくれ」

ファルクスが眉をあげる。「アバスは一〇パーセントまでさげてもいいと言ったぞ」

「アバスは一〇パーセントまでさげても仕事ができるんだろうな」ジョンは顔をしかめてみせた。「あの男は信頼できるチームやなじみの仲間を抱えてるんじゃなくて、傭兵を雇ってる。そこからうわさが広まって、取引が台なしになるんだ。かなり経費を浮かしてるんだろう。それに、おれほど自分の時間を高く見積もっていない」

ファルクスの目がぎらりと光り、わずかにこちらの力量を認める色が浮かびだした。このたぐいの男から認められるのは難しい。何年もウォーバックスほど謎に包まれた存在のために働いてきた男だ。ジョンはここ六年ブローカーとしての評判を築いてきたが、彼がジョン・ヴィンセントの身元を引き継ぐ前から十年近く、もとのジョンはブローカーをしていた。そのブローカーは、部隊の初期に加わっていたメンバーであるミカ・スローンとニック・スティールの監視下にあったとき、山道で妙な事故に遭い死亡した。ブローカーの死体は埋められ、身元は盗まれた。

ジョンは自分から本来の人生を奪ったろくでなしを破滅させるために、死人の名前を使い、その男の経歴を引き継いで築いていかなければならないなら、それでいいと思っていた。

「きみの時間には非常に高い価値があるのだと認めよう」ファルクスがそう言って、コーヒーカップに口をつけた。カップを置き、レイモンドに向かって告げる。「ウォーバックスがアバスの採用を決めた場合にも、ミスター・ヴィンセントには埋め合わせをするようにしてくれたまえ。将来の友好には計り知れない価値があるからな」

身のほどを思い知らせたつもりらしい。

ジョンは退出をうながされる前に立ちあがり、ふたりの男からそろって驚いたまなざしを向けられた。

「将来の友好など必要ない」はっきり言った。「こちらの財政面の安定を心配しての施しもしてくれなくてけっこうだ」余裕の笑みを浮かべてみせる。「財政面はいまのところ、まったく心配無用なんでね。だが、評判となると千金の価値がある。条件は言ったとおりだ、おふたりさん。決定の返事を待つ」

ふたりに言葉を返す間も与えず歩きだし、書斎をあとにした。

商談の進めかたも、自分で作りあげてきたジョン・ヴィンセントがどういう男かもわかっている。もとのしがないブローカーは、身元を引き継いだジョンが示すカリスマ性や大胆な行動力とは無縁だった。

書斎を出て別荘の中心部へ向かう廊下を歩き、ジーンズから携帯電話を取り出してベイリーにメールを送った。

〈きみの友だちは、ちょっと偉ぶってるな〉にんまりしながらメールを打った。

数秒後に、ベイリーがあらかじめ決めていた返事を送って寄こす。〈そんな人たちとつき合わなくていいの。わたしがいればいいでしょ。これから、ふたりで楽しまない？〉

答えは送らず、ジョンは屋敷の裏口を出て裏庭に広がる生け垣の迷路を目指した。

迷路内には雨風をしのげる小さな岩屋があちこちにある。それぞれにガス暖炉を備えていて、親密なムード漂う魅惑の空間をゲストが共有できるようになっている。

ベイリーとは、そうした岩屋のどれかで落ち合う約束をしていた。最初の候補が誰かに使われていたら、作ったリストの次の場所に行くという具合だ。

ジョンはリストの一番目の岩屋に向かった。迷路のなかほどにあって見つけにくく、特に人目につきにくい場所だ。逢い引きか、密会にぴったりの場所。

音もなく岩屋に入るなり、ほっそりとしたベイリーの体に食い入るように見入った。ジャケットを脱いでいるところだ。その下には薄手のゆったりと編んだセーター、ジーンズを身につけ、ブーツをはいている。髪は肩にかかり、穏やかな表情を縁取って、エメラルドグリーンの瞳の豊かな色合いを際立たせている。

くそ、なんてきれいなんだ。そう考えると同時に、前夜のベイリーの姿が頭に浮かんだ。彼を受け入れ、彼の名を叫ぶベイリーの姿が頭のなかを駆け巡った。一日じゅう、こんな問題を抱えていた。こうした記憶に気が散り、わきあがる欲求のせいで必ずものが硬くなり、股間がうずいた。

ベイリーめ。彼女を意識から締め出すことができず、彼女を充分に自分のものにしたと満足することもできない。そもそも、意識からベイリーを締め出したくなかった。どちらも息絶えるまで、ベイリーをこの腕に抱いていたかった。できるなら、これからずっと先まで。

「やっと来たわね」にっこり笑ってささやくベイリーに近づき、抱き寄せた。「あなたがここまでたどりつけるとは思わなかったわ」

ベイリーが体をすり寄せ、ジョンが二度と失いたくないと思っている彼の一面を、温かく受け止めた。この任務に集中するため、下半身から意識を切り離すのは不可能ではないかと思えた。

「話しても大丈夫か?」ベイリーの耳の縁にキスをして、吐息ほどの声で尋ねた。

ベイリーがジョンの手首を握り、彼女のパンツのうしろポケットにふれさせた。そこには部屋の安全を確かめるために支給された小型の盗聴器探知装置が入っていた。

ジョンはそのまま手をさげ、丸みのある尻をつかんでベイリーを引き寄せ、ジーンズのなかでうずいているこわばりを感じさせた。

「ここですっかり平らげてやれる」ささやきかけた。「そこのベンチに横たわらせて、舌でどんなに器用なまねができるか見せてやろうか」

ベイリーが息をのんだ。そうする音をたて、かすかに体をびくっとさせ、ジョンのジャケットに両手を滑りこませて肩にしがみついた。

「話に集中できないじゃない」かすれた声で鋭く言う。

「おれもだ」ベイリーの尻を撫でながら、パッド入りベンチの上で彼女に体を開かせる光景を思い浮かべて、ジーンズのなかで果てそうになった。

くそっ、ベイリーといるとなんてざまだ。

「おれたちの友だちは確実にこの件にかかわってる」とても低い声で話しているから、ベイリーは耳を彼の唇に押しつけざるを得ない。

「会ったの？」訊いてくるベイリーの唇に耳を撫でられ、股間が張りつめた。

「ふたりともとな」ジョンは答えた。「おれと商売敵のどちらに仕事を任せるか、検討中らしい。何年もかけてやつらの尻ぬぐいをするっていう、きみの捜査手法がうまくいったな。きみとおれを信頼してもよさそうだと思い始めてる。数日で決定が下るだろう」

ベイリーがジョンの肩を撫でてセーターをつめで引っかき、腰を押しつけて揺らした。この上なく気持ちのいいやりかたで彼をじらし、悩ませている。

「選ばれるのはあなたよ」ベイリーが言った。「ふたりのうちどちらかが、そのうちわたしに声をかけるでしょうね。マイロンとはまだ会っていないけど、すぐに会おうとしてくるはずよ。そのときは、この仕事にはあなたを選んだとはっきり伝えるわ」声には嫌悪が表れている。

「ロスについてなにか聞いたか？」ベイリーのウエストにあてていた手をさげて彼女のセー

ターの下にもぐりこませ、唇で耳を愛撫するのをやめられなかった。ベイリーの喉にナイフが突きつけられていた光景を思い出すと、いまだに恐ろしくなる。

「いいえ」、とベイリー。「昨日の夜アスペンを出ていってから、あの男は姿を消したわ。数日は鳴りを潜めているでしょうね」

「追っ手は来ないと確信するまでは用心するだろうな」ジョンも応じた。「ウォーバックスは手を引いて、あの男を生かしておくと思うか?」

「どれだけわたしの機嫌を取りたいと思っているかによるんじゃないかしら」ベイリーもジョンも、ウォーバックスがこうした計らいをするほど、ベイリーを仲間に引きこむことを強く望んでいるよう願っていた。のちのち使える強みになるかもしれないからだ。

ジョンはうなずいた。「なら、そのうちわかるだろう」

待つしかないのは、いちばんこたえる。ふたりはすべての準備を終え、こちらの意思をはっきり示した。あとはウォーバックスがそれに対してどう出るか待つのみだ。

「いずれにせよ、情報はすべて明かすよう求めた」ベイリーに告げる。「この売値に、商品、あの買い手たち。リスクを考えれば当然の要求だ。なにかあったら、誰に落とし前をつけさせたらいいか知っておく必要があるだろ?」

ジョン・ヴィンセントは敵に落とし前をつけさせる男として有名だった。

「本物のウォーバックスが出てくると言い切れるかしら?」ベイリーの手も、ジョンの手と同じく止まらなかった。両手がジョンのセーターの下に入りこみ、細かく生えた胸毛をすき、硬い乳首の上をかすめた。

ジョンは快感でいまにも震えだしそうだった。ちくしょう、ベイリーはまるで炎そのものだ。徹底的に彼を燃やし尽くそうとする。

「言い切れるさ」あれほどの時間と労力をかけて、ここまできたのだ。ウォーバックスにとっても、この取引は評判にかかわる重要なもののはずだ。

ついにベイリーはうなずき、歯のあいだから舌を出してジョンの耳たぶをなめた。ジョンの手のひらは乳房を包みこみ、親指でその先端をもんでいる。

とがった先端は温かい絹に似ていて、ジョンはいけないと思いつつそこに口をつけたくなった。

「商売敵のほうはどうなってるの？」ベイリーが耳元でささやきかけ、両手を彼の胸から引きしまった腹へ滑らせる。

「あっちが選ばれても、情報の全面開示が条件になる」ジョンは請け合った。

ベイリーに耳をかじられた。「あの男の正体を言って」

ジョンはにやりとしかけた。「アバス？　あいつは本物のろくでなしだ」

「ああそう」ベイリーの唇が首筋におりていった。ファルクスとグリアが近づいてきた場合に必要な情報は聞き出したから、ベイリーにとって任務はもう二の次になっている。

「取り分は一五パーセントだ」耳の下をなめられ、かろうじて思い出して言った。

「ふーん」ベイリーははっきりしない声を出して彼のベルトにふれ、指でゆっくりはずし始めになる。

だめだ、暖炉の熱よりも早く、ふたりの熱でこの岩屋にのっている雪を溶かしてしまうはめた。

そろそろとあとずさりし、ジョンはベンチに腰をおろした。ベイリーを見あげ、彼女の両腿をつかんで引き寄せる。ベイリーを味わわずにはいられない。ほんの少しだけ。どうがんばっても、満足がいくまでベイリーを手に入れられたとは思えなかった。

すばやくセーターの裾をまくって絹のようになめらかな腹部をあらわにし、ベイリーの肌に唇を押しつけた。彼女が息をのむ音をたて、ヒップを押し出した。

ジョンがふれるやいなや、ベイリーは彼と一緒に燃えあがる。まるで自然発火現象だ。なにもかも焼き尽くしてしまう。

「またがるんだ」さらにベイリーを引き寄せ、彼女を見あげた。

頬を赤らめつつ、ベイリーが腰にまたがった。ジョンは背もたれに寄りかかり、腰をあげてベイリーを迎える。彼女の太腿のつけ根に、デニムに覆われたこわばりを押しつけた。

「くそ、セクシーだな、まだ服を着てるのに」うなり声をあげて相手のヒップをつかまえ、みずから腰を振りつつ彼女の体も動かした。

「危ないわよ」ベイリーが息を切らして言った。「そのセクシーな体から服を引きはがして、好き放題してしまうかもしれないわ」

「おれに勝てたらな」断言する。「こっちも同じことをする寸前だ」

ベイリーの髪に指をくぐらせて引き寄せ、唇を奪って意識に焼きつくに違いないキスをした。そのとおりになった。キスが脳に熱く刻みこまれ、全身に激しい炎に似た感覚を送りこみ、股間ではじけさせた。

ベイリーを仰向けに押し倒して全裸にし、抱いて、体のすみずみまで味わってしまえばいい。誰かに見られるかどうかは天任せだ。誰かが入ってくる可能性なんてほとんどない。ジョンは心のなかで言い張った。ふたりがどこにいるか知っている人間はほんのわずかだ。パーティーの招待客たちは暗くなるまで庭に忍んできたりしないだろう。あの人間たちは、もっとこそこそ密会する。

ベイリーが彼の髪に両手を差し入れ、指にきゅっと力を入れて引き寄せようとした。彼の唇の下でベイリーの唇が動き、ベイリーの舌が彼の舌を受け入れて舌どうしがもつれ合い、味わい味わわれた。ふたりは同時に声にならない声をあげた。その悦びの声がふたりを包み、ふたりはさらに身を寄せ合った。

もっと彼女を味わいたくて、頭を傾けた。両手はセーターの下に入りこみ、閉じこめられていない乳房をすくいあげてこね、乳首をもんでいる。両方の乳首を味わいたくて死にそうだ。

集中しなければならない任務が目前にある。するべき仕事が。ああ、こんなに気を散らされ、ここまでベイリーを大切に思い始めていることをジョーダンに知られたら、殺される。ジョーダン・マローンにとっては部隊がすべてだ。ジョンにとってはベイリーがすべてだ。

任務がかかわっているかぎり、この事実をジョーダンは認めないだろう。だが、ジョンにとってはベイリーを失ったら、なにもかもおしまいだ。

ベイリーを抱きかかえて唇をついばみ、両手で乳房とその頂をもんだ。ベイリーに口づけて、ふれていなければ生きていけないだろう。生きるためにどうしても必要だ。

「おや、どうやらなにかの邪魔をしてしまったようだ」いら立ちを含んだ、外国訛りの語尾を伸ばす低い声がして、ジョンはすばやく顔をあげた。ベイリーを膝の上から引きおろし、守りやすい隣に置く。

「野暮ね、ジェリック」カタリナの涼やかで女性らしい声音には、おもしろくてたまらないという気持ちがあふれていた。「数分好きにさせてあげてから、声をかければいいのに」

ベイリーは経験したことがないほど高ぶった状態でふたり組を見返し、ジェリック・アバスの顔を見て頬がかっと熱くなるのを感じた。

彼はまるで、きみにはがっかりしただとか、感心しないだとか言いたげなまなざしでこちらをにらんでから、すぐに表情を消し、黒い瞳をまたあのあまりにも親しみを覚えさせる冷ややかな色にした。

この男は、ベイリーが会ったことのあるジェリック・アバスではない。あのまなざしは親戚のダヴィド・アバイジャ、そしてアトランタで会った諜報員ミカ・スローンのものに間違いなかった。

ベイリーの頭のなかでパズルのピースがぴたっとはまった。トレントは小物の国際ブローカーであったジョン・ヴィンセントとなり、世界でも指折りの、信頼の置ける、名高いブラックマーケットのブローカーとして評判を築いた。

ミカ・スローンはほとんど世間に名が知られていないが、ジェリック・アバスは違う。しかし、ここにいるジェリックも名声は自分で築いた。トラヴィス・ケイン。ベイリーは最近になって顔を合わせたトラヴィス・ケインが、何年か前イングランドで会ったトラヴィス・ケインとは別人であると言い切れた。

そろいもそろって、よみがえった死者だ。

「失礼したほうがいいかしら？」ベイリーは用心深く立ちあがり、先ほど脱いだジャケットをベンチのはしからさっと取りあげた。ジャケットを着こんだとたん、いちゃいちゃしているところを見つかった女の子みたいな気分が抜けて、自分の意思を持つ大人の意識が持てた。

そういえば、してはいけないことをしているところをダヴィドに見られたときは必ず、子どもになったような気分にさせられていた。彼は、ずっと昔からベイリーを落ち着かせる存在だった。ダヴィドも、彼の父ガレンも死んでしまうまでは、ベイリーを翻弄してばかりの世界にあって安定そのものの存在だった。

「ミス・セルボーン」彼がベイリーに向かって会釈してから、ジョンを振り返った。「われわれはまだ友好的に競争する立場にあるようだな」

ジョンがのんびりと立ちあがった。ジェリックとカタリナはどちらも妙に用心深く、警戒して、じっと動かない。

ふたりはここまで何者かにつけられてきたか、見張られていると疑っている。ベイリーは察した。ジェリックとその愛人とうわさされる女性が踏みこんでくる前から、自分たちは誰かに監視されていたのだろうか。

「お互いプロらしく対処できると信じてるよ」ジョンがゆったりとした口ぶりで返し、ベイリーはカタリナのようすを慎重に観察した。

「もちろんだ」ジェリックが答え、感情を見せない顔でふたたびじっくりとジョンに鋭い目を向けた。「邪魔をして申し訳なかった。だが、できるだけいろいろなところに鼻を突っこむのを楽しみにしているのでね」

カタリナの笑い声は絹のようになめらかで自然だった。が、表情は警戒を呼びかけていた。

ベイリーたちは確実に見張られていたらしい。

「では、ベイリーとおれは自分たちの部屋に帰るよ。誰かさんが鼻を突っこめない場所へ」ジョンはばかにしたように言ってベイリーのウエストに手を置き、うながして出口へ歩きだした。「差し支えなければね」

「どうぞ、そうしてくれ」ジェリックが低い声で応じ、ふたりがわきを通るときにかろうじて聞こえるほどの声でつけ足した。「気をつけるんだ、ふたりとも、見られているぞ」

ジョンとベイリーは、その短い警告など聞かなかったように通り過ぎた。ジョンがベイリーのウエストに腕を巻きつけて、ぴったりと引き寄せる。ふたりの寝室に戻ったら、先ほど始めた行為を成し遂げようと固く誓い合っているかのようだ。

ベイリーは喜んでそうするだろう。そうしたいと望む欲求が、消せない炎のように全身を勢いよく駆け巡っていた。

ジョンにはいつもそんな状態にさせられる。ふれられると、反応が収まるまで何日も悩まされる。彼を失ってしまったら、そんなふれかたを二度と忘れられないだろう。彼女の心を奪った男を二度と忘れられないだろう。

あたりに目をやったとき、迷路の別の道へ続く植えこみの角で、ふとなにかが動く気配がした。陰にラルフ・スタンフォードが潜んでいた。男は身を引き、生け垣にまぎれてほとんど姿を消す。

ベイリーは向けられている悪意を感じた。あの男の心に満ちている激しい憎悪が伝わってきた。

背にあてられたジョンの手に力がこもった。こちらをねめつけているあの男は無視しろと、さりげなく注意を与えている。いまのところは無視してもいい。けれども、無視していられなくなるときが来るに違いない。ラルフは勝負に負けるのを嫌い、ベイリーを憎んでいる。そのふたつの憎悪が組み合わさって、ベイリーに襲いかかるだろう。おそらく、ジョンも巻き添えにして。

15

うわべだけなら、ジョンは完璧なビジネスマンに見えた。ベイリーが生まれ育った社交界の年長者たちと会話している。彼のカリスマ性と知性を、相手も数日のうちに認め始めるだろう。

フォード・グレース。サミュエル・ウォーターストーン。ステファン・メントンスクワイアー。ロナルド・クレイモア。この全員が、セルボーン家の富の大部分を構成し、さまざまな事業を統括する巨大企業セルボーン・エンタープライズの取締役だ。ベイリーが相続人を持たずに死亡したり、遺産は現在指定の慈善団体ではなく、まったく関係のない第三者に譲ると遺言を変更したりした場合に巨額の収入を失うのも、この男たちである。

ベイリーが何年もかけて進めてきた調査と、ジョンの部隊もかかわってきた捜査により作成された短い容疑者リストに載っているのも、この四人の男たちだ。

四人はベイリーの名づけ親でもある。父も母も名づけ親をひとりの友人に絞れなかった。だから、ベイリーには四組の名づけ親がいるのだ。おかげさまで。

いずれベイリーが会社の経営権を引き継いだとき、その管理を手助けするだけの知性と経験と二枚舌に恵まれているとジョンがこのほど認めさせたのも、同じ四人の男たちだった。彼らはみな喜んで経営権を手放そうとしているわけではない。しかし、ベイリーが経営のパートナーとしてジョンを選んだことに、少なくとも反対はしていなかった。

「かなりいい印象を持たれてるみたいね」数日後の晩、四人の男たちと酒を飲みながらの会談を終えて舞踏室へ戻ってきたジョンに、ベイリーはささやきかけた。

「あの四人が一緒に働けるわけがない」ジョンがうなり声で言う。「あいつらがここ七年ずっと単純極まりない決定についてもめ続けてるって知ってるか？　きみの会社をもっと効率よく、働きやすくするために出された案について話し合うたびに、やつらは殴り合いになりかけてる」ジョンはずいぶん頭にきているようだ。「あの危ない野郎たちのひとりは、このおれに殴りかかろうとしたんだぞ」

「ほんと？」それは初耳だった。ベイリーはあの四人のうち誰がウォーバックスか突き止めるのに忙しく、それどころではなかったのだ。

「ベイリー、あの四人はビジネスマンのふりをしてる精神病質者だ」ジョンはいまや面と向かって訴えている。すっかり驚いてショック寸前の表情だ。「あいつらにかかわりがある人全員の安全のために、どこかに閉じこめておいたほうがいい」

ベイリーはびっくりして相手を見返した。「そこまでひどいはずがないわ」

ビュッフェ料理が並ぶテーブルの上の海老が盛られた深皿に顔を向け、もう少しつまもうかと考えていると、ジョンに腕をつかまれて強引に振り返らされた。

「ベイリー、そこまでひどいんだ」低い声を出すジョンのまなざしには、ありありと恐怖が浮かんでいた。「きみが本気で、いいか本気でだぞ、両親が残してくれた遺産を責任持って引き継ぐつもりなら、とことんめちゃくちゃになったしろものを抱えることになる」

「その若造はすぐ大げさな口をたたく！」ベイリーは両親の遺産の管理をなおざりにしているとはっきり非難されて、動揺したまま振り返った。憤慨して眉をひそめ、額を引きつらせているロナルド・クレイモアがいた。こちらもジョンと同じくらい頭にきているようだ。

「こんな厚かましい成りあがりの若造と結婚してしまうつもりなら、黙っておらんぞ」

「ロナルド、きみは自分より大声が出せる相手はどうにも許せんたちだからな」サミュエル・ウォーターストーンが友人のうしろから堅苦しい冷静な口ぶりで割って入った。「あの若者の声がきみより大きいからといって、ベイリーにあたるのはいかんよ」そう告げてジョンをにらみつける。「わたしたちの誰よりも、彼はうるさいがね」

いったいいつの間に、トワイライトゾーンがコロラド州アスペンにやってきたの？

「気にしなくていい、ベイリー」場にふさわしい好意を見せたのは、フォードただひとりだった。唇にはかすかな笑みを浮かべ、グレーの瞳にはベイリーが子どものころ以来見ていなかった輝きを宿している。楽しげな光を。「この男たちも、とことんやり合って喜ぶにはもう年を取りすぎている」

ステファン・メントンスクワイアーは全員をにらみつけていた。「その若造はどうしようもない悪党だ」ぶつくさ言って、ほかの三人からそろって非難の目を向けられている。

「失礼しますよ、みなさん」ジョンがいら立ちも限界に達した顔で、ベイリーの肘を握った。

「この会話に、あなたがたが加わってくださる必要はないですから」

「待て、われわれにもかかわる話だろう」ステファンが険悪な顔つきでジョンに迫り、タキシードの襟を正して肉づきのいい肩を怒らした。「当然われらも入れてもらうべきだ」

「病院の保護房にな」相手に引けを取らない険悪なしかめつらで、ジョンが吐き捨てた。「それも、女性の前で礼儀正しい態度がとれるならの話だ」

ジョンはさっさとベイリーを連れて歩きだした。ベイリーが振り返ってみると、フォードがあからさまにおもしろがって笑い、残りの三人はまたしても言い合いを始めている。

見慣れた光景だった。自分の家に戻ってきて初めて、両親とともにあの四人の男たちやその家族と一緒に過ごしたころのいい思い出がよみがえってきた。ベン・セルボーンがあの男たちと言い争いになったときは、全力の乱闘も生やさしく思えたものだった。

「まるで子どもね」懐かしい気持ちに駆られて、つぶやいた。

「核を持ってるテロリストを相手にしたほうがましだ」ジョンが文句を言ってベイリーをダンスフロアに連れ出し、彼女を抱き寄せ、また四人をにらみつけた。「会社に関しては、あの四人をどうにかしなきゃならないぞ」

ベイリーは驚いて相手を見た。「わたしの専門分野じゃないわ。父はビジネス一筋だったけど、わたしはそうじゃないもの」

「きみの子どもたちが受け継ぐ事業だぞ」ジョンがまだ少し怒りに震える声で言い、添えた手で彼女をさらに抱き寄せた。ベイリーは、相手のたくましい体に包みこまれる温かさを感じた。

「子どもなんていないでしょ」言い返した。「これから産むつもりもないわ」

ジョンがフロアの真ん中でぴたりと足を止めかけ、ふたたび驚きで表情を険しくした。

「いつか産むだろ」思い切ったようすで、慎重に言う。

ベイリーは決意をこめた目で相手の視線を受け止めた。「いいえ、ジョン、産まない。わたしの子どもたちの父親は死んでしまったの。覚えてる？」用心深く声を潜め、唇の動きを読まれないよう口元も隠した。それでも、ジョンには真実を隠さなかった。

単に家族や子どもを得るために男性と一緒になるくらいなら、ひとりでいるほうを選ぶ。そんなふうにするのは、相手の男性に対してひどいことだ。子どもたちにとっては、もっとひどい。

ジョンはなにも言わなかった。いったいなにが言えるだろう？　ベイリーの言うことは事実だった。最初のときと同じように、彼はベイリーの人生から姿を消す。ただ今回は、彼女なしでジョンはどこかで生きていると知りながら、暮らし続けていくことになる。

「事業はきみが引き継いだ遺産だ」ようやくジョンが口を開き、ベイリーをぎゅっと抱きかかえた。「いずれ誰かがまた引き継ぐんだ、ベイリー。慈善団体にやってしまうなんて、とんでもない」

「だけど自分で管理するなんて、わたしにはとても無理よ」きっぱり答えた。「女実業家にはなれないもの、ジョン。なりたくもない」

この件が終わったら、必要なだけの遺産を受け取って静かに暮らそうと思っていた。何年も向き合ってきた戦いから身を引ける、どこか静かで人の少ない平和な場所に、こぢんまりとした家を買いたい。

そのくらいの贅沢をしたっていいはずよ、と思った。一生のうちに二回も、愛する人を失うはめになったのだから。子どもも家族もいない。すてきな家庭にぴったりの白い柵を立てたって、見せかけだけだ。

いったい、どう答えればいいんだ？　ジョンは悩んでいた。ベイリーは十八歳のころから去年首になるまで、ずっとエージェントとして働いてきた。愛する人たちの命を奪った者と、そうするよう指示した者を破滅させるために生きてきた。たった一度だけ、愛が復讐心を忘れさせたのに、その愛も奪われてしまった。

ジョーダンはかんかんになるだろうな。ジョンは胸にこみあげてくる決意を自覚して思った。ベイリーを二度も手放すつもりはなかった。ベイリーも、ジョンがひとりで戦いに臨むのを黙って見ていたりはしないだろう。きっと、ともに戦おうとする。なんとかして部隊に加わるに違いない。さもなければ、ジョンは誓いを破り、ふたりともの命を確実に危険にさらすことになる。

「愛する男と一緒になれたらどうする？」思い切って尋ねた。「そしたら、子どもがほしいか？」

肩にふれるベイリーの唇が笑みのかたちになるのがわかった。穏やかな微笑みではなさそうだ。その笑みの裏にある気持ちも、もう少しで感じられそうだった。

「いまのところその見こみはないでしょう」ベイリーが静かに答えた。「そうできる見こみが得られるまで、その質問には答えられないわ」

ジョンはベイリーの頭の横に顔を伏せ、出ていきそうになったため息をこらえた。この任務がこたえだした。この状況すべてに、ひどく苦しめられていた。ベイリーを安心させたい。きみの人生から二度といなくなったりしないと約束したい。しかし、必要な手配をすますでは、なにも約束できなかった。ベイリーに捧げられる約束はなにもなかった。

「失礼。このダンスの相手を譲ってもらえないだろうか」ふたりそろって足を止め、ジョンはワグナー・グレースを見返した。

ベイリーも振り返ってワグナーを見つめる。彼女の体に緊張が走り、全身に伝わっていくのがジョンにもわかった。

「少しのあいだだけでいいんだ」ワグナーがベイリーを見つめて言葉を継ぐ。「長く時間は取らせないと約束するから」

男は深い悩みを抱えていそうだが、恵まれた暮らしを送ってきたようでもあり、取り乱してもいるようだ。ジョンは思った。とはいえ、今週ここに集まった大物の子どもたちには、正直言ってあまりいい印象は受けなかった。大人のふりをしていばっている、甘やかされた子どもに見えた。いやに頭はいいが、つねにその知能は知的とは言えない目的に使われている。たとえば部隊の報告によると、このワグナーは父親が築きあげてきたあらゆる事業に関心を示すどころか、仕事から逃れることに一生のほとんどを費やしている。

「もちろん」ことわったら礼儀正しい社交界から白い目で見られそうなので、そう返事をした。それに、ここはベイリーに任せるべきだろう。

ダンスフロアをあとにし、顔をしかめそうになるのを我慢して四人の男たちの会話に加わった。この男たちは世のなか全体の安全のために、どこかへ収容すべきだ。そのほうが、この男たち自身にとっても安全なはずだ。

「あの若いのも、もう少し大人になったほうがいいな」サミュエルが言い、ジョンは振り返ってダンスフロアに視線を戻した。

「あの子たちはみなそうだ」ステファンがため息をつく。「われわれは子育てに失敗したな、サム。親の責任だ」

「ベンは成功したぞ」フォードが口を開いた。ジョンはまじまじと相手を見た。フォードと目が合い、そのまなざしに抜け目なさと交じって敬意がよぎるのを見た気がした。「ベンは娘を立派に育てた」フォードが重ねて言った。「わたしたちより、賢かったのだ」

そう言い、友人たちに背を向けて立ち去っていく。ジョンは彼のうしろ姿を見送った。フォードはレイモンドに声をかけて短く言葉を交わしてから、舞踏室を出ていった。

ジョンはまた振り返ってベイリーを見つめた。彼女の取り澄ました表情と、緊張をはらんだ物腰が気になって目をすがめる。ワグナーは誠実に思いつめて説得しているかのように、早口でベイリーに話しかけていた。

ベイリーはワグナーに手を取られ、もう片方の手を彼の肩にのせていた。リードされてダンスフロアを移動しつつ、問いたげに彼を見あげる。

ワグナーから発せられている緊張を感じ取っていた。彼の体をこわばらせている冷ややかな警戒心。以前の彼からは想像できない態度だった。このホームパーティーのあいだ、ワグナーの姿を見かける機会はほとんどなかった。彼と、グラント・ウォーターストーンといった数人の友人たちは、別の場所で気晴らしをしていた。

「きみが心配なんだ、ベイリー」ワグナーが気遣いを浮かべた顔でベイリーを見おろして、ようやく口を開いた。「レイモンドが雇った警備員の話では、数日前に招待客のひとりから襲われたそうじゃないか。レイモンドがわざわざ招いた、かなりまずいうわさのある男に」

ベイリーは驚いて相手を見返した。てっきり、あの件はレイモンドがもみ消したと思っていた。

「心配するようなことじゃないわ」手を振って、その事件の話を退けた。「ちょっとしたもめごとよ」

「そうかい」ワグナーが眉をひそめる。「喉を切り裂かれる直前だったと聞いたんだけどね」

「でも、ご覧のとおりぴんぴんしてるでしょ」安心させようとした。「ワグナー、頼むから心配しないで」

「心配するに決まってる」ワグナーが言い張った。「グラントだって心配しているよ。ヴィンセントとつき合うのは感心しないな、ベイリー。ただでさえ過去のせいできみは危険を抱えているのに、あの男のせいでもっと危険にさらされる」

グラント・ウォーターストーンが性悪なのは周知の事実だ。それどころか、愚かな性悪でもある。よくない連中とつき合い、ドラッグをやりすぎ、しかもその薬物に相場よりかなり高い金を払わされている。

ジョンに対する非難は聞き流すことにして、慎重に落ち着いた表情を保ち、黙って好きなだけ言わせた。

「あのろくでもないヴィンセントについてぼくが暴き出した話も、父は真剣に聞こうとすらしない」ワグナーが急に険しい目つきで見おろした。「あの男が、テロリストの取引を仲介している疑いがあると知っているのかい？　冗談だろ、ベイリー。きみはＣＩＡの一員じゃないか」

「首になったのよ」淡々と訂正した。「いまではフリーエージェントなの、ワグナー」

「それでも、ＣＩＡの一員だった」彼が言い直した。「愛国心はどこにいってしまったんだ？」

「確定拠出年金や、恩給や、勤務成績と一緒よ」退屈を隠そうともせずに答えた。「首になったときに、一緒にすっかりどこかへ飛んでいってしまったの」

不思議なものを見る目で、ワグナーから見つめ返された。「きみがまさか父と意見を一致させるなんて思ってもみなかったよ」困惑して首を振っている。「父は、きみがまんまと思いこまされてしまったような人間ではないよ、ベイリー。ぼくたちにはわかっているはずだろう」

ベイリーは口をつぐんだままでいた。ワグナーが問いつめる気持ちもわかる。ベイリーがこんなふうに変わってしまった理由が理解できないのだろう。

「父は周囲が信じているような人間じゃない。わかっているはずだ」ワグナーがさらに言った。

「誰しもそうじゃないわ」ベイリーは肩をすくめた。「あなたの言うとおり、わたしはエージェントだった。十八歳のころからよ、ワグナー。その年から活動してきたのに、あなたの父親を犯罪者だと証明することは一度もできなかった。証明しようとしたのは確かよ。ひょっとしたら、何年も間違っていたのはわたしのほうかもしれないわね。そうでなかったとしても、なにも変わらない。自分に残された唯一の家族に刃向かったりはしないわ」

「証明できるかもしれない」ワグナーが慎重にほのめかした。「父が見せかけどおりの人間ではないと」

ベイリーは目をすがめて相手を見返した。「気をつけて、ワグナー」言いかけた。

「いいかい、あとで会いにきてくれ」彼女の腰にあてた手に力をこめて、ワグナーが声を潜めた。「数分だけでも時間がほしい、ベイリー。父がきみの忠誠に値しない人間だと証明させてくれ」

ベイリーは相手の要望を検討するように、ぎゅっと唇を閉じた。

「アンナのためだ、ベイリー。アンナのために、頼む」ワグナーがささやいた。

ベイリーは大きくため息をついた。「今夜、パーティーが終わったら」ワグナーに告げる。

「見せたいものを、わたしの部屋に持ってきて」

「ぼくの部屋に来てくれ」ワグナーが切羽つまった口調で求めた。「ひとりで。ヴィンセントを連れてきてはいけない。父たちに近づきすぎていて信用ならないからな。それに、なにかしている者がひとりいるなら、ほかにもかかわっている者がいるはずだ」

いったい、どういう意味なの？　本当にワグナーは、彼らの誰かがウォーバックスである証拠を手に入れたのだろうか？　それとも、あの裏切り者にかかわっている証拠を？

「行くわ」ベイリーはうなずいた。「何時になるかは約束できない」

「それでもいい」ワグナーがうなずき返した。「待っているよ」

音楽が終わりに近づいた。ワグナーがベイリーの手を取り、ジョンのところまで送り届けた。

「踊ってくれてありがとう」優雅に会釈をする。「おやすみ」

友人のうしろ姿を見つめるベイリーの背にジョンが手を置き、指先でさりげなく背筋をさすった。

「あとでワグナーと会う約束をしたわ」声を低くしてジョンに告げた。「フォードの正体を暴く証拠を手に入れたというの。わたしの忠誠に値しない人間である証拠だそうよ」

「どんな証拠か言ってたか？」ジョンが彼女の耳にゆっくり唇をすり寄せ、背筋に快感の波を走らせた。

彼にふれられて、猫みたいに背をそらしたくなる。

「言ってなかった」ベイリーは肩をすくめた。「今夜のパーティーが終わったら、会いにきてくれと言われたわ」

「いよいよ正体がつかめそうだな」ジョンの唇はまだ彼女の耳の近くにあり、縁を撫でて官能をかき立てていた。

「たぶんね」ただ、なにかがおかしいという感覚をベイリーはぬぐえなかった。フォードはあまりにも好意的な態度をとり、不自然なまでにワグナーとメアリーを引き離しておこうと腐心している。さらに、おかしなほど、ビジネスの話には必ずジョンを引き入れようとしていた。

そんなフォード・グレースの一面をまのあたりにして、正直、震えあがっていた。あの男は善人ではない。善人のふりをされると落ち着かなかった。

「お友だちが来るぞ」ジョンが静かに知らせて首を起こし、手を彼女のヒップに移動させた。手のひらで温かく包みこんでいる。

「ベイリー」グラント・ウォーターストーンが近づいてきた。鷲のくちばしのようにくっきり伸びた鼻を突き出して、こちらを見下している。いやにお高くとまった表情は、女っぽく見えるほどだった。

完璧に整えられた髪。すべすべの肌。いつの時代もハンサムと言われそうな顔。そして、あの手は赤ん坊の手のようにふにゃふにゃしている。さわったことがあるからベイリーは知っていた。

「こんばんは、グラント」かすかに嫌悪を感じて背筋に悪寒が走るが、顔を傾けて頬にそっけないキスを受けた。

グラントには、ベイリーがどうしても好きになれないなにかがあるのだ――どうしてもうさんくささを感じさせるなにかだ。ドラッグを常習していて、低俗な仲間とつき合っているからというだけではない。機会さえあればすぐに人を裏切る男だと、昔から感じていたからだ。

「ワグナーには気をつけたほうがいい」忍び声でグラントが警告した。「あいつがどんなに企むのが好きか、みんな知っているからな」

ベイリーは眉をあげてみせた。「ワグナーは思いやりのないまねをしたことなんてないわよ、グラント」

「きみはまだ標的にされたことがないだけだ」グラントが傲慢に言い切る。「いいから気をつけろ、ベイリー。傷つかれたら寝覚めが悪い」

「備えあれば憂いなしだものね」おかしくて唇が引きつった。

グラントが肩をすくめる。「忠告したかっただけだ」言い捨て、背を向けて肩を怒らし、ふんぞり返って離れていった。

「グラントは、母国でテロ組織と関係してる売人からヤクを買ってるぞ」ジョンが横でささやいた。

ベイリーはそっとうなずいた。その話は知っていた。知りたくもなかったけれど。

「もうたくさん」頭を左右に振った。「とっとと、ここから連れ出して」

すぐさまジョンに連れられて歩きだし、大きな両開きのドアから玄関広間に出て階段へ向かった。本音では、もうたくさんどころではなかった。

誰からもほとんど引きとめられもせず、部屋に戻れた。舞踏室ではシャンパンがふんだんに振る舞われていたから、寄り集まったゲストたちの多くはほかの場所に楽しみを見つけにいくより、一カ所にとどまっていることにしたようだ。

寝室に入るなり、ベイリーはハイヒールを蹴って脱いだ。ジョンは装置で盗聴器を探している。ひとつ見つけてじっとそれに見入ってから、その機器を靴の底で踏みつぶした。落ちたままの破片は、あとで使用人が片づけるだろう。

「その手にも飽きてきたわよね」ベイリーは感想を言ってドレスの背のジッパーをおろし、体を揺すって脱いだ。

ドレスを椅子の背にかけ、ウオークインクロゼットに入る。そこでゆったりとしたスウェットパンツとTシャツを取り出した。

ひとりになれるクロゼットで着替えをすませ、ずんとのしかかってくる疲れを振り払おうとした。一日じゅう、疲れについてまわられている気がする。体だけでなく、心も疲れていた。大人になってからというもの、ここにいる人々から逃げ続けていた。ここに来て日ごとに、そうしてきた理由を再認識していた。

家族同然だと教えられて育ってきた男女と一緒にいても、場違いで、溶けこめないと感じていた。彼らは自分たちのほうがベイリーより上で、賢く、優れていると考えている。単に、ベイリーが彼らの世界に溶けこんで生きていこうとしなかったからだ。

「ワグナーとはいつ会うつもりだ？」ジョンがクロゼットの入り口に立ち、むっつりと不機嫌なまなざしを向けてきた。「あの男にひとりで会いにいくのは気に入らない」

「ワグナーは悪意のない人よ」ベイリーはため息をついた。「重要な情報を持っているかもしれないし」

「ここの連中のなかでは、いちばん危険はなさそうだがな」彼も認めている。「それでも、やっぱり気に入らない」

棚から取り出したスニーカーに足を入れ、ベイリーは恋人を振り返った。屈んで靴紐を結んでからあらためてジョンを見あげると、心配そうな顔をしている。

「誰かを一緒に連れていったら、きっと話をしてくれないわ」ベイリーは言った。「ワグナーがフォードに不利な証拠を持っているのなら、いますぐ対処しないと」

フォードの利益を考えているかに聞こえるよう気をつけて話をした。誰にも聞かれていないと確信できる場所でなければ、決して任務についての話はしない。ウォーバックスに関しても絶対に口にしなかった。

この任務に残された時間は、あと八日。八日でウォーバックスの正体を突き止め、相手との顔合わせに備える。あと八日で過去を葬る。ベイリーは思った。あと八日で、ジョンを失う。またしても。

そう考えたために体を起こしてから動けなくなり、ジョンを見つめた。一緒にいられる時間は、なんて少ししか残っていないのだろう。取り残されたあと、今回はどうやって生きていけばいいの？　彼が自分なしで任務を続けている。自分の恋人である男にほかの女がふれて、抱きしめているかもしれない。そうとわかっていて、夜どうしたら眠れるというのだろう？　ジョンがいなかったら自分はひとりだとわかっているのに。どこで暮らそうと変わらない。ジョンがいなければ、どこにいようと耐えられないのだから。

それについて涙を流すこともできなかった。怒りをぶつけることもできない。胸をさいなんでいるひどい悲しみをやわらげるためにできることは、なにもなかった。

「大丈夫だ」ジョンが声に出さずに唇だけ動かした。「信じろ」

ジョンを信じていた。それでも、どうやったら、こんな状況から抜け出せるのかわからない。ジョンを立ち直らせたのがどういった機関であれ、ベイリーを加わらせようとはしないだろう。彼女はCIAを首になった身だ。どんな諜報機関にとっても、危険人物だ。

「もちろん大丈夫よ」同じように唇を動かして返した。口先だけの決まり文句を。

「ワグナーと話してくるわ」クロゼットを出ようとしたら、目の前にジョンが立った。そのまま動こうとしない。考えこんだ顔でベイリーを見つめて、表情からなにかを探ろうとしている。

「武器は持ったか？」ようやく低い声で彼が尋ねた。

ベイリーは持っていないと答えた。「うまく隠す場所がないから。ワグナーに警戒されたくないし。一時間たっても戻らなかったら、迎えにきて。でも、それより早く帰ってこられるって約束できるわ」

ジョンはまだ動かない。

「あなたをかわして出ていかなきゃいけないのかしら、ジョン」疲れた笑みを浮かべて彼を見返した。

ああ、彼を愛してる。以前と同じように、いまの彼にもベイリーがどうしても惹かれてしまうなにかがあった。ジョンの腕のなかに身を寄せて縮こまり、少しのあいだだけ、ここ以外の世界があるなんて忘れてしまいたかった。

「まだ行くな」ジョンが前に踏み出し、両手でベイリーの腰を包んで抱き寄せた。

すぐに硬くなっている彼を感じた。渇望と熱情を感じさせる両手が背を撫でおろし、双丘の丸みをすっぽりと包みこんでから、また腰をつかんだ。

ジョンが頭をさげてそっと唇をふれ合わせるのを、ベイリーは待っていた。両手を彼の首に滑らせ、ひんやりとする髪に指を差し入れ、彼を迎え入れるために唇を開いた。

キスは冬の炎のようだった。混じりけのない渇望と熱情で心をとりこにする恵み。彼にキスをされると、愛されていると同時に奪われている気がする。熱い感覚が全身を駆け巡り、肌のあちこちをかっとほてらせる。ここで自分はいったいなにをしなければならないか、覚えていられるだけの理性にしがみついていようと必死だった。

ジョンの腕のなかにいると、唇や舌のふれ合い以外はなにも頭に浮かばなくなり、筋道立て考えられなくなるからだ。

時間をかけてついばむキスが、弱っていたベイリーの心を元気づけた。だまし、操り合う日々の繰り返しに耐えきれなくなりかけていた心をよみがえらせた。ジョンの両手が背を撫で、シャツの下にもぐりこんでじかに肌にふれ、優しくさすり、ベイリーの体にぬくもりを戻らせた。ベイリーは彼を求めて吐息をもらし、身をゆだねた。

「早く戻れ」唇を重ねたままジョンにささやかれ、ベイリーはけだるげに目を開いて、相手の陰りを帯びた瞳の奥をのぞきこんだ。「今夜はきみがほしい、ベイリー」

「明日の夜も？」ささやき返した。けれども、心配なのは明日の夜ではなかった。心配なのは、八日後だ。どんな結果であれ、この任務が終わるとき。ウォーバックスの正体が暴かれるか、ウォーバックスが彼らに勝利を収めるとき。そのとき、ベイリーの心は答えを求めるだろう。

「毎晩きみがいないとだめだ」

ジョンは彼女をほしがっている。しかし、求めるものが必ず手に入るわけではないと、ふたりともわかっていた。ときには、ぽっかり穴の開いた心を抱え、もっとうつろな人生のなかに、たったひとりで取り残されることもある。

「急いで戻るわ」彼から離れて約束した。「待っててね」

「ずっと待ってる」ジョンも約束した。

どうか、それが本当でありますように。

16

ベイリーは両手をポケットに入れて、二階建ての翼棟――ベイリーとジョンが泊まっている続き部屋がある――からワグナーが部屋をあてがわれている屋敷の反対側へ向かった。

建物は広大で別荘というより大邸宅だ。これ見よがしで、派手で、とんでもない金の無駄遣い。ベイリーにはそう思えた。

しかし、ところどころに芸術作品のような趣もある。それは認めないわけにいかない。ただ、父母の別荘と同じように、ベイリーの好みではなかった。

ほかの続き部屋の、ほぼ完全に音を遮断するドアをいくつも通り過ぎ、数分もかけてワグナーの部屋を目指した。背後でドアが開き、静かにカチリと閉まる音を聞いても気にとめなかった。まだいまの段階で襲われるとは思えない。襲われるとしたら、もっとあとだ。

ベイリーは何度もオリオンに迫っていたにもかかわらず、彼女に手を出さず生かしておくよう、何者かがオリオンに金を払っていた。それが誰であろうと、この内輪の領域でベイリーを殺させはしないだろう。ランドン・ロスに襲われた直後とあっては、特にそうだ。

ワグナーの部屋の前まで来て、そっとノックをし、ドアが開くのを待った。

出迎えたワグナーは酔っていた。手にグラスを持ち、かすかにではあるがウイスキーのにおいを漂わせている。これが今夜の最初の一杯ではない証拠だ。

「入ってくれ」ワグナーの声音は冷たく、よそよそしかった。

こんな態度を見せるなんて珍しい。

「数分で、いなくなったことをジョンに気づかれるわ」ベイリーはそう告げて室内に入り、慎重になかを見まわした。

部屋には乱れひとつなかった。ベッドは、そこで眠ったことを示すわずかな跡もなく整えられていた。

「父によると、今夜のぼくはすねているんだそうだ」斜にかまえて、ウイスキーのグラスを掲げている。「いつも見あげていた父親が台座から転落するのを見るのは、それなりに胸が痛むものだよ」

ウイスキーを飲み干して近くのテーブルにグラスをぞんざいに置く相手を、ベイリーはじっと見つめた。

「ほとんどの人は十代でそういう経験をするものだわ」肩をすくめて口を開く。「親だって完璧な人間ではないもの、ワグナー、こちらがどんなにそう思いたがっていてもね」

「そのとおり」彼は不服げに言って手で顔を撫でおろし、疲れたしぐさで頭を振った。「だが、親がみんな極悪人というわけじゃないだろう」

「あなたの父親は極悪人なの?」

その質問に、ワグナーは疲れたため息を返した。

「数カ月前に、父の個人秘書がスキー中の事故で亡くなったのを知っているかい?」

ベイリーは首を横に振った。「知らなかったわ」本当は知っていた。事故の数日後に個人秘書のアパートメントの部屋に侵入し、調査までしていた。が、フォード・グレースがかかわっていた事実を証明するものは、なにも発見できなかった。

「チャーリーはいい人だった」ワグナーが重いため息をつく。「ぼくらより十歳くらいしか上じゃない。それでも、かなり頭の切れる人物だったよ。父の生活を、きちんと油を差した機械みたいに立ちゆかせていた」

「それが個人秘書の仕事でしょ」落ち着いた、冷淡に見えるほどの態度を慎重に保って、ベイリーは感想を述べた。先走って感情や興味を見せるのはまずい。

「ああ、懐かしいチャーリーは賢かった」相手が唐突に響く、低い嘲笑を発した。「父は秘書がどんなに賢いか、わかっていなかったんだろうね」

「なにが言いたいの、ワグナー？」ついにベイリーはうんざりした声を出した。今夜は、この調子につき合っていられない。部屋に戻ってジョンの胸に寄り添いたかった。彼にふれられて、彼のものになる感覚を味わって、彼がいなくなってしまうときのために、また別の思い出を蓄えておきたかった。

ワグナーが頭を左右に振り、目をすがめて見返した。「きみには驚いたよ、ベイリー」悲しげに言う。「きみの正義感がそんなものとは思わなかった」

「ワグナー、わたしの正義感は、他人からいかにそんなものがどうでもいいと思われているかに気づいて、はっとしたの」いら立った口ぶりで言い切った。「いままでは、われながらどうだっていいと思ってるわ。だいたい、あなたの父親や、あなたたち親子の関係に、わたしの愛国心がどうかかわってるの？」

「父と親子の関係などない」ワグナーがきっぱり言い、向きを変えてテレビに近づき、その上のリモコンを手に取った。「このあいだ、ずいぶん興味深い小包を受け取って気づいたんだ」

リモコンを持って、彼がベイリーに歩み寄った。

「どんな小包だったの？」ベイリーは尋ねた。

ワグナーの笑みはあざけりと軽蔑に満ちていた。「世界を動かしているのはなんだと思う、ベイリー？」

ベイリーは友人をまじまじと見てから、冷えきった笑みを浮かべた。「権力よ」

「金ではなく？」さも驚いたふりで、ワグナーが片方の眉をあげる。

「お金があっても、権力を得られない場合はあるわ」ベイリーは肩をすくめた。「いっぽう権力はかぎりない富をもたらしてくれる。だから権力が世界を動かしているのよ、ワグナー。お金ではなく」

ワグナーが低い声で笑った。「父も同じことを言うよ」

ベイリーはどうでもよさげに肩をすくめた。「うちの父も言ってたわ。お気に入りの信条だったの」

「きみの父親が亡くなった日、ぼくの父と争っていたのを知っていたかい？」

胸の奥を鋭く激しい悲しみが襲い、ベイリーは必死でそれを押し隠した。

「言い争っていたのは、いつものことでしょ」ゆったりしたスウェットパンツのポケットにまた両手を突っこみ、おもしろそうな顔で相手を見やった。「そうするのが好きだったのよ」

ワグナーがそうじゃないというそぶりをした。「いや、本気で争っていたんだよ。うちの父の書斎の真ん中で殴り合った。ベンは怒って出ていった。刑務所にぶちこんでやるとののしってね。その一時間後に、きみの両親は殺された」

油断なく保っている落ち着いた見せかけが激しい怒りでほころびそうになったが、ベイリーはかぶりを振った。「わけがわからないわ。ねえ、この件をどうしていま持ち出すの？」

「さっきも言ったとおり、チャーリーは賢かったんだ」ワグナーがリモコンをあげ、テレビのスイッチを入れた。「いざというときの保険が大切だと信じていてね、自分が死んだときのためにも、ちょっとしたものを用意していたんだ」そのとき不意にワグナーの平静さにひびが入り、声が震えた。「ひどいんだ、ベイリー」振り返って言う。「チャーリーは友人に小包を託して、自分の身になにかあったらぼくに渡してくれと頼んでいた。中身はＤＶＤだったよ」

ベイリーの両手がひどく汗ばんでいた。ワグナーを見つめ返し、相手の目に表れている冷たい怒りに気づく。

「なにが映っていたの、ワグナー？」恐怖にとらわれた心地でささやいた。自分の見知っていた人生が一変しようとしている。そう感じ、なぜか確信できる気さえした。

ワグナーが悲しげに勧めた。「座ってくれ」テレビの前の椅子を指している。「これを見るのなら立っていたくないはずだ」

ベイリーが用心深く腰をおろすと、ワグナーが再生ボタンを押してＤＶＤの映像が始まった。

フォードの書斎が映っていた。フォードが机に向かって立っているところへ、ベイリーの父親が踏みこんできた。

「いったい、なにをしているつもりだ？」懐かしい父の顔に見入るベイリーの胸に、父の低いうなり声が響いた。

「書類を探している」机から目をあげるフォード。「きみこそどうした？　びくついてるのか？」

「びくついてるだと、ふざけるな！」ベンが怒鳴った。「この卑怯なろくでなしめ。ウォーバックスとはどこのどいつだ？　セルボーン・リサーチが軍から任されたテスト設計に手を出して、そいつはなにをしようとしてる？　きみは、いったいなにを企んでいるんだ？」

ベイリーの心臓が止まりそうになった。フォードがゆっくりと机の前の椅子に腰をおろした。「なんの話をしているんだ、ベン？」

「モサドがかぎつけた、とんでもないうわさの話をしているんだ。裏切り者のアメリカ人が、わたしの会社に委託された軍事機器の設計図を手に入れたといううわさだ。きみしか手を出せなかったはずの設計図だぞ。きみがやつに渡した設計図だ」ベンの声がいっそう大きくなり、激しい怒りが彼の顔をゆがめて紅潮させた。

フォードは無言で、机越しに友人を長いあいだ眺めていた。

「そんなうわさを耳にしたことは忘れたまえ」フォードが諭すように言った。「親戚のガレンにも、きみは事実を取り違えていると言ってやれ。忘れるんだ、ベン。このまま生きていたいなら。家族にも生きていてほしいならな」

そのとたん、殴り合いが始まった。ベイリーの父親が椅子から飛び出し、こぶしを振りあげた。血を見るまで殴り合ってから、国土安全保障省に訴えると脅しの言葉を残してベンは怒りもあらわに書斎を出ていった。

ドアが乱暴に閉められると、別のドアが開いた。別室から書斎へオリオンが現れた瞬間、ベイリーは激しい怒りに駆られて叫びだしそうになった。

「あの男を始末しろ」フォードが冷ややかに命じた。「今夜だ。誰かに連絡を取られる前に」

「高くつきますよ」オリオンの笑みは、期待に胸を高鳴らす怪物の笑みだった。「マチルダやアンナのときのように安くはできない」

ベイリーは気を失いそうだった。恐怖にとらわれて目の前の映像を見つめ、顔に張りつけている無表情の仮面が保たれていますようにと祈っていた。

これまで何年もかけ、フォードがオリオンを雇って妻と娘を殺し、ベイリーの両親の命も奪ったのだと証明しようとしてきた。幾晩も眠れない夜を過ごして証拠を探し、愛する人たちの命を奪った代償をフォード・グレースに払わせようと闘ってきた。

その証拠が、いまここにある。目の前に、鮮やかなカラーで、保険について考えるほど賢かった男の手によって映像が残されていた。

「金など問題ではない」フォードが傲慢に言い切った。「いいから、必ず今夜じゅうに終わらせろ」

オリオンはそりあげた頭を振り、ふざけた調子で低く笑い声を発した。「あなたのためならいつでも喜んで仕事をしますよ、グレースさん。喜んでね」

フォードがその返事を鼻であしらい、オリオンはきびすを返して書斎を出ていった。その夜、ベイリーの両親は命を奪われた。

どうしてもこみあげてくる涙を感じ、胸の痛みを解放したくてたまらなかったが、ベイリーは画面を見続けた。フォードが机の前に戻って乱れた書類を整え、電話を元の場所に戻し、酒を注いだ。

落ち着き払って鼻歌を歌っている。自分を兄弟のように愛していたふたりの人間の命を奪えと命令したばかりの人間には、とても見えない。自分の妻と娘を殺させた事実を認めたばかりの人間には、とても見えなかった。

そして、ベイリーにできることはなにひとつなかった。いまはまだ。

立ちあがって急がずにテレビの前へ行き、ボタンを見つけてディスクを取り出した。手のなかのそれをじっと見おろしたとき、心の奥でなにかが砕け散った。どうか正しい行いをしていますようにと、神に祈った。

この証拠を利用しようとしたら、ワグナーは殺される。そんなふうにそむいた跡継ぎを殺しても、フォードは良心の呵責など覚えないだろう。

「この証拠をどうしたらいいか教えてくれ、ベイリー」うしろからワグナーがかすれた声ですがった。「どうやったら父に報いを受けさせられるか言ってくれ」

「このディスクのコピーは作った？」静かに尋ねた。

「まだだ」と、ワグナー。「それが手元にあることすら、いまだに信じられなくてね」

ベイリーはディスクを両手で持ち、深く息を吸い、それを真っぷたつに割った。

「なにしてる！」ワグナーが信じられないという表情で目の前に詰め寄り、ベイリーの手からディスクの破片を奪い取った。「なんてまねをするんだ？」正気を疑う顔で、彼女を見ている。「ベイリー、どうしたんだ？」

ベイリーはまっすぐ相手を見返し、無理やり冷えきった表情を浮かべ、ふたつに割れた破片と彼女を交互に見つめるワグナーに視線を向け続けた。

「あなたがなにを知っていようが、どうにもならないの」淡々と告げた。「誰に忠誠を誓うべきか思い出して、ワグナー。自分の父親が誰か思い出すのよ。母親や妹みたいに命を落とす前にね」

胸が張り裂けそうだった。あふれ出しそうになる涙で、息が詰まりそうになる。床に体を丸めて死んでしまいたくなるほど、苦しみはひどかった。トレントを失ったとき以外、これほど苦しい思いをしたことはなかった。愛した男を失ったとき以外、ひどく鋭いかぎづめで引き裂かれるような、これほど苦しい思いを味わったことはなかった。

全身の骨や筋肉、関節や細胞まで届く深い苦しみに襲われた。スローモーションで動いているみたいだった。まわりで空気自体が濃くなり、もがかないと進めない。計り知れないほど体が重くなったように感じた。

部屋に戻りたくなくなった。ジョンと顔を合わせたくない。自分にも顔向けできない気分だった。どこかとても深い小さな穴を見つけてもぐりこみ、ずっと隠れていたくなった。

「あの悪人たちに本気でそこまでの忠誠心を抱いているのか、ベイリー？」ドアノブに手を伸ばしたベイリーを、ワグナーのかすれきった声が追った。

「そうよ」友人を振り返りはしなかった。振り返れなかった。「わたしの忠誠心は昔からずっと変わらないの、ワグナー。ただ誰も気づこうとしなかっただけよ」

友人への忠誠心。両親への忠誠心。それは昔からずっと強いままだ。この忠誠心が、彼らの命を奪った人間をとらえるよう、ずっとベイリーを突き動かしてきた。ワグナーも同じ思いに突き動かされている。

「おやすみなさい、ワグナー」

部屋を出ていくのは信じられないくらい簡単だった。廊下を歩き始めると、別の部屋のドアが開いた。マイロン・ファルクスが雇い主の部屋の隣に位置する続き部屋から出てきて、すがめた目でベイリーを見据えた。

「ベイリー」近づいた彼女にうなずきかける。「これから話せるかい？」

ベイリーは腕時計を見やった。ジョンが捜しにくるまで十五分ある。ジョンの腕のなかで丸まって慰めてもらえるまで、そんなに長く耐えられるだろうか？　この極悪人と十五秒はおろか、数分以上話すのに耐えられるだろうか？

「いいわよ」これ以外、答えようがあっただろうか？

マイロンが道を空け、ベイリーを室内に通した。ベイリーは部屋に入って椅子が並べられたほうへ目をやった。レイモンドがこちらを見ていた。

彼が立ちあがってバーに向かい、ウイスキーをストレートで注いでベイリーに近寄った。

「すまないが、今夜はウイスキーしか用意していなくてね」グラスを手渡して言う。

「ありがとう」いまのベイリーにはぴったりだった。強い酒を一気にあおって熱い感覚でショックと恐怖を体から追い出したかったが、そうせずに少量を口に含んだ。

「ワグナーと会っていたようだな」マイロンが興味を引かれた顔で口を開いた。「ここのところ彼が心配でね」

「そうなの？」ベイリーはまた一口ウイスキーを飲んでから、関心があるふりをして相手に視線を向けた。「どうして心配なのかしら？」

驚いたかのように、マイロンが眉をあげる。「ここ数日、父親についてとても気をもんでいたようだからね」

ベイリーは首をかしげ、黙ったまま長いこと相手を見つめた。

「ワグナーは心配いらないわ」ウイスキーを飲み干して横のカウンターにグラスを置き、いら立ったそぶりでふたたび両手をポケットに突き入れた。

「ワグナーがどんな問題を抱えているかわかれば」レイモンドがうながす。「われわれも手助けできると思うのだよ」

猛烈な勢いでわきあがる怒りが噴き出しそうになり、ベイリーは笑みをこわばらせた。たわごとはよして――このふたりはワグナーが抱えている問題がなにか知っている。知らないまでも、強く疑っているのは間違いなかった。

「ワグナーはもう心配いらないのよ」先ほどの言葉をはっきり繰り返した。「いくつか問題を抱えていたけど、すべて解消されたの」

「きみが解決したということかね？」と、マイロン。

「解決したわ」そんな手間をかけさせられた事実にいら立ちを覚えているふりをして、ベイリーは唇を引き結んだ。「当然、ほかの人たちがもっと自分の責任をきちんと果たしてくれていれば、わたしがここまで面倒を引き受けなくてもすんだでしょうけど」

この言葉に、マイロンがぴくりと唇を引きつらせる。ベイリーはふたたびドアに向かった。

「よろしければ、もう遅いから失礼するわ。ジョンが待っているでしょうし」

「ヴィンセントとは結婚するつもりかい？」マイロンはまわりくどい訊きかたをしなかった。

「きみにも知らせておくべきだろう。レイモンドが開いたこのささやかなホームパーティーで、あの男は各家から認められたようだよ。きみたちの仲がうまくいかなかったら、われわれも大変悲しい」

「わたしもよ」ベイリーは答えた。「安心して、マイロン、わたしも決してそんなふうになってほしくないの」

　それ以上ふたりになにも言わず、ドアノブをまわして部屋を出た。また呼び止められずに自分の部屋に戻れるよう、心のなかで祈る。

　懸命に落ち着きを守り、ゆっくりと揺るぎない足取りで歩き、表情を穏やかに保った。あと少し自分を抑えられれば、目的を果たし、敵に報いを受けさせることができるのだと必死に胸に言い聞かせていた。ジョンの腕のなかに戻るまで、我慢すればいい。

　続き部屋のドアを開け、なかに入り、ジョンの目を見るなり、涙がわきあがった。慎重にドアを閉めて鍵をかけ、情けない顔をジョンに向けた。

「ベイリー？」彼が静かに歩み寄った。「大丈夫か？」

　心のなかはぼろぼろだった。胸の奥で感情がぼろぼろと崩れていくのがわかる。それでも自制心にしがみつき、泣き叫ばないようにがんばった。

　震える手で髪をかきあげ、部屋を横切ってソファのすみに体を丸め、小さなクッションをつかんで痛む胸に抱きかかえ、泣き声を押しこめようとした。この部屋が絶対に盗聴されていないと確信はできない。それでも、まったく声を出さずに抑えているのは無理だった。いったん泣き声をあげてしまったら、苦しみを閉じこめておけなくなる。

　ベイリーが見ていると、ジョンがドレッサーの前に行き、そこに置いてあったホワイトノイズ発生装置のスイッチを入れた。

ベイリーの目に涙があふれた。装置に自由にする許しを与えられたかのように、感情を抑えていられなくなった。

ジョンはソファに近づいて、ベイリーの前にしゃがみこんだ。彼女は体の下で両脚を折り、ソファのすみにぴたりと身を寄せて、縮こまって消えてしまおうとしているみたいだ。ジョンはベイリーの涙でいっぱいの目と青ざめた顔をのぞきこんだ。こんなベイリーを見るのは初めてだ。大きなショックを受け、苦悩と悲しみを抱えこんでいる。それらがまわりにもあふれ出しているほどだ。

「ベイビー?」手を伸ばして彼女の頬にふれ、こぼれ落ちた最初の涙を指で受けた。いまのベイリーの顔を見て、ジョンの奥に眠る本能に左右される一面が怒りにこわばった。

「何年も」ベイリーが胸の奥の痛みにこれ以上耐えられなくなったかのように、クッションを抱えて顔を伏せ、ささやいた。

ああ、いったいなにがあったんだ? ベイリーをひとりで行かせたりするんじゃなかった。ずっとそばについているべきだった。彼女を守って、かばうのが自分の仕事だったのに。

「何年も、どうしたんだ、ベイビー?」ジョンは彼女の顔を手で包みこみ涙をぬぐったが、涙はあとからあとからこぼれ落ちてきた。「なにがあったんだ、ベイリー?」

ベイリーが懸命に喉のつかえをのみこみ、息を詰まらせ、苦しげに顔をゆがめた。それでも、持ちこたえていた。もう泣き崩れてしまって当然だとジョンは思ったのに、彼女はこらえていた。

「何年も証拠を探してきたの」ベイリーが切れ切れの声を発した。「フォード・グレースがアンナとマチルダと、わたしの両親を殺した証拠を。それが、あったの」彼女が両手を突き出し、信じられないという目で手のひらを見おろした。「この手のなかに、あった。ほしいだけの証拠が全部、目の前に」頭を振って、ベイリーがジョンに視線を戻した。その目からさらにたくさんの涙がこぼれ落ちていく。「それを、壊したの」胸の奥から泣き声を響かせ、ベイリーが屈みこんだ。「ああ、ジョン。わたしが壊したの」

すぐさまジョンは彼女を胸に抱き寄せていた。ベイリーは完全に打ちのめされてしまったかに見えた。激しい震えに身を揺する彼女を抱きながら、ジョンも自分の悲嘆を抱えこんでいた。ベイリーの悲しみから生まれた悲嘆だった。ベイリーがあんなにも必死で追い求めていた証拠にみずから背を向けなくてはならなくてどんな思いをしているか、心の底から理解できた。

「この手でディスクを割ったの」ベイリーがかすれる泣き声で言い、両腕で彼の首にすがりついた。ジョンはベイリーを抱きあげ、うしろの椅子に腰をおろして彼女を膝にのせ、腕で包みこんだ。

ジョンにしてやれるのは抱いていることだけだった。ベイリーを慰めることも、彼女が下したのがどんな決定だったにしろ、それで正しかったのだと保証してやることもできなかった。

「なにがあったんだ、ベイリー?」ベイリーの髪を撫でつけ、耳元でささやきかけた。せめてベイリーが少しだけでも彼から慰めを感じてくれますようにと、神に祈る気持ちだった。

ベイリーがこんなふうに傷ついているところを見るのは耐えられなかった。彼のベイリーはどこまでも強く、決してへこたれない人間なのに。こんなにも打ちのめされるとは、想像もつかないほどひどい心の傷を負わされたに違いなかった。

ベイリーがまた頭を振り、胸の奥から苦しげなむせび泣きを発し、ジョンの胸をかきむしった。

「目の前にあったのよ」泣いていても抑えた声でベイリーが言った。「フォードがアンナとマチルダを殺したことを認めて、わたしの父も殺すよう命じていた。何カ月か前に殺されたフォードの秘書が、その映像を残していたの。秘書の死後、ディスクがワグナーに送られてきた。添えた手紙で、秘書はそれを〝保険〟と呼んでいたそうよ。彼の保険。映っていたのは書斎にいるフォードで、オリオンも隠れていた。そこへ怒りに燃えたわたしの父がやってきて、極秘軍事機器の設計図が盗まれて競売にかけられた件でフォードを問いつめたの。父はかっとなって、ふたりは殴り合いになった。それから、父は出ていった」声は割れ、ひどく苦しげにかすれている。「そのあとで書斎にオリオンが姿を見せた。現れたオリオンに、フォードが父を殺せと命じたの」ベイリーがジョンの両肩につめを食いこませ、喉から切れ切れの泣き声をもらして、彼の胸を引き裂いた。

感情をこらえ、悲しみを押しこめておくためにベイリーがどれだけの代償を強いられているか、ジョンにはわかった。

「ああ、わたしはワグナーに誰に忠誠を誓うべきか思い出せと言ったのよ」ベイリーの声に自己嫌悪がにじみ、涙や嗚咽と混ざり合った。「母親や妹みたいに命を落とす前に思い出せって言ったの。そして、ディスクを割った。誰に忠誠を誓うべきか思い出すように、ワグナーに警告して」

ベイリーがジョンの肩にすがりつく手を握りしめ、彼の胸に顔をあてて悲痛な低い泣き声を響かせた。心を打ち砕きそうになっている激しい怒りを抑えこもうと、身をこわばらせている。

「あの男を殺してやりたい」ベイリーが必死に息をしながら言った。ジョンは自分の目に涙をにじませ、彼女を慰めようとした。言葉では無理だ。ベイリーが感じているに違いない苦しみをやわらげる言葉など、どこにもなかった。

「この手のなかにあったのよ」彼の胸に顔を寄せて、ふたたびベイリーがむせび泣いた。「この手によ、ジョン、それなのに手放した。手放して背を向けたの」

そうするほかなかったからだ。ベイリーも、ジョンもわかっている。ウォーバックスをとらえ、ミサイルを取り戻すことがなによりも重要だった。この段階で作戦の成功を危うくしてはならない。多くの人の望みのために、少数の人の望みが犠牲になり、この小さな女性の心が引き裂かれた。

「おれがついてる、ベイリー」ジョンは恋人の髪に唇を寄せてささやきかけ、抱きかかえる腕に力をこめ、涙が伝う頰に口づけた。なんとか、この苦しみをやわらげてやりたかった。

「大丈夫だよ、ベイビー。約束する。おれたちがやつをとらえる。なにもかも償わせてやる」

ジョンはベイリーが知らない事実を知っていたから、そう言い切れた。部隊が任された仕事は、ウォーバックスを法の手に引き渡すことではなかった。ウォーバックスの罪を立証し、処刑するよう命じられていた。

このひとつの場所に、あまりにも大きな権力が集まりすぎていた。フォード・グレースがウォーバックスなら、どんな嫌疑をかけられても不正にもみ消せる人脈を持っている。証拠は紛失し、証人は消されるだろう。いとも簡単に。この件の真相を守り、正当な裁判を行うなど絶対に不可能だ。

だから、ウォーバックスは処刑される。単純な話だ。やつが面会の場に出向いてきたときに、部隊の誰であれ狙撃用ライフルを持っている者が手を下す。部隊に仕事が任される前から、この命令は決定されていた。ジョンの部隊にこの仕事が任されたのは、ウォーバックスをとらえようとしてきた法執行機関が、どれも規則や法に妨げられて動きが取れなかったからだった。

「やつはこの報いも受けることになる」もう一度誓って、ベイリーを抱いたまま優しく揺すり、彼女が胸の奥から苦しげにむせび泣きを響かせるたびに、自分の胸を切りつけられる気がした。

「あの男が憎い」ベイリーが泣き声をあげた。ホワイトノイズ発生装置で隠しきれる、絞り出されたかのような押し殺した声。ジョンがこれから二度と忘れられないだろう、深い悲しみに満ちた、苦しげな声。こんな声を出させた代償を必ずフォードに払わせてやると、ジョンは胸に誓っていた。

「わたしからすべてを奪ったのよ」ベイリーが訴えた。「アンナも、両親も。あなたも。あの男がすべてを奪ったのよ、ジョン。あれだけのものを奪っておいて、ひるみもしなかった。気にかけてもいなかった。なんて男なの、気にもしていないなんて」

ウォーバックスを殺すだけではとても足りなかった。だが、あの男に報いを受けさせる方法はそれしかない。あの男がこれ以上ほかの人間の人生を壊さないようにするには、それしかなかった。

ジョンはベイリーの髪をうしろに撫でつけ、ふたたび頬にキスをして、気がすむまで泣かせた。この苦しみを癒やし、心を軽くさせる方法などない。それに、ぼろぼろになった自制心を立て直すためには、まず痛みを感じ、心から悲しむ時間を取る必要があった。

この駆け引きの続きは明日でいい。いまのベイリーには、運命と、みずから参加した任務への不満をぶちまける時間が必要だった。

本気で寝返ったエージェントなら、フォードがどんな悪事に手を染めていようと、彼に忠誠を誓い続けなければならない。そのために、ベイリーはいまはまだ最後の目的を念頭に置き、フォード・グレース——ウォーバックス——が国への背信行為を続けられるよう手を貸さなければならなかった。

しかし、そんな行為は終わらせる。ジョンはひとり胸に誓っていた。この手で引き金を引くことになっても、ウォーバックスの裏切りを終わらせる。そうする日は近かった。

ジョンに抱きあげられてベイリーは目を開けた。ベッドに運ばれ、ひんやりと気持ちのいいシルクのシーツの上におろされた。ひどく思い悩んだ表情のジョンに、毛布をかけられそうになる。

眠れるわけがない。眠れるわけがなかった。こんな苦しみと、自分が行った裏切りと、罪悪感を抱えて、すばやく深い眠りにつけるわけがなかった。

「やめて」毛布を押しのけ、かわりにベッドに片方の膝をついているジョンに身を寄せた。

「眠りたくないの」

「休んだほうがいい、ベイビー」ジョンの声は深く、暗い響きを帯びていた。ベイリーと同じくらい苦しんでいる声。けれども、ベイリーはほかの感情も抱えていた。ジョンとふれ合うことでしか得られない慰めを求めていた。フォード・グレースにも踏みにじれないものがあったのだと確かめたい。フォードにも、ベイリーが愛する男の命は奪えなかったのだと。

愛する人がどんな名前を使っていようと、どんな顔になっていようと関係なかった。それでもこの人はトレントで、彼女の魂の人だ。

起きあがって両膝をつき、ベイリーはシャツをつかんで脱いでしまった。室内の冷たい空気にさらされて、胸の先が敏感になる。

幾晩もひとりで横たわり、愛していた人たちのためになんの正義も行われていないことを悲しんで泣き、胸を痛めていた。暗い夜に、ベイリーの心を慰めてくれるものはなにもなかった。

いまここには、慰めてくれる人がいる。

シャツを床に放り、ジョンの目を見つめて、自分の乳房を手のひらで包んだ。指でつんととがった乳首にふれ、ゆっくりとつまんで引っ張ると、ジョンが急にごくりと喉を鳴らした。

こんなふうにためらっているジョンを誘うのは初めてだった。もっと早くそうしておけばよかった。グレーの目をほとんど真っ黒にして、頬をかっと赤く染めたジョンの顔を見られたからだ。

「ベイビー」ジョンがどっと息を吐いた。「そんなことしてたら眠れないぞ」

「眠りたくなんかないわ」片方の手で胸を包んだまま、もういっぽうの手をさげていった。胸の谷間を通って腹を撫で、はいているゆったりしたコットンパンツのゴムのウエストに指をもぐりこませた。

指で自分にふれた。見守るジョンが、パンツの下で動く手を見て目を細める。ベイリーは濡れたひだにふれ、感じやすい丸い蕾をそっと撫でた。

「あなたがほしいの」ささやきかけた。「一晩じゅうよ、ジョン。抱いて。あなたにふれられていることしかわからなくなるまで。あなたが与えてくれる快感しか頭になくなるまで。ひとりにはしないで」

パンツのなかから手を引き、彼女自身の高ぶりのしるしに濡れてつやめく指先で唇にふれ、味わおうとした。

その指が唇にふれる前に、ジョンが急に息を荒くして彼女の手をつかみ、自分の口元に引き寄せた。指を口に含み、感じやすい指先に舌を走らせた。

ベイリーは悩ましい声をあげた。まだ涙でかすれている声を抑えられなかった。胸を焦がす苦しみと、わきあがってきて体をほてらせる熱情でかすれていた。

「いったいなんてことをしてくれるんだ？」両手でジョンのシャツのボタンを急いではずそうとしているベイリーを、彼が責める。小さなボタンをつかみ損ねると、ベイリーは両手でシャツのはしをつかみ、ぐいと引っ張って前を開き、ボタンをはじき飛ばしてしまった。

「あなたがわたしにしてるのと同じことじゃない？」息を切らして答える。

ジョンに抱かれていれば、なにもかも忘れられる。彼にふれられると、いつもそうなる。いまもそうする必要があった。少しのあいだだけでいいから、罪の意識もなにもかも薄れさせ、消してしまいたかった。

目の前でジョンが歯を食いしばり、両手でベイリーのパンツのウエストをつかみ、肩の筋肉をなめらかにうねらせ、それをすばやく腰から膝までおろした。

手つきは乱暴ではなかったけれど強い想いがこもっていて、自分のものだと言わんばかりだった。ベイリーが望んでいたとおりだ。ジョンのなかで燃え立っている激しい熱情。ベイリーはそのすべてを求めていた。ジョンと彼女の想像を占めている、すべての欲望を必要としていた。

「夢を見ていたのよ」渇望に満ちたジョンの瞳をのぞきこみながらささやき、彼が締めているベルトに両手を伸ばした。「ひとりのとき」彼が永遠にいなくなってしまったと思っていたとき。「暗い夜に。自分にふれて、あなたを思い浮かべたの。あなたはわたしに夢中になるのよ。もうこれっきり二度とふれられなくなるみたいに、わたしにふれるの。これがそうできる最後だっていうみたいに抱くの」

ベルトがはずれた瞬間、両脚のあいだをジョンの手に包まれてベイリーは息をのんだ。ふくらんで敏感になった場所を手で覆われ、ぴんと立ったクリトリスに指のつけ根が押しつけられている。

「おれにどんなふうにされた？」彼の声は低く、怖いくらいセクシーだった。雨の降りしきる夜の、荒れ狂って熱くたぎる嵐の響きがあった。

ベイリーは彼のズボンの留め金をはずし、ジッパーをさげた。

「胸の先にキスされた」大きく吐息をついて答える。「強く吸いつくの。歯と舌でそこをこすって」

ジョンの唇が胸の先にふれてそこを包みこみ、ベイリーは頭をうしろに投げ出して悲鳴をほとばしらせた。彼が歯で乳首を挟んで引っ張り、舌で撫で、口の奥まで吸いこんだ。ベイリーは彼のズボンを腰までおろし、太くいきり立つものを自由にした。

彼を愛している。彼のふれかたも、キスも、彼女の理性を完全にだめにする強烈な快感とうずきをもたらすはずの、この大きな部分も愛している。

太いものに指を巻きつけようとしたけれど、届かない。撫でるだけで満足することにした。ふくらんだ先端の湿りけを感じ、力強く脈打つ太い血管にふれる。

もういっぽうの手はジョンのうなじの毛をつかまえて、胸に引き寄せていた。むさぼるように熱心に口づけられ、心地よくてたまらない。

今夜のジョンはためらっていなかった。これまでに何度も、ベイリーはジョンがためらっている気がしていた。本当は荒々しく抱きたいのに、手加減していた。自分の欲求を抑えて、ベイリーの望むようにしようと気を使っていた。

ジョンがまた歯で乳首を引っ張ってから放し、もういっぽうに移った。ベイリーは全身を突き抜ける信じられないくらい快い感覚に泣き声をもらした。胸の先からクリトリスに走り、子宮を締めつける稲妻のよう。熱い感覚に押し流され、ふたたび口から悲鳴が飛び出す。顔を伏せてジョンの肩に歯をあて、張りつめた肌にかみついた。

ジョンが胸の奥から男らしい低いうめき声を発し、身を引いて片方の手でベイリーの後頭部を支えた。ベイリーは唇で相手の肌をたどっており、歯を滑らせ、かじりながら、ぬくもりのある刺激的な彼の味を楽しんだ。ジョンも彼女の頭を支え、自分の体の下のほうへと導いていく。

「夢を見てたのは自分だけだと思うか？」上から響くジョンの声は、ほんのかすかな訛りをさらけ出していて、ほとんどうなり声のように聞こえた。彼がズボンを脱ぎ、ベイリーの前でベッドに両膝をついて上体を起こした。「さあ、ラブ、おれの望みをかなえてくれ。きみに包まれるところが見たいんだ、ベイリー。口で愛してくれよ、ベイビー」

ベイリーはふくらんでつやめく先端に唇を近づけて、甘い声をもらした。舌でさっとなめてじらし、彼が必死で求めている愛撫をまだ与えまいとする。

ジョンは彼女の口に包まれたがっている。ベイリーもそこに彼を迎え入れたい。それでも、そんなに簡単にジョンの言うとおりにはできなかった。ジョンのほうへ身を屈めて片方の手をマットレスにつき、別の手のつめで彼の腿を引っかいた。

ジョンが震えるのを見て、彼にこんな影響を及ぼせるのだと実感し、体の中心に潤いがあふれ出した。ベイリーが求めているのと同じくらい強く、ジョンも求め返してくれている。

こんなジョンの欲望を感じたのは初めてだった。渇望がつめを立て、表に飛び出そうとしている。張りつめたジョンの体、ベイリーの髪を握って揺るぎなく押さえこむ彼の手、何度も彼女の唇を突くペニスに渇望が宿っていた。

ベイリーは待ちきれないようすのジョンの先端をもう一度なめ、強く息を吹きかけ、もっと求めるよう、もっと彼女から奪い取ろうとするようけしかけた。

「こいつ、からかってるんだな」ジョンがうめいた。

ベイリーの頭を支え、より力をこめて自身を唇に押しつけてくる。開いた口に押し入ってくるものを受け入れて、ベイリーの肌のすみずみに情熱が走った。

ぎゅっとつかまれた髪を引っ張られ、感じやすい頭皮を刺激する快い痛みが、新たな快感にとことん押し寄せる渇望を感じさせた。口いっぱいに迎え入れると、ジョンの指が髪を引っ張り、短く切りそろえたつめを頭皮に埋めた。

ジョンは熱い男性そのものの味がして、欲望の豊かな香味と、こわばってそそり立つもの

ベイリーは突き入れられるたびに舌を動かし、感じやすいペニスの下側をこすって、相手の胸の奥から悩ましげな低いうなり声をわきあがらせた。

このジョンは自分の欲望を少しも抑えていない。両手をベイリーの髪に差し入れて押さえこみ、ゆったりとした浅い動きで彼女の口と愛を交わし、その奥から声にならない甘い声を引き出している。

これまで何年も自分にふれて夢見てきたとおりだった。恋人が、愛する男が、ずっとためらって見せずにいた彼の一面を捧げてくれている。

ふたりのあいだで火花を散らす欲望が燃えあがり、激しさでベイリーを翻弄した。ジョンは前後に浅く腰を動かし始め、抑えられない渇きに突き動かされるように唇を貫いている。

口のなかに閉じこめた太いものが力強く脈打つのを唇で感じる。指でさするといきり立つ柱がさらにこわばり、こんなに力を入れて大丈夫かと思うほど彼の全身が硬くなった。

「吸ってくれ」ジョンが荒々しく求めた。「おれを入れてくれ、ベイビー。とことん奥まで」ベイリーが唇を開いて彼をとことん奥まで引きこむと、最後の一言はかすれた低いうめき声になった。

を全身に行き渡らせる。

ベイリーはさらに求めていた。ずっと多くを。ジョンとふたりで激しく燃えあがり、すっかり燃え尽きてから、またふたりで生まれ変わりたかった。

「ちくしょう」ジョンの声がしゃがれ、口を貫くリズムが速くなり、押し寄せる血潮の勢いが増すとともに彼は大きく張りつめていった。

唇に熱せられた鉄を差し入れられているかに感じるほどだった。硬くて火傷しそうなほど熱く、高ぶらされると同時に傷つけられそうだ。

脈打つ頂を口に含み、力をこめて深く吸い、自分のなかで彼の脈動を感じてうれしかった。ジョンは達しまいと闘っている。こらえようと身をこわばらせている。

もうすぐだ。あとほんの少し。奥深くからどくどくと精が上ってくるのをもう少しで感じられそうになったところで、ジョンがいきなり身を引き、達成の寸前でベイリーがほしかったものを引っこめてしまった。

数秒もしないうちに仰向けに押し倒され、パンツをすばやく脱がされて両脚のあいだに口づけられていた。ジョンが彼女の両脚を大きく押し開き、頭をさげた。

舌が濡れたひだに滑りこみ、入り口をむさぼるように攻め返してからなめあげ、クリトリスを取り巻くように撫でてから、すぼめた口のなかに吸いこんだ。

強烈な熱い感覚に何度も襲われ、きつく締まった入り口に最初に一本、続いて二本目の指を差しこまれて、ベイリーはヒップを宙に浮かせていた。

みずからさらに深く貫かれようと腰を押し出し、感じやすい入り口をみっちりと押し広げられて息をのみ、高い声を発した。指に満たされる感覚、強くしゃぶりつく口、ジョンの低いうめき声がこたえられなかった。

子宮から興奮の波が生まれ、体のすみずみまで広がっていく。炎に似た刺激が全身をなめ、肌をほてらせ、じわりとにじむ汗でつやめかせた。

潤いがわきあがってたまり、ジョンの指にまとわりつき、貫かれるたびに彼女の内側がなめらかになっていき、めくるめく快感を引き起こした。

めまぐるしい快感と高ぶりの渦に襲われて、あっという間にわれを忘れた。終わりのないすさまじい流れに体も血の巡りも乱されてあえいだ。

ジョンの容赦のない口がクリトリスを吸いこんで閉じこめ、舌が敏感なそれを撫でてなぶり、熱い悦びを送りこんだ。

もうこれ以上一秒も耐えられないと思っているのに、ベイリーは両手でジョンの髪にすがりついて引き寄せ、さらにねだっていた。

ジョンの腕のなかにいるとき以外、こんな悦びは感じたことがない。ジョンがこんなふうにわれを忘れて振る舞うのも初めてだ。今夜のジョンは彼女の五感をかき乱し、快感とふたりだけしか存在しない世界にベイリーを引きこんでいる。

「すごいわ」ベイリーは甘い声を出して背をそらし、口づけるジョンに身を寄せた。「ああっ、ジョン。すごくいい。感じる」

口づけられたまま身をよじり、オーガズムの寸前まで押しあげられて、快感が爆発しそうなほどふくれあがっていくのを感じた。こんなに近づいているのに、ジョンに引きとめられ、いってしまうのを許してもらえない。

ジョンの指が奥で動き、きつい入り口に押し入る。ベイリーはヒップを浮かして揺するのに、またしても達する感覚がすり抜けていってしまい、喉を締めつけられたかのような悲鳴がもれた。

「お願い」快感の強さに耐えきれず、あと少しのところで手の届かない絶頂を無我夢中で求めてあえいだ。「お願いよ、ジョン」

深みのある低いうなり声が返ってきて、ジョンが願いをかなえるかわりに閉じこめていた芯を放し、そこにキスをした。唇を押しあてて鋭い刺激を送りこむキスを何度もされて、ベイリーは悩ましげな声をあげ、体を弓なりにそらして上りつめようとした。

「まだだ、ベイビー」求めてやまないベイリーのなかからジョンが指を引き抜き、彼女の太腿をつかんで体を引きあげ、覆いかぶさった。

「いますぐよ」ベイリーは相手の肩に両手をあて、力をこめて下に押し戻そうとする。

「まだだ。一緒にいこう。ふたりでいくんだ、ベイリー、そうでなきゃなにもなしだ」

ジョンがベイリーの膝の裏に両手を引っかけて持ちあげ、腕で固定して中心に腰を据え、彼のために濡れそぼっている温かい入り口にペニスを押しあてた。

ベイリーは動けなくなってジョンの目に見入った。彼が顔をさげて唇をふれ合わせ、なかへと入り始めた。

すばらしい感覚だった。ベイリーが思い浮かべるどんな快感とも違う。ベイリーが自分に与えてきたどんな快感も、これには及ばなかった。

目を合わせたままジョンはついばむキスを繰り返し、すばやくベイリーの唇を味見しつつ、ずっしりとふくらんだ先端を押し進めていた。ベイリーは押し広げられて満たされ、鋭く走る快感が体の中心で燃える核のようにうずきだした。うずきは全身に伝わり、クリトリスをしびれさせ、乳首をぴんと立たせて、こらえられないほど感じやすくなるまでふくらませた。

「くそ、なんて心地いいんだ、ラブ」そそり立つものの先端だけ埋めこんで、ジョンがうめいた。「心地よくて、締まってる。生きたまま焼かれてるみたいだ」

炎はベイリーの全身にも駆け巡っていた。

両腕をジョンの首に巻きつかせて懸命に息を継ぎ、体じゅうを駆け巡って熱くとめどなく押し寄せる欲望をわずかでもコントロールしようとした。

「じらすのはやめて」いったん身を引いてからいっそう奥へ突き入ってきたジョンに向かって叫ぶ。「お願いよ、ジョン。早くして。いますぐあなたがほしいの」

「かわいいベイリー」吐息のようなささやきがさざ波になって重ねられた唇に伝わり、ジョンが自分の首に巻きついているベイリーの腕を両手でつかまえた。片方の手でベイリーの両手首をつかんで頭上に引きあげ、動けないようにしたまま腰を突き出す。

いまやベイリーは猛烈な欲求に貫かれていた。体の奥深くでそれが脈打ち、感じやすい神経の集まりであるクリトリスがふくらみ、解放を待ち望んで子宮が激しく波打った。

抑えられない欲望に揺さぶられ、震えていた。両脚でジョンの腰を締めつけ、喉から悩ましげな高い声をほとばしらせる。それから、身を硬くしたジョンに深く激しく打ちこまれて、ベイリーは自分の響かせた悲鳴に包まれた。

背を弓なりにそらした。背筋を快感が駆け上り、頭を包囲し、肌のすみずみに燃え広がる。いくつものまぶしい光の点に惑わされ、コントロールなどできるはずのない大きな渦の真ん中でかっと燃えあがった。

「くそっ、締まってるな」ジョンが喉を詰まらせて発した声を聞いて、新たな興奮の波に襲われる。快感があとからあとから押し寄せた。自分からねだったにもかかわらず、こんな激情が続いたら生き延びられそうになかった。

ふたたび入っているのは充血した頂だけになるまでジョンに身を引かれて、ベイリーは彼を追うようにヒップを浮かせ、声を出して求めていた。一瞬後、猛々しい一突きで根元まで身を沈められ、ベイリーの体は押し広げられ、普段は隠されていた神経が熱烈な刺激にさらされた。

「もう耐えられないわ」炎の渦に似た感覚が体の中心とクリトリスに集まってきて、ベイリーはベッドに頭を投げ出し、両脚でジョンの腰をさらにきつく締めつけた。

「あともう少しだ、ベイビー」ジョンがうめく。「あと少し、つかまっててくれ。ああ、こんな感覚はほかにないんだ。こんなに深くきみのなかにいると、きみの鼓動まで感じられる」

ベイリーも彼の鼓動を感じられた。敏感な体内にその脈動が伝わり、クリトリスを震わせ、めくるめく感覚を引き起こす。

ジョンの顔に汗が光っていた。額から細い流れとなってしたたり、豊かなまつげを濡らしている。セックスの美神にのしかかられ、楽園に貫かれているようだ。

ベイリーは重ねられたふたりの体を見おろし、腰を引くジョンの動きを見守った。ずっしりとした彼のものが潤いに包まれてつやめき、また彼女を分け開いてのみこまれていく。吐息が通る隙間もないほど、ふたりがぴったり重なり合うまで。

これまで目にしたなかで、もっともエロティックな光景だった。ジョンはあせらずゆったりと動き、深く息の長いリズムで貫き、愛し合う光景をベイリーに見せた。彼に愛されて、ベイリーの体が花開き、濡れて絹のようになめらかになったペニスを包みこんでいく光景を。

「こうやっていつまでもあなたを抱いていたいわ」目の前の光景から視線をそらせなくなり、ベイリーはすすり泣いた。「これを失いたくないの、ジョン。こうするときを失いたくない」

ずっとここにとどまっていたい。時間の隙間に滑りこんで、ジョンの体が自分の体とひとつになっていくところをいつまでも見ていたい。隆とそそり立つ彼に貫かれ、身を引かれてはまた押し広げられるこの光景を。

ジョンの腰にきつく巻きつけていた両脚をおろしてベッドに足をつき、ヒップをあげた。ジョンをさらに奥まで受け入れ、悩ましげな熱いうめきを彼の口から引き出す。

「かわいいベイビー」ジョンがしゃがれ声を出した。「どうしようもないぞ、ベイリー、いまきみを失ったら死んじまう」

オーストラリア訛り。かすかだけれど確かに響いたその訛りを聞いて、彼を包む場所が波打った。その声を聞いただけで達しそうになった。過去がよみがえってきてベイリーの胸をいっぱいにし、いまと溶け合った。

こうしたいと、ずっと夢見てきた。まさしくこんな悦びのひとときを夢に見ていた。ゆっくりと穏やかに彼を受け入れるたびに、ふたりのなかで情熱がどんどん増していく。あふれ出しそうになるまで。

どうにかしなければならなくなるまで。もう一秒も耐えきれないところに、ふたりで達するまで。

ジョンの腰にこめられた力が重く激しくなっていった。彼がベイリーの太腿をつかんで押し広げ、膝をついて突き始めた。大きな動きで熱いペニスが行き来する感覚を送りこんだ。

彼の腰が何度もうねってベイリーを貫き、そうするたびに快感の炎は熱く鮮やかに燃え立った。

ベイリーは彼の名を叫んだ。首をそらし、両足に力をこめ、肺からどっと息が出ていくと同時に、体の内側に向かって感覚がはじけた。

ジョンの腰の骨がクリトリスをもんで電気に似た刺激を送りこみ、そこでもエクスタシーをはじけさせる。それとともにジョンを抱きしめている場所にもオーガズムの波が走った。

上にいるジョンも低いうめき声を発し、絶頂に達する。そのせつな、ベイリーの体の奥深くで脈動とともに熱いものがほとばしり、さらなる高みへ、深みへ彼女を飛び立たせた。時間も空間も超えて飛び、現実から恍惚の世界へ投げこまれた。閉じたまぶたの裏で星々が砕け散り、狂おしいほどの快感が体のすみずみまで行き渡り、ベイリーは満たされて彼の名を叫んだ。ここまで完全に満たされて、これから先これなしでふたたび生きていけるのだろうかと不安になった。

がくりと力を失ったジョンが、彼女を押しつぶさないよう肘と膝で体を支えて覆いかぶさった。頭を彼女の首筋にうずめている。

出すまいとしてきた訛りをさらけ出し、胸の奥から響く低いうなり声で彼がなにかささやいた。命を奪われた男が、このときだけは彼女の腕のなかで生きていた。彼女を抱き、彼女のなかで脈打ち、彼女の首筋に唇を押しつけ、彼女の髪に指をもぐらせている。

最後のかすかな快感の波が引いていき、ベイリーは倦怠感に包まれた。全身を翻弄していた震えが収まり、理性を失わせる渇望がいっとき満たされ、彼女を取り巻く世界は消え失せていた。

ジョンにしっかり抱き寄せられていると、しだいに平穏な気分に包まれ、罪の意識が薄れていった。

必要に迫られてでも、あんなことをするのはらくではなかった。自分は友人を失い、過去との最後のつながりを失った。それでも、ああすることで大事な友人たちの未来だけでなく、自分と、おそらく無数の人の未来を守ったのだ。

ジョンのおかげで、こんなに心が軽くなった。彼にふれられ抱かれただけで、ゆがみきった世界を乗り越えて抜け出せた。とうてい抗えない悦びを与えられて、なぜこうすることが大切なのかはっきり気づかされた。

答えはすぐそこにあった。穏やかな気分に浸って眠りに落ちていくとともに、胸に確信が根づいた。自分がすべきことをしたから、ワグナーとメアリーは生き延びる。アンナとマチルダも、両親も救えなかった。けれども、ワグナーは救えた。ウォーバックスが二度とジョンを〝死なせない〟ように手を打てた。ベイリーの思い出にある過去に少しは傷がついたかもしれないけれど、子どものころ大好きだった人たちは生き延びるだろう。

大事な人たちが生き延びることが大切だった。

眠けが押し寄せてきた。疲れにのみこまれて呼吸が穏やかになり、この上なく幸せな、なにも感じなくていい状態に身を任せた。夢も見ない。追ってくる怪物もいない。

そばには慰めてくれる、ぬくもりがあるだけ。

ジョンだけがいた。

ジョンは温かい恋人のなかからそっと身を引き、彼女の顔を見おろした。あまりにもいとおしすぎて、胸から心がもぎ取られるように切なくなった。

わきあがる感傷を退け、疲れた体を引きずってベッドをおりてバスルームへ向かう。やわらかいタオルを湯に浸し、乾いたタオルも持ってベッドに戻った。起こさないよう静かにベイリーの体を清め、冷える前に濡れた肌をタオルでふいた。

両脚のあいだも優しくふき、太腿と、ふくらみを帯びた花びらのような場所から愛し合った印をぬぐい、タオルでそっと水気を取った。それから抱きあげて枕の上に寝かせ、毛布をかけた。

動かされたときに小さく不満の声をもらしただけで、ベイリーに起きる気配はなかった。深く眠りこんでいる。ようやく疲れにのみこまれて、夢も見ず穏やかに休息を取り、つかの間の平穏を得られていればいいのだが。

ジョンはふたたびバスルームに行き、体を洗ってふいてから電気を消し、ベッドに戻った。仰向けに横たわって暗い天井を見つめ、ベイリーがしなければならなかったことを思った。今日、彼女が直面しなければならなかったような事態に向き合うのは、誰にとってもつらいことだ。特にベイリーほど深い愛情を抱く女性が、あんな行動を強いられていいはずがなかった。

ベイリーは何年も待ち望んでやっと手にした証拠に背を向けなければならなかった。友人たちと両親の命を奪った男の罪の証拠に。そのせいで、彼女の心は折れそうになっていた。彼女のまなざしと表情を見ればわかった。抱き寄せた彼女は震えていたのだから。心を引き裂くほどの激しい葛藤を必死で押しこめようとしていた。

しかも、ベイリーはマイロン・ファルクスとレイモンド・グリアから表面上は静かな尋問を受けてもなお、演技を続けなければならなかった。こんな状況に耐えられる女性はほとんどいない。ベイリーほどのエージェントとして訓練を積んだ女性にとっても難しいはずだ。ベイリーはそれをやり遂げた。激しい怒りを抑えこみ、すべきことをした。

その強さに、ジョンは目を見張った。

ベイリーが身じろぎして体の向きを変え、ぬくもりを求めて彼に寄り添った。ジョンは両腕を開いて迎え、しっかりと胸に抱き寄せて、自分もそっと目を閉じた。

ああ、ジョーダンはかんかんになるだろう。ジョンがこの女性を手放すなど、絶対にありえないからだ。これからふたりを引き離せるのは死だけ、本物の死だけだ。決して、もう二度と、ジョンは彼女のもとから去ったりしない。

ベイリーは彼の添い遂げる相手だ。彼の魂の伴侶。男が自分の魂を離れて生きていけるはずがなかった。

「愛してるよ、ベイリー」本来の自分が表に出てもいいと思って、ささやきかけた。うれしそうな小さな声が、振動になって胸に伝わってきた。眠っていても、ベイリーはジョンの声を聞いたのだ。ジョンの心を感じ取った。彼にそばで見守られているとわかっている。これからは、ずっとベイリーを見守るためにそばにいるつもりだ。部隊などどうとでもなれ。ベイリーを二度と失うつもりはなかった。

18

何事もなかった顔をして、ワグナーに会ったときにしなければならなかった恐ろしい決断を受け入れる。ベイリーにとって、これほど難しいことはなかった。

ワグナーが荷物をまとめて自宅に帰ったという知らせは、せめてもの救いだった。ベイリーがアンナだけでなく、彼女自身の両親までも裏切ったと考えているワグナーと、毎日顔を合わせるのに耐えられるとは思えなかった。

ワグナーがグリアの別荘を去ってから二日後、ベイリーはバスルームを出て、またしてもつまらない社交の一日を過ごすために服を着た。今晩もふたたびファッションショーもどきの会が催されるとは信じられない。もちろん、今夜も披露されるのはイブニングドレスだ、と胸のうちであざけった。

「どうやったら、スウェットパンツとTシャツ姿の女がおしゃれに見えるんだろうな、いまだにわからないよ」ジョンがベッドの太い柱に寄りかかり、シャツのボタンをはめながらこちらを眺めて、おもしろそうに笑った。

「これが、おしゃれの才能なの」ベイリーは〈犬はほっといて、見てなきゃいけないのは自分の女よ〉と書かれたオリーブグリーンのTシャツの裾を引っ張り、合わせたスウェットパンツのウエストを隠した。

ドレッサーから靴下を取り出し、横の椅子に腰かけて、スウェットとTシャツにぴったりな色合いのダークグリーンの靴下をはく。椅子の下から白いスニーカーを引っ張り出してはき、紐を結んでから立ちあがって、髪を低い位置でポニーテールにした。

「さっき下でご婦人がたを見たんだけどさ」ジョンが言い出した。「シルクのスラックスとブラウスが今日の流行りみたいだったぜ」

ベイリーは手を止めて鏡越しに相手を見た。「わたしの服選びに文句をつけてるの、ジョン？」片方の眉をあげ、気取ってにらみつける。「このわたしがほんとにシルクしか着ない女に見える？」

「当然そうしないといけないならな」ジョンが静かに答えた。

「今日は当然そうしないといけないと思ってるの？」皮肉めかして訊いた。

ジョンはためらい、唇を結んでベイリーを見ていた。それから、セクシーな唇を傾けて笑みを浮かべた。「そうでもないかも」

「よくできました」ベイリーは自信を持ってうなずき、最後にもう一度鏡に映る姿を見て、今日の催しをちょうどよく見下している感じが出ているかどうか確かめた。

ジョンは首を振ってシャツをシルクのズボンにたくしこみ、ベルトを締めている。それから携帯電話を腰につけたケースに入れ、予備の武器を足首のホルスターに収めた。

ベイリーはウオークインクロゼットに入って、積まれたセーターの下から鞘に収まっているナイフを取り出し、ゆとりのあるスウェットパンツの裾をたくしあげて脚にナイフを固定した。

　武装はこれで精いっぱいだろう。気づかれずに銃を持ち歩けるはずがない。ジョンと話し合って結論に達していた。望みどおりの印象を抱かせるため、ベイリーは腕力や武器に関してはジョンに頼りきっているふりをしなければいけない。洗練された社交界では、レディーは銃を持ち歩いたりしないのだ。ベイリーはばかにして、ひとりごちた。

　ちょうど部屋に戻ったとき、ドアを強くノックする音がした。

　ジョンの体に緊張が走ると同時に、いきなり隣室に続く別のドアが開いてトラヴィス・ケインが姿を現した。この男は、いったいいつからそこにいたのだろう？

　ジョンが手を振ると、トラヴィスは隣室にさがってドアを少し開けたままにした。ジョンが来客に応えるため廊下に面した出口に向かう。

「レイモンド」ジョンが身を引き、ベイリーは現れた男を迎えるため身構えた。

「ジョン、今朝も気持ちよく過ごしてくれているだろうね」レイモンドが自然に笑みを浮かべ、手を差し出した。

「好調だ、レイモンド」ジョンがうなずいて握手をする。

　ベイリーはあきれて目をまわしたくなった。極悪人の社交辞令なんて、ありがたすぎて気持ちが悪くなる。

「ベイリー、今日はまたはっとするほどカジュアルないでたちじゃないか」レイモンドがやっぱり見下してきた。

明るい笑顔を返す。「そうでしょ」

レイモンドが唇を引きつらせそうな顔をして非難した。「きみはまだなじめていないんだな？」

「なじまないといけないの？」ジョンの隣に立って訊いた。すぐウエストに腕をまわされて、引き寄せられる。「知らなかったわ」

レイモンドは否定した。「とんでもないよ。実際、言ったとおり、ちょっとはっとさせられるときもあるからね」ジョンのほうを向いて続ける。「朝食のあとに時間があれば、ぜひビジネスの話をしたいんだが」

「もちろん」ジョンが特にあせりも、張りきりもせず承諾した。「だが、朝食の一時間か二時間あとがいいな。知ってのとおり、昨夜ボディーガードが戻ってきたんだ。先にいくつか話しておくことがある」

レイモンドがうなずいた。「わたしの携帯電話の番号は知っているね。時間ができたら連絡してくれ」そう言って彼が廊下に出ていき、ジョンがドアを閉めた。

鍵をかけてからドレッサーの前へ行き、ホワイトノイズ発生装置のスイッチを入れる。そのとたん隣室のドアが大きく開き、長身で身なりのよいトラヴィス・ケインが室内に入ってきた。

この男は何者なの？ ベイリーはじっくりと男を見つめた。あの頭のかしげかた。目のかたち。肩を張る姿勢。妙に見覚えがある気がする。

「聞いてたよな?」ジョンが尋ねた。

トラヴィスが無表情のままうなずく。「ほかの警備担当者たちも待機している。今朝はほかのボディーガード数人とともにキッチンに集められた。マイロン・ファルクスも、おそらくウォーターストーンの警備用にふたり引き連れている。グリアにもボディーガードがついているし、メントンスクワイアーとクレイモアとグレースのボディーガードも少なくともひとりずつついている」

「警備の人間が呼び寄せられた理由はなんだ?」と、ジョン。「グリアからそれとなく、ボディーガードを呼んだほうがいいと言われたときは正直、驚いたよ」

ジョンは先ほど家政婦が運んできたコーヒーのポットを取りにいき、自分のカップに注いでいる。

「数日のうちに、そろって狩りに出かけるとか言っていたな」トラヴィスが答えた。「どうやら、あの男たちは周囲に見せかけているほど、互いに信頼し合ってはいないようだ。事前の説明では、この狩りについてなにもふれていなかった」

「毎年恒例の行事なのよ」ベイリーがふたりに説明した。「父もボディーガードと毎年出かけていたわ。だけど、いつもはホームパーティーの最終日に行われるの。こんなに早く狩りにいくなんて、わたしが覚えているかぎり初めてだわ」

「だったら、不意打ちに備えよってことだな」ジョンが肩をすくめてベイリーを振り返った。

「ナイフじゃなくて、念のために銃を持っておけよ」

ベイリーは頭を振った。「ここでは無理。レイモンドやマイロンに銃を持っていると気づかれたら、また一気に疑われるわよ。〝男〟の仕事はあなたに任せるわ」皮肉っぽく笑って告げる。「さしあたりは、あの人たちの望みどおりの役を演じるつもり。ここで目的を果たすには、そうするしかないでしょ」

ジョンが顔をしかめた。気に入らないと思っているのが、はた目にもわかる。ベイリーも、そんな暗黙のしきたりをよく思ってはいなかった。けれども、そういうものなのだ。階下にいる女性の何人かは非常に頭の切れる女実業家だが、このパーティーに出席しているあいだは知性を押しこめ、服を買ったり慈善活動を計画したりするのが大好きな社交界のレディーにすぎないふりをしている。

まるで中世並み。独立心のある女なら、こんな古くさいしきたりには腹を立てて当然だ。この社交界で腹を立てたからといって、なにもよくはならなかったけれど。

「あなたたちふたりでやるべき仕事をして」ふたりの男に手を振ってみせた。「わたしが働く番もすぐ来るわよね」目を細めて鋭くジョンを見る。「交渉を担当してるのはあなただわ。それは向こうもわかってる。でも、わたしたちはパートナーだってことにもなってるんですからね。そうでしょ？」

ジョンが唇をぴくっと引きつらせたが、まなざしには彼女を認めて尊敬する表情も浮かべていた。「向こうはそのこともしっかりわかってるよ、スイートハート」

うなずいてから、ベイリーの頭に別の考えがよぎった。「お友だちは、例のコロンビアからのお客様を捕まえた？」ジョンに尋ねる。

アルベルト・ロドリゲスについては、少し知りすぎているくらい知っていた。ベイリーを狙っていなければ、あの男がアスペンに来るはずがない。アルベルトは寒いところが大嫌いだ。しかも、もっと幸先が悪いことに、あの男は身を潜めている。なにか企んでいるに違いない。

「まだ手がかりなしだ」ジョンがあごに力を入れた。いら立っている証拠だと、ベイリーにはわかる。「友だち数人に捜させてるんだが、ずいぶんうまく隠れてる」

「まずいわね」先ほどからの不安を声に出した。

「屋敷から離れるな」ジョンが指示した。「外に出なきゃいけないときは、トラヴィスに連絡しろ。つき添ってくれる」

ベイリーは偉そうに命令されて微笑みそうになるのをこらえた。ベイリーが自分の身を守る方法をしっかり心得ているということを、ジョンはときどき忘れてしまうようだ。これが男女の誤解というものよね。ベイリーは思った。ジョンはベイリーを守りたい、守るのが自分の責任だと思わずにはいられないのだ。

「わかりました、ボス」ベイリーはにっこり笑ってふざけて敬礼し、部屋の緊張をやわらげようとした。

ジョンは怪訝そうに顔をしかめ、トラヴィスはコーヒーを飲みながら、じっとふたりのようすを見守っている。やけに興味深そうに。

「もう朝食を食べにいったほうがいいんじゃない？」このまま会話を続けるより、そうしたほうがいい。「レイモンドは待たされるとかっかするわよ」

ジョンとトラヴィスが交わした視線にベイリーは気づき、あとでこの件についてジョンを問いつめなければと心に決めた。レイモンドの名前が出るたびに、ジョンはどことなくよそよそしい振る舞いをする。まだベイリーに打ち明けていない話があるみたいに。

ジョンがなんでも話しくれて当然だと思っているわけではない。ここ数日は忙しかった。フォードの犯罪の証拠をみずからの手で壊したせいで負った心の深い傷を、ベイリーがいまだに引きずっているだけでなく、ジョンとジェリックはふたりとも、レイモンドやマイロンと面会を重ねていた。

階下におりてビュッフェ形式の朝食が用意されているダイニングルームに入っていきながら、ベイリーは不意にある事実に気づいた。この取引のブローカー候補の筆頭に挙がっている人物はふたりとも、例の謎めいた部隊に属する諜報員だ。

ふたりとも〝死んで〟から、ほかの人間の身元を引き継いでいる。おそらく一度だけでなく、何度も。ふたりともウォーバックスの調査を行い、協力して動いている。それでいて、ふたりともマイロン・ファルクスとレイモンド・グリアの両方をだましおおせているですって？

ベイリーは食事中のジョンに目をやった。一見、食べ物とベイリーに注意を集中しているようだが、実際は室内にいる人間全員に油断なく目を光らせている。

ジェリック・アバスとジョンの両方がウォーバックスに雇われるブローカーの最終候補に選ばれるなんて、できすぎではないだろうか？

どちらの身元も非常によくできている。ベイリーも認めざるを得なかった。どちらもふさわしい背格好で、ふさわしい知識を持ち、うまくもとの人物になりすましている。それでも、なにかがおかしい。不意にそう思わずにはいられなくなった。早いうちに、この件の真相を突き止めなければいけないだろう。

ベイリーは何事もわからない点を残したまま進めるのが大嫌いだった。この任務には確実にベイリーがまだ解明していない点がある。急にそう思えて仕方なくなった。

使用人が朝食の皿をさげ、男女が連れ立ってダイニングルームを出ていき始めた。ベイリーは、ジョンがトラヴィスとともに屋敷の奥へ向かうのを見送った。図書室へ行くに違いない。そこのドアが閉められているときは、女性は立ち入り禁止らしい。

話し合いに向かうジョンは何度も振り返り、心配そうにじっとベイリーを見ていた。静かすぎて気になったのだろうか。いきなり胸にある疑いが芽生え、ベイリーは目を細めて遠ざかっていく恋人の背中を見据えた。

ウォーバックスの近くに、ジョンに協力するスパイがいる。そうに違いない。でも、誰なのか。下っ端のはずがない。だいたい、ウォーバックスに下っ端の手下などいるのだろうか？　あの男は異常なほど自分の正体を隠そうとしている。レイモンドでさえ、ウォーバックスの本当の正体は知らないのではないだろうか。

マイロンは知っているのではと、ベイリーは疑っていた。十六年前、ウォーバックスが活動を始めたころから、マイロンはそばに仕えている。最初のうちはマイロン自身が偽名を使い、いくつかの取引を慎重に監督していた。みずから表に出て動くには危険すぎる取引に手を出すまでは、ブローカー役を務めていた。

ウォーバックスがブローカーを雇い始めたのは八年ほど前からだ。そうした取引は最初のうち、あまりうまくいかなかった。金は消え、競売にかけた品物に見合うほどのよい取引とはならなかった。

機密情報の国際斡旋人としてのウォーバックスの地位が確立するまでには時間がかかった。評判は徐々にあがっていったが、ウォーバックスはつねに正体が明るみに出ないよう、または推測されないよう非常に用心していた。

かわりに捨て駒の人間を捜査線上に置いていた。ウォーバックスが恨みを抱いていた人間や、単にもてあそんでやろうとした人間たちだ。

ジョンに隠しごとをされていると確信してベイリーはむっとし、屋敷を歩いていった。集まっている人たちを慎重に避けるようにして、裏手にある生け垣の迷路と庭を目指す。

この別荘のなかで、そこがいちばん平和な場所だ。子ども時代の幸せな思い出があるのも、実際そこだけだった。この屋敷を好きだと思ったことはない。けれども、常緑の生け垣が鮮やかな広い迷路に隠された庭園の岩屋は、ずっと昔から大好きだ。温水がわき出る噴水。人目につかない小屋。蔓の這う暖房の効いた隠れ家。そういった場所にはいつも惹かれ、長居してくつろぎ、隠れていたいと思っていた。

今日は、そうした場所で考えごとがしたかった。ひどく心がかき乱されている。しなければならない決断、保たなければならない微妙なバランスをつねに考えていなければならず、心がいまにも折れそうだ。任務に対応する能力に、目に見えるかたちで影響が出始めている。危険なかたちで。

迷路を進むうちに子どものころ大好きだった隠れ家を見つけて、そこがいまはなんて小さく見えるのかと驚いた。昔に比べ、なんて寒く感じるのだろう。

いまもガスの暖炉に火が入っていて、変わらず人目につかない場所にあるそこは居心地がよさそうだ。それなのに、かつてあった魅力は失われていた。もしかすると、ベイリーがその魅力を感じられなくなってしまったのかもしれない。いまこのパーティーに出席している男女から学んだ教訓は、いつも気持ちのいいものとは言えなかった。しかし、成長するにつれてベイリーも気づいていた。こうした教訓を学んで理解することが、この世界にとどまって生き延びていくためには必要だったのだ。

とはいえ、この世界にとどまるつもりはまったくなかった。

迷路のさらに奥へと進み、子どものころ通った道順を思い出して微笑んだ。迷路の奥へ進む道も、抜け出る道も覚えていた。

そして、この迷路を抜け出ることが、一瞬にしてなによりも優先して行うべきことになった。

迷路のいちばん奥の隠れ家から影が現れるのを見て、ベイリーはゆっくりと足を止めた。男は長身ではなく、おそらく彼女より二、三センチ高いだけだ。たくましく、肌の色は濃い。量の多い真っ黒な髪は撫でつけられ、波打って首に垂れている。こちらに向けられた漆黒の冷たい目は、満足げな光を浮かべていた。

「アルベルト・ロドリケス」ベイリーは静かに口を開いた。「ねえ、どうやってこの敷地内に入ったの？」

レイモンド・グリアは優れた警備体制を敷いている。アルベルトが敷地内に忍びこめるはずがなかった。手引きがあったのでなければ。

薄い唇が上向きの弧を描いて残忍な冷笑を浮かべ、白い歯が光った。

「おまえは敵を作ってきたんだよ」アルベルトが静かに返した。「ええと、コロンビアではなんて名前を使ってたんだっけな？　マリア・エストヴァだったか？　ああ、あの信用ならない懐かしのマリアが、実はアメリカの大富豪の跡継ぎだったなんてわかるわけがない。正直、びっくり仰天だったよ」

ええ、そうでしょうね。

「それで、いくら払えば考え直してコロンビアに帰ってくれるの？」訊いてみたものの、いくら金を積んでもこの男の考えを変えることはできない気がした。

「どうかな」相手が考えるふりで言う。「おまえは兄弟の命にいくらの値をつける？」

アルベルトの兄弟カルロスはアルベルトほど賢くはなかったが、もっと血に飢えていて、兄弟ほど冷静ではなく、同じくらい残酷な男だった。そんなことが可能ならば。そして、いくら金を積まれても、自分の兄弟を殺すためにベイリーが果たした役割を、アルベルトが忘れる気になるとは思えなかった。

「カルロスはみずからああなる道を選んだのよ」あとずさりしつつ、ベイリーは言った。「あなたにもわかっているでしょう」

カルロスが建てた麻薬の精製工場にベイリーと仲間の部隊がなだれこんだ夜、戦うと決めたのはカルロスだった。逮捕されてもすぐに自由の身になれただろうに、逮捕されるより抵抗すると決めたのは、あの男だ。何百万ドル分ものコカインやヘロインを失うのが惜しかったのだろう。

「カルロスはおまえを信じてた」アルベルトがうっすらと笑ったが、楽しげな笑みではなかった。「カルロスとは親しい仲だったろう、そうじゃなかったのか、マリア?」そう言って、あざけるように顔をしかめる。「ああ、ベイリーだったな。マリアじゃなくて」

「そう、ベイリーよ」答えながら考えていた。スウェットパンツの下のナイフを抜くのにどのくらいかかるだろう。アルベルトがナイフを取り出すより早く抜けるだろうか。

「わたしを殺して逃げられるわけがないとわかっているわよね」冷静に告げる。「ここはコロンビアじゃないのよ、アルベルト。それに、わたしはあなたたちが通りからさらってくるような無力な娘じゃないの。あなたがこのあたりにいることはほかの者も知っているから、追いつめられて捕まるわよ」

アルベルトが笑い声をあげた。「はっ、コロンビアで仲間を信じきってたときみたいに、ここでも甘い気持ちでまわりの人間を信じてるんだな」悪意に満ちた口調で続ける。「ここにいる親しい友人に裏切られたと知ったら驚くんじゃないか？　わざわざおれを捜し出して、ここに来ておまえを殺してくれと金を払って頼んだ人間がいるんだぞ。相手も、おれが金なんかもらわなくたって喜んでそうするってことは知らなかったみたいだ」

ウォーバックス。あの男を怒らせるようなまねをしただろうか？　それとも、これもウォーバックスが部下に強いるという悪名が高いテストなのだろうか？　ウォーバックスはゲームが好きだ。駆け引きを通じて、部下も敵もてあそぼうとする。彼にとっては、どちらでも大差ないようだ。

「本当？」好奇心を装う必要はなかったが、落ち着いているふりはしなければならなかった。「それは誰なの？」

その質問にアルベルトが低い声をたてて笑った。「知りたくてたまんないんだろ？」

「〝たまんない〟っていうのがぴったりね」ベイリーはさらにあとずさりした。先にスタートを切ってうまい道をたどれば、迷路でまいて逃げられるかもしれない。

「そうそう、何日かかけてこの迷路を研究してきたんだ」アルベルトが薄笑いを浮かべて告げた。「いまでは道を知り尽くしてる。きっと、おまえに負けないくらいな」

オーケー、この案は没ね。どうやら誰かさんはこの男を雇っただけでなく、わざわざ下準備までさせていたらしい。

「あらそう、どうしてもわたしを殺すつもりなら、雇った人の名前くらい教えてくれてもいいんじゃないかしら」理屈っぽく持ちかけた。「最後のお願いってことで」

「せっかくだが、おれは最後の願いをかなえるような人間じゃないんでね」ため息をついている。「最後の願いなんか聞いたら、魂は安らかに眠っちまいそうだ。おまえの魂に安らかに眠ってほしいなんておれが願うと思うか、ミズ・セルボーン？」

ベイリーは片方の眉をあげた。「そうね、わたしも哀れな霊になってそのへんを漂うくらいなら、あなたに取りついてやるわ」陰気な声で言った。「そうなったらどうする、アルベルト？　わたしの霊に毎日、生活をぶち壊しにされるのよ？」

アルベルトが笑う。オーケー、そこまでスピリチュアルな人間ではないのね。びっくりだわ。

アルベルトが背中に手をまわし、悪名のもととなっている武器を抜いた。冷たい日の光を反射してぎらつく、恐ろしげな長いナイフだ。ベイリーも屈んで、脚に留めた鞘から小さなナイフを引き抜いた。

まったく、ジョンに言われたとおり銃を持ち歩くべきだった。

暖かみに欠ける弱い日差しの下でアルベルトがナイフを回転させ、笑みを大きくした。少しおもしろがり、勝ち誇った気分でいっぱいのようだ。

「ほかの武器に比べて、ナイフの扱いは得意じゃないだろう」痛いところを突いてくる。

「かわいそうな、ミズ・セルボーン。今日が息をする最後の日になりそうだな。この世で過ごす時間をたっぷり楽しめたんだったらいいが」

「楽しみ始めたところだったの」ため息をついて答えた。「あなたもジョン・ヴィンセントに捕まってから過ごす時間を楽しんでくれるといいわ」

アルベルトがこの言葉に一瞬たじろいだ。犯罪者として、彼も当然ジョン・ヴィンセントが誰か知っている。しかも、この男は世界各国で麻薬を売り、武器の取引を行う悪党だ。ジョン・ヴィンセントを知らないはずがない。

「そういや、やつと寝てるって話だったな」アルベルトがそう言って、うなずいた。「そいつは残念だ。だが、ヴィンセントはビジネスマンだろ？　コロンビアの卑しいヤクの売人を追うために、ビジネスをふいにしやしないさ。おまえも忘れられるんだよ。これまでだって何人もの女がやつに忘れられてきたに決まってる」

「そうは思えないわね」ベイリーはまた一歩あとずさった。

一か八か逃げてみるつもりだ。そうするだろうとアルベルトも気づいているし、ベイリーも見抜かれているとわかっている。アルベルトに簡単にしてやられるつもりはなかった。ナイフの腕前では、この男にとても及ばない。しかも、組み合いになったら相手のがっしりした体格に力でだいぶ負けてしまうだろう。

ベイリーは深い雪を力強く蹴って身をひるがえし、走りだした。充分に引き離せば、逃げきれるかもしれない。

背後でアルベルトの笑い声がした。まさに相手の望みどおりの行動をとってしまったらしい。アルベルトは戦うのと同じくらい獲物を追うのが大好きだ。

ベイリーは最初の角を曲がって通路を駆け抜け、背を伝う汗を感じつつ振り返って追っ手がどこまで迫っているか確かめた。

すぐそこまで迫っていた。近くで獲物をもてあそんでいるだけなのだ。ベイリーはナイフを握りしめてさらに足を速く動かし、次の角を曲がり、また力をこめて地面を蹴って次の角も曲がり、決してスピードをゆるめまいとして短い通路を走り抜け、さらに曲がった。

少し追っ手との差が開いた。アルベルトはいままでは追うのに苦労している。しかし、いつまでもこう逃げ続けてはいられない。これほどすぐうしろに迫っている相手を振り切り、迷路を抜けて屋敷に戻れるわけがなかった。

追いつかれてナイフで戦うことになったら、長く持ちこたえられるわけがない。明らかに万事休すだ。もう祈るしかなかった。


「われわれのささやかな取り組みの交渉を、ベイリーは意外にもあっさりときみに一任しているようだな」マイロンがジョンに酒を手渡して言い、図書室の暖炉のすぐそばの椅子に座った。

ジョンは酒に口をつけ、驚いたふりで眉をあげた。

「交渉はおれの得意分野だ」相手に告げる。「ベイリーは今後の輸送と引き渡し場所の調整を行い、競売にかけられる新たな商品にまつわる裏社会のうわさをひそかに集める。このビジネスではうわさが命取りになることもあるんだ」と、説明する。

マイロンがおもむろにうなずいた。「ベイリーが割りあてられた任務を非常に巧みに調整してきたことはよく知っている。優秀なエージェントだった」

ジョンは酒を口に含んで黙って相手が続けるのを待ち、なにを言おうとしているのだろうといぶかった。レイモンドも無言で、会話に参加せず興味深げにやり取りを見守っている。

「ベイリーはどんな任務を引き受けたって優秀だ」ジョンは請け合った。

「それに、非常に協力的でもあった」と、マイロン。「われわれの事業が何度か危険にさらされたときは、うまくかばってくれた。ウォーバックスの正体を知らなかったにもかかわらずだ」

ここにきて、ジョンは相手をじっと見返した。

マイロンがおもしろがるように唇をぴくりと動かした。「わたしの偽名がマーク・フルトンだとベイリーに知られているのは承知している。この冒険的事業を始めた当初は、必要な慎重さをまだ身につけていなかった。ウォーバックスからも、その点は何度もすこぶる強く指摘されていたよ。もう何年も前から、彼女にはわたしの正体を見抜かれていると承知していた」

「それがどうしたっていうんだ?」ジョンは落ち着いて訊いた。「実のところ、ベイリーはあんたが誰だろうとまったく気にしてない。ベイリーは心から愛するこの小さな社交界を守りたいだけで、ひとりの人間を気にしてるわけじゃないさ」

「それこそ称賛すべきところだ。実に称賛に値する」マイロンがうなずいてレイモンドに目をやった。レイモンドもかすかにうなずき返す。

マイロンがふたたび口を開きかけたとき、緊迫したようすでドアをたたく大きな音が響いた。ドアにいら立った目を向けてからマイロンが歩いていってドアを開け、ジョンとレイモンドも立ちあがった。

ジェリックがマイロンを押しのけ、氷のようなまなざしをジョンに据えた。

「ベイリーが庭で襲われている。迷路の西奥、七時十二分の方角の通路だ」彼がすばやく言った。「寝室の窓からカタリナがすべてを見ていた」

ジョンは部屋を出る許しを待ったりしなかった。すさまじい恐怖にまたたく間に襲われ、部屋を飛び出してトラヴィスについてくるよう指示した。数秒もたたないうちに階段を駆けおり、誰もいない舞踏室を突っ切ってフレンチドアから外へ出ていた。

ベイリーが襲われている。ここで彼女を襲うような人間はひとりしかいない。そんなまねをして逃げおおせられると考えるほど頭のたががはずれた男は、ひとりしかいなかった。

アルベルト・ロドリケス。

「ジェリック」向きを変えて部屋をあとにしようとしたジェリック――またはミカ・スローン――を、マイロンが絹さながらになめらかでゆるやかな口調で呼び止めた。「非常に重要な話し合いに割って入ってくれたな」

ジェリックは冷ややかで落ち着いた表情を崩さなかった。丁寧に口にされた警告に、視線を揺るがしもしなかった。

「なぜこんなことをしたんだね？ ベイリーが亡くなれば、これから行われる取引がきみに任される可能性が高くなって、好都合と考えて当然だと思うのだが」

ああ、一族の最後の生き残りを失えば、この頭に穴を開けられるのと同じくらい好都合だ。

「あの男には借りがある」ジェリックは何年もかけて作りあげてきた身の上話に沿う芝居を続けることにした。友好的なライバル関係。このビジネスにはつきものの話だ。「これで借りが返せた」

「借りというのは？」マイロンが油断なく問いつめる。

「わたしとカタリナの命を狙ったアフガニスタンの爆弾攻撃で」ジェリックは口を開いた。「ジョンが事前に警告をしてくれた」あざけるように唇をゆがめる。「ここに今日いられるのは彼のおかげだ」

マイロンがあからさまに驚いた顔で眉をあげた。「それはおもしろい。あの男はこのビジネスに関して、並はずれたモラルを持っているという話だからな」

ジェリックはぞんざいにうなずいたが、沈黙を守った。これ以上なにか言えばマイロンの疑いを招き、ジョンが獲得を目指している仕事を請け負いやすくするより、害になってしまう。いっぽうジェリックが黙りこめば、ジョンのほうがブローカーとしての力量があると思われるのを渋っている、という印象を相手に抱かせるだろう。この印象は明確なはずだ。ジョンは最初からジェリックより力量のあるブローカーとして身を立てた。ジョン・ヴィンセント本人も、自身の名声を固めるための努力を怠らなかった。

「では、彼を信頼していると？」マイロンが尋ねた。

「取引に関しては」ジェリックはそっけなくまたうなずいた。「ただ、あの男の機嫌を損ねようとは思わない。そんなまねをすれば、命を失いかねないのでね。彼がねんごろにしている女性を死なせでもしたら、まさに機嫌を損ねることになる」そこで言葉を切り、ふたりが話しだすのを期待しているかのように間を置いた。自分が割って入るまで行われていた話し合いに、興味を抱いている顔をした。

「よく話してくれた」マイロンがうなずき、ドアに目をやった。出ていくようにとの無言の指示だ。

ジェリックはすばやく頭を下げて背を向け、出ていった。背後で静かにドアが閉められた。

マイロンはレイモンドを振り返った。相手は自分の椅子に座り直し、マイロンを冷ややかに見つめている。

「この襲撃について調査したものだろうか？」マイロンは問いかけた。

「当然するとも」レイモンドがサイドテーブルからリモコンを取りあげ、すみに置かれた低いノイズを発しているテレビに向けて操作ボタンを押した。

すぐに何台もの監視カメラの映像が画面に並ぶ。もう一度ボタンが押され、瞬時に大画面いっぱいに、ベイリーと頑丈な体つきのコロンビア人がナイフを手に戦っている場面が映し出された。

「ロドリケスか」マイロンはもみ合いに見入って、ひとりごちた。それから顔をしかめる。「こいつはどうやって敷地内にもぐりこんだんだ?」

「わたしも興味津々だよ」レイモンドが言った。「ベイリーの身元を売ったのか?」

それは決してしてはならないことだ。マイロンは驚いて相手を見やった。「そんなまねをしたらウォーバックスに殺されるだろう」小声で言う。「ベイリーは生かしておくようにと、厳重なお達しだったからな」

「ベイリーの両親を殺しておいて、妙なお達しだ」レイモンドが退屈そうに画面に目を戻した。

そのとおり、妙な指示だと、マイロンは無言で同意した。それにしても、ウォーバックスはもう少し調整能力と自衛本能を身につけたほうがよさそうだ。ベイリー・セルボーンが死ねば金銭的な犠牲を強いられるとはいえ、やはり彼女は何年も前に殺しておくべきだった。ベイリーの事業を取り仕切る四人の男たちではなく、慈善団体に遺産が渡されてしまうから彼女を殺さないのか? ウォーバックスがそんなはした金に困っているわけでもあるまいに。では、罪悪感が理由か? マイロンは考えた。いや、ウォーバックスは罪悪感など知らない。貪欲なだけにすぎないのだろう。純粋で単純な理由だ。

マイロンがこの仕事をここまで楽しんでいる理由のひとつも、まさに貪欲であるからだった。彼もまた貪欲であり、この仕事では迅速かつ安全に分け前にあずかれるからだ。

テレビに映し出されている格闘を観戦するため、椅子に腰かけた。果たしてジョンが間に合うかどうか確かめたい。もっと確かめたいのは、果たして誰がベイリーを裏切ったかだった。あいにく、おおかたの予想はついていた――それを利用するのはたやすいことだろう。

19

逃げきれない。

ベイリーはアルベルトのナイフに腕を切りつけられた。燃えるように熱く凍るように冷たい痛みが走り、傷から血があふれ出した。

飛びすさってよろめき、雪に足を滑らせると同時にアルベルトに尻を力任せに蹴られ、つんのめって倒れた。

ナイフを握る手に力をこめて体を回転させ、腹を狙った蹴りをかろうじてよける。すばやく何度か転がって距離を取り、なんとか立ちあがって走りだし、腹を刺そうとするアルベルトのナイフから逃れた。

体力がなくなりかけている。アドレナリンが全身に駆け巡って力を与えているといっても、より頑丈で力も強いアルベルトの攻撃を、体格で負けているベイリーが防ぎきれるわけがなかった。

あえぎながらナイフをかまえて足を踏ん張り、すぐ目の前に立ちふさがったアルベルトと向き合った。

「おまえと遊ぶのは楽しいな」アルベルトが歯を見せて笑った。「ぞくぞくする」空いた手を股にあて、強く握っている。「もうちょっと血を流させてから、死んでいくおまえにぶっ刺してやるのもいいかもしれない」

その考えにひどく興奮しているようだ。

「ただでさえ無惨な状態なのに、この上吐かせないでよ、アル」ベイリーはばかにして言い返した。「あなたがそんな光景に耐えられるわけないって、お互いにわかってるでしょ。胃が弱いんだから」

アルベルトが肩をすくめ、ナイフをベイリーに向けて振り、また笑みを浮かべた。

「おまえ、白人女《グリンガ》のわりによくやってるよ」飢えたコヨーテのごとくベイリーのまわりを歩いて健闘を称えてみせる。「なかなかの狩りだっただろ？」

「ずるをしたくせに」ベイリーは荒く息を継ぎ、次に相手が攻撃を仕掛けてきたときに必要になる体力を蓄えようとした。

「ずる？」アルベルトが怒り狂ってにらみつけてくる。「おれがどこでずるをしたってんだ？　おまえを捜し出して、やり返すチャンスをやった。おまえが負けただけだろうが」

「わたしを襲うよう雇われたんでしょう、忘れたの？」ベイリーはあざけった。「自分ひとりの力でわたしを捜し出したわけではないじゃない、アルベルト」

「あ、細かいな」彼が手首を返し、ふたたびナイフをベイリーに向けて回転させた。「細かすぎんだよ。そんなの関係なく、おれの勝ちだ」

運もここまでらしい。

ベイリーは相手の動きを見守った。いつ襲いかかってきてもおかしくない。襲いかかってきたら、一巻の終わりかもしれない。

警備員はいったいなにをやっているの？　迷路のそこらじゅうに監視カメラがあり、ホームパーティーのあいだずっとレイモンドの雇った警備隊が目を光らせているはずだ。この二週間は世界でも指折りの大富豪たちが、一年に一度の催しのために集まっているのだから。監視にこんな隙があるなんて許されないはずだ。

「おまえを殺した瞬間、天のカルロスに祈りを捧げるぜ」と、アルベルト。「きっと上からおれに微笑みかけてくれる」

「下からでしょ」ベイリーはこそっと笑った。唇のはしを引きつらせて相手の言い草をばかにする。「カルロスが天国に行けたとは思えないもの、アルベルト。兄弟は地獄で焼かれながら、あなたを待ってるわよ」

これは言わないほうがよかったかもしれない。

ナイフの最初の突きはなんとか飛びすさって腹すれすれでよけたが、相手はすぐに次の攻撃を繰り出してきた。

ベイリーはアルベルトの手首をつかんで折ろうとした。あいにく髪をわしづかみにされて引っ張られ、相手から遠ざけられる。それでもアルベルトの手首はつかんだままでいた。

「くそったれ！」猛然と叫んで足を蹴り出すと膝に命中し、アルベルトがバランスを崩しかけた。

髪をつかんでいた手が一瞬ゆるむ。おかげで頭を引いて手を振りほどくことができ、ベイリーはつかんだ手首を押しやってナイフに刺されまいとした。喉を刺されまいとする。本当にこの男に殺されてしまったら、こいつが自分の喉にこのナイフを突き立てるまでたたってやろうと胸に誓っていた。このくそ野郎。

「このあばずれ」ベイリーが鼻にこぶしをたたきこむのに成功すると、アルベルトがののしった。「くそあま。売女」

口の汚い、ろくでなし。

ナイフの攻撃を防ぎながら、相手をののしる力はなかった。

一瞬後、ベイリーは吹き飛ばされて仰向けに地面にたたきつけられ、肺から空気がどっと出ていった。空を見あげる。

ああ、痛い。

痛みに息を切らしながら横向きになり、起きあがろうとした。

間に合わなかった。息をつく間もなくアルベルトにまたがられ、髪をわしづかみにされてのけぞらされ、喉が危険にさらされる。ベイリーは両手を振りまわし、もう一度相手の手首をつかもうとした。

どうにもならなかった。相手が大きすぎて、力の差がありすぎた。アルベルトは彼女の胸の上に座って呼吸を妨げ、窒息死させようとしつつも、致命的な一撃を振りおろそうとナイフをかまえた。

自分は死のうとしている。トレントの〝死〟とは違って、この死は取り返しがつかないだろう。

息をしようともがくうちに目の前に点が散り始めた。思考に闇が迫りだして視界がぼやけるなか、アルベルトが腕を引くのが見えた。刃に太陽の光が反射してぎらつき、目がくらんだ。

この男を押しのけることはできない、この暗闇を避けることはできないと悟ったとき、はっとさせられる叫び声が響き渡った。怒り狂った獣じみた声。ベイリーの本能が反応して、うなじの毛が逆立った。

ナイフがすばやく弧を描いて喉におりてきたと思った瞬間、ベイリーは自由になっていた。前ぶれもなく入ってきた空気で喉が詰まり、苦しげな音をたてて肺に酸素を吸いこむ。と同時に乱暴に地面から引きずり起こされ、身を守るには心もとない、通路を区切っている背の高い生け垣のうしろに押しやられた。

雪の上にへたりこみ、頭を振ってなにが起こったのか把握しようとした。視界と頭をはっきりさせたころには、すべて終わっていた。

ジョンがアルベルトの血まみれの顔にこぶしをたたきこんでいた。殴られた勢いで相手の男はのけぞり、力を失って倒れこんだ。

「こいつの始末は任せた」ジョンが落ちたナイフをつかんで倒れた男の体からすばやく離れ、トラヴィスに向かって言った。グレーの目は嵐の雲に似た険しさを帯びている。「この男を雇ったのは誰か、雇ったのはなぜか、突き止めてから戻ってきてくれ。わかったか？」

トラヴィスが鋭くうなずき、アルベルトの破れたシャツの長袖を使って彼の手首を縛り始めた。落ち着いてシャツを引き裂き、それで手首を厳重に縛ってからアルベルトの体を引きずり起こし、肩に担ぎあげた。

「ベイリー」ジョンがあっという間にかたわらに身を寄せ、血がにじむ長細い傷を負った彼女の腕に両手をあてていた。

ベイリーはまばたきをして彼を見あげた。

「ずいぶん時間がかかったわね」どうにかしゃがれ声を出した。「グリアの警備隊はどこでなにをしてたの？ 三十センチ間隔でカメラをつけてるくせに、誰も見てやしなかったのかしら？」

怒りがものすごい勢いで燃えあがってきた。そんなに死んでほしいのなら、どうしてあっさり銃を使わないのよ？

「敷地の反対側に侵入した者がいて、警備隊はそちらに駆けつけていたんだ」レイモンドがマイロンとともに通路に現れた。「フェンスに穴が開けられていた。われわれの気をそらすために雇われた子どもの仕業だ。おそらく、きみの親しい友人のアルベルトがガールフレンドに会うために忍びこめるよう、手配していたんだろう」

ベイリーはふたりをにらみつけた。「誰かがアルベルトを雇って、わたしの居場所を教えたのよ」立ちあがろうとすると、ジョンが彼女の体に腕をまわして助け起こし、自分の体にもたれさせた。「この屋敷にいる誰かに違いないわ」

レイモンドとマイロンが顔を見合わせ、眉をひそめてから、またベイリーを振り返った。

「われらの特別な交渉にかかわっている人間がこんなまねをするはずがない」マイロンが告げる。「こんなばかなまねはしないとも。ウォーバックスがきみを死なせたくないと思っているんだ、ベイリー。承知しているだろうが、きみの莫大な資産が慈善団体に渡されることなど誰も望んでいない。そうでなければ、どうしてわざわざオリオンにきみを生かしておけなどと命令していたんだ？」

マイロンの言葉はあまりにも無頓着だった。まるでベイリーの両親の死にはなんの意味もなく、ベイリー自身の死は金融資産が減ることだけを意味しているかのようだった。

「そいつが誰か、おれが突き止めてやる」ジョンが口を開いた。「トラヴィスがアルベルトを尋問してから、やつの死体を捨てにいくだろう。おれやおれのものに手を出すほどばかな人間に、いちばんよくメッセージが伝わる場所にな」

これほど自分のものをはっきり宣言する男の口ぶりと言葉があるだろうか？　ベイリーはまつげ越しにきっとジョンをにらみつけた。自分は誰のものでもない。ましてや、任務を終えたらそばにいてくれるつもりもない、態度の大きな〝死んだ〟男におれのもの呼ばわりされるなんてとんでもなかった。

「ボディーガードにこの件を任せられるのかね？」マイロンが疑問を述べた。「ここでわれわれが対処できただろうに」

「あんたたちは自分の屋敷の警備の問題にも対処できなかっただろう、おふたりさん」ジョンが険悪な声で言った。「おれがクライアントに売り渡すことになるかもしれない売り物を安全に保管できてるかどうかも、疑わしく思い始めてるんだよ。あんたたちは客人の安全すら守れないようだからな」

それだけ言ってジョンはベイリーを抱きあげ、彼女が深く腕を引っかかれただけでなく、足を切り落とされたみたいに、抱いたまま運び始めた。

終わってみれば、このちょっとしたいざこざを予想よりだいぶうまく切り抜けられたじゃないの。ベイリーは自分に言い聞かせた。まだ生きているんだから。傷は縫わなくてもよさそうだ。自分はまだ息をしていて、ジョンは猛烈に怒って心配している。

女にとって、これ以上に望ましいことなんてある？

なんだかばかにするように、痛みが走った。腕の切り傷がずきずきする。それでも、ジョンの腕のなかで力を抜き、おとなしく身を任せた。裏口から静かに屋敷内に入り、階段を上ってふたりの部屋に向かう。

ゲストたちはなにも気づいていないようすだ。あとで対応が面倒なゴシップなど広まりませんように。この件をすっぱり終わりにできたら、傷を消毒して包帯を巻いたら、また計画どおり任務を進めよう。少なくとも、次に襲われるまでは。まったく、早く休暇がほしい。

「今後は、あの庭に入るな」ジョンが彼女をベッドにおろし、ぶっきらぼうに命じた。「わかったな？」

「了解よ、ボス」ベイリーが小声でふざけて答えたとたん、またドアが開いた。

無表情に見あげる彼女の前で、ジェリック・アバスとうわさの恋人カタリナ・ラモントが寝室に入ってきて、ドアを閉めた。

「無事か？」ジェリックが抑えた声で尋ねた。口調も物腰も冷静で、感情をまるで表していない。

ベイリーの目に涙があふれそうになった。ダヴィドそのままじゃないの。本人はそうではないように見せようとしているが、あのまなざしも、あの自制を感じさせる唇の線も、心配したときのダヴィドそのものだった。

ベイリーがＣＩＡに加わって初めての年、モサドで訓練を受けていたときも、彼は同じ表情を浮かべていた。ベイリーが傷つくたび、ダヴィドは自分を責めるかのように思いわずらっていた。

「無事よ、かすり傷だから」ベイリーは答え、横に戻ってきたジョンにＴシャツの袖を片方引きちぎられてひるんだ。

「縫ったほうがよさそう？」カタリナがベッドに近づいた。「グリアか手下が医者を寄こしてくれるかしら？」

「医者？」ベイリーはつぶやいた。「かすり傷よ」

「縫わなきゃだめだ」ジョンがきっぱり言って、ズボンから携帯電話を取り出した。

短縮ダイヤルを押し、一瞬待ってから話しだす。「傷を縫うやつを寄こせ」電話の相手の返答を聞いてから、ジョンは電話を閉じてケースに押しこんだ。

「グリアがもうこっちに人を寄こしてる」低い声で告げた。

「もっと痛い目に遭わせるために、歯医者でも寄こすんじゃない」ベイリーはうめいて体をひねり、傷を見て顔をしかめた。「たいした傷じゃないわ。薬を塗って包帯を巻いておけば、すぐ動けるわよ」

「意地を張るのはやめるんだ」今度はジェリックが命令した。どこの将軍にも負けないほど偉そうな口調だ。「その傷はきちんと治療する必要がある。いくらきみが……反対してもだ」

なにか別のことを言いかけたわね。ベイリーは彼のほうを向いて目をすがめた。

「いくらわたしが針を嫌いでも、でしょ」相手が言いかけたことを静かに口にする。「どうして言ってしまわないの？」

「もうよせ」ジョンがいきなり恐ろしい顔を目の前に寄せた。「嫌いだろうと、その傷は縫わなきゃいけない。抗生物質の注射も打たないとだめだ。破傷風の予防接種は受けてるだろうな？」

「受けたばっかりよ」ベイリーは目の前の顔をにらみつけた。「命令しないで、ジョン。どう思っていようと、あなたはわたしのボスじゃないわ」

「逆らうのをやめないと鎮静剤も打たせるぞ」ジョンが脅した。「ジェリックにやつあたりするのもやめろ。あの女といるだけで充分面倒なことになってるんだから」頭を振ってカタリナを指す。本人は無邪気に微笑んだ。

カタリナ。テイヤ。ああ、この人たちはベイリーが持っている靴下よりたくさんの名前と身元を持っている。ジェリックはミカ・スローンの名前で最高の相手と巡り会い、その若い女性と結婚した。リサ・クレイは父親に苦しめられていた。父親が生きているあいだも、死んだあとも。オリオンからリサを守るためにミカが送りこまれ、間違いなく彼はリサに恋をしてしまった。

「面倒な人間になりたがる男もいるのよ」カタリナが胸の前で腕を組み、男たちにまた見せかけの甘い笑みを向けた。「ジェリックは特に面倒な男だわ」

これに対してジェリックは鼻を鳴らし、ベッドから離れてジョンに顔を向けた。

「なにも問題なければ、カタリナとわたしはとりあえず失礼しよう」ジョンに向かって言う。

「手助けが必要なときは遠慮なく呼んでくれ」

ベイリーはあきれて天を仰ぎそうになった。

ふたりが出ていくと、ベイリーはジョンを見つめた。彼はバスルームに入っていき、濡らしたタオルを手にすぐ戻ってきた。血をふき取り、また傷を念入りに調べている。

「縫わなくたって平気よ」ベイリーはもう一度ため息をついた。「聞いて、ジョン。自分の体のことはわかってるわ。そんなに痛くもないし、縫う必要なんてないのよ」

「逆らうのをやめろって言ったよな」

ジョンは聞く耳を持つ気はないようだ。ベイリーも正直言って痛めつけられてくたくたの気分だったから、本当はどっちでもよかった。

「ちゃんと痛み止めを持ってこさせてね」不満げに言った。「縫うなら、なにも感じないようにしてからにして。あなたは気にするかわからないけど、これ以上痛い思いをしたい気分じゃないの」

ジェリックと同じように、ジョンも鼻を鳴らした。どうも怒っているらしい。

たいしてたたないうちに、レイモンド・グリアが医者を連れて現れた。しかも形成外科医。富と名声を持っている人間は、この短い時間になんでもやってのけるものだ。

ジョンはふたりを室内に通し、医者が傷を診るあいだレイモンドとうしろから見守っていた。

ベイリーは最初の注射を打たれて目を閉じ、ひるんだ。

「いまのは痛み止めでしょうね」医者を問いただす。

白髪の医者が穏やかに笑った。「もちろん。自分の仕事のことはちゃんとわかっているよ、お嬢さん」安心させるように言ってから、必要な道具を並べだす。

ベイリーは顔をそむけ、医者が取り出して消毒している道具を見まいとした。数分後、ちくりと刺す痛みを感じ、むっときて勢いよく医者を振り返った。

「傷のまわりに麻酔をかけたんだよ、お嬢さん」医者が言って眉をひそめる。「縫うたびに、針が通るのを感じるほうがいいのかい？」

そんな目に遭ったら戻してしまう。そんな話を聞いただけで、胃が揺れ動いた。ベイリーはふたたび顔をそむけ、目のはしでジョンとレイモンドの興味深いようすをうかがった。鎮痛剤のせいで頭が少しぼんやりしている。それでも、ここでなにか怪しむべきことが進行中であると見抜いていた。

ジョンたちは低い声でささやき交わしている。声が低すぎて、ベイリーにはなにを話しているのか聞き取れない。

あらためて、いったいどうなっているのかジョンを問いただそうと胸に誓うが、しだいにまぶたが重たくなってきた。いまは疲れている。アドレナリンの急激な減少。傷を負ったことによるショック。もうおしまいだと観念して、寸前で生き延びた。すべてがひとつになって一気にのしかかってきた。

気持ちのいい温かい海に漂い、暗闇に包まれている気分だ。ジョンの声を聞き、同じ部屋に彼がいるとわかっているかぎり、安全にくるまれている気がした。

ジョンがすぐそこにいる。安心して眠れる。自分の身を守るために、無理をして起きている必要はない。ジョンが守ってくれるから。

「終わり」ドクター・ドレイデンがベッドのわきから立ちあがり、傷を閉じるのに使った血のついたガーゼや道具を注意深い手つきで片づけた。

ベイリーの腕に巻かれた包帯が、あざのついた肌と比べてやけに白く見える。医者がベイリーの体にしっかり毛布をかけ、彼女を見おろして唇を少し傾けて微笑み、やれやれと首を振った。ベイリーは誰しもにそうさせてしまうようだ。

「来てくださってありがとうございました、ドクター・ドレイデン。いつもながら、こちらの都合をおもんぱかった対応に感謝しますよ」レイモンドが医者の手を握ってドアまで送っていった。「請求書はわたしに送ってください。すべてご都合のいいように処理します」

「この診察代は高くつくよ、きみ」と、ドクター。「ここには休暇で来ていたんだからね。きっと妻は何日もあとまでふくれっつらだ」

「わたしからご滞在のホテルに連絡しましょう」レイモンドが続けた。「そういえば、この街の高級レストラン〈カサマラス〉の予約を取ろうとされているとか？」

医者が足を止めた。「いまだに予約が取れないのだよ」

「自由にご予約が取れるよう手配しましょう」レイモンドが請け合った。「お食事代はわたしが。こちらですべて手配して、すぐにレストランのオーナーからご連絡するようにします」

医者はうれしそうに眉をあげてレイモンドに礼を述べ、部屋を出てドアを閉めていった。

「黒幕は誰だ？」レイモンドがジョンの横に来て低い声で尋ねた。「トラヴィスから連絡はあったか？」

ジョンはかぶりを振った。「まだだ。もうすぐだろうが」

「ウォーバックスではないぞ」レイモンドが確信ありげに言う。「マイロンがこの襲撃について報告したとたん、怒り狂っていたんだ。横にいても電話から怒鳴り散らす声が聞こえたほどだ」彼がいったん言葉を切った。「フォードがあんなふうにわめき散らすところは見たためしがない。そんなふうに怒りを爆発させる人間だとは思っていなかった」

「黒幕は突き止める」ジョンは誓って、ふたたびベイリーに目を向けた。ぐっすりと眠っている。ようやく。「ベイリーにも打ち明けなければいけないだろう」レイモンドを振り返って、静かに告げた。

実はレイモンドが善玉の味方だと、近いうちにベイリーに前もって知らせておかなければならない。ベイリーがすんなり信じるとは期待していない。最初は疑うだろう。

レイモンドがにやりとした。「ベイリーはわたしを毛嫌いするのが好きなんだよ、ジョン。わたしも正直に言えば、ベイリーをいら立たせる役を一手に引き受けることができて楽しませてもらっていた。メアリーにはもうだいぶ本性を見抜かれてしまってね。そう簡単にはいら立ってくれなくなっている」

レイモンドとメアリーは本当に愛し合って結ばれた夫婦だ。レイモンドは結婚によって得た富も権力もよそに、妻を愛している。富や権力にのぼせあがることはなかったが、それらを最大限に利用し、立場を見こまれて協力を依頼された捜査を助けた。

この男も恐ろしいほど優秀な諜報員だ。ときには優秀すぎると思えるほど。悪党を演じるのを楽しみすぎている感がある。

「どうなってるのか突き止めてくれ」ジョンが指示すると同時に、ベッドの上のベイリーが落ち着かないようすで身じろぎした。「この件でおれが頭にきてるとウォーバックスに伝えろ。裏にやつがいるんじゃないかとおれが疑ってるってな。こっちの気を静めるために取引をさっさとまとめたほうがいいと勧めるんだ。ウォーバックスがおれのパートナーを襲わせたなんて話が表沙汰になれば、この取引の売り物を買おうとしてる連中のあいだでやつの評判はがた落ちになるぞ。ウォーバックスを信用しなくなれば、売り物自体も理想の品ではないのではと疑いだす」

「名案だ」レイモンドがうなずいた。「マイロンからすでに同じ不安をほのめかされている。だから話は簡単に進められるだろう」

ジョンがうなずき返すと、レイモンドは背を向けて部屋から出ていった。ジョンはベイリーとふたりきりになり、後悔と向き合った。ずっとベイリーのそばにいるべきだった。ベイリーを交渉には加えず、ジョンひとりと話を進めたいというウォーバックスの要求など拒むべきだった。そんな古くさいやりかたのせいでベイリーが危険にさらされた。ジョンはそれが気に入らなかった。もう二度と、こんな事態は起こさせない。

時計に目をやり、携帯電話を取り出して発信ボタンを押した。

「リチャーズだ」最初の発信音でイアンが出た。

ホワイトノイズ発生装置に近づき、ふたたびすばやくベイリーのようすを確認する。

「彼女は無事だ」電話の相手に告げた。

「カイラが心配していた」イアンが慎重に口にする。「あとでようすを見にいかせてもらうよ、ここを発つ前に。カイラの叔父が急にちょっと具合を悪くしてね。つき添わなければならない」

これは暗号のメッセージだ。実際のカイラの叔父は完璧な健康状態にある。いまの言葉は、部隊を結集させて任務の最終段階に備えよという知らせだった。

任務の終わりが近づいている。ジョンにはそれが感じられた。アドレナリンがわきあがり、危険が迫っている予感がする。

「カイラの叔父さんによろしく伝えてくれ。すっかりよくなるよう祈ってる」ジョンは言った。

「伝えよう」イアンが低い声で応じた。「あと一時間ほどで、ベイリーにお別れを言いにいく。そのころには起きているだろうか？」

どうしてかはわからないが、ベイリーのことだから、起きていてもおかしくないと思った。

「たぶんな」そう答えた。「どっちにしろ、こっちに来るのを待ってるよ」

電話を終えてベッドのわきへ戻り、髪に手を突き入れてどっと息を吐いた。

ベイリーを死なせてしまう寸前だったのが信じられない。あと少しで、自分の人生からベイリーを奪われるところだった。ひとつ確かなことがある。もう二度とこんな事態は起こさせない。そして、アルベルト・ロドリケスにベイリーの身元を教え、彼女の命を奪うよう金を払った人間を突き止めたら、とことん痛い目に遭わせて復讐してやると胸に誓っていた。

ふたたび時計を見て部屋を歩きまわり、トラヴィスの電話を待った。これからすぐに死ぬことになる人間の名前を聞くために、待った。

レイモンドは図書室ではなく自分の個人用の書斎に入って、マイロンに目をとめた。顔の前で手を合わせ、赤々と燃える暖炉の火の前に座っている。

憔悴しきった顔つきだが、ウォーバックスの相手をしなければならなかったときはいつもこんなようすだ。マイロンの雇い主であるサミュエル・ウォーターストーンが裏切り者のウォーバックスなのだろうか、と考えたこともあったが、そんな考えはすぐに捨てていた。マイロンはウォーターストーンと会っても楽しんで帰ってくるだけだ。ウォーバックスと会ったときは、必ず精神を追いつめられている。

「まだ彼の怒りは静まっていなかったのかい?」レイモンドは自分の机に向かいながら尋ねた。

「あの男は精神を病んでいる」マイロンがため息をついた。

ここ何年かのうちに、彼はレイモンドに胸のうちを打ち明けるようになっていた。ウォーバックスに対する不安を誰かに相談せずにはいられないかのようだ。あの裏切り者はマイロンにますます不安を抱かせるようになってきている。怒りの爆発がいっそうすさまじくなり、より危険な命令を出すことが多くなっていた。

「この取引が終わったら、われわれも少しは休めるだろう」レイモンドは声をかけた。「彼はたいてい、次の危ない事業の計画を立てる前に短い休暇を取るじゃないか」

マイロンがものうげなそぶりを見せる。「あのミサイルを盗むために、何人の男が命を落としたか知っているか、レイモンド? いい男たちだった」

あのミサイルを盗んだ男たちは、いい男たちなどではなかった。法外な賃金に釣られて働いていた傭兵たちだ。とはいえ、ウォーバックスが指示した強奪の際に多くの人間が命を落としたのは事実だ。どれだけ多くの将官を脅して情報を奪おうと関係ない。それでも忠実な兵士たちは存在する。そうしたいい兵士たちの多くが命を落とした。あんなふうに命を落とすべきではなかったアメリカの若者たちだ。惜しむべきは彼らの命だ。彼らこそ、人生を奪われた〝いい男たち〟だった。

「このミサイルの売りあげに勝る取引を狙うのは、ウォーバックスにも難しいだろう」どちらにしろたいした問題ではないといった風情で、レイモンドは肩をすくめてみせた。「取引の利益は毎回大きくしていくと、彼はのたまっていたんじゃなかったかな?」

マイロンはそこに不安を抱いているのかもしれない。レイモンドはまさしくそこに不安を抱いていた。このミサイルより大きな利益を生む売り物といえば、生物兵器しかないからだ。

「あの男のために、われわれ全員が死ぬはめになるかもしれん」マイロンが立ちあがって暖炉に歩み寄り、じっと炎に見入ってから、ふたたび視線をあげてレイモンドを見た。「もう十六年も、あの男のために働いている。わたしはウォーバックスを見てきた。年を追うごとに、彼は危険になってきている。自分が捕まるはずがないと信じこんでいるんだ。自分ほど幸運に恵まれた者が、負けるわけがないと」

フォードの言葉とは思えなかった。しかし、義兄について自分が知らない点はたくさんあると、レイモンドは自覚していた。フォードが幼いころからともに育った三人の男たち以外に、みずからの胸のうちをさらすことはない。友人はウォーターストーン、クレイモア、メントンスクワイアーのみだ。心を割って話せるのは、この三人だけ。だが、この件まであの三人に打ち明けているとは思えなかった。この件にあの四人全員がかかわっていることはありえないと断言できた。あの四人はいまが何時かという話題ですら意見を一致させられないのだ。ましてや、アメリカの軍事兵器を強奪し、売るといった重要な問題に共同で取り組めるはずがない。

「ミズ・セルボーンの身の安全を彼がなぜ気にかけるのか理解できない」レイモンドはバーの前に立ち、自分とマイロンに酒を注いだ。「彼女の企業の資産が、ウォーバックスのふところに大きく影響するというわけではないだろう？」

マイロンが同意した。「あんなもの小銭同然だ」

「だったら、なぜここまでする？　ミズ・セルボーンを生かしておく見返りにオリオンは毎月、報酬を受け取っていた。ウォーバックスはなぜ、そうまでするんだ？　そこまで厄介な存在なら、あのろくでなしに殺させればよかったろうに」

マイロンが耳障りな声であざ笑った。「きみはそう思うんだな？」レイモンドが差し出した酒を受け取って言い終える。「理由は金ではないさ」

「そうなのか？　彼にほかにどんな動機があるんだ？」

マイロンがいっとき考えにふける表情を見せ、重苦しいため息をついた。「一度だけ尋ねたことがある」あやふやなようすで明かす。「ミズ・セルボーンを生かしておくようオリオンに報酬を払った直後に」一瞬、マイロンが当惑した表情をのぞかせた。「彼にあるものを思い出させる存在は、もうベイリーしかいないからだと言っていた。そのあるものがなにかは言わなかったがね」

おそらく自分の子だろう、とレイモンドは思った。本当にフォード・グレースがウォーバックスなら、自分の子を殺したことで良心がうずいているのかもしれない。しかし、フォードがウォーバックスなら、良心など持ち合わせていないと思われるのだが。

「まあ、そんなことはすぐに問題ではなくなりそうだがね」暖炉の前の椅子に腰かけ、レイモンドは言った。

「どうしてだ？」マイロンも向かいの椅子に、ゆっくりと腰をおろす。

レイモンドは気遣わしげに首を振って答えた。「ヴィンセントがずいぶん腹を立てている。ウォーバックスがロドリケスを雇ったのではないかと疑っているようだ」

「まさか」マイロンが即座に否定した。「ウォーバックスは怒り狂っていたんだぞ。そんなまねをした人間を突き止めたら、すぐに自分のところへ連れてこいと言っていた。手ずから殺してやるとな」

レイモンドは肩をすくめた。「わたしもそう考えて、ミスター・ヴィンセントにもそう伝えたんだよ。ところが聞く耳を持たなくてね。ここはなんらかの善意の印を見せるか、できればヴィンセントに誠意を伝えるかたちでこの取引の進行を急ぐよう、われわれの雇い主に勧めたほうがいいのではないだろうか。ミズ・セルボーンが旅立てる状態になったら、最悪ヴィンセントはしばらく姿をくらましてしまうかもしれない。だいぶ彼女に心を寄せているようだからね」

マイロンがため息をつく。「ヴィンセントはめったに女と深いかかわりを持たないと評判だが、いったんかかわりを持つと、相手の女性をかなり大事にするらしい。勇ましく守ろうとするという話だぞ。体だけの関係でも、騎士並みの態度だそうだ」

「妙な話だな」そんな態度は理解できないとでもいうように、レイモンドはつぶやいた。

「まったくだ」マイロンが応じて酒をすすった。「ウォーバックスと会って、できるだけのことはしてみよう。わたしもきみに賛成だ。なにはともあれ、善意を見せなければならないだろう。ウォーバックスはまた得意の愚かなゲームのつもりで、ヴィンセントの気をもませているだけだろうとは思うが。ベイリーが選んだブローカー以外は決して受け入れまい」

ウォーバックスのベイリーへの執着に、マイロンもレイモンドも当惑していた。ウォーバックスがほかの人間、ましてや女性に親しみを感じるとは考えにくかった。

「ベイリーが旅立てる状態になる前に話をまとめたほうがよさそうだ」レイモンドはため息交じりに告げた。「ヴィンセントは機嫌を損ねている。時間がたてばたつほど、余計に頭に血を上らせるに違いない」

マイロンが椅子から腰をあげた。「今夜またウォーバックスに電話してみよう」からのグラスをふたりのあいだのテーブルに置き、ドアに向かう。「幸運を祈っていてくれ。このところ、彼とつき合うのはらくではないんだ」

「幸運を、友よ」レイモンドは静かに答えた。

マイロンが去ったあと、レイモンドは暖炉の炎を見つめたが、目に浮かぶのは過去の記憶だった。鮮やかな緑の瞳に、長い赤毛、彼の心を明るく照らした微笑みを見ていた。心から愛していた妹の姿が見えた。明るく輝く、汚れない姿。少し前まで笑い声をあげていた妹が、数日後に棺桶に納められた姿を見た。美しさも笑い声も奪い去られた。ひとりの男のせいで。ルーシーはＣＩＡの運び屋として働いていた。ミラノで大学生のふりをし、ふたつの情報源のあいだでやり取りされる機密情報を運んでいて、待ち伏せに遭った。

やつらは情報だけ奪ってルーシーに笑顔で生きさせるのではなく、ルーシーを殺した。レイモンドが突き止めた情報によると、ルーシーをとらえた男たちは彼女をウォーバックスのもとへ連れていった。あの人でなしはルーシーを犯してから、手下たちにも好きなようにさせた。そしてみずからルーシーの頭に銃弾を撃ちこみ、命を奪った。

十五年前だ。ルーシーを失い、葬儀に参列することもできなかった。妹と築いた絆を失って悲しみに暮れることは許されなかった。ふたりに血のつながりがある事実を知る者はいなかったからだ。

レイモンドは非嫡出子として生まれた。父親は決して息子の存在を認知せず、レイモンドも決して認知を求めなかった。それでも、ルーシーは兄を見つけ出し、愛した。純真さとはなにか、誠心とはなにか教えてくれたのはルーシーだった。

〝きみのためだ、ルーシー〟酒を暖炉の火にかざし、ルーシーの髪によく似た炎に言葉を捧げた。〝きみのために〟

20

ベイリーが自分を取り戻せた気がしてきたのは、翌日の午後になってからだった。筋肉痛であざもあるが、腕の縫い傷とそこに巻かれた包帯をよそに元気を取り戻していた。ジョンが腰にタオルを巻いただけの姿でバスルームから出て、ベッドに近づいてきたときに、ホルモンが跳ねあがってバク転をするくらい元気になっていた。

ベイリーは先にシャワーを浴びていた。傷があっても浴びたいと言い張ったのだ。おかげで気分がすっきりし、痛みがやわらいだ。自分は死なずに生きていると確かめるための行為をする準備は万端だった。

これからくるとわかっている孤独に耐えるために蓄えておく思い出を、またひとつ増やすための行為。昨夜は医者に鎮痛剤を打たれて、ぐっすり眠った。鎮痛剤を打たれるとたいていそうなる。おかげで一晩じゅう熟睡でき、朝には起きあがれた。

「気分はよくなったか?」ジョンがベッドのベイリーの隣に腰かけて尋ねた。

「よくなったわ」答えて彼を見あげ、手を伸ばしてゆっくりタオルのはじを引っ張り、前を開いて彼が隠そうともしない興奮のしるしをあらわにした。

色が濃くなった頂は太く脈打っていて、先端には真珠色の液体が玉になって光っている。

ベイリーの乳首が痛いほど硬くなり、両脚のあいだの蕾が我慢できないくらいふくらんだ。

体の中心から熱い蜜があふれてひだを濡らし、欲求で感じやすく、か弱くなった心地にさせた。

ベイリーは目前に迫る死と直面した。二度とジョンにふれられないのでは、という恐怖にさらされた。二度とジョンとキスもできず、彼の笑い声も聞けない。彼のぬくもりを感じられなくなるかもしれない恐怖。そんな無と向き合い、逃れた。だからいまは、ジョンとのふれ合いを心ゆくまで感じることだけを望んでいた。

「くそ、そうやって横たわってると信じられないくらいきれいだ」ジョンがさらに近づいて低い声を発し、求める気持ちをあからさまにして見おろした。「パンティーとTシャツしか着てない。昨日ふれないでいるのがどんなにつらかったかわかってるか？　キスもできなくて、そのかわいくそそってくる体を味見もできなかったんだぞ？」

ベイリーは鋭くはっと息を吸って唇を開いた。低く響くエロティックな言葉が、頭に欲情をあおるイメージを駆け巡らせた。このふれ合いが、このぬくもりがほしい。ジョンがほしい。

「いやらしいな、ラブ」ジョンがあの深みのある、気取りのないオーストラリア訛りをちょっと出してささやいた。「そんなに赤くなって熱くなってる。きみがほしくていかれかけてるって知って興奮してるのか？　ほかのどんな女も、おれをこんな目に遭わせたことはないんだぜ？」

微笑み返すベイリーにジョンが手を伸ばし、指の背でそっと乳房のふくらみにふれた。そのせいで胸の頂がすぼまって痛いほどだ。

ジョンがさらにベッドに体を倒して彼女を抱き寄せ、Tシャツがずれあがってむき出しになった腹に、硬くそそり立っているペニスを押しつけた。肌の上で熱い先端が引きしまって脈打ち、火傷しそうに熱い感覚を子宮にたたきこみ、彼に押し入られたときの記憶をベイリーの頭によみがえらせた。

「きみのせいで頭がどうにかなっちまうんだ」ジョンが彼女の唇を軽くかじってから、深いキスに引きこんだ。舌が舌をなめこする。ベイリーは激しい欲情に襲われ、五感が抑えようもないくらいざわめきだした。

「ちくしょう、ここ何日かそれ以外考えられない。きみはおれの弱みだよ、ベイリー。でも、強みでもある」

ジョンは優しくしているにもかかわらず、またしても支配欲を出していた。彼からわき出す濃い欲望に、ベイリーは息をのむ。

混じりけのない欲望。力。ベイリーが感じたこともない、知りもしなかったとめどない渇望だった。

「きみを失うところだった」ジョンが唇をふれ合わせてささやき、パンティーを膝まで押しさげた。ベイリーは足をあげ、下着を蹴って脱いでしまう。

両手をジョンのむき出しの肌に走らせ、ぬくもりを感じた。太腿を押し開かれて覆いかぶさられたときには求められていると感じた。

「脚を巻きつけてくれよ」ジョンの声の魅力的な味わいが深く濃くなっている。まるでベイリーとこうしているときは、ありのままの自分を抑えておけないみたいに。

両手で太腿の両側をつかまれ、ベイリーは両腕を相手の首にかけた。ずっしりと太いものが体の中心をつつき、なめらかなひだの上を滑り、ついに探し求めていた、きつく引きしまっている入り口を見つけた。

前戯がまったくなかったことが、いっそうエロティックな気分を高めた。ふたりをあっという間に翻弄したのっぴきならない欲望にベイリーは胸を高鳴らせ、快感に貫かれて震えた。がくりとのけぞり、欲情と悦びの泣き声を発した。体のなかで硬くなったジョンが動いている。両脚でジョンの腰を締めつけ、快さにあえぎ、抑えようのない欲望に駆られて何度も叫んだ。

ジョンが彼女の尻を指でもむようにしてつかみ、打ちこむ動きに合わせて揺らした。ベイリーは押し寄せる激しい興奮の波にぶつかって跳ね飛ばされ、吸いにくくなった息を継ごうと必死になった。

エクスタシーが突き抜け、ベイリーを圧倒した。熱に包みこまれる。ジョンが彼女の体の下にまわした腕に力をこめて両手で支え、腰を動かし、うねらせ、いっそう強く突き入った。ベイリーも枕に頭を押しつけ、ヒップを高くあげて応える。

ジョンを求め、焦がれ、飢えていた。ここまで、自分ではどうにもならないほど高ぶったことなどなかった。初めての感覚だった。この時間の一点に世界が凝縮していた。意味があるのはこの体に走る悦びだけだと思える、この一瞬に。

「ああ、そうだ」ジョンに耳元でささやかれてさらに身を寄せ、腰を上下させて揺らし、互いの口から切れ切れのうめきを引き出した。

体のなかを行き来するジョンをつかまえておこうと、感じやすすぎるやわらかい場所が波打ち引きしまった。

「この調子じゃ殺されるよ」ジョンの唇があごから首をかすめて撫でた。「かわいいベイビー」彼がいっそう強くベイリーを抱き寄せ、片方の手を彼女の尻から胸へ移動させた。親指と人差し指で乳首をつまみ、ふくらませ、熱い感覚を走らせる。

「生き延びるわよ」体の奥で熱い感覚が集まり、爆発しそうなまでに高まって、ベイリーはあえいだ。

ベッドに両肘をついたジョンにふたたび強く奥まで満たされ、かすれた吐息が出ていった。こうやってベイリーを抱きたかった。ジョンは思った。この腕のなかで、乱れるほど求めているベイリー。彼の両肩につめを埋め、ちくりとする熱い刺激を送りこんでくる。心地いいプッシーが、きゅっと握る濡れた熱い手のように彼を締めつける。

こんな体験を、こんなベイリーを二度と忘れられそうになかった。枕に頭を投げ出しているベイリー。息を継ごうとがんばり、たまに息すら吸えずに目を閉じ、唇を開くベイリー。

ベイリーは、ジョンが世界の中心であるかのように彼にしがみついている。ジョンにとって、ベイリーが世界の中心であるのと同じように。

「おれのベイリー」そう宣言し、そうであれと求めずにはいられなくて、低い声を絞った。ああ、ベイリーを自分のものにしたい。心も魂も。ベイリーを抱いて愛していると、人生のなにもかもが満たされた気がした。

そのベイリーを失いかけた。あの迷路を駆け抜けて角を曲がりたどりついた通路で、アルベルトがベイリーを押さえつけてのしかかり、ナイフが弧を描いて彼女の喉に振りおろされようとしていた。あのときは激しい恐怖に貫かれた。

これらがない人生など想像できない。ベイリーの心地よく温かいプッシーに包まれる感覚。肩に食いこむベイリーのつめ。彼の名を呼び、もっともっと求めてくれるセクシーで切なげなベイリーの声。

おおっぴらにベイリーは自分のものだと言うのは無理かもしれないが、こうやって詮索好きな目にさらされていない、ふたりだけの空間ではベイリーを自分のものにできる。ベイリーを抱ける。いまこうしているように。愛して、抱きしめていられる。ベイリーのものになってしまえる。

「ジョン」ベイリーの両手が彼の肩から髪へ差し入れられた。汗に濡れた長めの髪に指を絡ませ、握って引っ張り、ベイリーは彼のまわりでほぐれ始めた。

プッシーが引きしまって彼を締めつけ、波打ち、彼の股間は解放の欲求にさいなまれた。まだだ。ベイリーが先だ。彼女が達する瞬間を感じたい。押し寄せる熱い蜜とさざ波に包まれたい。

「ジョン、お願いよ」ベイリーがかすれ声で欲求をあらわにした。「いますぐいかせて」頭を揺らし、全身を震わせている。「ああっ。ジョン……」

ジョンが見守る前で彼女が目を見開き、体をこわばらせ、オーガズムに襲われ、のみこまれた。

腕のなかでベイリーが炎のように燃えあがり、ジョンにも火をつけ、心の奥まで燃やし尽くし、あとにはベイリーを求める純粋な本能しか残らなかった。

「いまだ、スイートハート」腕のなかでわななき始めたベイリーの首に歯を立てた。「いくんだ、ベイリー。おれのために、スイートハート。おれに任せて……」さらに強く、深く貫いてベイリーの愉悦を引き延ばす。このまま彼女のなかで永遠に生きていたい。

しかし、彼女の口からほとばしった最後の叫びがジョンを仕留めた。ベイリーのなかに身を沈めて自制心を失い、いつも誇りにしていた踏みとどまる強さを失った。意志も及ばなかった。待て、耐えろ、もう少し彼女の悦びに浸っていろと叫ぶ必死の欲求をよそに、解放がほとばしり出ていった。

ベイリーのなかへ死ににいくようだった。張りつめた股間からものすごい勢いで解き放つと同時に全身を震わせ、心の奥までさらけ出した。

何度も襲いかかる解放の波にもまれて、ついにかすれる声でベイリーの名を呼び、彼女の首元に顔をうずめて波に身を任せた。

「ベイビー。ベイビー」ベイリーを離すことなどできなかった。震えに体の芯から揺さぶられ、膝から力が抜けた。ずっと頼みにしてきた自分の強さに見放されたように、あっという間に強くいられなくなっていた。

ベイリーの髪に手を差し入れて彼女の頭を肩に抱き寄せ、固く締めつける彼女のなかに自分自身を注ぎこんだ。

「いつまでも、こうしてしがみついていたい」ベイリーが彼の肩に顔をうずめたまま、すすり泣いた。「離さないで、ジョン。まだ離さないで」

「離さないよ、ベイビー」ジョンはささやき返して、もっと近くに彼女を抱き寄せ、全身ですっぽり抱えこんでしまおうとした。「抱いてる。こんなに近くで」

ベイリーが顔をあげた。美しい緑色の瞳を陰らせている。満たされて、鋭い悲しみを感じて。

「もうすぐ終わるわ」彼の肩に顔を伏せて、ベイリーが静かに言った。「ウォーバックスは制圧されて、ミサイルは無事に取り戻されて、すべて終わる」

ふたりの時間も終わる。ベイリーの声から、沈んだ悲しみに満ちた気持ちが伝わってきた。ジョンは終わらせるつもりなどなかった。終わらせられるわけがない。ジョーダンにも理解してもらうしかないだろう。自分がなにを優先させるべきか決断しなければならないときが、男にはある。ジョンがもっとも優先させるべきなのはベイリーだった。最初からベイリーを優先させるべきだった。ベイリーなしで彼が向き合わなければならなかった地獄に、復讐はまるで見合わなかった。

すべてが終わるわけではないのだ。決してそうはさせない。ふたりの時間は終わらない。ベイリーを手放したりしない。だが、そうするにはまず、ジョーダンと話をつけなければならない。ジョーダンにあっさり消されるという可能性もつねにあるのだ。なんといっても、契約書にそうあるのだから。命令を無視したりそむいたりすれば、暗黙のうちに契約解除もありうると警告されていた。

ジョーダンにそんな扱いをされると思っているわけではない。ただ、ベイリーにはこの件を切り出す前に、ふたりでどんな事態に立ち向かわなければいけないか、きちんと知らせておかなければならない。

そうするには、ベイリーからかなりの信頼を得ることが欠かせない。ベイリーを引き入れるなら、部隊の仲間からもかなりの信頼を得なければならないだろう。

だが、ベイリーなら喜んでそうしてくれるはずだ。ベイリーはとんでもなく優秀なエージェントだ。あっさりこの職を辞めてしまうには優秀すぎる。

「おなかがすいてきちゃった」ベイリーが沈黙を破って小さな声を出し、上体を起こして顔から髪を払い、ジョンを見おろした。「あなたは？」

「夕食を抜いたからな」ジョンは横を向いてサイドテーブルの時計に目をやった。「そうだ、お友だちが心配してるぞ。きみは庭でこけて腕を切ったたってことになってる。静養中だって言ってあるんだ」

「みんなをこの寝室から閉め出しておけたなんて驚きだわ」ベイリーが笑い、ジョンはその穏やかで甘い響きに心をくるみこまれる気がした。

ベイリーににっと笑い返したところで携帯電話が鳴り、ジョンは顔をしかめた。電話をすばやく取りあげる。「ヴィンセントだ」

「これから戻る」トラヴィスの静かな声が告げた。「別荘まで、あと約五分で着く」

「用意して待つ」ジョンは電話を切ってベッドから飛びおり、ベイリーを振り返った。「服を着ろ、もうすぐトラヴィスが戻ってくる」

ベイリーが音をたてて息を吸った。「アルベルトを雇ったのが誰か突き止めたの？」

ジョンはかぶりを振った。「トラヴィスが安全な場所に戻ってくるまで、報告は聞けない」

ベイリーを助け起こそうとベッドに近づき、冗談めかした目つきでにらみつけられてあとずさりした。「まだ歩けるんですからね、ジョン」あきれた顔で目をまわしている。「こんなかすり傷ごときで病人にはならないわ」

「あのくそ野郎がきみの首を切り落とそうとしてるところを見たんだぞ。忘れるには数年かかる」ジョンは言い切った。ふたたびその光景が頭に浮かび、口調が荒々しくなる。「あれはいい思い出とは言えないよ、ベイリー」

「ええ、そうね、わたしにとってもすてきな思い出じゃないわ、ジョン。でも見て、こんなに元気よ」ベイリーが魅惑の体から両腕を広げてみせる。ジョンの股間はこわばり、いまにも元気を取り戻しそうになった。

「すっかり健康そうだな、ベイビー」もう一度ベイリーを抱く時間はない。いまのところは。

そう考えてジョンはため息をついた。「だが服を着ないと、トラヴィスに実際どれだけ元気か見せることになるぞ。いまにも、もう一回押し倒しちまいそうだからな」

これを聞いてベイリーは笑顔になったが、目の奥に秘められた深刻な陰りは消えずにあった。

ベイリーはジーンズを引きあげ、セーターを着て分厚い靴下をはいた。バスルームを出たとき、静かにノックする音がしてトラヴィスの帰還を知らせた。

ジョンがドアを開けて仲間を迎え入れ、ベイリーはホワイトノイズ発生装置のスイッチを入れて全員のカップにコーヒーを注いだ。

「ありがとう」トラヴィスはカップを受け取り、ドアから極力離れて部屋の奥にある低いテーブルの前に座った。

ジョンが残りのカップふたつを持ってテーブルに向かい、ベイリーもあとに続いた。

「ロドリケスを尋問した」トラヴィスが穏やかに口を開いた。「が、たいした情報は得られなかった。匿名の人間から指示を受けていたらしい。コンピューターを介して口座への送金が行われ、きみの情報を受け取ったそうだ。雇ったのが誰であれ、その人物もパーティーに出席しており、報酬に値する仕事が行われたかどうか把握できる。ロドリケスが知らされていたのはそれだけだ」

「一度でいいから、あの男を雇った人間が愚かなまねをしてくれないかなんて、夢のまた夢だったわね」ベイリーは嫌気が差してつぶやいた。

「ここにいる男たちは愚かではない。女性もだ」トラヴィスが考え深げに言った。「ただ、不注意な行動ならするかもしれない。彼らの警備担当者も含めて。これから数日、そのあたりからなにかつかめないか探ってみよう」ジョンに目を向けて続ける。「ボスが気をもみ始めているんだ。ウォーバックスの捜査に関して、またCIAが騒ぎだしている。今回の取引をかぎつけたらしい。いまのところ手を出されないよう抑えているが、長くは無理だろう」

「抑えておくのは無理かもしれないわよ」ベイリーは口を出した。「利口な人間はここにいる男たちだけじゃないもの。CIAもウォーバックスをとらえたがってる。生きたままね」

「そいつは残念だったな」ジョンが低い声で言って、トラヴィスを振り返った。

「ロドリケスは尋問のあと死亡した」トラヴィスが穏やかな口調を保って告げた。「遺体は数日内に地元の警察が発見する場所に置かれる。必要以上に苦しんだわけではなく、尋問のあと死亡しただけだ」

トラヴィスの報告の言外の意味を、ベイリーは理解した。ロドリケスは処刑された。遺体は、その事実が明らかな状態で発見されるだろう。あの男の犯罪歴にふさわしい状態で。トラヴィスとジョンが属する部隊以外が捜査を行うことはない。

「ウォーバックスが裏で糸を引いてるんじゃないかと疑ってるって伝えてあるぞ」ジョンがトラヴィスに告げた。「ウォーバックスがかかわってないなら誠意を見せるべきじゃないかと、レイモンド・グリアにも言ってある」

また、あの視線が交わされた。ふたりともが隠したままではいられないとわかっていることを、ベイリーに言わないでいるかのような視線。

「レイモンドがいったいどうしたっていうの？」問いただそうと心に決めていた疑問を思い出し、吐息ほどまで声を低めて訊いた。「時間の無駄だから、どうもしないなんて言わないでちょうだい」

トラヴィスとジョンがまた〝あの視線〟を交わした。そろそろこれが神経に障りだした。

「ふたりとも説明したくないなら、もっと顔に気をつけることね」いら立って言う。「さっさとなにもかも話して、終わりにしてくれないかしら」

トラヴィスが陰気な顔で彼女を見やり、ジョンは大きくため息をついた。

「まだ言えないんだ」ほんのささやき声になって告げる。「ここで言うのは危ない。まだだめだ」

ベイリーはふたりを蹴りつけたくなった。「もういいわよ」椅子を立ち、今回のところはこの会話を切りあげた。もしやと思うところはあった。できれば却下したい推測だ。単純に、レイモンド・グリアを心の底から嫌っているから。けれども、自分が一緒に働いてきた男たちの多くを嫌っているという事実も認めないわけにはいかなかった。

レイモンドがウォーバックスの勢力範囲にもぐりこむためにあんな人間になりすましているとしたら、あの態度も完璧にうなずける。この目で見ていなければベイリーが決して信じなかった、彼の妻に対する偽りのない愛情も説明がつく。

この考えにベイリーは顔をゆがめた。芽生え始めた疑いを突きつめたくなかった。そうしたが最後、認識をあらためなければならなくなりそうだからだ。そんなことをするのは大嫌いだ。

くるりと振り返って疑わしげにすがめた目でふたりの男を見つめ、声にせず口だけ動かした。「レイモンドはスパイなのね」

ジョンがトラヴィスを見やってからベイリーに視線を戻し、すばやくうなずいた。

なんですって？　ちくしょう。

ベイリーは絨毯の上でどんと地団駄を踏み、さらに床に落ちていた枕を蹴り飛ばした。傷を負っていないほうの腕でベッドから毛布を払い落とし、それも蹴りつける。それからまた無言で毒づいて、ふたりの男を振り返った。

信じたくない。絶対に信じたくない。レイモンドが大嫌いだ。傲慢で、人を見下していて、うぬぼれている、くそったれ。あの男が善人のはずがない。そんな事実は許せない。そうするしかないと頭ではわかっていても、受け入れたくなかった。

何年もかけてレイモンドを調査してきたから、あの男のカバーがとんでもなく深く作りこまれていることはわかっている。周到に計画されて作りあげられたはずだ。そんな役割を果たすエージェントは巧みに悪党になりすまし、誰にも疑いを抱かれない支援部隊と協調して動かなければならない。

ジョンの部隊と。

ベイリーはジョンをにらみつけた。奥歯が割れるのではないかと思うほど強く歯を食いしばる。

「あんなやつ大嫌いよ」口だけ動かして告げた。

ジョンが笑いをこらえるように唇に力を入れた。唇のはしがあがらないようにそうしたに決まっている。トラヴィスはうつむいて、おもしろがっている表情を隠した。ジョンよりはだいぶ賢いようだ。

このふたりはベイリーに事実を隠していた。この情報を隠し持っていたくせに、あのいまいましい無言のやり取りだけ見せて、ベイリーが自分で答えを導き出すまで待っていた。あっさり伝えればすむ話だったのに。

もちろん、レイモンドの正体は慎重に隠しておくべきだとわかっている。あの男がここでスパイとして動いているなら、その事実をかすかにでもウォーバックスに感づかれるような危険は冒せない。ベイリーとジョンふたりの会話や、ふたりの真の目的についてはいくらでも取り繕えるが、レイモンドの正体について話したりしたら、どんな口実をつけてもごまかせないだろう。

ベイリーは顔から髪を払いのけ、腕に走った痛みにたじろぎそうになった。

心底こんな事実は気に入らなかった。これでも本気でグリア抹殺を企み、かなり綿密に、わくわくしながら計画を立ててきたのだ。そうした考えを撤回するのは楽しいものではない。

「ろくでなしども」低い声でつぶやいて毛布と枕を拾いあげ、ベッドの上に放り投げた。

男たちはふたりともおもしろがっている表情を抑えようとしているのが見え見えで、ベイリーはどちらも撃ち殺したくなった。

どうやら心の底から嫌っていた相手への考えかたを深刻に見直さなければならないようだ。ジョンが悪い。これから永遠に、なにもかもジョンのせいだ。

足を踏み鳴らしてコーヒーポットを取りにいったところで、ドアを強くノックする音がした。また予期せぬ驚きに見舞われると思うと、うめき声をもらしたくなる。

トラヴィスがコーヒーカップを手にすばやく立ちあがって隣室に引っこみ、ジョンがドアに近寄って慎重に開けた。

「ミスター・ヴィンセント」ドアの向こうから現れたのはマイロンだった。「少し時間をいただけるかな？」

うしろにさがったジョンに通され、マイロンが室内をじろじろと見まわした。毛布の状態にも目をとめている。ベイリーも毛布に目をやり、唇を引きつらせてマイロンに視線を戻した。ジョンとベッドでいちゃついていたようなありさまだ。実際、そうしていたけれど。

「今日はどんな用件で、マイロン？」ジョンがドアを閉めて部屋のすみにある小さなバーに向かった。「飲み物は？」

「いや、けっこうだ」マイロンが丁寧に答え、テーブルを挟んだ椅子に近づいた。「座らないかね？」

ジョンがベイリーのところまで来て背に手をあて、マイロンが腰かけた椅子の向かいにあるふたりがけソファに導いた。

「具合はどうだい？」ジョンとともに腰をおろしたベイリーに、マイロンが尋ねる。

「よくなったわ」ベイリーは落ち着いた表情でうなずいた。

「よかった。それはよかった」マイロンが両手をこすり合わせて前に体を倒し、両肘を膝にのせた。「まず例の襲撃に関して、ウォーバックスからの謝罪を伝えさせてもらおう。指示を出した者を突き止めたわけではないが、ロドリケスの口座に送られた金の流れを追っている。間もなく元を突き止められるはずだ」

「その線はこっちも追ってる」ジョンが伝えた。「独自の情報源があるんでね」

うなずくマイロン。「もちろん、そうだろう。ただ、この件はきみの手をわずらわせずにこちらで対処させてほしいというのが、ウォーバックスの願いだ。彼はベイリーに決して危害が及ばないよう、何年も非常に気を使っていたからね。理由はどうあれ、事実上ここの人間がベイリーを傷つけようとしたという事態に、いたく胸を痛めている。この社交界では、できるかぎり自分たちの手で内部の秩序を守ろうとしているんだ。この件もウォーバックスが整理するのが筋だろう」

ベイリーの横で、ジョンが張りつめた沈黙のなか長いあいだマイロンを見つめてから答えた。「ウォーバックスに結果が出せるならな」そう告げて肩をすくめている。「出せないなら、自分でなんとかする」

「そうしてくれれば充分だ」マイロンは椅子に背を預け、黙ってじっとふたりを見つめてから続けた。「ある理由で、わたしはずっときみを気に入っていたんだよ、ベイリー」ようやく口を開いて言う。「ここ何年かのあいだに、きみは一度ならずウォーバックスの活動をかばって驚かせてくれた。ウォーバックスが広い意味での家族の一員だとわかっていたんだね。なぜだい？」

ベイリーは眉をあげてみせた。「あら、マイロン、難しいことではなかったのよ。盗み出されたものをたどれば何度も、いろいろな面で故郷につながっていたんだもの。特定の人たちと彼らの特異体質になじんで育った者にとっては、間違いようがなかったわ」

「それでも、彼の正体は突き止められなかったのだね」と、マイロン。

「あまり深入りしないようにしていたの」ベイリーは答えた。「可能性のある人物は察しがついたけれど、その人物がどれだけ危険な存在になれるかも知っていたわ。あの人がわたしに正体を知らせたければ、そうしていたでしょうし」

マイロンがゆっくりとうなずいた。「やはりな、きみは子どものころから変わらず用心深かった。好奇心が強く、知りたがりだったが、それでも用心深かった。まさに、それがきみの個性だよ」

マイロンはなにやら沈んでいるようだ。ベイリーは思った。こんなにうちに沈んで、躊躇するそぶりを見せるこの男は見たことがなかった。

「ウォーバックスは慎重に自分の仮面を作りあげてきた」彼が続けた。「そうできたのは、ひとりの人間にしか自分の正体を知らせなかったからだ。仮面の裏に隠れているためには、そうするしかなかった。そのひとりの人間というのが、わたしだ。レイモンドすら、ウォーバックスの正体はまったく知らない」

ジョンが隣で動いた。「そのままでいることはできないぞ、マイロン」静かな声で警告する。「ウォーバックスの取引の規模は大きくなってる。相応の信頼関係がなければ、彼が要求する値で品物は売れない。そうするには、ブローカーを雇うんじゃなく、あんたがブローカーを務めるしかないだろう」

マイロンがうなずいた。「わたしも以前のように若くはない」惜しむようにため息をついている。「若い人間がする仕事だよ。ウォーバックスにも勧めたが、われわれには専属のブローカーが必要だ。秘密を任せてもいいと信頼できる男。商品の質や真贋を確かめ、クライアントからも信頼される男だ」ベイリーとジョンに交互に目をやっている。「このポジションに興味があれば、ウォーバックスはきみにこの取引を任せ、売り物をあらためる場で面会し、条件について話を進めるつもりだ」

ベイリーは勢いよくわきあがったアドレナリンによる興奮を、かろうじて抑えこんだ。これこそ待ち望んできたチャンスだ。追い求めてきた筋書き。何年も、何人もの死をへて、終わりが手の届くところにまで迫ってきた。

「条件を話し合うことは可能だ」ついにジョンが考え深げに、慎重にうなずいた。「この場合、特に互いに信頼し合わないと無理だろうな、マイロン。こちらの取り分もかなり大きくなる。ある意味、雇われて共同で事業を行うことになるわけだから、おれはほかの商売に影響が出ないよう、細心の注意を払わなければならなくなる。影響が出た場合は、ほかのクライアントと手を切らざるを得ないわけだし。そう考えると、かなり高くつく」

マイロンがこの話に笑みを見せた。「きみは優れたビジネスマンだな」と、ほめる。「ウォーバックスも、きみのそうした事情は深くくんでいる。申し出を準備しているよ。競売にかけられる売り物を確かめたあと、ふたりで条件や取り分について話し合ってくれればいい」

ジョンはふたたびうなずいた。表情も、全身から伝わる態度も考え深げだ。「それじゃ、面会を楽しみにしてる」

マイロンがおもむろに立ちあがった。「きみとベイリーだけで来てくれたまえ」ジョンに告げる。「ボディーガードも連れずに。ウォーバックスがそうした安全を確保するほど、きみを重要人物とみなしていると信頼してもらいたい。面会は明日の夜だ」

ジョンもゆっくりと立ちあがった。「ものすごく小さな見返りに、ずいぶんな信頼を要求するんだな」と、返す。

マイロンは同意するように頭を傾けてから、ベイリーを振り返った。ベイリーは相手の目に疲れと、懸念を見て取った。マイロンと雇い主との関係は、本人がこちらに思いこませたがっているほど万事が平穏にいっているわけではないようだ。

「ベイリーは信頼を差し出し、その見返りに何度となく報われてきた。そうではないかね？」マイロンが尋ねた。

「ええ、何度も」認めたくなくてたまらなかったけれど、ベイリーはそうした。

「いいだろう」ジョンはそう答えたが、渋っている態度をあからさまに示した。「今回はベイリーの信頼に合わせる」腕をふたたび彼女の背にまわし、引き寄せる。「面会を楽しみにしてるよ」

「よかった」マイロンがまたかすかな笑みを見せ、ベイリーに近づいた。

彼女の両手を取って優しげな顔で見おろし、「きみの成長を見守ってきた」と穏やかな声で言う。「きみの行動につねに賛成してきたわけではないが、すばらしい大人の女性に成長したと認めないわけにはいかないよ。最大の敬意を払うべき女性になってくれた」

マイロンは身を屈めて彼女の頬に口づけ、ふたりから離れていった。

「勝手に出ていくよ」と言い残していく。「おやすみ」

数秒後、彼が出ていきドアが閉まった。

隣室からトラヴィスが現れ、ジョンとベイリーをしげしげと眺めた。ジョンがドレッサーの引き出しから盗聴器探知装置を取り出し、マイロンがいた場所を調べ始める。

マイロンが残した盗聴器がふたつ見つかった。ジョンはベイリーをドアの前まで引っ張っていき、全員に声を抑えるよう手ぶりで指示した。

「ボスに連絡を？」トラヴィスが低い声で尋ねる。

ジョンはうなずいた。「あまり時間がない。準備を始めよう」

トラヴィスが隣室に姿を消すと、ベイリーはジョンのそばを離れてドアに目を向け、盗聴器が残されていた場所に近づいた。マイロンの手際は見事だった。かなり巧みだった。彼が椅子と、ふたりがけソファとのあいだにある小さなテーブルの裏に盗聴器を仕掛けたなんて、ベイリーは気づきもしなかった。

ジョンを振り返り、奇妙な心残りに駆られて彼を見つめた。もうすぐ終わる。もうすぐ。あと二十四時間で、ふたりとも目的を達する。ウォーバックスは死ぬ。

そうなったら、ジョン・ヴィンセントも〝死ぬ〟のだろうか？　トレントがそうしたように、これきりベイリーを残して消えてしまうのだろうか？

心構えはできていたはずでしょう。ベイリーは胸に言い聞かせた。しかし、ジョンを見つめているうちに、これに耐えるだけの心構えなどできるはずがなかったのだと気づいた。

もう一晩ふたりで過ごせる。その一晩を、これからずっと胸に抱いていかなければならないのだろう。

21

ベイリーはここ二週間近く、胸に誓い続けていた。この任務の終わりを惜しんだりしない。ジョンに置いていかないでとすがったりもしないし、怒りを表に出し非難し合ったりして互いを傷つけるまねもしまいと誓っていた。思い出はたくさん作った。自分のありったけを注いで彼を愛した。心も魂も残らず彼に捧げた。出し惜しみはしなかった。ひとりで生きていくための力も残らないほど。自分でもそのことがわかっていた。

翌日の晩、ベイリーはジーンズと厚手のセーターを身につけ、ハイキングブーツをはいた。丈の長いレザージャケットはベッドの上に出してある。衣服を調べられてもなにも出てこないだろうが、武器は忍ばせていた。小型ナイフをそことあそこに。ただ、大きな銃はない。

ふたりは武器を持たずに行くことになっており、極力小さく目立たない武器でなければ隠し持つのは不可能だった。

たとえば、ハイキングブーツのヒールに忍ばせているデリンジャー式拳銃。これで精いっぱいの武装だ。反対側のヒールには弾薬を隠している。これなら見つけられずにすむだろう。試してみる価値はあると自信を持っていた。

ジョンも同じような格好だ。ジーンズ、厚手のセーター、ブーツ、丈の長い黒のレザージャケット。

ともかく、追跡はしてもらえそうなので安心だ。ベイリーもジョンも素肌のあちこちにスキンタグを貼りつけている。この小さな追跡装置はほんの少しのあいだだけ作動し、ふたりの位置が正確につかめるようになっている。ウォーバックスの正体が判明し、ミサイルが本物かどうか確かめられたら、位置情報を頼りに支援部隊が踏みこむ手はずだ。ウォーバックスやミサイルについて支援部隊にどのように連絡がなされるのか、ベイリーには定かではない。ジョンがトラヴィスから渡された腕時計を使うのではないかと想像するのみだ。なんであれ、想定どおりうまくいくよう願っていた。

携帯電話は持ちこむなと、前もってレイモンドから言われていた。通信機器はすべてだめだ。会って、あいさつを交わし、品物を確かめるだけ。ミサイルは数日のうちに競売が行われる際ふたたび確認できる。

ウォーバックスにしてみれば、これは単純明白な信頼と善意の証明にすぎないらしい。いっぽうベイリーにしてみれば、これはウォーバックスの卑劣なゲームの終わりを意味していた。今夜が終わるまでに、ベイリーとジョンが死ぬか、ウォーバックスが死ぬかのどちらかだ。

「用意はいいか？」ジョンがベイリーに目をやって、腕時計に視線を向けた。「マイロンやレイモンドとガレージで落ち合う時間まであと十分だ」

ベイリーはベッドからコートを取ってはおった。せめてもの心のよりどころとして、もっと頼りになる武器を持てたらいいのに。

「いいわ」窓の外を見ると、雪が降りしきっていた。この天気のせいで追跡がしにくくなるのではと心配になる。

ジョンは、トラヴィスとともに講じた安全措置については説明できないと言っていた。トラヴィスは一時間前に屋敷をあとにした。表向きはジョンから命じられて、取引のためにすでに準備を始めていた輸送ラインの手配に取りかかっていることになっている。信憑性のある口実で、マイロンもレイモンドも疑問を抱かなかった。

寝室を出ると、ジョンが彼女の背のくぼみに手を添えた。ふたりで屋敷の裏の階段をおりてキッチンの前の廊下を通り、すぐ先にある重い金属製ドアからガレージに出た。四輪駆動のハマー・リムジンがふたりを待っていた。エンジンをかけて車内を暖め、ドアのわきに運転手と護衛が控えている。

「ミスター・ヴィンセント。ミス・セルボーン」運転手に会釈され、ジョンの手を借りてマイロンとレイモンドが待つ後部座席に乗りこんだ。

先に乗っていたふたりの男は無言だった。リムジンは雪の降る戸外へ出て別荘に沿ってカーブする私道を進み、小さな谷を抜けて幹線道路に入った。

「われわれが手に入れた品物をかなり気に入ってくれるはずだ、ジョン」リムジンが速度をあげ始めてから、マイロンが口を開いた。「あれこそ、これまで築きあげてきた手段と人脈が結実した集大成だよ。ウォーバックスは男も女も、どんなに愛国心のある人間であれ、その多くがおのれの人としての弱さを隠すためならどんなことでもすると気づいたんだ。そういった弱さを利用しさえすれば、どんなものでも売り物になるとね」アメリカの極秘兵器を入手したウォーバックスの能力に、マイロンは父親めいた誇りすら抱いているようだ。

「弱さを抱えている人間は信頼もできない」ジョンが指摘した。「ウォーバックスは信じられないくらいラッキーでもあったんだな」

「そうだ、彼には幸運の女神がしばしば微笑みかけてくれたのだよ」マイロンが懐かしむように相好を崩した。「加護を受けていたのかな」

〝呪いじゃないの?〟ベイリーは心のなかでひとりごちた。

「ウォーバックスは倉庫できみたちと会う」レイモンドが知らせた。「面会は、まず売り物を確かめたあとだ。なにか訊きたいことがあれば質問できるように」

なにもかもまさにビジネスライクで、ばか丁寧だ。ときに犯罪者がいかにあたり前に振舞えるかに、ベイリーはあらためて驚かされた。まるで自分たちが法を犯していることなど頭に浮かびもしないようだ。多くの命が奪われたことに責任などないかのようだった。詰まるところ、彼らにとって重要なのは万能の金。それに、その金をできるだけ短期間にどれだけためこめるかだった。

「輸送ルートの計画は用意してある」マイロンが言った。「われわれが用意したルートの安全性は抜群だ。ぜひこのルートを使ってくれてかまわないし、自分で決めたルートを使ってくれてもいい。だが、いったんミサイルがきみの手に渡ったら、ウォーバックスはその時点より品物に責任を負わないからな」

ジョンが慎重に首を縦に振った。「それはよく承知してるよ、マイロン。いまトラヴィスがチームを集めて輸送の準備をしてる。それでも、おれたちが手配してるルートよりそちらのルートのほうが優れていれば、ありがたくそっちを使わせてもらう」

マイロンはよしというようにすばやくうなずいた。行儀のよい子どもふたりを前にして、満足しているみたいな顔だ。

悪党が。

「あのミサイルを盗み出すとは見事な手際だ」ジョンが言った。「どんなふうにやってのけたんだ?」

マイロンの笑みにプライドがあふれた。「さっき言ったとおり、自分の弱さを隠しておくためならなんでもするという人間がいる。ウォーバックスは、ある将官がかなり偏った性的嗜好の持ち主だとのうわさを偶然に耳にしてね。そういった行為にいそしんでいる将官の写真を手に入れて本人に見せたんだよ。そして、ミサイルを盗むために必要な情報を提供するよう求めたというわけだ」

ベイリーの頭のうしろにまわされたジョンの腕がこわばった。ウォーバックスがあの兵器を奪った際、十数人の兵士が重傷を負い、数人が命を落とした。マイロンはその許しがたい行為を、まるで誇るべき偉業であるかのように語っている。

雪が降りしきる道を行くハマーの車中で会話はしだいに途切れ、心地よく感じるほどの沈黙がおりた。ベイリーは兵器を取り戻すための策を巡らし、計画を立てていた。ジョンも同じことをしているはずだ。あの兵器をなによりも優先して確保しなければならない。

ジョンの計画がうまくいけば、ふたりが倉庫に入ってから数分以内に、ジョンを支援する部隊が配置に就くだろう。兵器が本物だと確かめられ、ウォーバックスの正体が明らかにされたら、八人の隊員からなる支援部隊が突入する。

兵器を確保し、ウォーバックスをとらえておくのはジョンとベイリーの仕事だ。

ジャケットの襟に沿ってジョンにうなじの毛を指でもてあそばれていると、腕に貼りつけてあるスキンタグが作動し熱を帯び始めた。

発熱は二分続き、針で刺されるのに似た感覚がするほど熱くなってから徐々に収まっていった。

「ウォーバックスは何年も前から、きみをこの世界に呼び戻したがっていた」マイロンがそう言ってジャケットから懐中瓶を取り出し、ふたを開けて中身を飲んだ。年代物のウイスキーの香りがリムジンの後部座席に漂った。

「あのころは目が覚めていなかったの」ベイリーは答えた。「単に反抗したい時期だったのよ」

「どんな若者にもそんな時期がある」マイロンがうなずいて懐中瓶をポケットに戻した。

レイモンドがすばやく気遣わしげな視線をジョンに向けたことに、ベイリーは気づいた。

なにかが、とてもおかしなことになっている。危険とまではいかないが、なにかおかしい。

うなじの毛が逆立っていた。警戒してというより、ざわざわとする不信感を抱いて。

ハマーは市街に入る前に進路を変えて別の舗装道路に入り、中心部を離れてアスペンのはずれへ向かった。どこへ向かっているのか、ベイリーは確信を持ち始めた。

十年か十五年前に放棄された倉庫群。それらの倉庫はいまだ崩れず頑丈に立っていて、厳重に警備されていた。

警備所の前を通過すると同時に、鎖骨に貼りつけた追跡タグが熱を発した。武器を手にしている警備員は軍隊式に直立不動の姿勢を取り、無表情で冷ややかだ。

傭兵に違いないとベイリーは思った。ああいう傭兵は見慣れていた。冷めた目つきをした、非情で残忍な兵士。あの男をどこかで見たことがあってもおかしくない気がした。

リムジンは倉庫の敷地を進み、立ち並ぶ六棟の巨大な倉庫のうち、いちばん奥にある建物の前まで来た。

「ウォーバックスは専属の警備隊を雇っていないの？」ベイリーは尋ねた。ほかにも数人、倉庫の周囲をうろつく傭兵の姿が目に入る。

「そんなものは必要ないんだ」マイロンが答え、突きあたりに立つ倉庫の開け放たれたドアのなかへハマーが入った。

すでに停車していたもう一台のハマー・リムジンのすぐうしろに、彼らが乗る車が停まった。前の車のまわりには四人の護衛が立ち、ベイリーたちを冷たい目で見据えている。

「まず競売にかける品物をお目にかけよう」ベイリーを振り返ったマイロンが、妙にうつろに響く声で言った。

ベイリーは相手を用心深く見返してうなずき、体にまわされたジョンの腕に力がこもるのを感じた。

ドアが開いてマイロンが出ていった。続いてレイモンドがおりるときに振り返り、ベイリーにかすかにうなずきかけた。

車をおりるなり、武器を携帯していないか調べられた。護衛たちはよく訓練されているらしく、冷淡にして丁重に、徹底して調べた。ようやく護衛がマイロンにうなずきかけた。

「さがれ」マイロンが手を振って護衛を追い払い、ベイリーとジョンに腕を差し出した。「さあおいで、子どもたち、発売直前の最新のおもちゃを見にいこう」

ジョンの心配そうなまなざしをよそに、ベイリーはマイロンに近づいた。マイロンに肩を抱かれ、コートのポケットに銃を差し入れられてはっとする。

拳銃は重く、弾倉が入っていた。マイロンと目を合わせ、そこから先ほどは気づかなかった心の動きを見て取った。用心深さと、避けられない運命を嘆く思い。この男は今夜、ウォーバックスの支配が終わると知っている。なぜか、これがすべて見せかけにすぎないと気づいたのだ。

「きみのことは子どものころから知っている」倉庫のなかを進みながらマイロンが穏やかに言った。「いちばんのお気に入りだったと言ってもいいくらいだよ。知っていたかい?」

ベイリーは緊張してつばをのみ、かぶりを振った。

「ウォーバックスは昔から気難しかった。きみのように、まわりの人間を気にかけたりしなかった」

ベイリーの鼓動が速くなりだした。マイロンは、ジョンにもレイモンドにも聞かれないよう声を落としている。

「どういうことなの？」ベイリーは問いかけた。

「今朝、妨害装置は働かないようにしておいた」マイロンが静かに返す。「きみが持ちこめた装置は作動しているはずだ。きみが何者かも、なぜここにいるかもわかっている。最初からわかっていた」

ベイリーは足を止めそうになった。横を歩くマイロンに押されていなければ、そうしていただろう。

「年を取って疲れてね」マイロンが静かな声で続けた。「いまの大統領に一票を投じたし、彼ならよくやってくれそうだ」

「なんなの、どういうつもり？」ベイリーは潜めた声を発した。

「きみを救うつもりだ、願わくは」と、マイロン。「何事も表面どおりに受け取ってはいけない。過去の友情を信じてだまされないことだ。いいかい、あそこまで精神を病んだ人間に友人はいない。家族もね」

一行は倉庫の奥にたどりつき、小さく囲われた事務室の前に立った。

「このなかだ」マイロンがベイリーから離れ、事務室の鍵を開けてなかをのぞいた。「わたしとレイモンドは外で待っているから、ふたりで自由に売り物を確かめてくれ」

ベイリーとジョンは室内に足を踏み入れた。

マイロンとの会話をジョンに伝えるのは無理だ。部屋の四方に配置されたカメラは音声も記録しており、ベイリーの予想ではとんでもなく感度が優れているはずだった。

部屋の中央には長いテーブルが置かれ、その上に携帯型ミサイル発射装置と四発のミサイルがのっていた。

ベイリーはジョンが兵器を調べられるよう、うしろにさがった。ジョンがすぐ横を通ったとき、ベイリーは体を動かしてコートのなかに隠された重い銃を彼の手にふれさせた。銃に気づいてジョンがはっと顔をあげ、すがめた目でベイリーを見た。それからテーブルに向き直り、ミサイルを調べ始めた。

これでいい。もう少しで終わりだ。

ベイリーは壁に背を預け、両手をポケットに入れた。銃床に指を巻きつけ、大きな安心感を得ると同時に不安も覚える。

マイロンがウォーバックスを裏切った？　理解できない事態だ。十五年以上も裏切り者につき従ってきて、いきなりそむくなんて。なぜそんなまねをするの？

「本物だ」ジョンがミサイルをひとつひとつ調べていき、ささやいた。「こいつは使用可能な、正真正銘の品だ」

ベイリーが見守る前でジョンが腕時計に手をのせ、指を動かしてなんらかの機能を作動させた。大きな騒ぎが始まろうとしている気配を、ベイリーは感じていた。

「では、競売にかけるのね？」

尋ねた瞬間、背のくぼみに貼りつけたスキンタグが熱を発した。この発熱が意味することはひとつ。あと十秒で身を隠せという指示だ。

一。二。三。ジョンの顔をじっと見つめた。彼はミサイルを保護する木箱のふたを慎重に閉じている。

四。五。六。ベイリーは事務室の入り口から外のがらんとした倉庫内のようすをうかがった。

七。八。九。マイロンとレイモンドのジャケットをつかんで力任せにふたりを事務室に引っ張りこむと同時に、倉庫の外で大混乱が始まった。

「はい」ポケットから銃を取り出してジョンの手に押しつけた。銃声が鳴り響き、襲撃に気づいた傭兵たちが怒声をあげている。

ここにはいまいましい傭兵が何人いるのだろう？

ジョンが戸口に身を寄せて慎重に外をうかがい、ベイリーはレイモンドとマイロンを振り返って鋭い視線を向けた。

「ここを動かなければ安全よ」声を張りあげて知らせる。

レイモンドは危険な怒りに燃える顔をしていた。イタチめいた表情は消え失せ、冷徹な顔つきでベイリーとジョンをにらみつけ、銃に視線を向けている。

「その人に訊いて」マイロンをあごで指した。「あれを差し入れてくれたのは彼だから」

マイロンはこっそり部屋のすみに身を寄せ、壁際でずるずると腰を落として身を守るように体を丸めていた。真っ青な顔で、外から聞こえる銃声に怯えている。

「ウォーバックスがここから逃げ出す前に捕まえないと」ベイリーは大声でジョンに呼びかけた。

「おれたちはミサイルを守るんだ」有無を言わさぬ鋭い声が返ってきた。「ウォーバックスもとらえる。このミサイルが奪われたらおしまいだ」

ウォーバックスを逃したら、どっちにしろ全員おしまいよ。あんなにも近くで仕えていたらしい人物をマイロンが裏切るとは、信じられなかった。

「いいわ、あなたはミサイルを守ってて」ジョンに止められる前に事務室を飛び出した。

憤慨したジョンの怒鳴り声を聞きながら、動きやすいようにコートを脱ぎ捨て、木箱の陰に飛びこんで身を隠した。

リムジンを逃がすため、傭兵たちが道を切り開こうとしている。倉庫の出口は大型の軍用トラックがふさいでいるが、傭兵の何人かが近づこうと攻撃を行っていた。

ベイリーはリムジンを目指して木箱で身を隠しつつ、背後からひとりの傭兵に忍び寄った。じっと相手に視線を据え、男が手にしている自動小銃に狙いを定める。

傭兵まであと一歩のところに近づいたとき、うしろで銃声が響き、傭兵が銃もろとも床に倒れた。

すぐさま振り返り、ジョンを見て驚く。

「ひとりでなんて行かせるか」ジョンがうなり声を発した。「あのミサイルがなくなったら、おれたちふたりともおしまいだからな。死んだって生き返れないぞ」

ベイリーたちは傭兵の死体に駆け寄り、武器を奪った。

「リムジンを目指せ。援護する。おれが追いつくまで乗りこむなよ」ジョンが命じた。

ベイリーはすばやくうなずき、さっと力をこめてキスをしてジョンを驚かせた。そして彼から自動小銃を受け取り、ふたたび動きだした。

幸い、傭兵たちは自分たちの命を狙っている黒ずくめの男たちに気を取られ、逃げ出そうとしているブローカーとその愛人に興味はないようだった。

運がよければ、ものすごくラッキーなら、ウォーバックスはまだベイリーを殺すなとはっきり指示を出しているのかもしれない。その可能性に命を賭けるつもりはないが、そうであるようにと心から願っていた。

「止まるな」倉庫内にさらに傭兵たちが詰めかけてきて、ジョンが指示を飛ばした。「リムジンに走れ」

ジョンが援護射撃をし、ベイリーは一気に車まで走った。勢いよくドアを開けて車内に飛びこみ、人生最大の驚きと向き合った。

「グラント?」グラント・ウォーターストーンの明らかに麻薬で曇った目をあっけにとられて見つめると、間の抜けた顔で笑われた。

「くそ、おまえを殺れたと思ってたのにな」くっくと笑い声をたてている。「あのコロンビア野郎は、グレースが言うほど役に立たなかったわけだ」

グレース。フォード・グレース。やはり、あの男がウォーバックスだったのだ。アルベルトにベイリーを売ったのも。

「いったい、どういうことなの？」

訊かれて、グラントがさらに笑い声をあげた。「言ってやっただろ、ベイリー。あいつはいかれた最低野郎だって」ベイリーの顔に向かって指を振る。「忠誠心じゃないよ。忠誠心じゃ。残念だったな。グレースなら荷物をまとめて飛んでったよ」飛ぶ鳥のまねをして手をぱたぱたさせている。「飛んでけ、小鳥さん」

リムジンの後部座席にはドラッグの道具一式が散らばっていた。この男はずいぶんたくさんの薬物を消費していたようだ。

「フォードはどこへ行ったの？」グラントを大声で問いつめた。

「フォード？」グラントが首を左右に振る。「フォードじゃないって。あのじじいはもうろくしてる。ワグナーだよ。金を持ってるのは。家に飛んで帰ったよ」
メ、ア、リー、メアリー。
ベイリーはあせって首をめぐらした。傭兵がついに出口をふさぐトラックに乗りこみ、移動させている。そのとき、リムジンの運転席にジョンが飛びこんできた。

「グレースの屋敷に行って」ベイリーは叫んだ。「急いで。あいつは逃げるつもりよ」

口汚くののしるジョンの声が聞こえた。しかし、彼はすばやくギアを入れて次の瞬間にはアクセルペダルを踏みこんだ。ハマーがタイヤをきしらせて回転し、出口にできた狭い隙間を猛スピードで通り抜けた。

傭兵の怒号も、止まれという声も、銃声も無視する。ゲート目指して倉庫の前を突っ走る車内で、グラントが奇声をあげて騒々しく笑った。

「突き破るぞ」ジョンが振り返って告げた。

「行って」ベイリーは衝撃に備えて身構えた。大型車両がチェーンゲートを突き破り、グラントがひっくり返る。

外では雪が降り続いていて、寒さがベイリーの骨まで染みた。マイロンの言葉が頭によみがえった。〝あそこまで精神を病んだ人間に友人はいない〟

グラントの言葉も。〝フォードじゃないって。あのじじいはもうろくしてる〟

フォード・グレースではなかった。

ベイリーの心の片すみが痛みに襲われ、悲鳴をあげた。フォードではなく、ワグナーだった。そして、彼のそばにはメアリーがいる。

保険だわ、ベイリーは思った。マイロンと同様ワグナーも疑いを抱いていて、どちらに転んでもいいように策を立てていた。メアリーを巻きこんで。

22

「三人、助っ人が来る」ジョンがイヤホン型通信機を耳に入れ、危険な道でやすやすと車を進めながら大声で知らせた。「ウォーバックスはワグナー・グレースだとマイロンが認めた。ワグナーはフォードやメアリーと一緒にいるそうだ。今夜、ふたりの傭兵にメアリーを連れてこさせたらしい」

ジョンに手渡され、ベイリーも通信機をすばやく装着した。

「きっとワグナーも、わたしたちが来るとわかってるわ」注意をうながす。「最初からわたしたちを疑っていたのよ」

「きみが忠実な仲間になると信じたがってもいたんだろう。きみがあのディスクを投げ捨てたときは、信頼できると思ったはずだ。それでも、完全に信じきってはいなかった。あの立場の人間が、他人を完全に信じるはずがない」

ベイリーが祖国にそむくなんて話を、彼女を本当によく知る者が信じるわけがなかった。マイロンには見抜かれていたけれど、彼はウォーバックスにそれを告げなかった。ワグナーがあまりにも多くの人命を奪う道に踏みこもうとしていると気づいて、賭けに出たのだろう。

あの男には良心めいたものが芽生えていた。どうしてそうなったのか、ベイリーには知るよしもなかった。

「ヘリコプターがグレース邸に向かっています」女性の落ち着いた声がリンクを介して伝えた。「到着予定時刻は二十分後です」

「ワグナーは逃げようとしてる」ベイリーはまだ持っていた自動小銃を両手で握りしめた。「高飛びされたら見失ってしまうわ」

「ああ、だから飛ばせないようにしようぜ」ジョンが悪態をついた。「つかまってろ」

彼がさらにアクセルを踏みこみ、リムジンは雪が降りしきるなか猛スピードで突き進んだ。グレース邸の私道はそれほど長くはなかった。フォードは自分の所有物をつねにすぐ手の届くところに置きたがる。

私道を飛ばして屋敷へ向かう車内で、ベイリーはすばやく手元の銃に弾がこめられているか確かめ、予備の弾倉もポケットに押しこんだ。ジョンが撃った傭兵から奪い取った、足首に装着する銃も使える状態か確認する。

「わたしがひとりで乗りこんでいくみたいに見せかけさせてね」ジョンに有無を言わさない口調で告げた。「あとについて援護して。先にフォードとメアリーを見つけられるかもしれない。まずふたりを救出してから、しなければならないことをしましょう」

はたから見てもジョンはこの案が気に入らない顔をしたが、すぐにうなずいた。「ぴったりうしろについていくからな」屋敷に向かって車を進めつつ言う。

「そうしてくれるって信じてるわ」ベイリーは返事をした。

「屋敷内の監視カメラはすべて妨害し、機能停止しました」イヤホンから響く声が知らせた。

「書斎まで四分で向かってください」

充分な時間だ。

「熱反応の位置は？」ジョンが尋ねた。

「熱反応によれば屋敷内にいるのは三人のみです、ヒートシーカー」リンクの向こうの女性の声が答えた。「ひとりは書斎に、ふたりは控室にいます」

「ワグナーたちに間違いないわ」ベイリーがつぶやくと同時に、ジョンが屋敷の前でリムジンを急停止させた。

まだ揺れているリムジンからベイリーは飛び出し、ジーンズのうしろに銃を差して玄関へ歩いていった。

鍵はかかっていない。慎重にドアを開け、用心しながら暖かい屋内に足を踏み入れた。アンナと過ごすため最後にここへ泊まりにきたとき、ベイリーたちはまだほんの子どもだった。アンナが裏切られ、殺される前のことだ。

アンナの命を奪ったのは父親――それとも兄だったのだろうか？

大理石の玄関広間を進み、応接室の横から短い廊下に出て屋敷の奥を目指した。

フォードの書斎は、レイモンドの別荘の書斎と同じく、屋敷の奥にある。控室はふたつ。居間と、もうひとつは狭い事務室だ。屋敷の監視カメラの映像は書斎で見られるようになっているが、その部屋にはひとりしかいない。その人物がカメラの映像を見ていたとしたら、異常に気づいただろう。運任せだ。フォードが無害に書類仕事をしていて、ワグナーが飛びかかろうと待ち構えているという可能性もありうる。モニターを見ていないという可能性もないわけではないけれど、それはなさそうだとベイリーは思った。

そこまでの幸運は期待できないが、いいほうに願ってはいた。

小銃をかまえて書斎に近づいた。ドアがわずかに開いている。無言でちらりとジョンを振り返ってからなかをのぞくと、フォードが机の前に座って静かに仕事をしていた。屋敷の監視カメラのモニターはオフになっているが、ベイリーの記憶に間違いがなければ、狭い事務室にほかのモニターがあるはずだ。

ベイリーは音をたてず壁にぴったりとつくまでドアを開け、戸口に立った。ジョンは横の壁に身を隠している。

フォードが驚いて顔をあげた。

「ベイリー？」ゆっくりと立ちあがり、眉をひそめて小銃に鋭い目を向ける。「いったい何事だ？」

彼は心から驚いているように見えた。ベイリーには、それがいまだにショックだった。

「ワグナーはどこ、フォード？」事務室に続くドアを見やる。

「ワグナーはさっき出ていった」フォードが当惑して答えた。「日が暮れてからは見ておらんぞ」

「ワグナーはここにいるはずよ」ベイリーは部屋の奥に進み、事務室のドアに銃を向けた。

そのドアがゆっくりと開いた。

百年生きたとしても、このとき目にした光景を忘れはしないだろう。

あざだらけになったメアリーの繊細な顔。両目は腫れあがってほとんどふさがり、唇も腫れ、頬は青黒く染まっている。ああなんてこと、ワグナーがメアリーを殴った。

ワグナーが自分の体の前でメアリーを抱え、笑みを浮かべて彼女のこめかみに銃を突きつけていた。

「ワグナー」メアリーを盾にして書斎に入ってくる息子を前に、フォードが喉を詰まらせた。「なんてことだ……」

「ベイリー」メアリーの声は弱々しく、信じる者に裏切られた悲しみに満ちていた。腫れあがった目から涙があふれて顔を伝った。「ベイリー、どうなってるの？」

ベイリーはショックにとらわれてワグナーを見つめた。この男はベイリーが一緒に育ったワグナーではない。かつて兄とも慕っていたワグナーではなかった。

「どうして？」ささやいた。

「こいつがぼくの言うとおりにしようとしない」完全に納得のいく説明をしているかのように、ワグナーが肩をすくめた。「教えこんでやらないといけなかったんだ。いつもアンナにしてやっていたように」ショックを受けて青ざめている父親をにらみつけて言う。

ベイリーはのろのろと頭を振った。「フォードでしょ」ふたたびささやいた。「アンナとあなたたちのお母さんを殴っていたのは」

フォードがぎょっとして彼女を振り返った。ショックのあまりぼうぜん自失の表情になりかけている。ワグナーが笑った。

「父さんにそんな度胸はないよ。母さんやアンナに手をあげるなんて、とてもできなかったろうさ。母さんが何度か言おうとしたみたいだが、聞きやしなかったんじゃないかな。そうでしょ、パパ？」

フォードが息子に顔を向けた。はた目にもわかるほど震えだしている。

彼のまなざしにも表情にも、想像がつかないほどの苦しみが宿っていた。

「なにをしたんだ、ワグナー？」フォードがかすれる声で訊いた。「どうしてだ、おまえはいったいどうなってしまったんだ？」

「父さんより立派な男になったんじゃないかな？」ワグナーがあざ笑った。「ぼくの資産はいまでは父さんの二倍だよ。父さんを超えて賢く、立派になったものだろ。父さんにはそれに気づくだけの頭もなかったってわけかい？」

フォードは首を振ってメアリーを見つめ、ワグナーに視線を戻した。「こんなことをして、賢く、立派になったというのか？　おまえを愛してくれた人たちを痛めつけて？　おまえを信じた人たちを裏切ってか？」

「こいつらは子羊のように導いてやらないといけないんだよ」ワグナーがまくし立てた。「母さんやアンナみたいに。あのめそめそ文句を言う女どもが面倒なまねをしようとしてるとぼくが教えてやったのに、父さんは聞かなかっただろ？　あの夜、ふたりを黙って逃がしただろ？　まともに考えもしないで。ふたりはぼくたちの人生を台なしにしようとしていたのに。このぼくを」

「ふたりは、あなたがこんな人でなしだってフォードに知らせようとしたのね」アンナたちがどんなに恐ろしい暮らしを強いられていたかを思い、ベイリーは胸が詰まった。「自分の子どもが人とは思えないくらいゆがんだ心の持ち主だと気づかされたなんて、お母さんはひどい苦しみを抱えていたでしょうね」

「あの女は、本気でぼくから逃げられると思っていたんだ」ワグナーが叫んだ。「ぼくがどちらも手放すわけがないのにな。ぼくのものなんだから。ぼくのもののくせに、逆らおうとした」

「なにを言っている、どうかしてしまったのか？」フォードがいきなり息子を怒鳴りつけた。

「人を自分のものにできるわけがないだろう、ワグナー」

「ぼくのものだったんだよ」ワグナーが鼻で笑った。「母さんもアンナも。おまえたち全員がそうだ」

「あなたの父親がオリオンに、アンナとマチルダ、それにわたしの両親を殺すよう命じた証拠が保存されていた、あのディスクはなんだったの？」ベイリーは息が吸えなくなった気がした。まわりで起こっている出来事を、どうやってものみこめない。

ワグナーがまた笑い声を返した。「コンピューターは本当にすばらしい発明品だね。いま出まわっているソフトウェアも。父さんの秘書は頭がどうにかなって、あのディスクでぼくを脅せると思ったんだ。しばらくそう思わせておいてから、ちょうどいいときを見計らって殺してやった」たいしたことではないと言いたげに、ふたたび肩をすくめている。「きみよりぼくのほうが賢かったということだよ、ベイリー。認めたらどうだい」

ベイリーはゆっくりとうなずき、ぼうぜんとしたメアリーの顔を見つめた。「わたしより賢かったのね」ここで起こっている出来事がまだ信じきれず答えた。

「きみもぼくのものなんだ、ベイリー」酷薄な口ぶりでワグナーが言った。「何年もきみを操って、試して、引き寄せた」

「そして、わたしにだまされたのよね？」ベイリーは鋭くあざけった。「わたしをまったく疑っていなかったんでしょ、ワグナー？ 最初のうちは。今夜までは」

ワグナーがあごをあげ、鼻をふくらませた。「言いがかりをつけるな、だまされてなどいないさ。賢い行動をとるんじゃないかと見守ってやっていただけだ。こうなったら、そろって死なせてやるよ。ぼくの生きかたに口出しできると思いこんでいる無能な男と、ぼくから逃げられると思いこんでいる姑息な淫売と一緒に」彼がメアリーをつかんでいる腕に力をこめ、痛みに叫ばせた。

彼は精神を病んでいる、とマイロンは言っていた。彼に友人はいない、と。この男は精神を病んでいるどころではなかった。

「こんなまねをして、逃げられると思っているの？」ベイリーはやっとの思いで尋ねた。

「本当に捕まらずに逃げられると思う？」

「もちろんだ。傭兵たちには、レイモンドもマイロンも殺せと言ってある。ミサイルは失うだろうが、まあいいさ」ため息をついている。「きみは父さんと殺し合うんだ。父さんがメアリーを殺したあとでね」銃をメアリーの腫れあがった顔に滑らせる。

ワグナーは周囲の人間全員を巧みにだましていた。本当に巧みに。ウォーバックスの捜査もフォードに集中していた。ベイリーがこの十五年ずっと彼ばかりを疑っていたように。アンナとマチルダを殺したのは、間違いなくフォードだと思っていたのだ。妻と娘を殴っていたのは彼だと思っていたから。その思いこみを捨てて、さらに調べようとはしなかったから。そのつけを全員が払うはめになってしまった。

ベイリーは思いとどまらせようとした。「うまくいくわけがないわ、ワグナー。こんなことをして逃げられるわけがない」

ワグナーの笑みは得意げだった。

「ぼくなら逃げられるに……」

「マイロンもレイモンドも死んでいないのよ」身を切られるようにつらい思いで、ワグナーに告げた。「マイロンも、グラントも、レイモンドも生きてる。あの人たちに話を聞いていたから、誰を捜せばいいか、ここへ来る前にわかっていたの」

部屋に沈黙がおりた。ワグナーが表情を消してときが止まり、彼に締めつけられたメアリーが苦しげにかぼそい悲鳴をあげた。彼の目に恐怖と信じられないといった思いがよぎるのを、ベイリーは見ていた。

ショックでワグナーの顔がゆがんだ。「うそをつけ。マイロンが裏切るわけがない！」彼がいきなり叫び声をあげ、メアリーがひるんで悲鳴を発する。ワグナーが叔母の頭に乱暴に平手打ちを食らわせた。それから数秒、なにもかもがスローモーションのように動いた。

メアリーが意識を失いかけて膝をつき、フォードが息子に飛びかかった。尋常でないほど獣じみた怒声を部屋に響かせてワグナーがメアリーを放し、腕を突き出して父親に向け銃を撃った。

フォードが衝撃を受けてよろめき、倒れこんで息子にぶつかり、バランスを崩させる。ベイリーはそこへ飛びこんだ。背後でジョンが怒鳴る声がした。彼が大声でなにか言っているが、ベイリーはワグナーが落とした銃を拾おうと必死だった。

ワグナーが銃を握り、腕をあげる。彼の顔に笑みが広がった瞬間、その額に真っ赤な血の穴が開いた。

「だめだ。いかん」フォードが目の前の光景を疑うように苦しげな声を出して息子に這い寄り、撃たれて血まみれの肩に息子の頭を抱き寄せて屈みこみ、悲しみに体を揺らした。「だめだ。死ぬな、ワグナー」

涙は流れていないのに、フォードの声は割れ、苦しみにむせんでいた。彼が生気の抜けきった顔でベイリーを見あげた。

「信じられん」ささやいている。「なぜこんなことに。どうしてだ?」

室内に男たちが詰めかけていた。黒ずくめの服を着て、マスクで顔を覆い、武器をかまえている。遠くから耳障りなサイレンが近づいてくるなか、険しい声で命令が飛んだ。

フォードの隣にしゃがみこんだベイリーに、ジョンが寄り添った。ワグナーの命を奪った銃の引き金を引いたのはジョンだった。背後からベイリーを守り、過去に復讐を果たす時間をくれた。介入するほかなくなるまで。

「知らなかった、そうでしょう？」フォードに尋ねた。

力なく彼が首を振った。「アンナやマティを傷つけたりせんよ、ベイリー」肩に傷を負って震え、体力を失いかけている。「きみの父親にも問いつめられたが、わたしはきみの頭がどうかなったのではないかと思った」彼の目から涙がこぼれ落ち、頬を伝った。「きみの頭が、おかしくなったのだと思っていた」

いまは話すときではない。彼の息子がどんな人間だったか、なにをしてきたか、告げるときではなかった。あとで、とベイリーは思った。フォードが回復し、起こった出来事を受け止められるようになってから話そう。

「この子はかっとなっただけだったんだ」フォードはささやいて息子を抱きかかえ、揺すり続けた。「それだけだったのに。気難しい子だったんだ」

良心の欠けた人間だった。

ベイリーはフォードに背を向け、メアリーを介抱しているカタリナやカイラ・リチャーズのもとへ行った。ふたりは顔からマスクをはずし、両手でメアリーの体にふれて骨が折れていないか確かめている。

「意識を失っているわ」カイラが言い、ふたりの男がフォードに歩み寄った。「救命士がこっちに向かってる」

「撤収しろ。警察が来る」厳しく陰鬱な声の持ち主が命じた。コンピューターからハードドライブが、ケースから書類が抜き取られていく。「ブラックジャックと切り札《ワイルドカード》が上の階を洗う」また声が響き渡った。「撤収だ。撤収」

カタリナとカイラはその場にとどまり、室内にスーツ姿のエージェントが数人駆けこんできた。

「あとは任せたぞ、ディレクター」司令官めいた声の持ち主がそう言って、ミルバーン・ラシュモア――ベイリーの元上司で、ラングレーにあるＣＩＡ本部のディレクター――に後始末を引き継がせた。

ジョンはまだベイリーのうしろにいた。気配がした。

「ヒートシーカー、撤収しろ」ふたたび命令が響く。

振り返ったベイリーをジョンが見つめ返した。

「もう行くの？」ベイリーはささやいて、微笑みかけようとした。そうせざるを得ないことを理解していると伝えようとした。彼はまた行ってしまうとわかっていた。わかっていたのに、置いていかれると思うとわきあがる胸の痛みはやみはしなかった。

ジョンの唇のはしがあがって、浮かない笑みのかたちになった。「死んでもごめんだね」

頭のなかで衝撃がはじけ、ベイリーはめまいに襲われた。うそ、わたしまで倒れこみそう。

ジョンが彼女に腕をまわして支え、司令官を振り返った。

「この件が片づいたら報告に行きます」

司令官の濃い青の目が細められ、そこにいら立ちがちらついた。ふたりの男のあいだで発生した無言の戦いに、ベイリーも気づく。部屋の空気が瞬時に張りつめ、ほかの男たちも足を止めて成りゆきを見守った。

鮮烈な青の目がゆっくりとベイリーに視線を移し、食い入るように見つめ、彼女の本性を推し量るかのようにさらに鋭くなった。

「こんなまねをして後悔するぞ」彼は脅しつける口調でジョンに告げたが、ともかくうなずき、ほかの男たちを引き連れて屋敷から出ていった。

「一緒にいてくれるの？」ベイリーはジョンに寄りかかり、彼の両腕に包まれる感覚を味わわずにはいられなかった。

「一緒にいる」ジョンが約束した。「ずっとだ、ベイリー。いつまでも、きみのそばにいる」

ベイリーは振り返って目の前の光景を見つめ、またしても信じられないという思いが胸で渦巻いた。ワグナーが、こんなに長いあいだ罪を犯し続けていたとは信じられない。彼が身を隠したまま、あらゆる手を尽くして父親に罪をなすりつけようとしてきたなんて。

ウォーバックスもここまでだと、みずから悟っていたのだろうか？

不幸なことに、忠誠心はかつてとは様変わりしていた。マイロンは、ずっと以前からつき合いのあった男たちの子どもの成長を手助けしてきた存在だった。赤ん坊だったころの子どもたちをその腕に抱き、しかも、子守をしていた時期さえあった。彼は子どもたちに愛着を抱いているのだと、ベイリーは思っていた。

マイロンはワグナーの正体を知っていた。父親と友人たちが子どものために築きあげてきた安全を壊す行為に、ワグナーが明らかな喜びを見いだしていたことも。

ワグナーは、まわりの人間すべてを憎んでいた。

ベイリーはストレッチャーに横たえられたフォードに近づいた。酸素マスクに覆われた顔は青白く、弱々しかった。目からは涙がにじみ出ていた。

「あの子を愛していたんだ」彼がまたささやいた。

ベイリーはストレッチャーの横に膝をつき、フォードの頬にふれた。「わたしたちみんな、愛していたわ」

ベイリーも彼を愛していた。兄のように。

涙はまだ胸に閉じこめられたまま出てこなかった。あとで出てくるだろう。腰をおろして、なにが、どうして起こったか、徐々に理解できたときに。

「警察には、きみのところのディレクターが話をつけてくれる」ジョンが耳元でささやきかけた。「ＦＢＩと麻薬取締局《DEA》も来てるよ。倉庫は制圧されて、ミサイルも輸送する準備が進められてる。終わったんだ、ベイリー」

ベイリーは立ちあがって、あたりを見まわした。そうだ、終わった。だけどたぶん、もしかしたら、始まったこともあるのかもしれない。

ジョンを振り返り、ふたたび彼の腕に包まれた。

「わたしにまとわりつくつもりね？」ジョンの胸に顔を押しつけてはなをすすり、頬で彼の鼓動を感じた。

「ずっとな」ささやかれ、あの大好きなオーストラリアの響きに撫でられた。「いつまでもだ、ラブ」

二日後

ラングレー。ベイリーが前回ここに来てからずいぶんたっていた。秘書に案内されて、ディレクターであるミルバーン・ラシュモアのオフィスに入る。

前回ここに来たとき、ベイリーは憤慨し、抑えつけられることにいら立ち、長期間にわたって彼女の動きを妨げてきた命令に頭にきていた。裏切られたことにも。父親の友人でもあるディレクターが、正規の機関でもなく名も持たない部隊の諜報員たちに、ベイリーを尋問させたのだ。

今回のベイリーは少し好奇心を覚え、いぶかしんでいたが、怒りはどこかへ消えていた。

「ベイリー」ミルバーンが桜材のデスクの向こうで立ちあがった。部屋の中心を占める巨大なしろものだ。

デスクの前で、もうひとりの男が立った。ジョーダン・マローン。甥のネイサン・マローンが死亡したのち退役した、元SEAL隊員だ。黒髪は短く、浅黒く日焼けした鋭い顔立ちがあらわになっている。鮮烈な青の瞳で冷ややかにベイリーを見返し、彼女を目にしたとたん引きしまった唇をさらに薄くした。

ベイリーはこの目に見覚えがあった。二日前の夜グレース邸で、ジョンに撤収し〝死人〟に戻れと命令していた男の目だ。ジョンはその場を去ることを拒んだ。まだ報告にも行っていない。携帯電話の着信も無視していると、ベイリーは知っていた。部隊に戻るよう命じる電話だ。脅迫電話かもしれない。

「ディレクター・ラシュモア」ベイリーはデスクに近づき、ディレクターの前に立った。

今回のベイリーは怒りに燃えるエージェントではない。フリーエージェントだ。これからもフリーのままでいるつもりだ。少なくともCIAからは離れていたい。

「ジョーダン・マローンを紹介しよう。ジョーダン、ベイリー・セルボーンだ」ミルバーンがふたりを紹介した。

「ミスター・マローン」ベイリーは差し出された手を握り、用心深く相手のようすをうかがった。このミーティングは実はベイリーにはなんの関係もなく、ジョーダンが取り戻したがっているエージェントが唯一の目的ではないかという気がした。

「ミズ・セルボーン」ジョーダンの口調は氷のように冷たかった。「足を運んでくれてありがたい」

ベイリーは皮肉めかして片方の眉をあげてみせ、ちらりとミルバーンに目をやった。

「どういたしまして、ミスター・マローン」相手の企みはお見通しだと、はっきり伝わるだけの皮肉をこめて答える。

「まあ座ってくれ、ベイリー」ミルバーンがマローンの横の空いている椅子に手を振ってうながした。「グレースの一件に尽力してくれたきみに、じかに会って礼を言いたかったんだよ。あそこでなにが起こっていたか、われわれは知りようがなかった。きみがいなければ、ワグナーの活動を止められなかっただろう」元上司の声がかすれた気がして、ベイリーは深く息を吸った。

ミルバーンは彼女の父の友人だった。フォードの友人でもある。シークや、国王や、世界でも指折りの大富豪である四人の男の友人。ワグナーの名づけ親でもあった。

「ワグナーは日記をつけていたでしょう」ベイリーは口を開いた。「見つかった?」

答えを知りたかった。自分のためだけでなく、メアリーのためにも。こんなことが起こるわけがないという思いが、まだ胸に突き刺さっていた。ワグナーが悪人だったなんて信じられない。いいえ、悪人どころではなかった。人とすら言えなかった。自分の罪を父親になすりつけるためなら、どんな恐ろしいまねもする人でなしだった。

「日記は見つかった。日記があると教えてくれたきみのおかげだ」ミルバーンの顔がほんの一瞬、深い悲しみにゆがんだ。

ワグナーは子どものころから日記を書き続けていた。小さいときに一度、アンナがそう話していた。アンナはワグナーから暴力を振るわれていると、どうして話してくれなかったのだろう。フォードに殴られたと言ったこともなかった。それはベイリーの勝手な思いこみ、間違った思いこみだった。

「どういうことだったの、ミルバーン?」ベイリーは尋ねた。「ワグナーだなんて思いもしなかった。この目で見ていなければ、絶対に信じられなかったわ」

ミルバーンがものうげに答えた。「ワグナーは倒錯した人間だったんだ、ベイリー。彼には心が欠けていて、その事実を隠すのに非常に長けていた」

「ワグナーは十代の初めのころから、情報を盗んで利用するすべを学び始めた」ジョーダンが口を挟んだ。「ミルバーンが言うように、感情のない人間だったのだろう。精神病質者の多くがそうだが、とてつもなく直観力に優れ、知能が高かった。権力を得て、人を意のままに操り、命を奪うために生きていたんだ。そうした人間が人生に求めるものはひとつだ。神のごとく振る舞える地位を得て、自分以外のすべての人間を恐怖によって支配する。自分は無敵だと思っていたんだろう。最期にそうではなかったと学んだわけだ」

ベイリーは頭を振った。理解できる日は来そうにない。理解するのは不可能だった。

「ワグナーは父親を殺す気だったのよ。フォードが捕まると観念してわたしを殺し、自殺したと見せかけるために」

「そうしおおせていただろうな。ジョンと同じ部隊に属する隊員たちが、ウォーバックスが予想外の動きに出る事態に備えていなければ。ウォーバックスはこれまで何年も、そうした手を使い慣れていた」

確かにそうだ。それをまず肝に銘じておくべきだった。ウォーバックスは、つねにいざというときの奥の手を用意していた。いつも証拠を身がわりの前に置き、自分に疑いが向かないようにしていた。ウォーバックスの正体を突き止められなかったのには理由があった。あの男が、自分ではなく父親に疑惑の目を集めるための手口を心得ていたからだ。

「それで、どうしてわたしをここへ呼んだの？」ミルバーンにではなく、ジョーダンに質問を向けた。

ジョーダンが椅子に寄りかかってベイリーに顔を向けた。手をあげて考えこむしぐさで上唇を指で撫で、吟味する表情を浮かべる。

「見当はついているんだろう？」なめらかに、危険を感じさせる口調で彼が聞き返した。

「ジョンを取り戻したいんでしょう」ベイリーは単刀直入に言った。

ジョーダンの唇が楽しげにゆがんだ。「ジョンを失った覚えはないな」抜け目なく言う。

「わたしはそんなことをにおわせたろうか？」

ベイリーは忍び寄るパニックのきざしを感じ始めていた。

「それなら、用はなにかしら？」

「きみに身を引いてもらいたいのだよ」もったいをつけてジョーダンが切り出した。「自分の暮らしに戻りたまえ。どう暮らそうときみの勝手だが、ジョンの暮らしからは身を引いてもらいたい。ジョンがきちんと働ける人間に戻れるようにだ。きみがそうしてくれなければ、わたしとしても残念だが……」

「無駄口をたたかないで」ベイリーはわきあがる怒りを抑えて立った。「わたしはジョンに命令したりしない。どうしろとか、どう暮らせとか、わたしが指図するわけではないの。ジョンが決めることよ」

ジョーダンはばかを言うなと言いたげだ。「ジョンは決める権利を手放したんだよ。オーストラリアでわたしが彼の命を救ったときに。きみの命も救ったときに」わざわざつけ足す。「きみはわたしに恩がある身だろう、ミズ・セルボーン」

「心まで売り渡す義理はないわ」ベイリーは言い切った。「ジョンも同じよ」

「座るんだ、ミズ・セルボーン」ジョーダンが声音を厳しくして命じた。

「誰が座るもんですか」

「おとなしく命令に従うことを学んだほうがいいぞ。さもなければ、わたしがどんなに手強い敵になるか思い知るはめになる」彼が椅子を立ち、威圧感あふれる態度で見おろした。押さえつけるように。「選択肢はふたつだ。まず、きみはジョンが契約書にサインした暮らしに加わることができる。彼が務めるべき任期はあと七年だ。もしくは、ジョンが任務のたびに非常に長い期間にわたって姿を消す生活を、きみが受け入れるという手もある。任務の期間を決めるのはわたしだ」ジョーダンの顔がベイリーの目の前に迫った。まなざしが凍りついた鋼並みに鋭い。「任務のたびに一年は帰ってこられない場所に送りこむこともできる。ジョンのわがままにも、セックスライフにも、女の子との心のお約束にも、わたしが合わせてやる義理はない。ジョンを手に入れたいなら、ジョンの活動に加わるんだな」

ベイリーはショックを受けて相手を見返した。ジョンから彼が属する諜報機関についてようやく聞き出していた。エリート作戦部隊がどういった機関か、ジョンがどういう経緯で、なぜそこに加わったのか。どんな活動をしているのか。話を聞かされて興味はふくらんだが、こんな事態はまったく想定していなかった。こんな選択肢が舞いこんでくるなんて思いもしなかった。

「部隊に加われるの？」慎重に聞き返した。「ジョンと一緒に働けるの？　離れ離れにされずに？」

ジョーダンがふたたび背筋を伸ばして鼻をふくらませた。「ジョンときみが組んで動けば、かなり使える働きをするようだ。どのみち、きみはすでにジョンと組んで、わたしの命とも言える部隊の規律を踏みにじっている。ジョン・ヴィンセントは単なるカバーではない。失うわけにはいかない犯罪勢力との人脈、情報ルートそのものだ。きみはすでにジョンのパートナーとしてやっていけることを証明した。その立場を維持したいのなら、頭にしっかりたたきこんでおいたほうがいいぞ、ミズ・セルボーン。わたしはきみにとってボスであり、ディレクターであり、司令官であるだけでなく、恐ろしい最悪の悪夢でもあるとな」

ベイリーは信じる気になった。

唇をなめ、すばやくミルバーンを振り返った。少しおもしろそうに、満足したようすで目の前の光景を眺めている。

「ジョンは知ってるの？」ベイリーは尋ねた。

ジョーダンが険悪な顔でにらみつけた。「まず電話に出ないと話は聞けんだろうが？」とげとげしく怒鳴る。

「ジョンがあなたの召集に応えないから、わたしをここへ呼んだのね？」

「電話に出ないからだ」ジョーダンがむきになって返す。

「召集よ」ベイリーは告げた。「留守録を聞かせてもらったの。ミスター・マローン、あなたも神様になりたがってるみたいね」

「ミズ・セルボーン、きみもそれに対応するすべを身につけたほうがいい」ジョーダンが激した口調でまくし立てた。「部隊に加わりたいのか？　それとも、きみの恋人をどこまで遠くに、どれだけ長いあいだ任務に送り出せるか、わたしは考え始めたほうがいいのか？」

「わたしの夫よ」

ジョーダンが目を細めた。「なんだと？」

「夫よ、ミスター・マローン。ジョンとは昨日の夜、ふたりだけで結婚したの。結婚はあらゆる面で、あなたの部隊の契約より優先されるはずよね」ベイリーは手をあげて続けた。「第七条三項。〝諜報員が本人の階級以上の階級を有する個人と結婚し、法的に拘束力のある関係を結んだ場合、無名で現存する前記の諜報機関は、前記の諜報員すなわちジョン・ヴィンセントに以下の選択の権利を保証しなければならない。配偶者との共同活動、または活動の禁止を選択する権利。諜報員の階級および任務状況に即して保証される適切な婚姻期間を選択する権利。婚姻期間は三カ月に一カ月、もしくは三週に一週以上とする。前記の諜報機関は、前記の婚姻期間を制限なく制定し保証しなければならない〟」

ジョーダンがさらに目を細くする。「ジョンが契約書を見せたのか?」

「もちろん、結婚式のあとでね」ベイリーは涼しい顔で笑みを浮かべた。

「第八条四項。〝配偶者は前記の諜報員と共同で活動する、または協調することができない場合、前記の諜報員が婚姻上の各利益を要求する前に、一任務を終えなければならないことを認めなければならない〟任務がいつ終わるかを決めるのは、このわたしだ」

「だったら、わたしがジョンと活動するのが大好きでよかったわね」ベイリーは明るく微笑んでみせた。「ジョンが三カ月のハネムーン休暇を取るのを、あなたは許可しないといけないはずよ」

ジョーダンの唇が開きかける。

「あと」ベイリーは先に続けた。「もうすぐミルバーンに、わたしの弁護士から連絡がくると思うわ。わたしの会社の利益の大半を贈る慈善団体を変更したのよ、ミスター・マローン。一定の条件下で、大統領がそれは大切にしている慈善団体に贈られるようにね。大統領や副大統領とは家族ぐるみの親しいおつき合いをしてるって話したかしら? あの慈善団体は、エリート作戦部隊の隠れみのなんでしょ」

ジョーダンが歯のぶつかる音をたてて口を閉じた。

「わたしは実業家よ」ベイリーは言った。「エージェントでもあり、ジョンの妻でもある。あなたが自分のエージェントの人生をいっときだけ意のままに操れなくなったからって、詰め寄られる筋合いはないわ。かわりに新しいエージェントを手に入れたと思って機嫌を直して」

「わたしが強い女性に敬意を払える人間であって、とんでもなく幸いだったな」ジョーダンが怒鳴りつけた。「だからといって命令に従わなくてもいいというわけではないぞ。そんな金で自分の訓練や待遇がなにか変わるとでも思っているなら、いますぐ元あった場所に引っこめたほうがいい」

ベイリーはにやりとした。「ジョンも変わらないみたい。ジョンも今日の午後、報告に出かけたはずよ。あなたは会う機会を逃したようね」

ジョンには自分が署名した契約を破る気などまったくなかった。しかし、ジョンもベイリーも離れ離れで暮らしたくなかったのだ。

「ジョンの人生を生き地獄にする気だな」ジョーダンがうめいている。「わたしの人生までも」

「それがベイリーの特技なんだよ」ミルバーンが笑い声をあげて、ふたりを振り返らせた。丸々とした体を椅子から引きあげ、ずれた眼鏡を直して、豊かな白髪交じりの髪を撫でつけている。

「おめでとう、ジョーダン」デスクのうしろから出てきて、相手の背をたたく。「わがエージェントたちのなかでも最高の逸材を手に入れたな」

「アトランタでは最大の頭痛の種と言っていなかったか」ジョーダンがうなった。

「そういう組み合わせなんだ」ミルバーンが笑った。「いいかね、そういう組み合わせなんだよ」

三人そろってオフィスを出たとき、秘書の部屋のドアが開いて、数人の警備員に取り囲まれたジョンが入ってきた。

「わたしが呼んでおいたんだ」ジョーダンのしかめつらに、ミルバーンがまた笑い声をあげる。ジョンがベイリーのそばへ来てウエストに腕をまわし、ぴったりと抱き寄せた。

「また問題を起こしてるのか、ラブ？」微笑んで見おろしてから、すばやく愛情のこもったキスをする。

「いつものとおりね」ベイリーは請け合った。「どうしてわかったの？」

「そっちが出かけてすぐ、きみのとこのディレクターが電話してくれたんだ」ミルバーンにうなずきかけてから、ジョーダンをにらんでいる。

「くそ」ジョーダンがふたりをにらみ返した。「作戦部隊の連中がよってたかってわたしを仲人団長と呼び始めたんだぞ。結成当時は輝かしい司令官だったというのに」口調に皮肉がにじんでいる。

「そのうち慣れるんじゃない？」ベイリーは言ってみた。

「それか、今度はご本人の番かもな」ジョンが含み笑いをする。「ちなみに、テイヤはどうしてます？」

「三カ月、それだけだ」ジョーダンが鋭く言い渡した。「おまえたちを捜し出すために部隊を送りこむようなまねはさせるな。でないと、それぞれ世界のはしとはしで任務に就かせてやる」

そう言って怒りもあらわに部屋から出ていくジョーダンを、ベイリーは驚いて見送った。ジョンはあからさまに笑いをこらえている。

「トラブルメーカーなんだから」ベイリーはジョンをなじった。

「いいや、仲人《マッチメーカー》だって」ジョンが言い張る。「ジョーダンをくっつける作戦に手を貸すか？」

ベイリーとミルバーンの笑い声が重なった。「喜んで手を貸すわ。なんとしても成功させないとね」

ベイリーはやる気になった。ジョンとふたりして手を組めば、ジョーダン・マローンをどんなにてんてこ舞いさせられるか目に浮かぶ。協力者も集まりそうだ。なにしろ、ジョーダンに仲を引き裂かれそうになったカップルは自分たちだけではないに決まっている。あの男は、自分の部隊にはお堅くクールでこみ入らない集団であってほしいと願っているようだ。そろそろ、ジョーダン・マローンの人生をこみ入ったものにするころ合いだろう。

訳者あとがき

（※このあとがきにはネタバレが含まれます）

アメリカでも有数の名家に生まれたベイリー・セルボーンは、家族ぐるみのつき合いをしていた親友アンナ・グレースが父親である大実業家フォード・グレースに殺されたと信じ、その訴えを信じない家族のもとを飛び出して、真相を突き止めるためCIAエージェントとなった。それから数年後、ベイリーの両親もオリオンという名の殺し屋に命を奪われる。ベイリーはフォードの関与を疑い、オリオンを追い始めた。

そんななか、オーストラリアとの合同作戦中に、ベイリーはトレント・デイレンというオーストラリア保安情報庁のエージェントと出会う。ふたりは惹かれ合い、作戦終了後にバンガローで求め合った。復讐しか頭になかったベイリーにとって、憎しみを忘れられたかけがえのないひとときだった。このままトレントと幸せを見つけられるのでは……。希望をふくらませるベイリーを残して、トレントは街に行くと言って出ていった。その直後、爆発が起こり、彼が乗っていたはずの車が炎に包まれていた。

五年後、トレントを失ったベイリーは復讐に身を捧げ、ついにオリオンの居場所を突き止める。ところが、あと少しで殺し屋に迫れるところまで来て、同じくオリオンを追っていた謎の部隊に拘束されてしまう。ベイリーをとらえたのは、ミカ・スローンとジョン・ヴィンセントとして知られる男たちだった。ミカ・スローンは声も身のこなしも、オリオンに殺されたはずのベイリーの親戚ダヴィド・アバイジャにそっくりだ。そしてジョン・ヴィンセントは、彼女にトレントを思い出させた。薬物を投与されて自白を強要されそうになったベイリーを、なぜかジョンは部隊の指示にそむいて解放する。顔も声も違うのに、彼はトレントに似ていた。

一年後、オリオンへの復讐を謎の部隊に奪われたベイリーはCIAを離れ、華麗な社交界の人々が集まる冬のリゾート地、アスペンにある亡き両親の屋敷に戻っていた。そこでひとり捜査を続け、両親がウォーバックスと名乗る者の指示で殺されたとの情報を手に入れる。闇社会で国家機密をテロリストに売り渡している犯罪者ウォーバックスの正体が、フォードなのか。それを確かめるため、ベイリーはウォーバックスを引き寄せる作戦を開始する。そんな彼女の前に、突然ジョン・ヴィンセントが現れた。ジョンが所属する例の部隊もウォーバックスを追っていて、ベイリーと共同で作戦を遂行したいというのだ。あの謎の部隊がまた、ベイリーから復讐を奪おうとしているのか。そして目の前にふたたび現れた、彼女が愛した人を思い起こさせる、この男の正体は何者なのか。陰謀と裏切りが渦巻く、危険なゲームが始まろうとしていた。

本書はローラ・リーによる〈エリート作戦部隊〉シリーズ第三弾『Heat Seeker（原題）』です。主人公は前作でエリート作戦部隊の作戦中に拘束されていた、ミカの親戚ベイリー・セルボーンと、エリート作戦部隊一陽気なジョン・〈ヒートシーカー〉・ヴィンセント。前作から約一年たってベイリーとジョンが意外な場所で再会し、これまでになく巨大な敵に協力して挑んでいくのですが、ふたりともエージェントとあって、ぶつかり合いと葛藤がとんでもなく激しい。ベイリーにとって、ジョンは真の正体も目的も明かさない信用ならない相手。両親のかたきへ復讐する機会を奪わせはしない、エージェントとして負けられないと意地を張りつつも、どうしても彼に惹かれてしまうベイリーが、強くあろうとしていても恋にとまどうかわいらしさも秘めた女性として描かれています。ジョンはジョンで、エリート作戦部隊のなかでは珍しく自分の感情に正直な人物です。前作のミカが部隊の規範にそむくか否か、生きるか死ぬかのように悩んでいたのに対し、ジョンは〝我慢などしない〟潔い男なのです。この作品に出てくる巨悪が灰色の部分から真っ黒な部分まで、とらえどころなく広がっているのに対し、主人公たちふたりの恋はまっすぐでまぶしく、真正面からぶつかっていくもので、曲がったところがありません。アメリカの上流階級の人々が集まる、冬の高級リゾート地コロラド州アスペンの美しい山並み、雪降る夜に開かれる壮麗な大邸宅でのきらびやかなパーティーなど、まるでスパイ映画のワンシーンのように華麗な舞台で繰り広げられるサスペンスと、ホットなロマンスをお楽しみください。

二〇一一年三月　　　多田　桃子

復讐はかぎりなく甘く

2011年07月09日　初版発行

著　者　ローラ・リー
訳　者　多田桃子
　　　　（翻訳協力：株式会社トランネット）
装　丁　杉本欣右
発行人　長嶋正博
発　行　株式会社オークラ出版
　　　　〒153-0051　東京都目黒区上目黒1-18-6　NMビル
営　業　TEL：03-3792-2411　FAX：03-3793-7048
編　集　TEL：03-3793-4939　FAX：03-5722-7626
郵便振替　00170-7-581612（加入者名：オークランド）
印　刷　図書印刷株式会社

定価はカバーに表示してあります。
乱丁・落丁はお取り替えいたします。当社営業部までお送りください。

ISBN978-4-7755-1707-9